1954년 올케와 함께

1976년 서울 보문동 집 안마당에서

1993년 중앙문화대상 시상식장에서
딸들과 함께

1994년 원주에서 박경리 선생과 함께

1988년 미국에서 손녀딸과 함께

그의 외롭고
쓸쓸한 밤

박완서
단편소설
전집 3

그의 외롭고
쓸쓸한 밤

박완서 소설

문학동네

2판 작가의 말

　문학동네에서 등단 후 삼십 년 동안 쓴 단편들을 모아 다섯 권 짜리 전집을 낸 지 칠 년 만에 장정을 바꾸면서 한 권을 더 보태게 되었다. 추가하게 된 여섯 권째는 역시 칠 년 전에 창비에서 나온 단행본 『너무도 쓸쓸한 당신』을 제목만 바꾼 것이다. 처음 다섯 권을 전집으로 묶기 위해 훑어볼 적엔 내 개인사뿐 아니라, 마치 내가 통과해온 시대와의 불화를 리와인드시켜보는 것 같아 더러 지겹기도 하고 더러는 면구스럽기도 했다. 한때는 글의 힘이 세상을 바꿀 수도 있을 것처럼 치열하게 산 적도 있었나본데 이제 와 생각하니 겨우 문틈으로 엿본 한정된 세상을 증언했을 뿐이라는 걸 알겠다.

　새로 추가하게 된 『그 여자네 집』은 그런 전작들보다 한결 편안하게 읽힌다. 독자로서의 나의 현재의 나이 탓인지, 혹은 그 작품을 집필할 당시의 작가로서의 연륜 탓인지, 아마 둘 다일 것이다. 편안한 게 반드시 좋은 것만은 아니라는 건 나도 안다. 그러나 지금 내 나이가 치열하게 사는 이보다는 그날그날의 행복감을 놓치지 않도록 여유를 가지고 사는 사람이 더 부럽고, 남들이 미덕으로 치는 일 욕심도 지나치면 오히려 돈 욕심보다 더 딱하게 보이는 노경에 이르렀다는 걸 무슨 수로 숨기겠는가. 내가 쓴 글들은 내가 살아온 시대의 거울인 동시에 나를 비춰볼 수 있는 거울이다. 거울이 있어서 나를 가다듬을 수 있으니 다행스럽고, 글을 쓸 수 있는 한 지루하지 않게 살 수 있다는 게 감사할 뿐이다.

새로 선보이는 여섯 권짜리는 한 권이 더해졌을 뿐 아니라, 장정도 젊은 취향으로 새로워져서 마치 내가 구닥다리 옷을 최신 유행으로 갈아입은 것처럼 으쓱하다. 나에게 이런 기분을 맛보게 해준 문학동네 여러분에게 깊은 감사를 드린다.

2006년 여름, 지루한 장마를 견디며

박완서

작가의 말

내년이면 등단한 지 삼십 년이 된다. 늦게 시작했기 때문에 이젠 나이도 많이 먹었다. 틈만 나면 은근히 주변 정리를 하는 게 일이다. 정리라고 해도 무얼 가지런히 하는 게 아니라 주로 없애는 일을 한다. 평생 비싼 걸 소유해본 적이 없기 때문인지 아까운 것도 없고 버릴 때 망설임도 없다. 꽉 찬 서랍보다 빈 서랍이 훨씬 더 흐뭇하다. 끄적거려놓은 일기나 비망록 따위도 이미 다 없앴고 그때그때 필요에 의해 남긴 메모도 시효가 지나는 대로 지딱지딱 없애는 걸 원칙으로 하고 살고 있다. 그렇게 말하고 나니 도통이라도 한 것 같지만 이미 활자가 되어 세상에 내놓은 글에 대해서는 그렇게 무심한 편이 못 된다. 세상에 퍼뜨려놓은 활자를 다 없이 할 수 없는 바에야 생전에 한 번쯤은 가지런히 해놓고 싶은 마음은 책임감 같지만 어쩌면 과욕인지도 모르겠다.

장편은 이미 전집으로 묶였고, 단편도 한 권 분량이 되는 족

족 책을 냈으니 늦어도 사오 년 터울로 작품집을 냈는데도 더러 빠진 것도 있고, 절판된 것도 있고, 선집이란 명목으로 중복된 것도 있고 하여 뒤숭숭하던 차에 문학동네에서 전집 제안을 받고는 못 이기는 척 응하고 말았다. 책임감이든 과욕이든 내 마음을 읽어준 출판사가 있었다는 걸 큰 복으로 생각하면서 지난 삼십 년 동안 쓴 단편들을 연대순으로 통독할 수 있는 기회를 가졌다. 그중에는 이런 글을 언제 썼을까, 잘 생각나지 않는 것까지 섞여 있었다. 발표 당시 주목도 못 받았고 내가 생각해도 완성도가 떨어져 아마 잊고 싶었던 글이 아니었나 싶다. 그런 글까지 이번 전집에는 포함시켰다. 한 작가가 걸어온 문학적 궤적을 가감 없이 정직하게 드러내 보여주는 것도 전집 발행의 의의라고 생각해서이다. 수준작이건 타작이건 간에 기를 쓰고 그 시대를 증언한 흔적을 읽는 것도 나로서는 흥미로운 일이었다.

이 어려운 시기에 아무리 생각해도 장사가 될 것 같지 않은 일을 선뜻 맡아준 문학동네에 깊은 감사를 드린다.

1999년 11월
박완서

일러두기

『박완서 단편소설 전집』(전7권)은 1971년 3월, 작가가 처음으로 발표한 단편소설 「세모(歲暮)」부터 2010년 2월까지 발표한 단편소설 작품 전부를 연대순으로 편집하였다. 각권은 수록 작품들의 발표 시기에 따라 다음과 같이 나누었다.

1권 : 1971. 3~1975. 6
2권 : 1975. 9~1978. 9
3권 : 1979. 3~1983. 8
4권 : 1984. 1~1986. 8
5권 : 1987. 1~1994. 4
6권 : 1995. 1~1998. 11
7권 : 2001. 2~2010. 2

내가 놓친 화합(和合)

춥지 않은 겨울밤이었다. 바람은 봄바람처럼 살랑거렸고 건조했다.

내가 걷고 있는 거리는 쓸쓸하고 어두웠다. 그러나 그 거리가 낮엔 얼마나 시끄럽고 더러운 데라는 걸 나는 알고 있었다. 바람결에 퀴퀴한 냄새가 났다. 쓰레기 더미가 아무 데나 웅크리고 있는 것까지 예전대로라고 나는 생각했다. 석 달 전까지만 해도 나는 예전처럼 여기고 있었다.

거리가 좀더 어두운 골목으로 휘어지려는 모퉁이에 포장집이 보였다. 바람이 불었다. 실크 넥타이가 목을 부드럽게 감으며 뒤로 넘어갔다. 포장 밑으로 네 개의 청바지 가랑이가 보였다. 멸치국물 냄새와 닭의 똥집이 익는 냄새가 섞여서 났다. 나는 어깨를 움츠리고 그 앞을 지나쳤다. 길고 어두운 거리가 번화가와 만나는 데까지 왔다.

밤의 번화가엔 차들이 조급한 소리를 지르며 질주하고 있었고, 차를 잡기 위한 사람들이 여름밤의 부나비처럼 겁도 없이 헤드라이트 앞으로 날갯짓하며 뛰어들고 있었다.

나도 차를 잡아야겠다고 생각했지만, 우두커니 서 있었다. 나는 나의 내부에 방금 지나온 거리에 대한 어떤 미련이 찌꺼기처럼 가라앉아 있는 걸 의식했다.

마침내 나는 돌아서서 네가 빠져나온 어둠 속으로 천천히 빨려들어갔다. 포장집 근처에서 나는 두 사람과 마주쳤다. 포장집에서 새어나오는 두 사람이 청바지 위에 허름한 파카를 걸치고 있는 것까진 알겠는데, 그들이 남자끼리인지, 여자끼리인지, 남자 여자끼리인지까지는 분간할 수 없었다. 나는 그들과 스치면서 소주 냄새를 맡았다. 포장집 포장으론 두 개의 바퀴만 보였다. 나는 포장을 들치고 안으로 들어갔다.

"어서 오세요."

파를 썰고 있던 여자가 눈웃음을 치면서 나를 반겼다. 그러나 나를 알아보고 반기는 것 같진 않았다. 오뎅국물의 간을 보고 있던 남자는 나를 거들떠도 안 봤다. 나는 그 여자와 남자가 부부라는 것과 여자는 명랑하고 남자는 과묵한 성격이라는 것과 부부가 그곳에서 포장집을 한 지가 적어도 삼 년은 넘으리라는 것을 알고 있었다. 그러나 포장집 부부는 둘 다 나를 알아보지 못했을뿐더러 내가 너무 세련된 신사여서 그런지 처음 반길 때와는 다르게 거북한 얼굴들을 했다.

"소주 작은 걸로 한 고뿌하고 안주는……"

나는 안주를 골라잡기 위해 내 앞에 날걸로 진열된 꼼장어, 오징어, 돼지고기, 장어, 참새, 대합조개, 우렁, 닭의 똥집, 닭의 염통들을 훑어보았다. 예전 같으면 입에 군침 먼저 돌게 했을 이런 것들이 하나같이 한물간 것처럼 비위생적인 모습을 하고 있어서 나는 다음 말을 잇지 못했다. 특히 꼬챙이에 꿴 참새는 나의 비위를 뒤집었다. 털과 꺼풀을 홀라당 벗은 새빨간 참새 머리가 구슬치기 하는 구슬만한 크기로 완벽하게 똥그란 거 하며, 다리는 귀뚜라미 다리만한데 발톱만은 별수 없이 살아 있을 때대로의 크기로 제법 앙칼지고 단단한 게 괴기하고 무참한 느낌을 주었다.

나는 안주를 골라잡지 못하므로 난처하게 웃었다. 그래도 주인여자는 자기 집에 어울리지 않는 고급 손님 때문에 난처한 고비를 어색하지 않게 넘길 줄 알았다.

"은행이 있는데요. 한 꼬챙이 구워드릴까요?"

"아, 네, 은행이요? 그게 좋겠군요. 아주머니, 두 꼬챙이만 구워주세요."

여자가 은행알을 다섯 개씩 꿴 꼬챙이 두 개를 석쇠 위에 놓고 솔로 기름을 발랐다. 석쇠 밑에 두 개의 연탄불이 한창 괄했으므로 은행알은 곧 불꽃을 일으키며 껍질을 벗고 미라처럼 고운 속살을 드러냈다. 은행 익는 냄새가 담백했다. 나는 비로소 마음이 놓이면서 주인부부에 대한 예전의 친밀감이 우러났다. 나는 예전처럼 장난스럽게 웃으면서 말했다.

"아줌마, 내 걸상."

"내 걸상?"

여자가 멍청하니 되물었다.

"아니, 창수 학생 아닌가뵈여?"

여직껏 말이 없던 여자가 처음으로 입을 열었다. 그리고 얼른 다리가 긴 둥근 나무 걸상을 나에게로 넘겨주었다. 나는 거기 걸터앉았다. 그것은 그들이 나에게만 주던 걸상이었다. 여자도 나를 알아보고 반가워서 어쩔 줄을 몰랐다.

"졸업식도 하기 전에 큰 회사에서 데려갔단 소린 들었지만, 어쩌면 그 동안 이렇게 몰라보게 출세를 했대여?"

여자의 눈이 천진하게 빛났다. 남자의 과묵한 사람 특유의 어두운 눈도 은은하게 빛났다. 그 부부의 눈은 나를 볼 때 언제나 그렇게 빛났었다. 고생하면서도 희망을 잃지 않고 열심히 사는 사람들이 대개 다 그렇듯이 그들도 서울대 학생이라면 덮어놓고 좋아했다. 가난해 뵈는 서울대 학생은 좀더 좋아했다. 그중에도 나에 대한 그들의 편애는 좀 유난해서 같은 값으로도 남보다 큰 걸로, 싱싱한 걸로 양념을 특별히 정성 들여 해주고도 덤을 얹어주고 싶어했다.

나의 친구들이 장난삼아 그들의 이런 편애를 트집 잡으면, 그 여자는 정색을 하고 맞섰다.

"우리 창수 학생은 사람이 진국이니께 먹는 것도 남보다 진국으로 먹어야 혀, 어쩔래?"

은행 두 꼬챙이에 소금을 곁들인 접시가 내 앞에 놓였다. 나는 소주를 조금 홀고 나서 은행을 한 알 입에 넣었다. 은행은 쫄깃쫄깃하고 아릿했다.

우리는 서로 반가워하긴 했지만, 서먹서먹하긴 오히려 몰라봤을 때보다 더했다. 남자가 말없이 내 옆에 더운 오뎅국물을 한 공기 퍼놓았다. 내가 청하건 말건 그렇게 하는 게 그 남자의 나에 대한 호의 어린 버릇이었다. 그러나 다행스럽게도 여자는 내가 청하기 전에 내가 좋아하는 참새나 꼼장어를 석쇠에 얹고 양념장을 바르던 버릇을 잊어버린 것 같았다. 일손을 놓고 시름없이 같은 말을 되풀이했다.

"어쩌면 그 동안에 이렇게 몰라보게 출세를 했대여?"

나는 그 여자가 예전에 뭘 보고 나를 진국이라고 판단했는지 모르는 것처럼, 지금 뭘 보고 내가 출세를 했다고 판단했는지 알수 없었다.

나는 그만 일어나고 싶었다. 그러나 새로운 손님이 없어서 부부가 나만 지켜보고 있었기 때문에 선뜻 일어날 수도 없었다. 남자는 한술도 뜨지 않은 오뎅국물을 가져가고 새로운 걸 주었다. 나는 은행 한 꼬챙이에 소주 두 잔째를 마셨다. 여자는 내가 몰라보게 출세했단 소리를 태엽 풀린 시계처럼 점점 매가리 없이 되풀이했다.

두 개의 연탄이 이글이글 달아오르는 화덕 앞에 서 있어서 그런지 여자의 양볼은 사과빛으로 터질 듯이 붉었다. 나는 생급스럽게 그 여자가 몇살일까 궁금하게 생각했다. 그리고 그 여자가 생각하는 출세와 내가 한 출세 사이에 가로놓인 엄청난 허구를 무너뜨려보고 싶은 장난기가 스멀스멀 배 창자를 간질이는 걸 느꼈다. 물론 정말로 그럴 생각은 아니었다.

나는 아직도 수습기간도 안 끝난 신입사원이었다. 두 주일 정도의 오리엔테이션이 끝나자, 영업부 신입사원은 매일 거리로 내쫓겼다. 스승이나 선배들 친구를 찾아 그들의 시간을 빼앗든, 다방에서 낮잠을 자든 거리를 두리번대며 산책하든 그건 각자의 자유였다. 제약이 있다면 남의 시간을 빼앗되 반드시 자기보다 유리한 지위나 끗발 있는 지위에 있는 사람의 귀한 시간을 최대한으로 빼앗을 것, 혼자 보내는 시간도 최고급의 장소에서 보낼 것, 거리를 걷되 이름난 번화가를 골라서 걸을 것 등 가벼운 것이었다. 거기 따르는 비용은 회사에서 지급됐다. 비용을 지급받기 위해선 영수증을 꼬박꼬박 챙겨야 했다. 그러는 사이에 고급스러운 장소의 영수증을 많이 떼어올수록 남보다 유능해 뵐지도 모른다는 허황한 경쟁심리가 작용하기 시작했다. 그렇다고 점심을 하루 두 번 먹을 순 없고, 만만한 건 그저 고급 호텔의 비싼 커피숍이었다. 처음엔 어릿어릿 서툴기만 하던 데가 풀방구리 쥐 드나들 듯하는 새에 능숙하고 만만해졌다.

그러나 나는 내가 왜 그런 일에 능숙해야 하는지 아직 알지 못했다. 그러면 그 밖의 어떤 딴 일에 능숙해졌으면 하고 바라고

있는 것도 아니었다. 그런 건 그렇게 중요하지 않았다. 중요한
건 내가 그런 일에 능숙할 수 있다고 선택됐다는 데 있었다. 나
는 나를 선택한 타의(他意)에 지나치게 의존하고 있었다. 어쩌
면 나는 지금 순전히 타의에 의해 이룩된 자신의 변모의 성과를
확인하기 위해 이곳에 와 있는지도 몰랐다. 나는 구태여 진국이
아니어도 좋았다.

"아줌마, 소주 한 병."

씩씩하게 뛰어든 청년이 식욕적인 눈으로 진열된 안주를 훑으
며 말했다. 여자가 소주병을 따면서 안주는 뭘로 하려느냐고 물
었다. 청년은 대답 대신 입을 벌리고 혓바닥 같은 속살을 내밀고
있는 대합을 손가락으로 건드렸다. 대합은 민감하게 살을 수축
시켰다.

"앗따, 우린 죽은 건 안 팔아요."

여자가 뾰족한 칼끝으로 대합의 아가리를 벌리고 속살을 우벼
팠다. 도마 위에서 그것은 마지막으로 한 번 가냘프게 떨었다.
숭덩숭덩 썬 대합의 살을 다시 껍질 속에 담고 그 위에 먹음직
스러운 양념장을 듬뿍 곁들여서 석쇠 위에 얹었다. 여자의 동작
은 잠에서 깬 것처럼 점점 생기발랄하고 자신만만해졌다.

포장집 속에는 세 개의 카바이트 불이 출렁이고 있었다. 청년
은 미남은 아니었지만, 생동하는 선을 가지고 있었다. 나는 또
청년의 점퍼 깃에 달린 배지도 똑똑히 볼 수 있었다. 소위 삼류
라고 부르는 대학 배지를 보자, 나는 반사작용처럼 잽싸고 정확

하게 우월감을 맛보았다. 뒤늦게 치사하다고 생각했지만, 이미 우월감을 만끽한 뒤였다.

조개가 끓으면서 국물이 넘쳤다. 청년의 턱에서 목으로 흐르는 선이 크게 한 번 꿈틀대는 걸 나는 여유 있게 바라보았다.

나는 이제 그만 물러가야겠다 싶어 우선 나의 걸상을 청년에게 내주려고 했다. 그러나 여자가 질겁을 하면서 새로운 걸상을 청년에게 내주었다. 나는 조금만 더 앉아 있기로 했다.

청년이 대합을 다 먹었을 즈음 막벌이꾼 풍의 남자가 포장을 들치고 들어왔다. 그는 피곤해 뵀다. 여자가 얼른 낚시용 접는 의자를 그에게 내주었다.

"포장집에서 앉아서 먹으면 기분이 안 나는데."

그러면서도 그는 의자를 펴고 앉았다.

"소주 큰 거로 한 고뿌만 주시우."

귀밑머리가 희끗희끗한 중년의 남자는 유난히 목마른 소리로 그렇게 말했다. 여자가 잠자코 부연 유리컵에 소주를 따랐다.

소주를 받아든 중년의 남자는 목마른 소리와는 딴판으로 잠시 마시기를 주저했다.

"아주머니, 잔이나 채워주시지."

중년의 남자는 그 소리를 너무 서글프게 말했다. 절대로 고의적으로 잔을 골린 건 아니었기 때문에, 그 여자는 오히려 당황한 것 같았다. 얼른 따라 파는 소주병을 찾지 못해 새로운 소주병을 따르려고 했지만, 이번엔 또 마개 따는 걸 찾지 못해 허둥댔다.

청년이 말없이 그의 소주병을 중년의 잔에 기울였다. 투명한 액체가 중년의 잔의 모자라는 곳을 채우고도 남아 넘쳐흘렀다. 이런 청년의 동작은 꾸밈없이 자연스러웠다. 마치 타인에 의해 만들어짐이 전혀 없는 사람의 있는 그대로의 모습처럼.

희귀한 거긴 하지만 버스 같은 데서도 그런 사람을 만나는 수가 있다. 이를테면 노인이나 아이한테 자리를 내주는 지극히 상투적인 선행을 하는데도 자기만의 특이한 감동에 가까운 인상을 남기는 부류의 인간이.

실상 청년이 한 일은 그런 유의 선행만은 못한 일이었다. 센스나 순발력 같은 거였다. 그런데도 그런 아름다움이 있었다. 빈 그릇처럼 허탈해 뵈던 중년의 남자가 눈에 보이게 충족해졌다. 그는 넘치는 잔을 드는 대신 입술을 갖다댔다. 그리고 의식을 거행하듯이 천천히 투명한 액체를 빨아들였다.

"카아, 그 술맛 한번 기똥차다."

그는 그의 황홀감을 과장하기 위해 사뭇 연극적인 표정을 지었다. 그리고 청년 앞에 놓인 빈 대합 껍데기를 보면서 물었다.

"젊은이, 조개를 좋아해?"

"네, 그중 나아요."

"못써 조개 너무 좋아하면."

그리고 낄낄댔다. 청년은 못 알아들었는지 따라 웃지 않았다.

"아저씨도 참 주책이셔."

주인여자가 눈을 흘기면서 입을 삐죽댔다. 중년 남자는 쉽사리 무안한 얼굴을 하며 풀이 죽었다. 그러나 곧 다시 흥겨운 얼굴이 됐다. 그만 일로 풀이 죽기엔 그는 너무 기분이 좋은 것 같았다. 이를 드러내고 씩 웃더니 말했다.

"아줌마, 똥집 몇 개 양념 잘 해줘요. 깡술로 마시려고 했더니 기분도 그렇지 않고 해서……"

똥집은 심한 누린내를 내면서 석쇠에서 오그라들었다. 여자는 걸직한 양념을 골고루 바르면서 똥집을 이리저리 뒤집었다.

중년 남자가 소리나게 군침을 삼켰다. 그러나 그는 우선 익은 똥집을 청년에게 권했다.

"뭐니뭐니 해도 소주 안주는 똥집이 그만이야. 양기에도 좋고."

"아니에요, 아저씨. 전 많이 먹었어요."

청년이 웃으면서 사양했다. 그러나 중년은 눈을 부라리며 우격다짐으로 똥집을 청년의 입에 처넣으려 들었다. 청년은 사양하기를 단념하고 그것을 접시에 받아 대강 식혀서 입에 넣었다. 청년은 그런 고약한 이름의 음식은 처음 먹어보는 듯 벌써는 것처럼 불행한 얼굴을 했지만, 차츰 그 맛을 알겠는지 제대로 씹기 시작했다. 아슬아슬한 얼굴로 청년을 지켜보던 중년 남자가 손뼉을 치면서 좋아했다. 그리고 호기 있게 꼼장어와 참새와 돼지고기를 한꺼번에 시켰다.

"아저씨, 왜 이러세요."

청년이 정색을 하고 그를 나무랐다.

"왜 이러다니? 사람 기분 무시하지 마. 나 돈 얼마든지 있다구. 이렇게 막벌이꾼처럼 하고 다녀도 기분도 낼 줄 알구 돈도 쓸 줄 안다구. 안심 푹 놓고 먹고 싶은 대로 실컷 먹어요."

그는 주머니를 뒤져서 만원짜리와 오천원짜리와 천원짜리를 꺼내 화투짝처럼 펴들었다. 험하고 더러운 손이었다. 그의 재력을 과시하려고 하는 것이 오히려 그의 오랜 빈곤과 내핍을 적나라하게 증거하고 있었다.

"알았어요. 아저씨 돈 많은 거. 그렇지만 그렇게 기분 내키는 대로 쓰시면 댁에서 아주머니가 얼마나 속상하시겠어요?"

"하아, 요런 맹랑한 젊은이 봤나. 왜 사나이 대장부가 모처럼 마음 터놓는 자리에 여편네 얘길 꺼내 김을 빼버리려고 해."

"거봐요. 벌써 떠시면서."

"인마, 집에 여편네가 있으면 이 시간에 이런 데서 깡술을 처먹겠냐?"

그의 말을 곧이곧대로 믿을 수밖에 없게 스산한 얼굴로 말했다.

"아주머니 안 계시더라도 아이들이라도 있을 거 아녜요. 그럴수록 아저씨가 속 차려야죠."

"인마, 여편네가 없는데, 아이새끼가 어디서 생겨?"

"아저씨 벌써 취하셨나봐?"

"내 말이 말 같잖다 이 말이지. 네가 예쁜 계집이라도 되냐? 내가 그따위 거짓말을 시키게."

"그럼 그게 정말이에요, 아저씨?"

"그래, 정말이니까 안심 푹 놓고 먹고 싶은 거 실컷 먹어둬."

"왜 그렇게 되셨어요?"

"왜 그렇게 됐는지 그걸 어떻게 알아 인마. 살다보니까 그렇게 돼 있더구나."

"안됐어요."

"인마, 그런 얼굴 하지 마. 나 조금도 불쌍하지 않으니까. 처자식 재미만 재민가 뭐. 사람이 살다보면 이런 맛 저런 맛 그저 살 만해."

석쇠 위에서 돼지고기와 꼼장어와 참새가 함께 익어갔다. 평 반도 안 되는 포장 속의 좁은 공간에 이 세 가지 냄새가 진하게 용해되어 호흡을 압박했다. 돼지고기가 지글지글 타면서 불꽃을 일으킬 때마다 술 오른 중년의 얼굴이 이야기 속에 나오는 도깨비가 모닥불 앞에서 춤을 추기 직전의 모습을 닮아 보였다. 적당히 명랑하고 적당히 험상궂고. 어느 만큼의 인간적인 도깨비가.

포장집 부부에게 이제 나는 아무것도 아니었다. 내가 슬그머니 일어나 술값을 떼어먹고 나가도 아마 그들은 모르고 있을 것이다. 내가 아무것도 아니긴 중년과 청년에게도 마찬가지였다. 그들은 처음부터 나를 안중에도 두지 않았다. 네 사람에게 나는 없는 거나 마찬가지였다. 그러니까 포장집에는 네 사람만 있는 셈이었다.

여자는 세 가지의 안주를 먼저 익은 것부터 접시로 옮겨놓았다. 두 사람은 소주를 질금질금 마시고 돼지고기와 꼼장어와 참새를 아귀아귀 먹었다. 주인남자는 두 사람 앞에 더운 오뎅국물을 떠놓았다. 그것도 나한테는 차례가 오지 않았다.

중년 남자가 아줌마의 음식 솜씨를 칭찬했다. 청년도 맞장구를 쳤다. 네 사람은 같이 흰 이를 드러내고 웃었다.

그들은 행복하게 화합하고 있었다. 나는 그들의 화합과 무관했다. 나는 사람들의 이런 즉흥적인 화합을 믿지 않았다. 그러면서도 선뜻 자리를 뜨진 못했다. 그들의 화합을 적극적으로 방해는 못 하더라도 냉정하게 분석이라도 해야 할 것 같았다.

중년 남자가 중대한 고백이라도 할 것처럼 정색하고 한동안 뜸을 들이더니 입을 열었다.

"나는 곧 외국 나가게 돼."

나는 믿지 않았다. 막벌이꾼까지 그런 말로 잘난 척을 하려는 걸 보면 해외로 뻗는 꿈도 참 많이 대중화됐다 싶었다.

"그러세요. 언제요?"

"한 달만 있으면."

"어디로 가시는데요?"

"막벌이꾼 갈 데가 중동밖에 더 있겠어."

— 그러면 그렇지. 그렇다면 못 믿어줄 것도 없군.

"잘되셨군요. 거기 가기도 힘든가보던데요."

"말도 말아. 수속 밟은 지가 벌써 일 년이 넘었어. 몇 번 사고도 당했지. 이번엔 운수가 트이느라고 사람을 잘 만났어. 중간에 다리를 놓지 않고 노동청에서 해외 취업만 맡아오는 사람을 직접 알게 됐거든, 돈도 덜 들고, 수속도 빨리 끝났어."

—쯧쯧, 이번에도 사기당한 거야. 틀림없어. 해외 취업 수속은 그렇게 밟는 게 아냐. 어리석은 사람 같으니라구. 저런 사람이 있으니까 아직도 그런 구식 사기가 판을 치지.

　"참, 아저씬 무슨 기술자신데요?"

　"기술자는 웬걸. 그냥 미장이야."

　"미장이는 아무나 하나요?"

　"아무나 하긴, 어림도 없는 소리 말아."

　"그러니까 미장이도 기술자죠 뭐."

　"기술자는 적어도 기계를 만져야지 고까짓 흙손 가지고야 원."

　"아저씨도 겸손하시긴. 기계 만지는 기술자만은 못해도 아저씨도 앞으로 돈 많이 버시겠네요."

　"그럼, 적어도 한 달에 사십만원은 벌걸? 그걸 고스란히 삼 년만 모아봐. 사람이 일생에 한 번은 때를 만난다더니만, 나도 이제야 그 때를 만난 모양이야."

　"축하해요, 아저씨. 낭비는 오늘 이걸로 마감하고 앞으로 열심히 모으세요."

　"고마워, 젊은이. 그래서 말인데, 내 소청 하나 꼭 들어줘. 내가 번 돈을 젊은이 앞으로 송금하고 싶은데 받아주겠어? 나 무척 외로운 사람이야."

　—막벌이꾼 양반, 취했어? 아무리 취중이라도 몇 방울의 소주를 너무 크게 갚으려 들지 마. 그건 이미 충분히 갚았어. 똥집, 돼지고기, 꼼장어, 오징어…… 당신 처지에 그것도 분수에 넘

쳐. 사람은 뒤끝이 깨끗해야 해. 아무리 감동이 귀한 세상이기로서니 별걸 다 가지고 감동한 것까진 참아주겠는데, 그 감동에 너무 질질 끌려들지 마. 그렇게 되면 음모의 냄새가 풍겨.

"송금할 만한 친척이 그렇게 없으세요? 먼 친척라도……"

─너도 지금 가장 순진한 척 시침을 떼고 있지만, 은근히 군침을 삼키고 있을걸. 한 달에 삼사십만원은 적지 않은 돈이야.

"먼 친척이야 있지. 그들을 안 믿어. 그렇게 송금을 하느니 차라리 호랑이 아가리에 날고기 처넣겠어."

─당신, 먼 데 호랑이는 볼 줄 알면서 왜 눈 속에 호랑이는 못 봐?

"돈 관리할 만한 가족이 없는 사람을 위해서 직접 은행에다 적금을 넣는 법도 있다던데요. 회사에 따라 다르긴 하겠지만……"

─계속 순진한 척 무욕(無慾)한 척하는군. 어디 얼마나 오래 그럴 수 있나 보자.

"있구말구. 우리 회사에서도 그렇게 해줄걸. 우리 회사도 틀림없는 회사야. 그렇지만 젊은이, 난 사람한테 송금하고 싶은 거야, 사람한테. 이 맘 알아줘야 해."

"알 것 같아요. 아저씨 그 마음."

"그것만 알아주면 이야긴 끝난 거야, 고마워."

"그렇지만 아저씨, 저는 돈을 불릴 줄 몰라요. 그냥 움켜쥐고 있든지, 기껏 적금이나 붓든지. 요즈음 같은 세상에 그건 너무 손해 보는 것 아녜요?"

─네가 바보가 아닌 이상, 입으로 그렇게 말하면서 머리는 그

돈을 오 부 이자를 놓아서 은행이자와의 차액을 떼어먹을까, 그까짓 거 원금까지 축내지 못할 건 또 뭐란 말인가, 그 생각을 하느라 어지럽게 회전을 하고 있을 게다. 나는 돈에 당해서 바보가 있다는 걸 믿지 않아.

"됐어, 그래주면 되는 거야. 설사 젊은이한테 아쉰 일이 생겨서 조금 떼어먹으면 또 어때?"

— 당신은 기분 나쁘게 착해. 당신의 정작 속셈은 뭐야?

"떼어먹다니요? 우리집은 부자는 아니지만 그렇게 가난하지도 않아요. 남의 돈 같은 거 절대로 안 떼어먹지요."

— 남의 돈 안 떼어먹는단 소리를 왜 그렇게 핏대를 올리면서 하니? 돈은 바로 부자도 아니고 가난뱅이도 아닌 사람이 떼먹게돼 있어. 나는 알지, 부자도 아니고 가난뱅이도 아닌 사람이 사는 진상을. 너만 그렇게 사는 게 아니라 나도 그렇게 살거든. 곧신학기야. 전 학기 등록금 때문에 진 빚을 다 갚기도 전인데, 또등록할 때가 됐단 말야. 나처럼 서울대학을 갔어봐. 부모님이 빚까진 안 졌을 텐데. 참, 동생이 있겠군. 재수하는 동생이 내년에대학에 붙으면 넌 아마 군대를 가야 할 거야. 부자도 가난뱅이도아닌 집엔 두 사람의 대학생은 무리야.

"그럼 약속하는 거야."

— 이 딱한 양반아, 뭘 약속해? 제발 이성을 회복하라고. 당신이 지금 하려는 일은 당신에겐 아주 큰 일이야. 그런 큰 일이 어디서부터 비롯됐나를 생각해봐. 단 몇 방울의 소주로부터 이 엄

청난 일은 시작된 거야. 30년대 포도주도 그렇게 비싸진 않아. 당신이 뭐라고 지상에서 제일 비싼 소주를 먹겠다고 날쳐?

"네, 약속하죠."

"나도 생전 처음 돈을 모으려나봐. 여직껏도 아주 돈을 못 번 건 아니지만, 한푼도 모으진 못했어. 아무도 생각할 사람이 없었으니, 무슨 수로 돈을 모으겠어. 이제부터 젊은이 덕에 돈을 모으려나봐."

— 젊은이 덕에 가난을 면할 거라고? 웃기지 말아. 돈을 절약할 생각 말고 감정을 절제할 생각부터 해, 제발. 가난뱅이들의 특징은 돈에 헤픈 게 아니라, 감정에 헤픈 거야. 난 당신보다 어리지만 당신보다 유식해. 내 말은 옳은 말이야.

"크게 불리진 못해도 위험하지 않은 한도 내에서 불리도록 해볼게요. 아저씨, 반드시 고생 끝에 낙이 있을 거예요. 집도 사시고 장가도 드시고 하셔야죠."

— 넌 정말 진실해 뵈는구나. 매일매일 잠자리에서 선행을 꿈꾸는 착한 아이처럼. 나도 너를 의심하고 싶지 않아. 정말이야. 그렇지만 저 늙도 젊도 않은 남자는 이상하지 않니? 지금 너에게 일어나고 있는 일은 소주 몇 방울 때문에 일어난 일론 너무커. 너는 저 남자를 의심해야 돼. 떡 먹듯 잘돼가는 일엔 반드시음모가 숨겨져 있게 마련이야. 그게 이 세상의 법칙이야.

"돈 불리는 일에 너무 부담 갖지 마. 정말 못 당할 것은 돈 손해가 아니라, 이 세상에 아무도 생각할 사람이 없다는 거니까.

앞으로 난 생각할 사람이 생겼으니 생복 터졌지 뭐야. 가만있자, 그럼 우리 일간 다시 만나야겠다. 젊은이 집에 가서 인사도 여쭤야 하고 아마 젊은이 도장도 몇 군데 받아놔야 할 것 같아. 앞으로 내 봉급을 찾을 사람으로서의 도장 말야."

　　―거 봐, 내가 맡은 음모의 냄새가 얼마나 정확한가.

　"전 언제라도 괜찮아요."

　"그럼 모레 세시에 만나지."

　"괜찮아요. 장소는요?"

　"이왕이면 명동이 좋겠지?"

　"글쎄요, 잘 아시는 데가 있으시면……"

　"있고말고. 외국 가려고 교제하러 다니던 다방이 몇 군데 있지. 코스모스 옆 골목에 시뭔 다방이라고 있는데 찾겠어? 시뭔……"

　　―촌스럽게 시뭔이 뭐야. 시몽이지, 시몽.

　"시뭔이요? 가보진 않았지만, 찾겠죠 뭐. 시뭔, 시뭔……"

　　―저 늙은 무식쟁이가 시뭔이란 건 참아주겠지만, 너까지 시뭔이랄 건 또 뭐냐? 불어는 못 배웠어도 '시몽 너는 좋아하니? 낙엽 밟는 저 발자국 소리가' 쯤은 알 만한 처지에.

　"그럼 모레 오후 세시에 시뭔다방에서 만나. 시뭔이야, 시뭐언."

　"네, 모레 오후 세시. 시뭔다방이요. 시뭐언이요."

　　―제발 밥맛 떨어지게 시뭔 시뭔 하지 말라니까. 시몽이야, 시몽.

시원다방에서 다시 만날 것을 굳게 약속하고도 뭐가 모자라 두 사람은 어깨동무까지 하고 나갔다. 포장집 여자는 마치 마흔 살 넘은 노총각 노처녀의 혼사라도 성사시킨 중매쟁이처럼 으스대다 못해 공치사까지 하려 들었다.

"시상에, 이런 경사가 또 어디 있대여. 우리 포장집에서 그런 좋은 인연이 맺어지다니. 후제 국물만 없었단 봐라. 내가 맘만 먹으면 산통 못 깨뜨릴 줄 알구."

나는 혼자서 쓸쓸히 포장집을 나왔다. 그들은 보이지 않았다. 나는 그들의 화합을 적극적으로 간섭하고 나서지 못한 걸 후회했다. 그러나 아직도 그럴 수 있는 시간은 있었다.

그들이 나쁜 사람이 아니란 건 알고 있었다. 그러나 그건 좋은 사람이란 확신하고는 달랐다. 요컨대 나는 그들에 대해 아무것도 정확하게 알고 있지 못했다. 그런데도 그들의 그런 식의 화합이 불행한 결말을 보리라는 건 나에게 너무도 명백했다. 그들 중 하나는 반드시 배신할 것이다. 만일 그렇지 않으면 내가 그 사건 한테 배신을 당하는 꼴이 된다. 나는 똑똑하니까 배신당할 수는 없었다. 배신은 그들 중 하나만 당하면 족했다.

그러나 가장 좋은 일은 나의 도움으로 아무도 배신을 안 당하는 일이었다. 나는 그 일을 적극적으로 간섭해야겠다고 생각했다. 요컨대 그 일은 그냥 놓쳐버리긴 아깝게 흥미 있는 일이었다.

그후 이틀째 되는 날, 오후 세시, 나는 코스모스 옆 골목을 훑었다. 몇 번을 훑었지만, 시몽다방은 없었다. 그건 전혀 예기치 않은 결말이었다. 왜 똑똑한 내가 그런 결말쯤 예기치 못했을까. 나는 허탈하게 웃었다. 아무에게도 행운은 없었다. 어쩌면 나는 여직껏 남의 행운이 샘나 조바심한 데 지나지 않았는지도 모른다고 생각했다.

그후 한 달쯤 지나 시몽다방에 대한 씁쓸한 기억 없이 무심하게 바라다본 코스모스 옆 골목에 '심원(深原)다방'이라는 게 눈에 띄었다. '심원'은 '시몽'보다는 '시뭔'과 더 닮은 소리를 낸다.

나는 그 다방에 들어가 차를 시키고 소녀에게 물었다.

"이 다방 생긴 지 얼마나 되지?"

"잘 모르겠는데요. 여기 취직한 지 반년밖에 안 되어서요. 필요하시면 물어봐다드릴까요?"

"아, 아냐."

나는 그들이 내 간섭권을 완전히 벗어난 걸 알았다.

그제야 나는 그들의 화합이 행복할 수 있기를 바랐다. 이 세상에 그런 화합도 있다는 건 이 아니 살맛나는 일인가. 아량을 베풀듯이 그렇게 생각했다.

황혼

강변아파트 7동 십팔층 3호에는 늘은 여자와 젊은 여자와 젊은 여자의 남편과 두 아이가 살고 있었다. 늘은 여자와 젊은 여자는 고부간이었다. 고부간의 의는 좋지도 나쁘지도 않았다.

젊은 여자는 좋은 가정교육과 학교교육을 받은 똑똑한 여자로서 매사에 완전한 걸 좋아했다. 비뚤어지거나 모자라거나 흠나거나 더럽거나 넘치는 걸 참지 못했다. 그러나 사람의 행복이라는 데 대해서만은 대단히 융통성 있는 생각을 갖고 있었다. 아무리 행복한 사람에게도 한 가지 근심이 있게 마련이라는 게 그것이었다. 늘은 여자는 젊은 여자의 바로 이 한 가지 근심이었다. 젊은 여자는 늘은 여자를 한 가지 근심으로서밖에 인정하지 않았다.

늘은 여자는 실상 늘은 여자가 아니었다. 아직 환갑도 안 되었고 소녀처럼 혈색 좋은 볼과 검고 결 좋은 머리와 맑은 눈을 가지고 있었다. 젊은 여자를 며느리로 맞을 때는 더 젊었었다. 하객들은 동서간처럼 보이는 고부간이라고 수군댔었다.

시집온 지 며칠이 지나도록 젊은 여자는 늙은 여자를 결코 어머니라고 부르지 않았다. 꼭 불러야 할 기회는 젊은 여자 쪽에서 교묘하게 피했기 때문에 늙은 여자는 그걸 별로 부자연스럽게 여기지 않았다. 그러던 어느 날 젊은 여자는 친구를 초대했다. 친구들은 오이소박이 맛을 특히 칭찬하면서 누가 어떻게 담갔는가를 알고 싶어했다. 그것은 늙은 여자의 솜씨였다. 늙은 여자는 젊은 여자가 우리 어머님이 담그셨다고 그래주길 가슴 두근대며 기다렸다. 그러나 젊은 여자는 간결하게 말했다.

"우리집 노인네 솜씨야."

늙은 여자는 그 말이 섭섭해 며칠 동안 입맛을 잃었다.

그러나 그것은 다만 시작에 불과했다. 감기 기운만 있어 봬도, 노인네가 옷을 얇게 입으시니까 그렇죠. 화장실만 자주 들락거려도, 노인네가 과식을 하시니까 그렇죠. 질긴 거나 단단한 걸 먹으려 해도, 노인네가 그걸 어떻게 잡수시려고 그래요. 이런 식으로 그 여자는 모든 자연스러운 행동을 하나하나 간섭받으면서 늙은 여자로 만들어졌다.

그러다가 젊은 여자는 아이를 낳았다. 늙은 여자에게 손자가 생긴 것이다. 그때부터 젊은 여자는 늙은 여자를 할머니라고 불렀다. 늙은 여자의 아들까지 덩달아서 할머니라고 불렀다. 마땅히 어머니라고 불러야 할 사람들이 할머니라고 부르기 위해 대화의 방법까지 간접적인 것으로 고쳐나갔다.

할머니 진지 잡수시라고 해라, 할머니 그만 주무시라고 해라, 할머니 전화 받으시라고 해라. 이런 식이었다.

오늘 아침에도 늙은 여자는 깨어서 누워 있었다. 늙은 여자의 방은 이 아파트의 방 중 바깥으로 창이 나지 않은 단 하나의 방이었기 때문에 밖이 어느 만큼 밝았나를 알 수 없었다. 문은 부엌으로 나 있었다. 그 방은 방이 아니라 골방이었다.

늙은 여자는 눈 감고 창 밖의 어둠이 군청색으로, 남빛으로 옅어지면서 창호지의 모공을 통해 청량한 샘물 같은 새벽바람이 일제히 스며들던 옛집의 새벽을 회상했다. 그 여자의 회상은 회상치곤 아주 사실적이었다. 아파트촌의 새벽이 그 여자의 회상을 따라 밝아왔다.

부엌에서 그릇 부딪는 소리가 들리고 이어서 할머니 일어나시라고 해라 하는 젊은 여자의 차가운 목소리가 들렸다. 아이들은 아직 자고 있었기 때문에 그것은 늙은 여자 들으라고 하는 소리였다.

늙은 여자는 못 들은 척하고 반듯이 누워서 명치께를 쓱쓱 쓸어도 보고 꼭꼭 주물러도 보았다. 그것은 요즈음 늙은 여자의 버릇이었다. 늙은 여자는 요새 건강이 좋지 않았다. 입맛이 없고, 신트림이 나고 가슴이 답답했다. 입맛이 없어 끼니를 거르고 누워서 명치를 짚어보면 속에 응어리 같은 게 어떤 때는 확실하게 어떤 때는 희미하게 만져졌다. 늙은 여자는 환갑 전에 가슴앓이로 죽을지도 모른다는 막연한 두려움을 갖고 있었다.

늙은 여자의 시어머니도 환갑 전에 가슴앓이로 죽었다. 사변 중 피난지 역촌에서였다. 돈도 없었고 약도 없고 병원도 없었다. 그 대신 사람들의 뱃속은 아무리 거친 음식도 눈 녹이듯이 삭였고, 헐벗고 한데 잠을 자도 고뿔 한 번 안 걸렸다.

그러나 그 여자의 시어머니는 죽을 먹고도 냉수를 마시고도 신트림을 하였고 명치를 쥐어뜯었다. 하루하루 수척해졌지만 속수무책이었다. 시어머니는 누워서 자기 명치를 쓸면서 안에 꼭 바나나만한 게 가로걸렸으니 먹은 게 내려갈 재간이 있나 하면서 한숨을 쉬었다. 그럴 때마다 그 여자는 시어머니의 명치의 가로걸린 바나나만한 걸 어떡하든 달래서 풀어지게 해볼 양으로 정성껏 명치를 쓸어드렸다. 해드릴 수 있는 건 오로지 약치료밖에 없었다. 두메 사람들이 일러준 민간요법을 따라 화로의 불돌이 뜨끈뜨끈할 때 누더기에 싸서 명치에 얹어드리기도 했다. 손으로 쓸어드릴 때도 불돌을 얹어드릴 때도 시어머니는 화사하게 웃으며 아이고 시원해, 아이고 시원해, 그놈의 게 스르르 풀어지고 이제 다 나은 것 같다고 하셨다. 아무리 고통이 심할 때도 며느리의 손만 가면 화사하게 웃으셨다. 그러다가 바나나만한 건 약손 힘으로 풀어지기는커녕 살진 애호박만하게 자랐고 병자는 눈 뜨고 바로 보기 민망하도록 피골이 상접해지더니 어느 날 숨을 거두었다. 지금 늙은 여자는 그때 병자의 명치에서 바나나만한 게 정말로 만져졌는지 생각나지 않는다. 다만 며느리의 손길이 닿을 때마다 억지로 웃던 웃음만은 지금도 고스란히 떠올릴 수가 있었다. 그리고 고통 속에서도 그 웃음이 그토록 화사했던 까닭을 알 듯도 했다.

늙은 여자는 지금 그때의 시어머니와 비슷한 증세로 괴로워하고 있는 곳을 어루만져주기를 바라고 있었다.

그러나 젊은 여자는 노인네가 과식을 하셔서 그렇죠, 하면서 소화제를 한 봉지 주고 끝냈다. 하긴 요새 세상에 누가 약손 따위를 믿을까마는 그래도 늙은 여자는 그게 아쉬웠다. 소화가 잘 되고 안 되고가 문제가 아니었다. 자기의 손에 만져지는 게 확실한가 아닌가 남의 손으로 확인하고 싶었다. 그래서 늙은 여자는 아들과 며느리한테 조르고 애걸했다.

"애들아, 명치 속에 이게 뭔가 한 번만 만져쥐다오."

어느 날인가 젊은 여자가 가까이 있길래 늙은 여자는 느닷없이 치마끈을 풀면서 젊은 여자의 손을 끌어다가 명치를 만져보게 하려고 했다. 젊은 여자는 질겁을 하며 손을 뿌리쳤다. 그리고 늙은 여자가 충격을 받을 만큼 적나라하게 불쾌한 얼굴을 했다. 늙은 여자는 얼른 그 자리를 피하는 수밖에 없었다. 젊은 여자가 명치끝에 닿았던 손을 마음껏 흐르는 수돗물에 씻어낼 수 있도록.

그 일은 사소한 일이었지만 늙은 여자뿐 아니라 젊은 여자에게도 충격이 됐던 것 같다. 다시 그런 일을 당할까봐 꽤나 겁이 났던지 당장 늙은 여자를 병원으로 데리고 갔다. 늙은 여자는 병원 갈 만큼 큰 병은 아니라고 극구 사양했건만 소용이 없었다. 늙은 여자는 진찰받으면서 내내 명치의 이물감에 대해서만 이야기했다. 젊고 냉철해 뵈는 의사는 듣기만 하고 대답은 하지 않았다. 옷을 벗으라든가, 돌아앉으라든가 누우라든가 하는 말도 간호사를 통해 간접적으로 말했다.

"선생님, 제 병은 아무리 생각해도 보통 병은 아네요. 유전일 거예요. 유전은 고치기 힘들죠? 시어머님이 저처럼 이렇게 가슴앓이로 고생을 하다가 돌아가셨거던요. 그때 시절론 좋다는 건 다 해봤지만 소용이 없더군요."

"고부간에 무슨 유전입니까?"

의사는 경멸하는 것처럼 말했다. 경멸이나마 다음 환자를 위해 순식간에 지나가버리고 말았다. 그것이 늙은 여자가 지껄인 여러 말에 대한 의사의 단 한마디의 대답이었고 말로 표현된 관심의 전부였다.

그날 저녁을 굶고, 다음날 아침 먹기 전에 와서 엑스레이를 찍으란 소리도 간호사가 했다.

저녁을 굶고 나서 그런지 명치가 푹 꺼지고 아무것도 만져지지 않았다. 이래가지고서야 세상 없는 엑스레이로도 명치 속에 아무것도 없다는 것을 증명할 수밖에 없을 것 같았다.

늙은 여자는 병원에서 큰 병이 걸렸다고 할까봐도 겁이 났지만 아무것도 없다고 할까봐 더 겁이 났다. 큰돈 들이고, 수선은 수선대로 떨고 나서 아무 병도 없다는 게 탄로가 나면 무슨 낯으로 식구를 대할까 싶었다.

　부엌에서 구수한 토장국 냄새가 훌훌 코끝으로 끼쳐오자 늙은 여자는 느닷없이 맹렬한 식욕을 느꼈다. 한끼 굶은 것으로 명치에서 오르락내리락하던 건 간데없고 다만 허기증만이 선명했다. 늙은 여자는 부끄럽고 당황했다. 어제 병원에서 주사를 한 대 놓아주든지, 약이라도 몇 봉지 주었더라면 그 핑계를 대고 다 나았다고 하련만 그럴 수도 없었다.

　늙은 여자는 병원에 가기 싫었다. 처음부터 늙은 여자가 바란 건 엑스레이나 주사나 약이 아니었다.

　"할머니 일어나시라고 해라. 병원 가실 시간 늦으시겠다."

　젊은 여자가 재차 간접적으로 여자를 깨우는 소리가 났다.

　손자들은 아직 안 일어났고 식탁에선 아들이 혼자서 신문을 읽고 있었다.

　늙은 여자는 아들을, 며느리보다 가깝게 느끼면서 자기가 병원에 안 가는 데 아들이 도움이 돼주길 바랐다.

　"애비야, 나 잠깐 보자."

　늙은 여자는 아들에게 은밀하게 손짓과 눈짓을 함께 했다.

　아들은 곧장 오지 못하고 두리번두리번 한눈팔며 비실비실 늙은 여자 곁으로 왔다.

　"나 말이지, 병원에 안 갈란다. 다 나았어. 정말이야, 여기서 뭐가 오르락내리락 도무지 밥을 먹을 수가 없더니 글쎄 밤새 고놈의 게 깜쪽같이 없어졌지 뭐냐. 정말이야, 너 그런 얼굴 하지 말고 어디 한번 만져볼래?"

늙은 여자는 무심히 아들의 손을 끌어당겼다. 아들이 털벌레를 털어내듯이 방정맞게 늙은 여자의 손을 뿌리쳤다.

"노인네도 참……"

그러면서 일어섰다. 어느 틈에 젊은 여자가 따라 들어와 그 광경을 지켜보고 있었다.

"빨리 준비하세요. 여덟시까지는 가셔야 하니까요."

젊은 여자는 아이들을 아침밥 먹여 학교에 보내야 하기 때문에 오늘은 모시고 갈 수 없다면서 엘리베이터까지 배웅을 해주었다.

외래환자의 진찰은 아직 시작되기 전인 이른 아침에 지하 일층에 있는 각종 검사실과 방사선실 앞은 많은 환자들로 붐비고 있었다. 벽도 희고 불빛도 희어서 그곳에서 차례를 기다리는 환자들까지 알맞게 탈색되어 보였다. 환자들도 미리 지쳐 있으면서 긴장하고 있었다. 그래서 더욱 환자다워 보였다.

늙은 여자는 생각보다 일찍 호명되어 입술이 붉은 간호사로부터 걸쭉하게 갠 횟가루가 든 컵을 받았다. 늙은 여자는 그것을 어떻게 해야 하는지 알지 못했다. 간호사가 말했다.

"마시세요, 쭉."

늙은 여자는 처음 보는 음식이었기 때문에 우선 냄새를 맡기 위해 코를 들이댔다. 아무 냄새도 안 났다. 먹는 것에서 아무 냄새도 안 난다는 게 도리어 비위에 거슬렸다. 먹고 싶지 않았다.

"쭉 들이마시라니까요, 빨리."

사무적인 목소리에 짜증이 가미되자 늙은 여자는 얼른 그걸 들이마셨다. 아무 맛도 없는 고약한 이물질이 명치를 뿌듯이 채웠다.

엑스레이 촬영이 끝나자 늙은 여자는 화장실로 달려가 곧 그것을 토해내려고 했지만 되지 않았다. 집에 가서 소금이라도 한 움큼 집어먹고 토할 수밖에 없을 것 같았다.

아이들은 학교에 가고, 시간제 파출부는 집 안 청소를 하고, 젊은 여자는 다리를 꼬고 앉아 커피를 마시고 있었다. 늙은 여자는 너무 일찍 돌아온 게 아닌가 싶어 쭈뼛쭈뼛했다.

그러나 젊은 여자는 깍듯이 예의발랐다. 흠잡을 데라곤 없었다.

"이제 뭘 좀 잡수셔야죠. 미음을 끓이도록 할까요?"

"아무 생각 없다. 병원에서 병을 고치기는커녕 얻어왔나보다."

늙은 여자는 명치를 쓸면서 말했다.

"왜 그러세요, 또. 오늘은 엑스레이만 찍었을 텐데요."

"내가 엑스광선을 처음 찍는 줄 아냐. 예전에도 몇 번 찍어봤어. 그렇지만 그렇게 고약한 걸 먹이고 찍는 병원은 처음 봤다. 세상에 딴 병도 아니고 체증에 그런 고약한 걸 강제로 먹여났으니 덧날 수밖에. 아유, 비위 뒤집혀."

"그건 조금도 고약한 게 아녜요. 맛도 냄새도 없는 거예요."

"그럼 너도 그걸 먹어봤단 말이냐?"

"제가 그걸 왜 먹어봐요?"

"그럼 그 맛을 어떻게 알아?"

"소화기 촬영을 할 때 그런 걸 미리 먹고 해야 한다는 것쯤은 상식이에요. 물을 먹고도 비위가 뒤집히는 사람만 아니면 누구나 다 먹을 수 있는 거예요."

젊은 여자는 옳은 말을 하고 있기 때문에 사뭇 당당하고 늙은 여자는 기가 꺾였다. 젊은 여자는 언제나 이치에 맞는 말만 했다. 아는 것도 많았다. 늙은 여자가 병원에서 얻어먹은 걸 맛보지 않고도 그 맛을 정확하게 안다. 그러나 먹는 것에 냄새도 맛도 없다는 게, 먹기에 얼마나 고약한 것인가는 모르고 있다.

먹는 것이라면 쓴맛이라도 맛이 있어야 하고 썩는 내라도 냄새가 나야 한다. 그러니까 무미무취한 것은 먹는 게 아니다. 세상에서 가장 고약한 맛은 먹는 게 아닌 걸 먹는 맛이다. 늙은 여자는 그렇게 생각했지만 이치에 닿지 않는 것 같아 말로 하진 않았다.

늙은 여자가 아무것도 안 먹을 것처럼 말했는데도, 젊은 여자는 파출부에게 미음과 죽을 쑬 것을 일렀다.

파출부는 미음을 쑤면서 거침없이 지껄였다.

"저는요, 사모님. 이래 봬도 서울 장안에서 행세깨나 하고 사시는 댁 안방과 부엌을 내 집 드나들 듯하면서 삽니다요. 그러다 보니 눈치만 발달해서 사람 사는 켯속이라면 저 밑바닥까지 환합니다요. 사모님도 워낙 교양이 있으신 분이라 말씀은 안 하셔도 사모님 속 상하시는 거 저 다 압니다요. 노인네가 속 좀 썩이죠? 그렇죠? 아드님 돈벌이하기 힘든 생각은 눈곱만큼도 안 하고 노인네가 구미 좀 떨어진 걸 가지고 병원 출입하는 것 보면 몰라요. 속 썩이는 노인네도 가지가지라고요, 놀이 좋아하는 노인네, 보약 좋아하는 노인네, 교회나 절 좋아하는 노인네, 병원 좋아하는 노인네, 일 좋아하는 노인네…… 그래도 사모님은 참 효부셔. 싫은 내색 한 번 안 하시고 그 치다꺼리를 다 해내시니."

늙은 여자도 이런 소리가 귀에 안 들어온 건 아니었지만 그 소리보다는 다용도실에서 나는 세탁기 소리가 더 견디기 어려웠다. 엉뚱한 것으로 채워진 시장기 때문에 늙은 여자는 손끝 하나 까딱할 수 없을 만큼 무력해져 있었다. 괘씸한 딴으론 한바탕 나무라주고도 싶었지만 더욱 간절한 소망은 잠을 자는 일이었다. 세탁기 소리가 멎자 늙은 여자는 방바닥 속으로 곧장 침몰하듯이 깊은 잠에 빠져들었다.

얼마나 잤을까. 시끄러운 전화벨 소리에 깨어났다. 얼떨결에 늙은 여자는 자기가 병자라는 걸 잊어버리고 있었기 때문에 민첩하게 수화기를 들었다. 늙은 여자 방은 작았지만 전화기도 따로 있고 텔레비전도 따로 있었다. 그래서 젊은 여자는 외출할 때 마음놓고 안방을 잠글 수가 있었다.

수화기를 들고 여보세요, 하기 전에 통화는 이미 시작되어 있었다. 젊은 여자는 외출하지 않고 있었던 것이다. 그런 일은 얼마든지 있을 수 있는 일이었다. 그런 일 아니더라도 늙은 여자는 심심할 때 곧잘 젊은 여자의 전화를 엿들었다. 그러지 않고서는 늙은 여자가 젊은 여자들이 얘기하는 데 참여할 기회란 좀처럼 없었기 때문이다. 젊은 여자의 친구들이 떼를 지어 놀러 올 때도 있었지만 늙은 여자에겐 간단한 인사를 하는 적도, 그나마 생략하는 적도 있었고, 한 번도 끼워준 적은 없었다.

전화를 엿들으면서 늙은 여자는 차츰 생기가 나기 시작했다. 젊은 여자들은 늙은 여자가 들어서 언짢은 얘기는 결코 하지 않았다. 젊은 여자는 교양이 있는 여자였다. 집 밖에서 일어나는 여러 가지 문제에 깊은 관심을 가지고 있었고, 제 나름의 의견도 가지고 있었다. 노인네를 화제에 올릴 만큼 화제에 궁하지 않았다.

젊은 여자들은 공립학교와 사립학교의 장단점에 대해 토론했고, 아이들의 특기 교육과 소질에 대한 의견을 교환했고, 남편의 승진과 아내의 능력과의 상관관계에 대한 논쟁에선 과열해져서 언성이 높아졌다가, 명동 어느 가게에 기막히게 세련된 수직 실크가 나와 있더란 새로운 정보에서 다시 화기애애해졌다.

늙은 여자는 몰래 엿듣는 전화였으므로 숨죽여야 했고, 아무리 우스워도 소리 죽여 웃어야 했다. 그래서 더욱 늙은 여자의 표정은 팬터마임처럼 과장되어 변해갔다. 늙은 여자는 통화에 끼어들진 못했지만 젊은 여자들이 하는 말에 늘 흥미진진했다. 젊은 여자들은 한 번도 늙은 여자의 귀에 거슬리거나 못 알아들을 말을 한 적이 없었다. 젊은 여자들이 재미있어하는 얘기는 늙은 여자도 재미있었고, 젊은 여자들이 분개하는 문제에 대해선 늙은 여자도 분개했다. 젊은 여자들의 기쁨이나 슬픔, 바람을 늙은 여자는 특별히 노력하거나 가장하지 않고도 따라 할 수 있었던 것이다.

전화로 젊은 여자들의 이야기에 숨어서 참여할 때마다 늙은 여자는 자기가 왜 늙은 여자여야 하는지 이상하게 생각했다. 고립되어 특별히 취급되어야 할 아무런 이유도 그 자신에겐 없었다.

전화의 화제가 비약했다.

"참 수다 떠느라 정작 용건을 잊어먹을 뻔했구나. 내일 좀 모여야겠다. 인애 시어머님이 돌아가셨어. 그냥 있을 수 있니? 부조금 좀 걷어가지고 문상을 가봐야지."

"그래? 언제 돌아가셨어?"

"어제. 너 왜 그렇게 긴 한숨을 쉬니?"

"그냥."

"너 혹시 부러운 거 아냐?"

"아무렇게나 좋을 대로 생각해."

"그분 아직도 새파라시지?"

"새파라시기만 하면 좋게."

"왜 무슨 트러블 있었어?"

"아니."

"그럼 왜 그래?"

"더 새파래지시지 못해 병원에 다니신단다, 요새."

"그래도 어디가 편찮으시다는 핑계는 있을 거 아냐?"

"뭐 구미가 없으시다나."

"느네가 너무 효자 효부라서 그래. 구미가 떨어지셨다면 무해
무익한 비타민제나 한 병 사다드렸으면 됐지. 병원이 어디 한두
푼 드는 데니?"

"우리 식구 모두 건강해서 여직껏 의료보험 혜택 한 번도 못
받았잖아. 그러니까 그냥 보내드리는 거지 뭐."

"얘, 모르는 소리 좀 작작해. 병 없이 엄살 부리는 사람 병원비
를 아무리 의료보험 덕 봐도 무시 못 한다. 두고 봐라. 갖은 검사
를 다 시킬 테니. 생각해봐. 감춘 보물 찾기보다는 안 감춘 보물
찾기가 더 골 빠지는 건 정한 이치고, 병원에서 왜 거저 골이 빠
지니? 터무니없이 돈 들걸."

"그것쯤 누가 모르니? 그렇지만 이번 일은 정말 참을 수가 없
었어."

"왜 무슨 일인데. 요것아 빨리 실토를 해봐."

"글쎄 허구한 날 명치에 뭐가 있다고 그러면서, 이 사람 저 사
람 아무나 보고 거길 주물러달라는 거야. 노인네가 왜 그렇게 자
기 살 만지는 걸 바치는지 딴 건 다 참을 수 있어도 그것만은 정
말 못 참겠더라."

"드디어 왔구나. 예외도 있나 싶더니."

"뭐가?"

"느네 노인네 말야. 외아들의 홀시어머니인데 그 동안 어쩨 너
무 구순하다 싶더니. 그게 바로 억압된 성적인 욕구불만의 표현
일 거야."

"성적인 욕구불만? 그럼 성욕 비슷한 건가?"

"비슷한 말이 아니라 준말이지. 요새 애들이 그런 거 잘하지. 왜 홍도야 우지 마라의 준말은 홍도야 뚝, 가방을 든 여자의 준말은 빽 든 년, 하는 식으로 말야. 늙고 젊고 사람 하는 짓은 성욕으로 설명 안 되는 게 없거던."

"너니까 그렇지. 너는 애가 아무튼 불순해. 꼭 그 방면으로 뭔 일이든지 꽈다붙이더라."

"얘, 뭔 일이든지 그 방면으로 꽈다붙인 게 나래? 무식하게스리, 그건 프로이트야."

"프로이트?"

"그래 프로이트. 너도 대학교 때 들은 강의 그 정도는 기억하고 있다가 써먹을 줄도 좀 알아라."

"억압된 성적인 욕구의 표현이라? 그러고 보니 나에게도 이것저것 짚이는 게 있어."

"프로이트 선생을 꽈다붙이니까 금세 내 말에 권위가 붙는구나 얼씨구."

"까불지 말아. 남은 속상해 죽겠는데."

"뭐가 또 속상해? 내가 해석을 잘 해줬는데."

"네 해석을 듣고 보니 얼마나 징그러우냐 말야."

"얘는, 성욕이 뭐가 징그럽니? 그야말로 인류 영원의 문젠데. 그 문제가 사라지는 날은 인류가 멸종하는 날일 텐데."

"듣기 싫어. 노인네 안 모신다고 남 너무 약올리지 마."

늙은 여자는 통화중에 슬그머니 수화기를 놓았다. 손에서 힘이 빠져 더이상 수화기를 감당할 수가 없었다. 늙은 여자는 프로이트를 못 알아들었지만 성욕은 알아듣기 때문에 심한 모욕감을 느꼈다. 세상에 다 죽게 된 늙은이에게 무슨 누명을 못 씌워 그런 더러운 누명을 씌울 게 뭐란 말인가. 늙은 여자는 텅 빈 오장이 와들와들 떨리게 분했다.

프로이트가 뭔지는 그게 외래어라는 것밖에 알 수가 없었다. 늙은 여자는 젊은 여자들이 즐겨 쓰는 외래어를 거의 못 알아듣는 게 없었다. 액세서리니 에티켓이니 노이로제니 프리미엄이니 덤핑이니 섹스니 하는 외래어의 뜻을 누가 가르쳐주지 않았는데도 뜻을 정확하게 파악해서 알아들을 수 있을뿐더러 써먹기도 했다. 그러나 프로이트만은 생각할수록 오리무중이었다. 설사 그 뜻을 짐작할 수 있다손 치더라도 성욕에서 받은 모욕감을 덜 수 있을 것 같지 않았다.

늙은 여자의 눈엔 눈물이 고였다.

아이들이 학교에서 돌아오는 소리가 났다. 아이들은 늙은 여자에게 친절했다. 안방에서 텔레비전을 보다가 쫓겨나면 저희들 방으로 가는 척하다가 할머니 방으로 숨어들어와 이불 속으로 파고들어 텔레비전을 켜달라고 조를 때도 있었다. 그럴 때 늙은 여자는 처음엔 안 된다고 하다가도 곧 아이들 하자는 대로 했다. 아이들의 엄마 아빠가 해롭다고 생각하는 건 늙은 여자도 아이들에게 해롭다고 생각했지만 아이들을 양 옆구리에 끼고 어리고 싱싱한 체온과 숨결에 접한다는 건 늙은 여자가 도저히 거역할 수 없는 기쁨이었다.

오늘따라 아이들은 할머니 방에 들어오지 않았다. 아이들은 들어올 때도 안 들어올 때도 있었지만 늙은 여자는 젊은 여자가 일부러 아이들을 안 들여보내는 것처럼 느꼈다.

젊은 여자가 아래윗물이 지게 멀겋게 끓인 미음을 들고 들어와서 머리맡에 놓으며 말했다.

"구미가 안 당기시더라도 좀 마시세요."

늙은 여자는 대답하지 않았다. 젊은 여자는 대답을 기다리지 않고 나갔다. 늙은 여자는 미지근한 미음을 마셨다.

아이들이 아빠아빠, 하고 반기는 소리가 났다. 부엌에서 환풍기 돌아가는 소리가 시끄럽게 났다. 늘 듣던 소린데도 톱니바퀴가 뇌수에 파고드는 것처럼 그 소리는 여자를 괴롭혔다. 늙은 여자는 엎드려서 귀를 틀어막았다. 그 소리가 멎자 식당에서 밥 먹는 소리가 났다. 식구가 모두 늙은 여자를 약올리기로 약속이나 한 듯이 즐겁게 웃고 소리나게 씹으며 식사를 했다. 향긋한 김 냄새 구뜰한 토장국 냄새도 끼쳐왔다. 아침에도 같은 냄새를 맡은 것으로 봐서 환각인지도 몰랐다.

텔레비전 소리가 났다. 연속극에서 늙은 여자가 악쓰는 소리가 났다. 늙은 여자의 방에도 텔레비전은 있었지만 보지 않았다. 연속극에 나오는 늙은이들은 젊은이한테 무조건 아첨하지 않으면 사사건건 대립했다. 늙은 여자는 그렇게 사는 늙은이가 마음에 안 들었다.

연속극 속의 식구들 소리 때문에 정작 식구들의 말소리는 들리지 않았다. 늙은 여자는 기다렸다. 식구들이 연속극에 정신이 팔린 사이 아들이 살금살금 발소리를 죽여가며 문병 와주길. 몇 번인가 문 밖에 숨죽인 아들의 발자국 소리를 들었다. 그러나 실제로 문이 열리진 않았다. 늙은 여자는 안절부절 아들이 문병 들어와주길 기다리다 지쳐서 다시 쓰러졌다. 뱃속에서 쪼르륵 소리가 나면서 명치 속이 까진 살갗처럼 싱싱하게 쓰려왔다. 여자는 반듯이 누워서 명치를 쓸어봤다. 아무것도 만져지지 않았다. 아마 엑스레이는 더 정확하게 그 속에 아무것도 없다는 걸 증명해줄 것이다. 그 속에 아무것도 없다는 게 마치 몰래 길들인 친구를 잃은 것처럼 허전했다. 그거야말로 늙은 여자의 마지막 친구였거늘.

늙은 여자는 응어리를 되찾기 위해 미친 듯이 명치를 쓸고 주무르고 더듬었다. 그러면서 이게 성욕이라니 천부당만부당하다고 생각했다. 늙은 여자는 성욕이라는 말에 게울 것처럼 추잡한 느낌밖에 들지 않았다. 늙은 여자는 지금은 과부지만 쉰 살 가까이까지 부부생활을 했고 불감증은 아니었지만 먼저 성욕을 느낀 일은 없었다. 남편이 죽자 궂은일에도 남편 생각 좋은 일에도 남편 생각 굽이굽이 남편 생각이었지만, 기쁨이나 슬픔을 같이 나눌 대상으로서 그리워했지 성욕의 대상으로 그리워해본 적은 절대로 없었노라고 늙은 여자는 자신 있게 장담할 수 있었다.

그럴수록 전화로 들은 젊은 여자의 말은 괘씸하고 치가 떨렸다. 늙은 여자에게 성욕이란 음란과 같은 의미밖에 못 지녔다. 젊어서 서방질을 했다는 누명을 썼어도 이보다는 덜 분할 것 같았다.

연속극이 끝났다. 그리고 가수의 노래가 들렸다. 아이들이 따라 부르는 소리가 났다. 부부가 같이 웃는 소리가 났다. 다시 연속극 소리가 났다. 연속극이 끝났다. 텔레비전을 끄고 식구들이 웃고 떠드는 소리가 났다.

아들이 문병 오긴 틀린 일이라고 늙은 여자는 생각했다. 아들의 문병을 단념한 늙은 여자는 마침내 아들에게 악담을 하기 시작했다.

너도 자식 기르는 놈이 그러는 게 아냐, 너도 곧 당할 거다. 암 당하고말고, 더도 말고 덜도 말고 내가 너한테 당한 것만큼만 너도 네 자식에게 당하거라. 고려장 얘기가 옛말이 아니야. 늙은이를 산 채로 내다버리고 온 지게를 자식이 훗날 자기를 내다버리기 위해 거두어두더란 옛말은 재미는 없었지만 기분 나쁘고 겁나는 얘기였다. 그래서 자식 보는 앞에서 더욱 부모에게 효도를 극진히 했었다. 고려장 이야기는 곧 그 시대의 늙은이들을 위한 사회보장제도 같은 거었다.

늙은 여자도 자식 보는 데서건 안 보는 데서건 부모에게 불효한 바 없었다. 그래도 자식 보는 앞에서 좀더 효도를 극진히 했다면 그것은 자식이 훗날 본받게 하고자 함이었을 게다.

그러나 자식은 지금 그것을 본받고 있지 않다. 아마 훗날 그의 자식 역시 그를 본받지 않으리라는 걸 알고 있기 때문일 것이다. 어쩌면 아예 그런 것에 의지할 필요가 없는 새로운 삶의 모습이 생겨났는지도 모르고. 그렇다면 고려장을 건 저주가 무슨 소용일까. 늙은 여자는 그 유구하고도 진부한 사회보장제도가 자기 대에 와서 단절됐음을 느꼈다.

그렇담 저 막심한 불효는 영영 갚아질 길이 없는 것일까. 늙은 여자는 아직도 아들의 불효에 대한 앙갚음을 단념 못 한다.

어느 틈에 밖의 일가 단란의 소리가 멎고 늙은 여자의 방문이 소리없이 열렸다. 기다리던 아들이 아니라 젊은 여자였다.

그때까지 늙은 여자의 손은 명치 속에서 응어리를 찾는 일에 열중하고 있었기 때문에 마치 자위를 하다가 들킨 것처럼 화들짝 놀랐다. 젊은 여자 역시 자위의 현장을 목격한 것처럼 고개 먼저 돌리고 야릇한 미소를 짓더니 말없이 나가버렸다.

늙은 여자는 죄지은 것 없이 가슴이 울렁대면서 낮에 들은 전화의 목소리를 생각했다. 성욕은 인류 영원의 문제라고 했겠다. 거북한 명치를 쓸어줄 타인의 손을 그리워하는 것도 성욕이라고 했겠다. 그렇담 너희들도 늙어 죽는 날까지 성욕에서 놓여나지 못하겠구나. 고려장의 저주로부터는 놓여났어도 성욕의 저주로부터는 못 놓여나겠구나.

늙은 여자를 그렇게 심하게 망신 주던 성욕이 도리어 늙은 여자를 구원한다. 늙은 여자는 고려장으로 못 푼 앙갚음의 꿈을 성욕을 통해 풀려 든다. 비로소 기분이 좀 나아진다.

늙은 여자는 웃으면서 일어나 앉아 거울을 본다. 거울 속의 여자는 울고 있었다. 엉엉 울고 있었다. 아무리 웃기려도 말을 듣지 않았다. 그래도 거울 속의 여자쯤은 자기 마음대로 될 수 있으려니 했는데 그게 아니었다.

늙은 여자는 과부 되고 외아들 기르면서 늙게 혼자 살게 될까 봐 그걸 항상 두려워하며 살았었다. 지금 늙은 여자는 혼자 살지 않는다.

그러나 늙은 여자는 지금 정말 불쌍한 건 혼자 사는 여자가 아니라 자기 뜻대로 아무것도 할 수 없는 여자임을 깨닫는다.

추적자

워커 끈을 다 매고 막 배낭을 메려는데 전화벨이 울렸다. 날이 밝기 전이었다. 잘못 걸려온 거겠지 싶어 그대로 현관문을 나서려다 말고 급한 사정이 생겨 못 나오게 된 친구로부터의 연락인지도 모른다는 생각이 들어 멈춰 서서 귀를 기울였다.

광수는 오늘 모처럼의 연휴를 맞아 몇몇 친구들과 등산을 갈 예정이었다. 내설악 백담사로 해서 오세암을 지나 소청봉 대청봉을 정복하고 외설악으로 하산하는 방법은 광수가 가장 사랑하는 등산 코스여서 자주 친구를 모아 리더 격이 되곤 했다.

"당신 전화예요."

아내의 뾰로통한 목소리가 들렸다. 아내는 남편이 '휴일은 가족과 함께'가 아닌 것에 불만이 대단했다. 아내는 더군다나 두번째 아이를 배고 있는 중이었다. 모처럼의 연휴에 가족끼리 새마을호나 고속버스쯤이라도 타고 이름난 관광지, 호텔에서 일박

이일쯤 하는 오붓한 재미를 누리고 싶어한다는 걸 광수도 모르진 않았다. 그래서 등산 준비도 아내의 단잠을 깨울세라 도둑질하듯 소리 죽여 했고, 아내 역시 깨 있으련만 자리 속에서 꼼짝 않고 코를 골고 있었다.

"누구 전화야? 당신이 대신 받으면 안 되겠어? 나 워커까지 신었단 말야."

"형님이세요."

아내의 목소리가 고소하다는 듯이 약간 누그러졌다.

"뭐, 형님?"

광수는 배낭을 내려놓고, 워커 끈을 대강대강 늦추고 발을 빼냈다.

"형님이세요? 전화 바꿨습니다."

"응, 내다."

허겁지겁한 게 무색할 만큼 장수의 목소리는 가라앉아 있었다.

"그자가 죽은 건 너도 알지?"

"아뇨, 금시초문입니다. 형님."

"넌 신문도 안 보냐?"

"아, 네……"

광수는 마치 형님 앞에 서 있는 것처럼 뒤통수를 긁적거렸다.

"오늘이 장례식이다."

"그래서요?"

광수는 그렇게 물으면서도 그 다음 대답을 알고 있었다. 그 다음 대답은 '그냥, 그렇게 알고 있으란 말이다'가 될 터였다. 그러나 뜻밖에도 장수의 가라앉은 목소리는 이렇게 말하고 있었다.

"가봐야지."

"제가요?"

"그럼, 그리고 길수도. 길수한테 네가 연락해주렴."

"형님, 전 오늘 친구들과 등산 가기로 돼 있습니다. 지금 막 떠나려던 참이었어요. 형님 전화가 일 분만 늦었어도 전 받지도 못했을 겁니다."

"그럴 줄 알고 일찌거니 건 거다. 장례식은 열시다. 학교장이야. 그자가 학장으로 있던 N대 도서관에서."

"이번 등산에서 제가 빠질 수 없습니다. 제가 리더거든요."

"열시에 거기서 만나자. 길수한테도 그쪽으로 직접 나오도록 이르고."

지난 이십 년 동안 맏이인 장수는 '그자(者)'의 행적을 끈질기게 추적해 광수 길수 두 아우에게 일러주는 걸 엄숙한 의무처럼 행해오고 있었다. 그러나 '그냥 그렇게 알고 있으란 말이다'가 고작이었다. 알고 있는 것 이상의 어떤 행동을 지시해오긴 처음이었다. 하긴 그자가 죽은 게 처음이니까. 아아, 그자가 죽었구나, 형의 이십여 년 동안의 무의미한 추적도 끝났구나.

광수는 문득 살을 저미는 듯한 비애와 허망감을 느꼈다. 전화는 이미 끊겨 있었다. 그는 잠깐 망연히 서 있다가 다음 리더가 될 만한 친구한테 전화를 걸었다. 그 친구 집은 마침 마장동 시

54

외버스 정류장 근처라 아직 떠나지 않고 있었다. 갑자기 떠나지 못하게 된 사정을 친구는 꼬치꼬치 알고 싶어했으나 그는 다만 급한 일이 생겼다고밖에 말하지 않았다. 친구가 못마땅해하건 섭섭해하건 상관하지 않고 그는 먼저 전화를 끊었다.

등산 가는 걸 앙알대던 아내는 이번엔 등산 안 가는 걸 트집 잡기 시작했다.

"당신 나하고 얘기 좀 합시다. 그 대단한 등산을 갑자기 그만 둘 만한 일이 도대체 뭐유? 별일 아니라고요? 별일 아닌데 여편 네가 안 나오는 눈물까지 짜가면서 말려도 들은 척도 안 하고 떠 나던 길을 왜 못 떠나요? 알았어요. 알았단 말예요. 당신이란 위 인은 여편네가 목을 매달았대도 외눈 하나 깜짝 안 하다가도 자 기붙이가 방귀만 뀌었대도 허겁지겁 달려갈 위인이란걸. 내가 저런 위인을 남편이라고 믿고……?"

아내의 제아무리 천박스러운 푸념도 안으로만 침잠하려는 그 의 심정을 어쩌지는 못했다. 그는 멍하니 연거푸 담배만 피웠다. 그렇다고 그자의 죽음이 슬픈 건 아니었다. 지금 그에게 어떤 감 회가 있다면 그건 그자의 죽음에 대해서가 아니라 그들 삼형제 의 이제 끝날 수밖에 없이 된 추적에 대해서였다.

광수가 철모르는 중학생일 적부터 시작된 그자에 대한 그 추 적은 이십여 년 동안 계속됐다. 그 추적의 시작도 리더인 맏이 장수였다. 광수와 길수에게 그 추적은 다만 무의미했다. 그럼 지 금 생각해보니 삼형제가 사는 장소뿐 아니라 사는 방법까지 판이하게 뿔뿔이 살면서도 용케 유대의 줄이 끊기지 않았던 것은 같은 목적물을 추적하는 일 때문이었던 것도 같다. 광수도 그 이상은 그 추적의 의미를 알고 있지 못했다. 그는 이제 남의 집에 전화를 걸어도 실례가 안 될 만큼 늦은 시간이다 싶을 때까지 등산복 차림으로 멍하니 앉아 있었다. 길수는 아직 미혼이라 하숙을 하고 있었다.

"웅, 내다."

오랫동안 기다리게 해놓고 잠에 취한 목소리로 전화를 받는 길수에게 광수는 이렇게 말했다. 그리고 그 소리가 전화를 통해 귀에 익은 형의 소리와도 너무 닮아 있음에 쓴웃음을 지었다.

"아유, 형님 웬일이세요? 새벽부터."

"지금이 몇신 줄 알고 새벽이냐?"

"형님도, 공일날 새벽하고 평일의 새벽하고 같은 시간이면 뭣땜에 공일을 기다립니까?"

"그자가 죽은 건 너도 알지?"

그는 아우가 슬슬 시작하려는 농지거리를 차단하고 이번엔 의식적으로 형의 말투를 흉내내서 말했다.

"아뇨, 금시초문입니다, 형님."

"넌 신문도 안 보냐?"

"아, 네······"

광수는 아우가 뒤통수 긁는 모습을 보고 있었다.

"오늘이 장례식이다."

"그래서요?"

아우가 제법 뻔뻔스러워지면서 묻는 소리를 들으며, 광수는 처음으로 입가로 웃음을 흘렸다. 너도 아마 '그냥 그렇게 알고 있으란 말이다'를 기대하고 있으리라만 이번엔 그렇게 쉽게 안 될걸.

"가봐야지."

"제가요?"

"우리 삼형제가 다 가봐야 한다."

"그자의 장례식에 우리 삼형제가 다 가보다니요? 보나 마나 큰형님의 발상이겠죠? 그자의 영전에 우리 삼형제가 나란히 분향을 하고 재배하고…… 꼴 조오켔수다. 그게 겨우 이십몇 년 동안의 형님들의 신비한 추적의 결말이라 이겁니까?"

"장례식은 열시다. 학교장이라더라. 그자가 학장으로 있던 N대 도서관 앞 광장이 영결식장이다."

"형님, 전 오늘 야구장에 가야 한단 말예요. 우리 모교가 황금봉황기 쟁탈 전국고교야구대회에서 결승에 진출한 거 아시죠?"

"금시초문이다."

"형님도 참, 신문도 안 보시나봐. 대망의 결승 진출이에요. 졸업생들이 후원회까지 조직해서 물심양면으로 후원과 격려를 아끼지 않고 그만큼 키운 끝에 드디어 황금봉황기를 코앞에 둔 이 중대한 시점에서 후원회측 응원단장의 중책을 맡은 소생이 불참한다는 건 말도 안 됩니다, 형님."

"열시에 거기서 만나자."

"형님, 형님."

광수는 내려놓으려던 수화기에서 다급한 소리가 나자 다시 귀에다 대면서 말했다.

"열시다. 늦지 않도록 해라."

"알겠습니다. 형님. 아우가 져야죠. 근데 형님, 이제부터 또 자기도 틀렸고 우리 열시에 거기서 만날 거 없이 곧 만나죠. 만나서 얘기나 하다가 시간 되면 같이 가죠."

"참, 그것도 나쁘진 않겠구나. 그나저나 어디서 만나지? 난 변두리 학교 훈장 노릇 십여 년에 시내 일은 깜깜이라. 네가 잘 아는 다방으로 정하렴."

"뭐 일부러 시내까지 나갈 거 있습니까. 형님, 우린 실상 너무 가까운 거리에 살고 있습니다."

"참 그렇구나."

광수는 아직도 뭐가 그렇게 못마땅한지 쌩쌩 찬바람을 일으키며 들락거리는 아내를 흘낏 쳐다보며 그렇게 말했다. 가슴이 뭉클했다.

"집으로 오련? 조반이나 같이 먹고 가게."

"뭘요, 조반 한 끼 덜 먹었다고 하숙비 덜 낼 것도 아닌데요. 여기서 한술 뜨고 종점의 종착역 다방에서 기다릴게요. 형님도 슬슬 그리로 나오세요."

길수는 그 다방이 단골인 듯 구석자리에서 오동통한 레지를 옆에 앉히고 시시덕대고 있다가 광수를 보고 손을 번쩍 들었다. 레지는 오리걸음으로 카운터로 가버렸다.

"신수가 훤하구나, 야구 구경 못 가서 심통 내고 있을 줄 알았는데."

"형님도, 제가 언제 기죽거나 심통 부리는 거 보셨어요?"

"하참, 그렇구나."

"처음엔 아닌게 아니라 심통도 좀 났지만 생각할수록 그자가 죽은 게 잘된 일이다 싶어 속 풀었죠."

"넌 그자를 미워했니?"

광수는 마치 자문(自問)하듯이 물었다.

"형님은요?"

길수가 그답지 않게 슬쩍 대답을 피하고 심각한 얼굴로 광수를 바라보면서 물었다.

"별로……"

광수는 애매하게 말끝을 흐렸다.

"저도 별로였어요. 제가 그자가 죽은 게 잘됐다, 라고 한 건 그자를 미워해서가 아니라 우리 삼형제가 그 영문 모를 추적으로부터 놓여난 게 시원해서예요."

"추적을 어디 우리가 했니? 형님이 했지. 우린 방관자였을 따름이야. 그자가 죽고 난 지금에야 약간은 그 점이 후회스러워져."

"전 그렇게 생각 안 해요. 사실 우리가 큰형이 하시는 그 영문 모를 일을 추적이라고 부르는 것부터가 우리의 순진한 꿈이 만들어낸 과장이 아니었을까요?"

"우리의 순진한 꿈?"

"네, 큰형을 마치 정의를 위해 악한의 뒤를 쫓고 또 쫓는 광야의 추적자쯤으로 생각하고 싶었던…… 그렇지만 큰형이 우리보다 힘들여서 어떤 행동을 한 건 하나도 없었잖아요. 우리보다 그자의 행적에 대해 관심을 갖고 지켜보고 그걸 우리들한테 일러주는 일을 계속했다는 것밖엔. 그 일도 워낙 그자가 저명인사고 보니 신문만 좀 자세히 보거나, 명사의 뒷소식에 아는 척하기 좋아하는 사람들의 소문만 귀담아들어도 그 정도는 저절로 알 수 있는 거 아녜요. 힘들었던 건 오히려 우리였던 것 같아요."

"우리가 힘이 들었다니?"

"우리는 우선 큰형의 그자에 대한 지속적인 관심에다 추적이란 거창한 이름을 붙였잖우. 그런 가당찮은 이름을 붙였던 건 실상 우리의 가당찮은 소망 때문이었을 거예요. 우린 큰형이 꼭 무슨 일을 저지를 것만 같았던 거예요. 큰형이 날이 시퍼렇게 선 단검이나 성냥갑만하되 파괴력이 무서운 사제 폭탄을 품고 있어 그게 어느 때고 한 번은 그자를 향해 투척되리라는 그런 소망을 갖고 추적을 지켜본다는 거, 그게 얼마나 뼈 빠지게 힘든 일인가는 작은형도 모른다고는 못 할 거유. 난 요즈음도 가끔 악몽에 시달리는데, 고작 큰형이 살인범이 되어 내 출셋길이 막힌다거나, 혼인길이 막혀서 절망하는 두 가지 레퍼토리가 줄기차게 반복되는 것만 봐도 그 힘든 일로 우리의 정신이 얼마나 압박받고 있나를 가히 알 만하잖우?"

"넌 아까부터 우리, 우리 하는데 너는 몰라도 나는 형님의 추적에 그런 무서운 소망을 건 적은 없었어. 불가사의한 의식(儀式)을 지켜보는 것처럼 문득문득 두려워한 건 사실이지만……"

"작은형도 분명히 그런 소망을 가졌었습니다. 소망에는 어떤 일이 생기길 간절히 바라는 것뿐 아니라 그 일이 생길까봐 두려워하는 것도 포함되니까요. 난 작은형이 나하고 같은 소망에 시달리고 있다는 걸 아주 오래 전에 확인한걸요. 작은형도 생각날 거예요. 오래 전 그자가 출마하던 해 우리 삼형제가 시골 국민학교 교정에서 그자의 선거연설을 듣던 일을. 그땐 우린 군중들의 뒤편 나무 그늘에 앉아서 입후보자들이 떠벌리는 소리를 듣는 둥 마는 둥 하고 있었는데 사회자가 그자의 차례라는 걸 알리자마자 큰형이 벌떡 일어나더니 우리한테 힘차게 손짓을 하면서 사람들을 헤치고 앞으로 걸어나갔죠. 그때나 이때나 큰형은 볼품없는 단구(短軀)인데 그후 그 일을 생각할 때마다 큰형은 거인처럼 커지고 우리한테 팔짓하던 손엔 깃발이 나부끼고 있던 것처럼 생각되니 참 이상하죠."

"그러니까 회상이란 믿을 게 못 돼."

"작은형, 그렇다고 회상에서 도망가려고 하지 말아요. 큰형이 그때 그렇게 거인스러워 보였다는 건 우리가 그만큼 비겁해져 있었기 때문이었어요. 그때 나도 떨고 있었지만 작은형도 입술이 새파랗게 질려서 와들와들 떨고 있었어요. 우린 둘 다 도망가고 싶어 죽겠으면서도 아무도 먼저 도망갈 용기조차 없어 떨리는 손을 서로 꼭 붙들고 형의 뒤를 따랐던 거예요. 우린 바로 앞자리 단 밑에 삼형제가 나란히 앉았죠. 결국 그날 아무 일도 안 일어나고 말았지만 우리가 왜 그렇게 떨었겠어요? 우린 그때 큰형이 그자를 해치게 되리라는 걸 두려워하면서도 기다렸던 거예요."

"글쎄다. 너와 내가 그때 어떤 심정이었는지 그건 잘 생각나지 않는다만 그 다음에 있었던 일은 잘 생각난다. 그날 큰형은 참으로 늠름했었지."

"네, 그것도 생각나고말고요. 그때 큰형은 생선장수였는데 생선장수가 그렇게 훌륭해 보일 수도 있다는 건 어린 마음에도 새로운 경이였어요. 지금 우리가 큰형보다 많이 배우고 큰형보다는 출세하고 큰형으로부터 완전히 자립했다고는 하지만, 그때의 큰형의 훌륭함을 마음속에서 지울 수 없는 한 맨날 장돌뱅이인 큰형이지만, 마음속의 특별히 높은 자리에 모셔놓고 있을 수밖엔 없을 거예요."

"그건 네 말이 맞다. 나는 요즈음도 형을 생각할 때마다 마치 내가 대단한 빽을 가지고 있는 것처럼 당당해지는데 그때나 저때나 장돌뱅이가 고작인 형이 우리에게 빽이 될 턱이 없지 않니. 그건 아직도 우리가 그날 늠름하던 형을 보고 으쓱해하고 황홀해하던 그 감동의 연장선상에 있기 때문일 게다."

"그렇지만 그건 큰형의 이십여 년간의 추적 동안에 있었던 전무후무한 단 한 번의 압권(壓卷)이었을 뿐이에요."

"그럴지도 모르지. 그렇지만 형이 그후 추적을 아주 포기했어도 우린 형의 늠름함을 지금까지 기억하고 숭배할 수가 있었을까? 어쩌면 그날의 형의 늠름함의 진상은 아주 보잘것없는 것이었는지도 몰라. 스무 살 남짓한 생선장수 청년이 늠름해야 얼마나 늠름했겠어. 고작 아우들 앞에서의 과장된 몸짓 같은 거였겠지. 형이 그때 그토록 늠름했었다는 건 한낱 우리가 만들어낸 신화일 뿐인지도 몰라. 그렇더라도 그후의 형의 그 꾸준한 추적이 없었던들 우리가 그런 신화를 키울 수는 없었을걸."

"작은형, 우린 지금 도대체 왜 이렇게 말이 많죠?"

길수가 약간 이맛살을 찡그리고 말했다. 누굴 비난하는 투가 아니라 스스로 반성하는 투여서 광수도 쉽게 공감했다.

"글쎄다, 아마 큰형이 없어서겠지……"

두 사람은 입을 다물고 시계를 보았다. 아직 아홉시 전이었다. 모닝커피랍시고 새알 같은 계란 노른자가 하나 든 커피는 광수의 빈속에 구역질을 유발했다. 그는 오리걸음을 하는 레지를 손짓으로 불러 그것을 치우게 하고 담배를 피워물었다. 다방 속은 초라하고 길었다. 꼭 옛날의 전차 속만했다. 종착역보다는 전차라는 이름이 더 솔직하고 분수에 맞는 이름일 것 같았다. 광수는 큰형이 전차 차장하던 때가 생선장수 전이던가 후이던가 생각해내려 했지만 아리송했다. 전차가 없어지면서 모처럼의 안정된 직업을 잃고 실직을 했던 건 확실한데, 그게 형이 거친 수많은 경력 중 어디메쯤인지 그 순서는 뒤죽박죽이었다. 그게 생각할 수록 그의 신경에 거슬렸지만 아우에게 물으면 또 말 많다고 핀잔받을 것 같아 혼자서 생각해내기로 했다.

그들 삼형제가 큰형을 가장으로 의지하고 살게 된 것은 졸지에 고아가 되어 무작정 상경한 후였고, 그전까지는 시골에서 부모님 모시고 넉넉지는 못하나마 단란하게 살았었다. 졸지에 고아가 되기까지의 사정 속에 바로 그자가 개입되어 있었다. 그러나 광수가 아는 건 그자가 개입돼 있다는 정도지 그 정도가 어느만큼인지는 알고 있지 못했다. 큰형은 다 알고 있겠지 하는 걸로 일부러 궁금증을 눌러두고 있는지도 몰랐다. 큰형은 워낙 말수가 적었다. 아마 자진해서 그 말을 해주는 일이란 영원히 없을지도 모른다.

그들의 아버지가 졸지에 그 지경을 당한 건 장수가 고등학생, 광수가 중학생, 길수가 국민학생일 적이었다. 네 살 터울이었다. 장수도 어른은 아니었다. 그런데도 혼자서 어른 노릇을 도맡아 하려 들었다. 장수가 욕심쟁이여서가 아니라 아우들이 어른 노릇을 두려워하는 눈치 때문이었을 게다.

아버지는 지방관청의 말단 관리였다. 집안의 내려오는 재산은 선산과 텃밭과 자급자족도 안 되는 천 평 미만의 논이 전부였다. 그러나 농사와 월급쟁이를 겸하고 있어 그 고장에선 그런대로 사는 축에 들었다. 삼형제는 아주 농사꾼집 아이들한테 제법 우월감까지 품으며 구김살 없는 소년 시절을 보낼 수 있었다.

그러던 어느 날 아버지는 돌연 체포됐다. 지방관청이 관할하

는 토목공사를 둘러싼 거액의 부정사건이 연일 지방신문에 대서
특필됐다. 그러나 아버지는 겨우 주사(主事) 급이었다. 인품도
그렇거니와 신분도 감히 그런 걸 넘볼 처지가 못 됐다. 체포된
여러 명 중에서도 제일 급이 낮았다. 아마 어쩌다 술자리에 말석
이라도 참여한 영광이 재수 나쁘게 그런 화를 몰고 온 모양이었
다. 사건이 워낙 큰 사건이니만큼 누가 보기에도 그가 걸려든 건
가당찮아 보였던 만큼 곧 혐의가 풀리리란 것도 낙관할 수가 있
었다.

조사 결과 사건 자체를 헛짚었든지 소문보다는 경미한 사건이
었든지, 신문은 쉽게 흥분했던 것처럼 쉽게 식어버려 그 뒷소식
은 오리무중이 되었고, 혐의자들도 거의 다 석방됐다. 태산 명동
에 서일필 격으로 오로지 아버지만이 기소되고 재판에 회부됐
다. 실형을 선고받아 상고하는 사이에 시일은 끌고 아버지는 옥
중에서 병을 얻었다. 면회 갔다 온 어머니는 그분의 병은 순전히
울화병이라면서 당신마저 울화병이 옮아붙은 것처럼 날로 수척
해져서 몸부림쳤고, 병보석운동 한답시고 정신없이 그 알량한
전답을 다 날렸다. 어느 날 아버지는 정말 병보석이 됐지만 전답
을 날린 돈 덕이 아니라 가망 없는 빈사상태의 몸 때문이었다.
아버지의 임종을 지킨 건 어머니와 맏이인 장수뿐이었다. 아버
지는 숨 넘어가기 직전까지 피를 토할 것처럼 처절한 몸짓으로
그의 억울한 사정을 하소연했다고 한다. 그러나 그 억울한 사정
의 자세한 내막을 광수와 길수는 끝내 알 수가 없었다.

어머니도 곧 울화병이 악화되어 아버지의 뒤를 따랐고 졸지에 가장이 된 장수는 그만이 알고 있는 것을 아무한테도 퍼뜨리려 들지 않았기 때문이다. 장수는 두 아우를 데리고 한 많은 고향을 떠나 서울로 올라왔다. 그리고 자기는 미련 없이 학업을 중단하고. 막벌이로 나섰지만 두 아우에게만은 어떡하든 공부를 시키려 했다. 물론 광수와 길수가 서울 바닥에서 굶어 죽지 않고 과감하게도 대학 공부까지 할 수 있었던 것은 형의 덕보다는 더 많이 본인들이 부지런하고 똑똑하기 때문이었다. 본인들이 갖은 고생 다해 학비를 벌면서도 시험에 잘 붙었고 장학금 놓치지 않을 만큼 학점도 잘 땄기 때문이었다. 예나 지금이나 장수의 돈벌이는 아우 아니라 자식이라도 내리 둘씩 대학공부 시키기엔 크게 모자랐다. 그러나 장수가 두 아우 졸업시킬 때까진 장가도 안 들고 최소한으로 먹고 최소한으로 입으면서 돈벌이하는 족족 아우들의 뒷바라지에 아낌없이 디밀었다는 걸 아우들은 잊지 않고 있었다.

서울로 이사 온 지 일 년쯤 됐을 때였다. 그때 그들은 중랑천변 움막에서 살고 있었고 장수는 리어카를 사서 채소 행상을 하고 있었다. 밥상도 없이 저녁밥을 둘러앉은 자리에서 장수가 구질구질한 점퍼 속주머니에서 반듯하게 접은 신문을 꺼내 펴들면서 말했다.

"그자가 ×지청의 지청장으로 영전이 되었구나."

"그자가 누군데?"

66

아우들은 입을 모아 그렇게 물었다.

"아버님을 돌아가시게 한 그 사건의 담당검사였느니라. 그때는 우리 고장 검찰청 차장검사였는데 이번에 영전이 됐더구나."

장수는 그 소리를 감정을 잘 절제한 담담하게 가라앉은 목소리로 말했다. 그래서 형이 영전을 축하하고 있는 건지 저주하고 있는 건지, 원한을 품고 있는 건지 이미 삭여버린 건지, 아우들은 짐작도 할 수 없었다. 그러나 아우들은 그런 궁금증을 따질 겨를이 없었다. 다만 형이 리어카 장수 주제에 감히 지청장을 '그자'라고 하는 게 조금도 어색하지 않고 썩 잘 어울리는 데 압도당하고 있었다. 그래도 길수가 울먹이며 한마디 했다.

"그래서 어쩌란 말야. 아버진 돌아가시고, 그 사람은 잘돼서 좋아하란 말야? 춤이라도 추란 말야? 우리더러 어쩌란 말야."

"그냥 그렇게 알고 있으란 말이다."

장수는 길수의 울부짖음과는 딴판으로 얼음장 같은 소리로 그렇게 말했다. 그때만 해도 아우들은 '그냥 그렇게 알고만 있기'를 우습게 알았다. 그래서 속으로 그러면 그렇지, 리어카 장수 주제에 감히 지청장을 어째볼 엄두를 못 내는 거야 당연하지, 하고 형을 비웃었다. 그러나 날이 갈수록 어떤 일을 시간과 함께 망각의 저편으로 자연스럽게 흘려보내지 않고 계속해서 알고 있기란 마치 남은 다 다른데 자기만 각성해 있기처럼 고된 일이라는 걸 알게 되었다. 그 일이 고됐기 때문에 아우들은 차라리 형이 몹쓸 짓이라도 그자에게 분풀이를 해서 그 일로부터 그들이 놓여날 수 있기를 두려워하면서도 기다렸는지도 몰랐다.

그러나 장수는 결코 아무 일도 안 저질렀고 아우들로 하여금 그자에 대해 다만 그냥 그렇게 알고 있게 하기 위한 추적만을 멈추지 않았다. 이십여 년 동안 형의 추적을 통해 드러난 그자의 가는 길은 대체로 순탄했다. 그들 삼형제가 사는 고장에서 볼 때 그자가 사는 곳은 눈부신 양지였다. 물론 사람이 살아가는 일이라 약간의 기복까지도 없을 수가 없었다. 단박 정상에 닿을 듯 치솟다가도 주춤 발을 헛디딜 때도 있긴 했다.

한때 그자가 관직을 내놓은 적이 있었다. 아마 ×지청장 다음으로 다른 지방의 지청장으로 전임 발령이 났을 때였는데, 그 인사이동에 불만을 품고 사표를 냈었다. 그러나 그때가 때마침 자유당 말기여서 훗날 그의 출세에 도리어 그 짧은 시기가 크게 도움이 됐다. 마치 자유당의 부정부패에 절망하고 과감히 공직을 물러나 은둔생활을 한 셈이 됐기 때문이다.

요는 그자의 기복은 모두 양지에서의 일이었고, 삼형제가 아무리 그를 추적한대도 음지에서의 일이었다. 양지만을 골라 사는 사람의 눈에 띌 리가 없었다. 하물며 그들의 추적이 완전히 정적인 추적임에 있어서랴.

그자가 국영기업체 장이 됐다더라. 그자가 입후보했다더라. 그자가 당선이 됐다더라. 그자가 ××분과위원장이 됐다더라. 그자가 ×회장이 됐다더라. 그자가 외유중이라더라. 그자가 ×국 대사가 됐다더라. 그자가 ××부 장관이 됐다더라.

그래서요? 그냥 그렇게 알고 있으란 말이다. 이런 무의미하고 무력한 추적중 그들 삼형제가 그자를 눈앞에 보기는 딱 한 번 그자가 입후보했을 때였다. 그때를 아우들은 지금까지도 잊지 못하고 있었다.

그때만 해도 삼형제는 한 집에서 살고 있었다. 장수는 그때 리어카 장수에서 약간 형편이 피어서 변두리 새로 생긴 시장에 노점이나마 쫓겨다니진 않아도 되는 자리를 하나 얻어 생선장사를 하고 있었다. 어느 날 장수는 그의 연중무휴의 장사를 아침부터 쉬면서 도시락을 싸기 시작했다. 삼형제가 함께 야외로 피크닉을 가자는 거였다. 그들의 여직껏의 생활방식으로 봐서 삼형제가 함께 가는 피크닉이란 기상천외의 발상이었다. 더군다나 광수와 길수는 따로 저희들만의 교우관계를 갖고 있었고, 큰형을 막연히 경원하고 있던 터라 그 피크닉은 생각만 해도 고역스러운 것이었다. 그러나 장수의 태도는 아무도 거스를 수 없게 단호했다.

재미없는 피크닉일수록 가까운 데로나 갔으면 좋으련만 그렇지도 않아서 그들은 시외버스에서 키질을 당하면서 한없이 갔다. 어디로 가냐고 아우들은 묻지 않았다. 어차피 재미없는 데일 건 뻔했으므로 행선지가 어디건 궁금할 건 없었다. 그건 형이나 알고 있으면 됐다. 그러나 시외버스를 내려서도 한 시간이나 걸어서 당도한 데가 그 지방의 선거유세장인 국민학교 운동장인 데는 아연할밖에 없었다. 그러나 아우들은 곧 긴장했다. 그자가 그 지방에서 입후보했다는 건 형의 추적의 경과보고를 통해 미리 알고 있었기 때문이다. 그자와의 최초의 만남이기에 이제야 말로 무슨 일이 날지도 모른다는 예감으로 아우들은 전전긍긍했고, 마침내 그자의 차례가 되자 형이 군중들을 밀치고 맨 앞자리로 나섬에 광수는 두려움을 걷잡지 못해 핏기가 가시고 길수는 오줌을 질금질금 지렸다.

그러나 형은 잠자코 아우들을 양옆에 거느리고 얌전히 땅바닥에 주저앉아 그자의 정견을 경청했다. 그자는 난립한 여러 입후보자 중에서도 군계일학으로 훤칠하고 구변은 현하(懸河)웅변이었다. 부정부패 부조리의 일소니, 서민대중을 위한 정치니, 자유니 민주주의니 청렴결백이니 정직이니 하는 낱말로 구절구절 장식된 우국의 충정이 막힘없이 흘러나와 장내에 철철 넘쳤다. 아우들은 그때처럼 그들의 형의 말없음, 말 적음이 보석 같은 미덕으로 믿음직스러웠던 적도 없었다. 그런 신뢰감으로 해서 당초의 경망스러운 어떤 불상사에의 예감조차 잊고 있었다.

합동유세가 끝나자 그자는 제일 먼저 군중들과 일일이 악수를 나누기 시작했다. 대개의 군중들은 그대로 흩어졌지만 열성적인 지지자들은 그자의 세력권을 과시하기 위해서라도 악수의 차례를 기다리고 섰다가 그의 악수에 응하면서 이미 당선은 떼어놓은 당상이라느니, 우리 그을에서 오랜만에 일꾼다운 일꾼 내놓아 무상의 영광이라느니 아부를 일삼았다.

장수는 무슨 생각에서인지 악수를 기다리는 지지자 속에 끼여서 차례를 기다리고 있었다. 아우들을 다음 차례로 거느린 채. 드디어 그가 장수 앞에 와서 만면에 웃음을 띠고 손을 내밀었다.

장수는 뒷짐 진 채 그의 얼굴을 지그시 눌러볼 뿐 꼼짝도 안 했다. 그는 뜻밖의 사태에 적이 당황한 눈치였지만 어디까지나 만인 앞에 저자세여야 된다는 입후보자의 신분을 잊지 않고 눈웃음치며 구십 도 각도로 허리를 굽히면서 잘 부탁한다고 말했다. 다음 아우들 차례로 돌아왔다. 아우들도 형이 하던 대로 손을 거만하게 뒷짐 진 채 뻣뻣이 서서 그의 절만 받았다. 그러나 형처럼 부드럽지도 날카롭지도 않되 속속들이 투시하는 것 같은 시선으로 그를 노려보지 못했다. 그때 형의 늠름함이야말로 타인의 추종을 불허했다.

형의 그런 늠름함만은 도저히 아우들이 흉내낼 수 없는 거였기에 지금까지도 그들의 마음속에 신화처럼 남아 있었다. 음지의 삶이기에 그 정도의 사건도 능히 신화일 수가 있었다.

"작은형, 그때 큰형이 그자하고 대면했을 때의 일이 우리 마음에 신화처럼 남아 있다면 그자의 마음엔 악몽이 되어 남아 있었지 않나 몰라?"

길수도 그 생각을 하고 있었는지 그렇게 말했다.

"그자는 죽었다."

"그자는 참 복도 좋아. 말년에 학장이었던 건 야심만만한 그로선 결코 흡족한 자리가 못 됐을 테지만 죽기 전의 마지막 직업으로서야 얼마나 좋으냐 말예요. 그야말로 명당자리지. 오로지 학문과 덕망으로 길이길이 추앙될 수 있으니……"

아우들이 장례식장에 당도했을 때 꽤 넓은 N대 도서관 앞 광장은 조객들로 입추의 여지도 없다. 형은 먼저 와 있으련만 아예 찾기를 단념하고 한쪽 구석에 서 있는데 형 쪽에서 먼저 찾아왔다.

"그가 죽다니……"

형이 슬픈 듯이 말했다. 아우들은 형의 슬픔보다는 형이 처음으로 '그자' 대신 '그'라고 한 것에 놀라고 있었다.

장례식은 진행중이었다. 약간 높은 단상엔 검은 리본을 두른 고인의 초상화를 중심으로 조화가 노랑꽃, 흰꽃의 숲을 이루고 있었고 장의위원들과 유족들이 검은 옷을 입고 슬픔에 넘치는 얼굴을 다소곳이 숙이고 앉아 있었다. 고인의 유덕을 기리는 각계각층의 추모사는 끝이 없었다. 고인의 죽음은 학계에도 정계에도 법조계에도 메울 수 없는 빈자리를 남겼고, 고인의 생전의 덕과 학문과 우국지충정은 죽음과는 상관없이 학계에도 정계에도 법조계에도 길이길이 빛을 남길 터였다.

고인의 일생과 업적은 과연 화려했다. 어떻게 그렇게 양지만 골라 살 수가 있었을까, 신기하게 여겨질 만큼 그의 생애 중 아무리 짧은 순간도 그늘에 가려진 적이 없었다. 자녀도 그답게 훌륭하게 키워 여섯 명 중 네 명은 박사였고 두 명은 사장이었다. 만일 그의 시신에서 머리카락 하나라도 얻어가질 수만 있다면 그의 생전의 복이 조금이라도 옮아붙는 거라면 누구나 체면불구

덤벼들어 그의 시신은 그 자리에서 무산되리라.

장수는 마이크를 통해 이런 성대한 장례식의 진행을 귀담아들으면서 그 독특한 말없음과 무표정으로 일관했다. 두 아우도 어디서 얻어입었는지 검정 양복까지 입고 있어 더욱 볼품없이 초라해 뵈는 형이건만 형 앞이라는 것만으로 어려워 입 다물고 조용히 서 있었다.

마지막으로 시종 흐느끼느라 말끝을 제대로 잊지 못하는 학생의 조사가 있고, 그리고 N대 합창단의 조가 합창이 있었다.

분향 순서가 되었다. 장지에 도착해야 할 시간을 생각해서 조객들은 단체로 분향을 해주기 바란다고 마이크에서 정중하게 외쳤다. 같은 소리가 되풀이됐다. 워낙 많은 조객으로 봐서 그 소리는 긴한 조객 아니면 제발 분향을 생략해달라는 소리처럼 들렸다.

"분향 안 할래?"

장수가 분향하려고 늘어선 줄 끝을 찾으면서 이렇게 말했다. 뜻밖의 일이어서 아우들은 서로 얼굴만 쳐다보고 있는데 장수는 구태여 더 권하지 않고 혼자서 부리나케 줄 끝을 찾아갔다.

"원, 분향까지 할 건 또 뭐람."

길수가 혼잣말처럼 투덜댔다.

"누가 아니, 또 절하는 대신 뻣뻣이 서서 마지막으로 다시 한번 그를 바라보고 싶은 겐지."

"설마……"

아우들은 고개를 빼고 형이 분향하는 모습을 봐두려고 했으나 우왕좌왕하는 인파에 가려 볼 수가 없었다.

"이 많은 사람들이 한결같이 그를 추앙하는군요. 이 많은 사람 중에 아마 그를 '그자'라고 대할 자격이 있는 건 우리 큰형밖에 없겠죠? 우리 큰형이 단연 품위 있어 보이는 건 당연해요. 그런 큰형의 빽으로 우리도 최저한의 품위나마 유지하고 있다고 생각되지 않아요?"

"그렇지만 그를 그자라고 부르기 위해, 우리 눈에만 보이는 품위를 유지하기 위해 형에겐 한시도 쉬지 않는 추적이 있어야 했으니, 추적은 곧 깨어 있음이었으니, 모든 사람이 권력이니 명예니 하는 것의 최면에 걸려 있는 동안 형만은 깨어 있어야 했으니, 자기만 깨어 있는 게 아니라 아우들까지 꼬집어줘야 했으니 그게 보통 일이었겠니?"

아우들은 마치 형의 여직껏의 추적에 대한 조사처럼 처량하게 그런 말을 주고받으며 형이 분향을 끝내고 돌아오길 기다렸다. 그러나 형은 돌아오지 않았다. 영구와 유족과 장지까지 따라갈 친지들을 태운 차들까지 떠나고 뒤처리를 하는 학생들만 남은 후에도 형을 찾을 순 없었고 형은 워낙 싱거운 사람이었기 때문에 아우들은 별로 이상해하지 않고 장례식장을 떠났다.

"너도 얼른 장가나 들지 그러냐? 맨날 하숙생활만 해서 그런지 어째 꺼칠해 뵌다."

광수는 아우와 헤어져야 할 동네 어귀에서 이렇게 말했다.

"곧 좋은 소식 있을 거유. 요새 잘돼가는 중이니까."

"새삼스럽게 잘돼가고 말게 뭐 있냐. 벌써 몇 년째 죽자 사자 하는 사이면서."

"형님도 참, 걔하고 헤어진 지가 벌써 언젠데요."

"쯧쯧, 차였구나."

"아녜요. 차이다뇨, 그 반대예요."

"그럼 네가 찼단 말이지? 깊은 관계까지 맺었다더니 그럴 수 가……"

"형님은 그깟 일을 갖고 뭘 그렇게 심각한 얼굴을 해요. 찰 만해서 찼고, 차도 후환 없이 찼단 말예요."

"찰 만해서 찼다니?"

"왜 있잖아요, 출세에 유리할 것 같은 아가씨가 새롭게 나타났단 말예요. 이제 나도 철부지 나이는 지났겠다 그걸 알고야 어떻게 놓칩니까. 그렇다고 사랑을 위한 여자와 처세를 위한 여자를 둘 다 거느릴 만큼 부도덕하지도 못하고, 한쪽을 찰 수밖에요."

"저런 몹쓸……"

광수는 분개해야 된다고 생각했지만 뜻대로 되지 않아 말끝을 흐렸다.

"형님, 참 이상해요. 형님한테 이 이야기를 언젠가는 해야 된다고 생각하면서도 만날 적마다 말이 안 나왔었는데 오늘은 힘 안 들이고 말이 술술 나오니 말예요."

"큰형이 없어서 그럴 거다."

"아뇨, 큰형 앞이라도 마찬가지였을 거예요. 내가 하려는 일에 오늘처럼 자신 있어 보긴 처음인걸요."

길수가 한 번 어깨를 으쓱해 보이더니 제 갈 길로 가버렸다. 그런 길수의 모습에서 광수는 문득 최저한의 품위마저 벗어던진 인간의 모습을 본 것처럼 느꼈다.

아아, 그자가 죽었구나. 형의 이십여 년 동안의 추적도 끝났구나. 비로소 그들이 그자라고 부르던 사람의 죽음이 광수에게 실감되어왔다.

아직 끝나지 않은 음모 1

"엄니가 얼른 다녀가래."

봉당에 들어선 장석은 급히 온 눈치도 아닌데 어깨로 거친 숨을 쉬며 말했다. 재봉틀로 버선을 박고 있던 분희는 까닭 없이 가슴이 울렁거려서 그만 금을 놓치면서 버선볼을 일그러뜨렸다.

"누구한티요?"

분희는 틀을 멈추고 잘못 박은 버선을 끄집어내면서 말했다.

"누구긴 누구여? 임자제."

장석이가 버럭 화를 냈다.

"쯧쯧, 느그 시어메 또 가슴앓이 도졌는갑다."

갑순이의 급한 혼사 때문에 며칠 전서부터 친정에 와 있는 갑순이 고모가 이렇게 말하자 방 안의 여자들이 일제히 간지럼 참는 소리로 키득댔다. 그만큼 분희 시어머니의 가슴앓이는 유명했고 의미심장했다.

"앗다 성님도 참, 하나만 알제 둘은 모르는 소리 마시오. 그 몹실 병에 장석이 손이나 약손이제 워디 쟈아 손도 약손이라요. 가시손이나 안 됐으믄 쓰겄소."

인조필을 펴놓고 단속곳 마름질을 하고 있던 갑순이 어머니가 이렇게 말하고 분희에게 어서 가보라고 눈짓을 했다. 갑순이 어머니는 분희에게 시집 쪽으론 먼 친척이나 친정 쪽으로 따지면 당고모뻘이라 그 측은해하는 눈치가 한결 곰살스러웠다.

"내비두고 어여 다녀오래니께. 삿갓재댁도 참말로……"

삿갓재댁이란 분희 시어머니의 새댁 적부터의 호칭이었다. 친정 동네 이름이 삿갓재였기 때문이다. 그러나 그 이상은 되채지 않고 말끝을 흐려버렸다.

이십 호 남짓한 씨족마을에 타성은 서너 집도 안 됐지만 그나마 아주 남은 아니었다. 외가나 처가 사돈 쪽으로 연줄이 닿는 친척들이었다.

마을에서 제일 과년한 처녀인 갑순이의 혼사가 정해지고 신랑 집 사정으로 혼인날이 너무 바투 나자 온 동네 여편네들이 제 집 일처럼 애가 닳아 겨름내기로 드나들며 한쪽에선 금침을 꾸민다, 한쪽에선 마름질, 박음질을 한다 법석들이었다. 이 동네서 재봉틀은 분희네밖에 없었다. 삿갓재댁의 살림은 그만큼 짭짤했다. 재봉틀을 자신 있게 놀릴 줄 아는 것도 삿갓재댁 고부뿐이었다. 분희는 삿갓재댁의 분부대로 재봉틀을 숫제 갑순네로 이고 와서 혼수 바느질 중 박음질을 도맡아 하고 있는 중이었다.

장석은 전갈을 했으면 먼저 갈 것이지 봉당에 장승처럼 버티고 서서 덥지도 않은데 비지땀을 흘리며 핏발 선 눈으로 분희를 노려보고 있었다.

분희는 방 안 가득 늘어놓인 마름질중인 옷감 사이를 헤집고 나와 봉당으로 내려섰다. 그제서야 장석이도 앞장섰다. 그는 갑순이네 봉당을 벗어나자마자 멈칫 멈춰 서더니 분희의 손목을 왈살스럽게 휘어잡았다. 장석의 손아귀는 고약을 처바른 것처럼 끈적거렸다.

갑순이네 마당가엔 선짓빛 맨드라미가 성난 수탉의 벼슬처럼 도도하고 텃밭에선 팔뚝 같은 조 이삭이 누렇게 익어 고개를 숙이고 건들대고 있었다. 고즈넉한 한낮이었다.

"와 이런다요?"

분희는 심장이 튀어나올 듯이 울렁대 떨리는 소리로 이렇게 말하면서 손목을 비틀어 빼려고 했다. 장석이는 아무 말 안 하고 더욱 세차게 분희의 손목을 휘어잡았다.

분희는 끈끈한 게, 마치 진이 날 듯이 끈끈한 게 온몸에 늘어붙은 것처럼 무력해져서 검부락지처럼 가볍게 장석이에게 이끌렸다. 장석이하고 부부가 된 지는 삼 년이 넘건만 손을 잡아보는 것조차 얼마 만인지 몰랐다. 어쩌다 삿갓재댁 안 보는 곳에서 스치거나 잡아주는 장석이의 손은 미적지근하고 메말랐었다. 이렇게 화끈대고 끈적거리긴 처음이었다. 그러나 분희는 조금도 이상하거나 싫지가 않았다.

요 며칠 전서부터 장석의 태도는 이상했었다. 분희를 보는 눈은 허기지고 몸살난 것처럼 쑥 들어간 채 핏발 서 있었고, 온몸으로 분희만이 느낄 수 있는 끈적한 걸 거미줄처럼 풀어내며 분희를 꼼짝 못 하게 했다. 그래서 분희는 장석이와 눈을 맞추고 난 후면 그 끈적끈적한 게 나쁜 짓을 한 표시가 되어 몸 어딘가에 묻어 있을 것 같아 남의 앞에 나서기가 주저되기까지 했었다.

그러나 막상 그 끈적거리는 것에 요지부동 사로잡히자 체념에 가까운 안도감이 생겼다.

분희넨 비어 있었다. 삿갓재댁이 잠시 마실을 나간 모양이었다. 삿갓재댁의 유난한 성미대로 집 안은 티끌 하나 어지러뜨린 것 없이 정갈했다. 실상 그런 정결함은 분희가 만든 것이기도 했다. 그런데도 분희는 자기 집의 정결함이 남의 집 일처럼 낯설었고 마치 그 정결함에 의해 밀려난 것 같은 낭패감을 맛보았다. 장석이도 같은 심정이었던지 호기 있게 달려온 기세가 갑자기 꺾이면서 잠시 주춤하더니 좀더 난폭했다. 그는 분희가 손목을 빼려고 하지 않았는데도 아프게 비틀었다. 그리고 뒤란으로 끌고 갔다.

뒤란 감나무엔 잎이 아직 무성하고 감은 다 자라 주먹만했지만 시퍼랬다. 그 그늘 마른 콩깍지가 아무렇게나 쌓인 곳이 제일 으슥했다.

"와 이라요?"

분희는 모기 소리처럼 가냘픈 비명을 질렀다. 장석은 대답하지 않고 다짜고짜 분희를 마른 콩깍지 더미 위로 쓰러뜨렸다. 바싹 마른 콩깍지는 가시방석처럼 분희의 몸을 찔렀다. 그러나 장석은 사정 두지 않고 분희의 치마를 걷어올리고 당목 고쟁이를 벗겼다. 맨 궁둥이에 콩깍지는 새로운 통증을 가했다. 설상가상으로 장석이의 체중이 분희의 벗은 아랫도리로 힘차게 실려왔다.

"와 이라요?"

분희는 콩깍지에 엉덩이와 넙적다리를 찔리는 아픔으로 해서 그 다음 아픔은 거의 의식하지 못했다. 그녀는 뒤집어쓴 치마폭 속에서 흐느꼈다. 아파서 울고, 이게 그녀의 실질적인 첫날밤이라는 게 서러워서 울었다.

조실부모하고 당고모의 주선으로 삿갓재댁에 민며느리로 들어온 지 오 년 만에 연지 찍고 곤지 찍고 장석이하고 예를 올리고 또 삼 년이 지났건만 분희는 숫처녀였다.

첫날밤 장석이는 술이 곤드레가 돼서 신방에 들어 세상 모르고 잠만 자다가 새벽녘에 깨어나 쪽도리 낭자를 내려주려고 주춤주춤 분희한테로 다가갈 즈음 밖에서 찢어지는 듯한 비명이 들리고 집안이 심상치 않게 술렁이기 시작했다. 그것이 삿갓재댁의 가슴앓이의 시작이었다.

새벽녘까지 지치지도 않고 줄기차게 신방을 엿보던 아낙네들이 이제야말로 기다린 보람이 헛되지 않게 재미있는 일이 시작되려 한다는 신호를 안방에서 그때까지 잠자지 않고 친척들과 이야기꽃을 피우고 있던 삿갓재댁에게 보낸 게 잘못이었다.

삿갓재댁이 별안간 가슴을 쥐어뜯으며 비명을 지르고 나가자빠진 것이다. 갑자기 일어난 일에 일가친척들은 어쩔 줄을 몰라 결국 신방의 장석이를 불러낼 수밖에 없었다. 장석이 역시 처음 당하는 일이라 겁에 질려 쩔쩔매기만 하다가 "엄니, 워디가 어떻게 아프다요? 워디워디? 잉" 하면서 삿갓재댁의 밋밋한 명치를 꾹꾹 눌러도 보고 쓱쓱 쓸어도 보는 것이었다. 그럴 때마다 삿갓 재댁은 "고기여, 바로 고기여" 하면서 눈을 스르르 감았다가 다시 꼬챙이로 찌르는 것처럼 외마디 소리를 지르기를 되풀이하다가 해가 높다란 연에야 그 몹쓸 가슴앓이는 아주 가라앉았다.

그후 삿갓재댁은 영 아들을 며느리 방에 들여보내지 않고 혼인하기 전처럼 안방에서 데리고 잤고 몰래 좀 가까워지려는 낌새만 보이면 영락없이 가슴앓이가 도져 집안을 발칵 뒤집었다. 이제 삿갓재댁의 가슴앓이엔 장석이 손이 약손이란 건 마을 사람이면 모르는 사람이 없었다.

그러나 설마 분회가 아직도 숫처녀로 있으리라고까지는 아무도 상상을 못 했다. 여북해야 이웃에 사는 당고모까지 "아들 하나 바라고 산 청상과부 시어머니치곤 그만하면 잘 만난 셈이니 어서어서 떡두꺼비 같은 아들이나 하나 낳아 바치렴. 그러면 노인네는 손주 재미에 뒷방으로 물러나고 짭짤한 살림 다 네 것 되면 그간에 설움 옛말 하고 살게 되리라"고 타이를 지경이었다.

요컨대 이십 호 남짓한 이 폐쇄된 사회의 여론은 분회의 외며느리 노릇의 어려움을 동정하는 척하면서 한편 홀시어머니의 심술 또한 무슨 기득권처럼 인정하고 있었다.

분희를 찍어누르던 무게가 어느 순간 갑자기 제거되면서 콩깍지에 맨살을 부비는 아픔도 덜어졌다. 분희는 얼른 얼굴을 덮어씌운 치마를 내려 벌거벗은 아랫도리를 가리면서 윗몸을 조금 움직거렸다.

콩깍지는 아래 깔린 분희에게만 괴로움을 준 게 아니었다. 장석이의 무릎도 말이 아니었다. 장석은 분희한테 한마디 위로의 말은커녕 그윽한 눈길 한번 주는 법 없이 자기의 긁힌 무릎만 애처로운 듯, 억울한 듯 어루만지다가 바지를 집어 꿰더니,

"언제꺼정 그러고 자빠졌을 거여? 엄니한테 들키고 싶어?"

경멸하듯이 씹어뱉고는 횡하니 뒤도 안 돌아보고 헛간 모퉁이로 해서 집 안으로 들어가버렸다.

분희는 밟힌 지렁이처럼 꿈틀꿈틀 상반신을 일으키고 그녀의 몸의 일부에 선혈이 낭자한 걸 알았다. 그때 그녀는 하필 햇솜으로 갑순이의 혼수 금침을 꾸미면서 여자들이 제각기 한마디씩 하던 덕담이 생각났다. 그녀에게도 그런 햇솜이불이 있다. 그러나 그녀는 지금 너무 바싹 말라 날을 세우고 있는 콩깍지 위에 누워 있다. 팔자 한탄이 저절로 났다. 그러나 그녀는 곧 몸을 일으켰다. 콩깍지 위는 팔자 한탄을 하고 있기에는 결코 마땅한 자리가 못 됐다. 그녀는 살집까지 파고든 콩깍지를 털어내고 고쟁이를 찾아 발을 꿰고 끈을 맸다. 어기적어기적 헛간 모퉁이를 돌

면서 비로소 끈적끈적한 게 그녀의 양다리 사이를 흐르는 걸 느꼈다. 그것은 요 며칠 동안 장석이가 그녀 주위를 맴돌면서 말없는 수작을 걸던 그 끈적끈적한 것의 정체였다.

그후 분희는 열 달 만에 떡두꺼비 같은 아들을 낳았다. 삿갓재댁은 혼자서 기고만장했다. 삿갓재댁에게 있어서 손자는 자기가 결코 아들 며느리의 정분을 갈라놓는 나쁜 시어머니가 아니라는 산 증거물이었다.

그러나 장석은 다시는 분희한테 끈적끈적하게 굴지 않았다. 그에겐 전서부터 정을 통하고 있던 읍내 색주가가 있었고, 읍내 색주가는 비록 후줄근하지만 이부자리를 가지고 있었다. 장석인 버릇없이 자란 외아들답게 자기 몸에 대한 엄살이 심했다. 그의 무릎을 찌르던 콩깍지에 대한 원한이 대단했고 아둔하게도 콩깍지까지를 분희의 일부라고 생각을 했다. 그래서 분희는 참말로 재미없는 여자였다. 분희하고 콩깍지 위에서 그 짓을 하고 나서 장석이의 읍내 색주가와의 정분은 더욱 두터워졌다.

그래 그런지 손자 보고 나서 삿갓재댁의 가슴앓이는 다시 도지지 않았다. 여자가 애를 밴다는 건 좋은 일이었다. 분희가 애를 배고 나서부터는 마을 사람들까지, 당고모까지도 행여 분희가 과부 시어머니로 하여 남 모르는 외로움을 겪고 있을지도 모른다는 막연한 의심을 걷어치웠다. 콩깍지 위에서 그렇게 만난 건 아무도 몰랐다.

장석은 그후에도 난봉만 피우다가 서른을 겨우 넘긴 나이에

징용으로 끌려가더니 영 안 돌아왔다. 삿갓재댁은 그 동안에 가슴앓이 아닌 병으로 며느리의 극진한 병구완도 보람 없이 환갑에 세상을 뜨니 분희는 외아들을 데리고 한 많은 고장을 떠 서울로 올라왔다.

아직 끝나지 않은 음모 2

외아들을 장가보내는 날 분희 부인은 덩실덩실 춤을 추었다. 온양 온천으로 신혼여행 보내면서 뭉쳐두었던 빳빳한 새 돈을 아들 속주머니에 넣어주면서 한 눈을 꿈쩍 윙크라는 것까지 하면서 재미 많이 보라고 친구 같은 농지거리도 했다.

외아들의 첫날밤에 분희 부인도 잠이 오지 않았다. 관광호텔의 둘이 같이 자는 침대는 편안하고 정갈한 것일까? 세상 풍속 따라 신혼여행이라는 걸 보내긴 했지만 첫날밤만은 신부 집에서 정성껏 꾸민 원앙금침에 자야 하는 건데, 이런 생각에다 그녀 자신이 혼인한 지 삼 년 만에 대낮에 콩깍지 위에서 치른 첫날밤이자 마지막 밤 생각이 나 한 가닥 감회가 없을 수 없었으나 가슴앓이가 생기진 않았다. 그 아들이 자라 자수성가하고 장가까지 든 생각을 하면 대견하긴 이루 말할 수 없었지만 며느리도 귀여웠다.

아들 눈에 들기 전에 분희 부인 눈에 먼저 든 며느리였다. 중매가 딴 사람 아닌 분희 부인이었다. 인물로 보나 살림 솜씨로 보나 어디 내놓아도 안 빠질 일등 규수를 분희 부인은 아들보다 더 자랑스럽게 여겼다. 앞으로도 딸처럼 귀여워하고 싶었다. 여자 남자 사는 재미는 그녀가 못 누린 한이기에 아들 며느리만은 마음껏 누리게 하고 싶었다. 분희 부인은 아들 내외가 그녀의 눈치보지 않고 즐길 수 있도록 멀찍하게 별채에다 신방을 꾸미는 등 세심한 데까지 신경을 쓰면서 아들 내외를 기다렸다. 아들 내외는 이박 삼일의 신혼여행에서 돌아와 신혼생활에 들어갔다. 아들 내외의 금슬은 분희 부인이 바라던 대로 깨가 쏟아지게 좋았다. 아들은 일찍 퇴근해서 얼굴만 가까스로 비치고는 별채로 들어가버리지 않으면 색시를 밖으로 불러내어 저녁 먹고 구경하고 밤늦게 들어오거나 했다.

그럴 때마다 분희 부인은 외로움을 탔고 외로움은 당장 심술을 유발하려고 했지만 그때마다 잘 참았다. 며느리를 딸처럼 생각하면 참기가 한결 수월했다. 실제 분희 부인은 며느리를 경숙아, 경숙아 하고 이름을 불렀다. 며느리 삼기 전에 부르던 것을 고쳐 부르지 않음으로써 상투적인 고부관계의 어쩔 수 없는 허구를 부정해보려는 의도적인 것이었다.

경숙은 혼인한 그 달부터 태기가 있었다. 분희 부인은 회심의 미소를 지었다. 경숙이 인물이 좋고 살림 잘한다는 건 실상 분희 부인이 경숙이를 며느릿감으로 눈독 들인 표면상의 이유였고 참뜻은 그게 아니었다. 번족한 친정 쪽의 가계로 보나 본인의 팡파

짐한 엉덩판으로 보나 틀림없이 아들을 쑥쑥 뽑아낼 상이었다. 그게 들어맞아 경숙은 기다리기 전에 임신을 한 것이다.

그러나 낳고 보니 딸이었다. 첫딸은 세간 밑천이라면서 분희 부인은 조금도 섭섭해하지 않았지만 손녀의 이름만은 후남(後男)이라고 짓기를 고집해 조금도 양보하지 않았다. 딸을 내리 서넛쯤 낳은 것도 아닌데 고운 이름 다 놔두고 창피하게 후남이가 뭐냐고 경숙은 남편에게 앙탈을 했지만 남편은 그 착한 노인의 그만한 소원도 못 들어줄 게 뭐냐고 맞서 첫딸의 이름은 후남이가 되고 말았다. 그러나 뒤로 아들이 줄줄이 달린 이름에도 불구하고 후남이는 유치원을 갈 때까지도 아우를 보지 않았다. 분희 부인이 자신 있게 점친 다산성은 빗나간 것이다. 그러나 진상을 알고 보면 빗나간 게 아니었다. 너무 잘 들어맞아 후남이가 백일도 되기 전부터 경숙은 임신을 했다. 그렇게 자주 임신의 고통에서 시달릴 순 없다고 판단한 경숙은 분희 부인 몰래 중절수술을 받았고 중절수술은 석 달이 멀다 하고 자주 거듭됐다. 후남이가 두 돌이 지나 이제 중절수술이 필요 없겠다 싶었을 즈음부터는 정말 그게 필요 없게 아예 임신이 되지 않았다.

경숙이도 은근히 걱정이 돼 정밀검사 끝에 염증으로 나팔관이 막힌 걸 확인했다. 그것은 영구 불임의 선고나 마찬가지였다. 경숙은 그 사실을 속이고만 있을 수가 없어 분희 부인에게 털어놓았다.

땅이 꺼지는 것 같은 충격이었음에도 불구하고 분희 부인은 경숙의 말을 담담히 받아들였다. 이에 힘입어 경숙은 할 말을 다 하고 말았다.

"어머니, 조금도 섭섭해하지 마셔요. 저도 그렇고 아범도 그렇고 조금도 섭섭해하지 않고 있으니까요. 저희들에겐 후남이 하나면 족해요. 혈통은 아들에 의해서만 이어진다는 건 구식 생각이에요. 전 구식 생각의 피해를 받을 생각 조금도 없어요. 사람이 만든 호적상으론 남자에 의해서 대가 이어지는지 모르지만 실질적인 혈통은 남녀가 동등하게 이어가고 있다고 봐요. 호적은 이미 낡은 시대의 유물이에요. 저희들은 그까짓 것에 관심도 없어요."

경숙이 조금만 신중하거나 음흉했더라면 좋았을 것을 분희 부인은 경숙의 이런 당당함이 심히 아니꼬웠다. 그러나 조금도 그런 내색을 하지 않았다. 그리고 그런 내색을 하느니만 못한 음모를 조금씩 키워가고 있었다.

분희 부인의 콩깍지 위에서의 수태는 여직껏 분희 부인만의 비밀이었다. 분희 부인은 그것을 그녀만의 한과 상처로 죽는 날까지 그녀만의 것으로 간직할 터였다. 그런 그녀가 친척이고 사돈이고 남이고 가릴 것 없이 그녀의 교제범위 내의 누구에게라도 서슴지 않고 그 일을 발설하기 시작했다. 처음엔 수줍고 조심스러운 발설이 점차 슬프게 윤색돼 듣는 이의 가슴을 뭉클하게 했다. 그녀의 아들도 며느리도 며느리의 친정 식구들도 아들의 친구들도 이제 그 이야기를 모르는 사람이 없게 됐다. 처음 들을 땐 누구나 여자가 그런 세상을 산 적도 있었나 싶어 신기해하다가 그런 세상을 산 게 바로 눈앞의 분회 부인이라고 깨달으면서 측은해하다가, 이미 지나간 그런 세상에 대해 분개하는 것으로 끝났다. 그러나 거듭해 듣는 사이에 그 이야기는 조금도 신기하지 않았고 나중엔 넌더리가 났다. 넌더리 나지 않는 건 분회 부인뿐이었다. 그녀는 그 이야기를 할 때마다 새롭게 처량해했고 한스러워했다. 이제 사람들은 망령 났다고 수군대기 시작했다. 그것이 바로 분회 부인이 꾸민 음모의 진행이었다. 그녀는 외아들을 수태하기까지의 비화를 통해 결코 그녀의 맺힌 한을 넋두리하려는 게 아니었다. 면면히 이어내려오는 혈통을 끊기지 않게 하려는 조상의 섭리가 얼마나 무서운 것인가를 말하고 싶은 거였다. 그런 섭리를 감히 거스르려는 앙큼한 며느리를 나무라고 싶은 거였다.

그녀는 아들이 첩이라도 얻어서 손을 얻기를 바랐지만 그런 말을 한마디도 입 밖에 냄이 없이 다만 그런 분위기 조성에만 힘썼던 것이다. 자기는 나서지 않고 뒤에서 서둘지 않고 그러나 끈질기게 자기가 원하는 게 사회적인 분위기가 되게끔 조작하려는 그녀의 음모는 철저한 것이었다. 하긴 그 무렵의 일반적인 사고방식이 아들을 보기 위한 첩 정도는 너그럽게 봐주었다는 것도 그녀의 음모를 완성시키는 데 큰 도움이 된 건 사실이다.

그러나 워낙 정분이 두터운 부부라 그런 분위기는 후남이가 중학교에 들어갈 무렵에야 가까스로 무르익었다. 첩이라도 얻어주어 아들을 보게 하자는 발상은 분희 부인이 은근히 바라던 대로 경숙이네 친정 쪽으로부터 나왔다.

분희 부인은 물론 점잖게 반대했다. 반대할수록 집안의 여론은 그쪽으로 비등해서 드디어 분희 부인은 엣다 모르겠다 하는 식으로 그 일을 묵인하는 척했다.

정말 첩을 보고 아들을 낳았건만 분희 부인은 한결같이 그 일에 냉담을 가장했다. 그 뒤치다꺼리도 경숙이가 알아서 하도록 내버려뒀지 분희 부인이 직접 첩며느리 집에 드나든다거나 아들 손자를 후남이보다 더 대견해한다든가 하는 천박한 짓은 일체 하지 않았다. 남 보기엔 다만 며느리 사랑이 대단한, 기품 있는 처신쯤으로 보일 일이나 당사자에겐 대단한 극기심을 요하는 일이었던 건 말할 것도 없다.

불행히도 콩깍지 위에서 수태한 천금 같은 외아들을 앞세운 지금도 분희 부인은 재산 분배 등 미묘한 문제를 경숙한테 일임하고, 절대 나서지 않기 주의를 고수하고 있다. 명절이나 제사 참례 등 꼭 필요할 때 그쪽에서 이쪽으로 드나드는 것 외에 괜히 보고 싶다고 부른다거나 나들이 나간 김에 그쪽 집을 들러본다거나 손자한테 각별한 애정 표시를 하는 일이 없기는 아들이 살았을 때와 매일반이다.

분희 부인은 다만 경숙과 후남이의 극진한 효도를 받으며 조용히 여생을 즐기고 있다. 그녀의 음모는 아무도 모르게 완성된 것이다.

아직 끝나지 않은 음모 3

"기철씨, 김승옥의 「야행」 읽은 적 있어요?"

"글쎄, 읽은 것도 같고 안 읽은 것도 같고……"

"이런 엉터리, 읽었으면 읽었고 안 읽었으면 안 읽었지, 이쪽도 아니고 저쪽도 아니게 양다리 걸치는 거, 난 질색이더라."

"여자 문제만 양다리 안 걸치고 오로지 우리 후남씨만 사랑하면 되는 거 아냐. 대단치 않은 거 양다리 좀 걸치면 어때서 그래."

"대단치 않은 거 양다리 걸치는 버릇이 자라면 대단한 것도 슬쩍슬쩍 양다리 걸치게 되는 거라구."

"까불지 말고 하던 얘기나 끝마쳐. 김승옥의 「야행」이 어쨌다는 거야."

"자기 그거 안 읽고도 어디 가서 읽은 척할까봐 자세한 줄거리는 생략…… 거기 이런 얘기가 나와요. 직장 안에서 알게 되어 연애를 하고 부부가 된 남녀데 결혼식하고 청첩장 돌리고 그런 절차는 아직 안 밟았거든요. 살아봐서 수틀리면 헤어져도 그만이라는 시험결혼인가 뭔가 하는 첨단의 생각에서 그렇게 한 거라면 조금도 딱할 게 없는데 그게 아니거든요. 그 여잔 남편의 수입만 갖고는 평범한 대로 행복하게 살 자신이 없는 거예요. 사치스러운 생활이 아닌 평범한 행복이라는 데 필히 주의할지어다. 그래서 맞벌이를 해야겠는데, 이 여자의 직장은 은행인데 은행에선 기혼 여성을 안 쓰는 거예요. 청첩장은 곧 사표가 돼야 한단 말예요. 「야행」의 대강의 줄거리 끝."

"싱겁긴. 그 얘기가 뭐 그리 대단한 얘기라고 그렇게 열을 올려."

"고마워서 그래요. 내가 「야행」이 쓰인 시대 배경과 동시대에 살고 있지 않다는 게. 그 여자보다 내가 조금 늦게 태어났다는 게."

"후남인 참 감사할 거 많아서 좋겠다. 언젠 자기 할머니 시대에 태어나지 않아서 감사하다고 마구 감격하더니 언젠 또 자기 어머니 시대에 태어나지 않아서 감사하다고 울먹이더니 이젠 또 「야행」의 주인공하고 같은 시대에 태어나지 않은 게 그렇게 감사해? 꼭 횡재한 사람처럼 입을 못 다무니……"

"자기 결혼 하나는 잘하는 줄 알고 감사해야 돼. 감사할 줄 아는 아내야말로 복된 아내야. 맨날 불평불만만 해봐? 집안 꼴이 뭐가 되겠어? 참 감사할 거 또하나 생겼다."

"뭔데?"

"내가 자기하고 동시대에 태어난 거. 그런 의미로 자기도 감사할 거 하나 더 생긴 거 알고 있어야 돼. 자아, 축배."

"까불고 있네."

기철이는 쉴새없이 나불대는 후남의 볼을 한 번 가볍게 꼬집고 또 축배를 들었다.

결혼날짜를 일 주일 앞둔 연인들은 오늘 매우 행복했다.

그들은 S산업 입사 동기였고, 이 년 동안 사랑을 속삭인 끝에 마침내 양가 어른들의 허락을 받아 약혼한 사이였다. 누가 보기에나 어울리는 한 쌍이었다. 두 사람은 훌륭한 학교교육을 받았고 너무 잘살지도 너무 가난하지도 않은 집안 출신이었고 건강한 몸과 밉지 않은 용모를 가지고 있었다.

애써 흠을 잡자면 후남이가 너무 똑똑하다는 거였다. 어느 모로 보나 똑똑하다는 건 어리석은 것보다 미덕이었으나 여자가 똑똑하다는 건 그렇지도 않아 자칫하면 눈에 거슬리는 약점이 될 수도 있었다. 이런 불공평은 똑똑하다는 타인의 판단의 기준서부터 이미 시작돼 있었다. 그들은 실력이 남자하고 대등하면 덮어놓고 똑똑한 여자로 쳤다.

그런 의미로 후남이는 의심할 여지 없이 똑똑한 여자였다. 그녀는 유능한 대학 졸업생이면 누구나 한 번쯤은 일해보고 싶어하는 S산업의 중견사원 채용시험에 남자들과 동등한 자격으로 응시해서 상위권의 성적으로 합격했다. S산업엔 많은 여종업원이 있었지만 다 연줄 입사에 직책도 끗발 없는 말단이었다. 감히 중견사원 모집에 응모해온 여자는 더러 있었지만 합격자를 내기는 이번이 처음이었고 여자 합격자는 후남이 외에도 세 명이나 더 있었다.

회사측에선 이런 뜻하지 않은 이변을 처리하는 방법으로 여자 합격자의 구비서류에만 유독 각서라는 걸 첨부했다. 결혼하면 자동 사임하겠다는 각서였다. 이런 모욕적인 각서 쓰기를 후남이가 주동이 돼서 거부했다. 입사 경쟁을 치를 때 여자라고 유리한 조건이 하나도 없었던 것만큼 입사해서 일하는 데 있어서 여자라는 불리한 조건을 감수할 까닭이 없다는 주장은 때마침 인재난 시대여서 그랬는지 그럭저럭 받아들여졌다.

그후 그녀의 입사 동기 중에서 하나 둘 결혼하는 사람이 생겼는데 그중 여자는 하나같이 사표와 결혼 청첩장을 동시에 돌렸다. 회사측에서 각서 문제에 너그러웠던 것은 각서 없어도 그렇게 되리라는 걸 미리 짐작하고 있었기 때문인지도 몰랐다. 서로 사랑하는 사이가 된 기철이도 결혼하면 의당 후남이도 들어앉을 것으로 생각하고 있었다.

그러나 후남이의 생각은 그렇지가 않았다. 그녀는 일을 사랑했다. 그녀가 S산업에서 맡은 일이란 그녀가 배운 것과 정열을 다 바칠 만큼 흡족한 것도, 새로운 창의력을 요하는 보람찬 것도 아니었다. 그러나 우선 일은, 배웠다는 것을 간판적인 것으로 못박지 않고 무엇을 할 수 있다는 움직임 있는 가능성으로 전환시켜주었고 그것은 그녀 자신의 생명의 리듬에 활력이 되었다.

무엇보다도 일을 통해 그녀는 혼자 살 수 있게 된 것이다. 혼자 살 수 있다는 기쁨은 새롭고도 신나는 삶의 보람이었다. 혼자 살 수 있다는 기쁨과 결혼하고 싶다는 욕망과는 상반되는 것 같았지만 후남이는 그 둘을 행복하게 조화시킬 자신이 있었다.

혼자 살 수 있는데도 같이 살고 싶은 남자를 만남으로써 결혼은 비로소 아름다운 선택이 되는 것이지 혼자 살 수가 없어 먹여 살려줄 사람을 구하기 위한 결혼이란 여자에게 있어서 막다른 골목밖에 더 되겠느냐는 게 후남이의 생각이었다.

후남이는 결혼하기 원했으나 예속되길 원하진 않았다. 사랑받고 사랑하길 원했지 애완받고, 애완받기 위해 자기를 눈치껏 변경시키고 배운 걸 무화시키길 원치는 않았다.

일과 결혼을 함께 가진다는 건 그 일이 잘되더라도 양손에 떡을 쥔 꼴밖에 안 된다고 걱정해주는 사람도 있었지만 후남이는 안 그렇게 생각했다. 일은 다만 여자가 혼자 설 수 있다는 걸 의미했고 여자나 남자나 혼자 설 수 있다는 건 결혼하기 전에 갖춰야 할 자격 같은 거라고 생각했다.

기철은 후남이를 마음으로부터 사랑했기 때문에 후남이의 이런 생각까지를 사랑했다. 그러나 그런 생각을 그의 가족에게 이해시키는 일은 난처해했다. 그러나 후남이는 그 일도 잘 해냈다. 그런 뼈대 있는 주장을 결코 주장답지 않게 지극히 여자답고 유연하게 했기 때문에 가족들은 저런 여자가 일을 가져봤댔자 며칠이나 가질 수 있을까 싶어 '오냐 오냐, 너 좋은 대로 해보렴' 하는 식으로 너그럽게 나왔다.

소위 여자다움이란 걸 충분히 이용해 가장 여자답지 않은 주장을 관철시킨 것이었다.

남은 문제는 직장이었다. 각서는 거부했지만 결혼하면 사직한다는 건 아직도 여사원간의 불문율이었다. 후남이는 기철이와 공모해서 배짱으로 나가기로 태도를 정했다. 두 사람이 같이 각기의 부서의 부장을 우선 찾아가 결혼할 뜻과 결혼날짜를 알리고 가능하면 두 사람 중 한 사람을 방계회사의 하나로 전근시켜줄 것을 부탁했다.

부탁은 쾌히 받아들여지고 부장은 결혼식날, 회사 차를 몇대나 내주면 좋겠느냐는 둥, 주례가 아직 안 정해졌으면 회장님께 부탁드려줄 수도 있다는 둥 각별한 호의를 보였다.

그래서 두 사람은 기고만장, 퇴근 후 회사 건물의 스카이 라운지에서 빛깔 고운 술로 축배를 들었다. 두 사람의 행복한 결혼을 위해서, 할머니 시대에, 어머니 시대에 안 태어난 행운을 위해서, 김승옥의 「야행」의 시대에 안 태어난 걸 감사하기 위해서 그들은 축배를 들고 또 들었다.

연인들은 행복했고 행복한 연인들의 눈에 온 세상은 축배를 들 거리로 충만해 있었다.

그러나 두 사람이 결혼식을 끝마치고 삼박 사일의 신혼여행에서 돌아왔을 때 기철은 속초 지사에, 후남은 진주 지사에 각각 전근 발령이 나 있었다. 부장은 그들의 결혼에 대해 이것저것 세심한 걱정을 해줄 때와 다름없는 인자한 태도로 이렇게 말했다.

"이 발령은 절대적인 것은 아닐세. 단 두 사람 중 하나가 사직한다면 말일세만……"

속초와 진주…… 얼마나 악랄한 음모인가. 부부간에 그렇게 떨어져 있어야 한다는 건 서울 제주 간보다 더 가혹한 이산이었다. 회사측에서 뭘 원하나 하는 것은 자명했다.

기철이가 먼저 후남이의 사직을 권고했다. 그러나 후남이는 기철이를 설득해 먼저 임지로 보내고 자기는 며칠 무단결근을 하며 서울에 머물러 있었다.

대학 출신보다는 여상이나 여고 출신 여사원들이 이번 일을 자기 일처럼 분개해서 회사를 상대로 같이 싸울 것을 다짐하고 나섰고 그녀가 관계를 맺고 있는 여성단체에서도 법적인 문제까지 담당하고 적극 후원해줄 테니 투쟁을 하라고 부추겨주었다.

그런데도 불구하고 그녀는 미리 투지를 상실하고 있었다. 그녀답지 않은 일이었다. 졸지에 아들을 지방으로 좌천시킨 며느리에 대한 시집 식구의 비난쯤은 그래도 견딜 만했다. 견딜 수 없는 건 그녀의 할머니와 어머니의 애걸이었다. 이 두 늙은 여자들은 후남이가 이번 일로 남편이나 시집 식구 눈에 나 시집을 못 살게 될까봐 전전긍긍하고 있었다. 그들의 여생의 유일한 낙은 후남이가 그들처럼 팔자 사나운 여자가 안 되고 아들 딸 잘 낳고 살림 잘하고 풍파 없이 사는 거였다. 그들은 눈물까지 흘리며 네가 빨리 사표를 내서 기철이를 서울로 불러오도록 애원을 했다. 실상 후남이를 지금만치나 줏대 있는 여자로 키워준 건 경숙 여사였다. 아들을 못 낳아 남편을 빼앗긴 한을, 외딸을 아들 못지 않게 떳떳하고 독립적인 인간으로 키우는 걸로 달래면서 산 경숙 여사의 이런 애원은 후남이에게 있어서 배신처럼 뼈아픈 것이었다. 어머니의 배신으로 후남이는 걷잡을 수 없는 혼란에 빠지고 매사에 자신을 잃었다.

후남이는 혼자서 결혼 일 주일 전, 기철이와 함께 철모르는 기쁨에 들떠 철없이 축배를 들던 스카이 라운지로 갔다. 그때와 같은 빛깔 고운 술을 시켰지만 혼자 드는 술은 고배였다.

후남이는 거듭한 고배로 의식은 더욱 명료해져 눈 아래 거대한 도시, 그 갈피갈피에 여자 길들이기의 아직 끝나지 않은 음모가 공룡처럼 징그럽게 도사리고 있음까지를 분명히 볼 수 있었다. "칼아, 투지야, 되살아나렴." 그녀는 주문처럼 이 소리를 외며 거듭거듭 고배를 들었다.

육복(六福)

인사부를 다녀서 기사 대기실로 돌아온 양순호 기사는 대기실 전화를 이용하려다 말고 회사를 빠져나왔다. 그는 사옥을 돌아다보았다. 칠 년째 몸담아온 회사였다. 그러나 그 속에서 근무해보긴 통틀어 반년도 안 될 것이다. 그나마 수습기간을 뺀 대기발령중의 근무란 출근부의 도장이나 찍고 나면 온종일 자리를 비워도 누구 하나 탓할 사람이 없었으니 근무랄 것도 없었다.

까마득한 높이로 직립한 사옥은 새삼스럽게 위엄 있고 비정해 보였다. 칠 년 동안이나 그 회사 사람이었으되 그 속의 켯속에 대해 아무것도 모르고 그 앞을 지나다니는 행인과 별로 다를 게 없다는 생각 때문에 더욱 그래 보였는지도 모른다. 그는 쓸쓸하게 어깨를 추슬렀다. 샘물같이 상쾌한 바람이 가로수를 흔들고 그의 실크 넥타이를 어깨 너머로 휘날렸다. 정장이 보기 좋고도 쾌적한 계절이었다. 열사의 나라에서 꿈에도 그리던 이 땅의 사계 중에서도 가장 좋은 때였다.

순호는 어쩌다 하는 정장이나마 별로 좋아하지 않았다. 입어 보질 않아서 어색하고 거북했다. 그러나 그의 아내는 그의 부재 중 그의 넥타이를 사서 모으는 게 낙이자 취미였고, 그가 국내에서 휴가중이거나 대기중엔 아침마다 손수 그걸 그의 목에 매주고 싶어했다. 그가 없는 동안 아내가 들여놓은 대형 자개장은 문짝 하나가 대문짝만했는데 그 뒤에 걸린 반짝거리는 난간엔 아내가 모은 넥타이가 첩첩 걸려 있었다. 그는 그게 도대체 몇개쯤이나 되는지 짐작도 할 수가 없었다. 이삼십 개쯤 되는 것 같기도 하고 백 개가 넘어 보이기도 했다. 다만 매일 갈아매도 그걸 골고루 한 번씩도 매보기 전에 또 떠나게 되리라는 사실 하나만이 확실했다.

그렇게 많은 넥타이는 그에겐 가당치도 않은 것이었을뿐더러 돈관리에 영악하고 빈틈없는 아내답지 않은 낭비였다. 그러나 그는 그 많은 넥타이를 볼 때마다 아내의 기다림과 참을성의 부피를 보는 것 같아 가슴이 뭉클하면서 아내에 대한 사랑이 연애 시절처럼 앳되고 열렬해지는 걸 느낄 수가 있었으니 노상 낭비만은 아닌 셈이었다. 그건 넥타이이기 전에 사연도 농후한 연애 편지였다.

아내는 아침마다 그중의 하나를 신중하면서도 망설이는 손끝으로 골라내서 그의 목에 감고 알맞은 길이를 서투르게 대중해가며 매듭을 만들었다. 아내가 미처 그 일에 익숙해지기 전에 그는 떠나야 했으므로 아내의 솜씨는 칠 년이 여일하게 서툴렀다. 그러나 서투르다는 건 곧 신선감이기도 했다. 그들의 사랑은 해마다 신선하고 미진했다. 마치 영겁을 두고 되풀이되는 이별로 말미암아 영겁을 두고 신선하고 미진한 견우와 직녀의 사랑처럼.

넥타이를 다 매고 수줍게 감겨오는 아내의 팔의 따뜻하고 나긋한 감촉은 신혼여행 때처럼 짜릿하고 눈빛은 잡념 없이 절절했다.

"여보, 우린 언제나 남들처럼 매일 아침 이러면서 살죠?"

이런 아내의 탄식을 그의 입술로 막으면, 아내의 입술은 언제나 첫키스 때처럼 미숙한 듯하면서도 충분히 감미로웠다.

그의 노모(老母)는 젊은 부부가 일 년이면 열한 달은 떨어져 살아야 하는 걸 마치 자기 죄처럼 몸 둘 바를 모르면서 노상 이렇게 중얼거렸다.

"천상의 벌을 받은 견우 직녀도 아니겠다. 내 아들 며느리는 무슨 죄를 지었길래 젊으나 젊은 것들이 허구한 날 독수공방일꼬. 하긴 가난한 것도 벌이겠지만 그게 어디 걔네들 죈가 내 죄지."

가진 거라곤 모자가 온갖 고생 다 해 얻어낸 공대(工大) 졸업장 하나밖에 없이 맨손으로 결혼한 외아들이 십 년 안에 이만큼 살게 된 게 순전히 해외 근무 덕이라는 걸 노모도 알고 있었지만 그게 젊은 부부에게 얼마나 못할 노릇이라는 것도 알고 있었기 때문에 늘 며느리 앞에 기가 죽어 지냈다. 결코 넉넉할 수 없는 용돈도 한푼을 허투루 쓰지 않고 꼼꼼히 챙겼다가 가까운 절에 가서 부처님 앞에 바치고는 정성껏 빌고 또 빌었다.

"부처님 은덕 하해 같으사 이 몸에게 그 아들을 점지하시어 양 씨가의 대를 끊을 뻔한 대죄를 면하게 하시더니 그 자식에게 수와 복까지 주시어 이만큼 살게 되었나이다. 예서 뭘 더 바란다면 욕심이 지나쳐 천벌이 내릴까 두렵사오나 점지하신 자식이오라 부처님 자비만 믿고 이 늙은 게 세 살 먹은 어린것처럼 응석 부리옵니다. 물욕일랑 더이상 부리지 않겠사오니 그저 이 늙은게 아침저녁 내 자식이 내 집 드나드는 걸 낙으로 삼고 살게 해주시고, 앞길이 구만리 같은 청춘 며느리 독수공방 면하게 해주십소사. 비나이다, 비나이다, 두 손 모아 비나이다."

이렇게 노모는 부처님 아니라 목석이라도 감동시킬 만큼 마디마디 사무치게 빌었다. 남들 같으면 단산을 하고도 남을 마흔줄에 백일불공 드리고 간신히 점지받은 외아들이라 노모는 그 자식이 잘되는 것도 못 되는 것도 다 부처님 손바닥 위에서의 일이라는 일종의 체념으로 아들에게 지나치게 욕심 부리지 않기를 스스로 엄하게 경계해왔건만도, 일흔 고개가 내리막길로 접어들고부터는 행여 외아들이 자신의 죽음에 종신 못 할까봐 문득문득 사위스럽고 두려운 나머지 그렇게 빌지 않을 수가 없었다.

그러니까 예쁘고 탐탁한 집을 오밀조밀 꾸미고, 없는 거 없이 갖춰놓고 사는 건강하고 화목한 양씨가의 사람들에게 부족한 게 있다면 그건 가장이 직업상 일 년이면 열한 달이나 집을 비우는 일밖에 없었다.

투명한 공중전화부스는 세 채가 나란히 서 있었고, 차례를 기다리는 사람도 각각 서너 명씩이나 되었다. 한낮의 도심은 금속성인 소음으로 끓어오르고 있었다. 순호는 차례를 기다리는 게 지리하다기보다는 그 소음과 대항해가며 고래고래 악을 쓰고 또 아내의 연약하고 기품 있는 목소리를 알아들어야 할 일이 난감해서 비실비실 그 앞을 지나쳤다.

기쁜 소식이나 되면 또 몰라. 그는 이렇게 자조하듯이 중얼거리다 말고 흠칫 놀라면서 발걸음이 더욱 불확실해졌다. 그럼 그게 기쁜 소식이 아니었단 말인가? 그는 지금 막 국내 발령을 받고 나오는 길이었다. 그것도 지방이 아닌 서울이었다. 그의 회사는 국내 굴지의 건설업체였지만 현장은 거의 중동 쪽에 몰려 있었다. 국내 현장은 몇 안 될뿐더러 대부분이 지방 벽지 아니면 항만이었다. 이번 지하철 공사에 그의 회사가 참여하지 않았으면 토목기사의 서울 근무는 거의 가망이 없는 일이었다. 여북해야 순호와는 외가 쪽으로 먼 인척관계가 되기 때문에 오히려 더 데면데면하게 굴던 인력관리 담당의 권이사가 다 발령을 받고 난 그에게 특별히 아는 척을 하면서,

"축하하네. 자네 자당 어른이 얼마나 기뻐하시겠나."

할 지경이었다.

그러나 그때 그는 왠지 축하를 받을 기분이 아니었다. 덩달아서 기쁜 척하기도 힘겹고 어색했다. 그의 노모나 아내뿐 아니라 그 자신도 여직껏 수없이 해외 근무를 지긋지긋해하면서 국내 근

무를 간절히 소망하는 말을 입 밖에 냈었다. 벽지 근무라도 국내로 떨어지면 이까짓 손바닥만한 땅덩이에서 마음만 먹었다 하면 매일, 게을러도 일 주일에 한 번씩은 가족과 만날 수 있고, 아내를 현장으로 불러내릴 수도 있으니 좀 좋으냐고 벽지 근무하는 동료를 부러워했었다. 그러나 막상 국내 발령이 떨어지고 보니 그게 아니었다. 여직까지 그는 자신의 속마음을 말로 나타낸 게 아니라, 미리 입 밖에 낸 말에 속마음이 동의하는 척한 데 지나지 않았음을 깨달았다. 그는 자신의 마음이 자신이 한 말을 전적으로 배반해왔음을 이제야 알아내고 어쩔 줄을 모르고 있었다.

그는 권이사의 축하의 말에 가까스로 기쁜 척을 하다 말고 문득 권이사에게 국내 근무를 취소하고 해외 근무를 연장시켜줄 것을 애걸해보고 싶은 충동을 느꼈었다.

사에선 인사문제를 권이사 혼자 즉흥적으로 다룰 수 있게 돼 있지도 않거니와, 또 권이사 역시 단 한 번이라도 그런 월권을 하려고 할 인품도 아니란 걸 그는 알고 있었다. 그도 자신의 인사문제를 사돈의 팔촌보다 약간 가까운 인척관계를 믿고 낙관하거나 든든하게 여긴 적조차 없거늘, 하물며 인사 청탁 같은 건 엄두도 못 내본 일이었다. 생전 안 하던 짓까지 하마터면 할 뻔하게 고대하던 국내 근무가 그에게 뜻하지 않은 충격을 주고 있었다.

그는 방황하는 것처럼 정처 없이 걸어서 번화가를 벗어났다. 그는 자신의 표리부동성(表裏不同性)에 침이라도 뱉어주고 싶게 넌더리가 났다. 언어의 장벽 때문이겠지만 그는 모슬렘처럼 속 모르겠는 족속은 없다 싶었는데 그게 아니었다. 정작 속 모르겠는 건 자기 자신이었다. 그는 자신에 대한 의혹을 되풀이했다.

주택가 모퉁이 과일가게엔 포도가 한창이었다. 그는 그것을 보자 비로소 오늘 아침에 출근하면서 아내하고 한 약속이 생각났다.

"이따 전화 걸 테니까 준비하고 있다가 나오구려. 안성 포도원에나 가서 하루 놀다 옵시다."

해외 공사 끝마치고 귀국해서 여권 반납하고 대기중인 기간의 출근이란 휴가나 마찬가지였다. 그는 거의 매일 아내를 시내로 불러내서 외식도 하고, 산책도 하고 가까운 교외로 나가 마음 내키면 외박도 했다. 그는 열심히, 거의 초조해 보일 만큼 열심히 떨어져 있는 동안 서로 못다 한 사랑과 의무를 한꺼번에 만회하려 들었다. 아내는 묵은 부채 받아들이듯이 별로 고마운 줄 모르고 그걸 받아들였고 노모 역시 이렇게 그를 부추겼다.

"집 걱정, 애들 걱정일랑 말고 에미 데리고 다니면서 실컷 호강도 좀 시켜주고 재미도 좀 보게 해야 한다. 에미가 워낙 참을성이 많아 내색을 안 해서 그렇지 그게 헐 노릇이냐. 남들 재미있게 사는 거 보면 부럽고 눈꼴사나웠던 적이 아마 한두 번이 아니었을 게다. 요새 세상은 예전 같잖아서 좀덜 드러내놓고 재미들을 봐야 말이지. 못 그러는 게 바본걸. 그 동안 못 해준 거 보충해주는 셈만 치고 그저 흠빡 잘해줘라, 알았지?"

아내에게 국내 공사로 발령이 난 사실을 알리는 일을 주저하느라 깜빡 잊고 있던 안성 포도원행 약속이 생각났다고 해서 달라진 건 아무것도 없었다. 그는 여전히 울적했고 막연히 뭔가를 두려워하고 있었다.

그는 과일가게 전화를 빌려서 아내의 목소리를 듣자마자 여직껏 막연했던 게 베일을 벗듯이 분명해지는 걸 느꼈다.

그가 정작 두려워하며 의심하고 있던 건 아내의 마음이었던 것이다. 아내의 마음도 밀월처럼 짧고 달콤한 그의 휴가기간 동안 아침마다 수십 개나 되는 넥타이 중에서 하나를 골라 그의 목에 감아주면서 정겹게 하던 말,

"여보, 우린 언제나 남들처럼 매일 아침 이러면서 살죠?"
를 배반하고 그의 국내 근무를 반기지 않을까봐 그는 두려워하고 있었다. 힘 안 들이고 이심전심으로 아내의 마음에 그가 동의할 수 있을 때라든지 그의 마음에 아내가 동의해줄 때처럼 살아가면서 기쁠 때는 없었다. 그러나 이번만은 아니었다. 아내 역시 그와 마찬가지로 같이 있을 때는 입 밖에 내서, 떨어져 있을 때는 편지로 써서, 일구월심 함께 살고지고 수없이 되풀이한 말과는 딴판으로 속마음은 장차 매일 함께 살게 된 것을 결코 달가워하지 않으리란 확실한 예감이 그를 초라하고 불쾌하게 만들었다.

"여보, 전화 늦어서 미안해. 안성 갔다 오긴 너무 늦은 시간 아닐까? 그래도 하여튼 시내로 나오구려. 이 근처 어디서 점심 먹고 영화나 한 편 보고 같이 들어갑시다."

"안 돼요. 나갈 준비 다 하고 목이 빠지게 기다리고 있었는데."

"준빈 무슨 준비?"

"옷 말예요. 교외 나갈 옷으로 어떻게 시내를 돌아다녀요?"

"원 별 소릴 다…… 그럼 난 넥타이 매고 어떻게 교외를 나가누?"

"남자하고 여자하고 같나요 뭐. 그리고 아이들한테도 안성 가서 맛있는 청포도 사다주마고 벌써 약속해놓았단 말예요."

아내의 응석이 조금도 귀염성스럽지 않고 그를 피곤하게 할 뿐이었다. 그는 가까스로 짜증을 억제하며 타이르듯이 말했다.

"그까짓 청포도야 시내에도 얼마든지 있어. 참 이 집에도 있군. 여긴 과일가게야."

"그럼 지금 회사에 있지 않단 말예요?"

아내의 목소리에 고무공 같은 탄력이 생겼다.

"응, 벌써 퇴근했어."

"근데 왜 인제사 전화 걸어요? 무슨 일이 있었군요?"

"무슨 일은…… 그저 산책을 좀 했을 뿐이야."

"산책을요? 혼자서요?"

"혼자가 아니면, 예쁜 아가씨라도 꿰차고 있을까봐?"

그는 짐짓 야비하게 낄낄거렸다.

"무슨 일이 있었군요? 전 못 속여요. 오늘 발령났죠? 그쵸?"

"당신 그걸 어떻게 알았지, 집에 가만히 앉아서? 설마 양순호 발령났다고 호외가 돌았을 리도 없고……"

"때가 됐잖아요. 그놈의 회사에서 사람을 한 달 이상 놀린 적이 어디 한 번이나 있었어야 말이죠."

"벌써 그렇게 됐던가. 신선놀음에 도끼자루 썩는 줄 모른다고 당신하고 재미 보고 단꿈 꾸느라 세월 가는 줄 몰랐더니 벌써 그렇게 됐구먼."

그는 자조하듯이 쓸쓸하게 말했다.

"어디예요, 여보?"

민감한 아내는 그의 쓸쓸한 마음을 단박 알아차린 듯 잠긴 목소리로 속삭이듯이 말했다.

"글쎄 여기가 어디쯤 되나? 종로에서 안국동 사이쯤 되나 몰라?"

"여보, 농담할 때가 아니란 말예요. 발령난 데가 어디냐니까."

"누가 발령났다고 했어?"

그는 갑자기 소리를 꽥 질렀다. 아내의 궁금증은 현재의 그의 거처가 아니라 앞으로 임지일 뿐이라는 사실이 불현듯 그를 역정스럽게 했다. 침침한 가겟방에서 내다보이는 바깥은 눈부셨다. 길바닥으로 내놓은 대나무 광주리 속에서 알알이 반짝이는 탐스러운 청포도송이를 보며 그는 느닷없이 육사(陸史)의 시 중의 두어 구절이 서로 연결되지 않은 채 띄엄띄엄 떠올랐다.

내 고장 칠월은 청포도가 익어가는 시절……

내가 바라는 손님은 고달픈 몸으로 청포를 입고 찾아온다고 했으니……

입시공부 할 때 억지로 외고 풀이한 적이 있을 뿐 시를 가까이 할 기회도 없었거니와 그럴 성품도 아닌 그에게 아닌 밤중의 홍두께처럼 떠오른 이런 시구는 이상하게도 그로 하여금 자신을 남처럼 떨어져서 바라보게 했다. 남처럼 바라다본 그는 모래알처럼 작고 의지가지없이 외로웠다. 어디로 불려 달아날 것도 같고 흔적도 없이 잦아들 것도 같은 허망한 느낌 속에서 아내의 목소리만이 또렷하고 기승스러웠다.

"말씀 안 하셔도 알아요. 우리가 어디 한두 해 산 부분가요. 이런 일도 어디 한두 번 겪은 일이구요? 전 기가 팍 죽은 당신의 전화 목소리 듣자마자 또 중동으로 발령 떨어졌구나 하고 단박 알아차린걸요. 저도 실망했어요. 이번엔 혹시나 국내에 남게 되지 않을까 기대했었는데. 그렇지만 여보, 우리가 실망한 게 또 어디한두 번인가요? 우린 매번 잘 이겨냈지 않아요? 이번에도 잘 이겨낼 수 있을 거예요. 기운을 내요, 여보."

실망 좋아하네. 아내의 목소리는 실망은커녕 희망에 들떠 있었다. 아내 역시 속 다르고 겉 다르다는 건 의심할 여지가 없었다. 그는 한층 의기소침해서 물었다.

"그럼 전에도 내가 이랬었단 말요?"

"그럼요. 당신은 발령만 받고 나면 집 떠날 때까지 어찌나 칭얼거리는지 젖먹이 떼어내기보다 더 어려웠는걸요. 당신 마음 알아요. 처자식이랑 집에 대한 당신의 애착을 제가 왜 모르겠어요? 제가 이런 힘든 고비를 어디 한두 번 겪었나요. 전 뭐 당신만큼 속 안 상하는 줄 알아요?"

아내의 목소리에 점점 걷잡을 수 없이 신바람과 기름이 오를

수록 그는 발밑이 조금씩 무너져내리는 듯한 위기의식에 사로잡혔다.

"당신 너무 말이 많군. 빨리 나와주지 않겠어?"

그는 가냘프게 애걸했다.

"옷 갈아입고 곧 나갈게요. 기다려요."

"어디냐고 또 안 묻는군."

"어디건 중동 땅 아닐 리는 없잖아요? 여하튼 그놈의 회사 중동의 오일 달러 좋아하는 건 못 말린다니까."

그는 쫑알거리는 아내의 말 중에 오일 달러 소리가 게울 것처럼 듣기 싫어서 얼굴을 찡그렸다.

"당신이야말로 오일 달러 좋아하는 거 못 말리겠군."

"뭐라구요?"

"아냐아냐, 지금 우리에게 중요한 건 중동 땅보다는 서울 땅 어디에서 우리가 만날 수 있을까가 아닐까 싶어서……"

그는 아내의 수다가 또 도지기 전에 얼른 거기서 멀지 않은 양식집 이름을 대고 전화를 끊었다. 그리고 너무 오래 전화를 건 사례 겸 해서 청포도를 한 관 샀다.

그는 점심때가 겨워 한산한 양식집의 구석자리에서 아내를 기다리면서 '내 고장 칠월은 청포도가 익어가는 시절'과 '내가 바라는 손님은 고달픈 몸으로 청포를 입고 찾아온다고 했으니' 사이의 정결하고도 막막한 공백을 채울 말을 생각해내려고 고심했으나 되지 않았다. 생각할수록 그 공백은 아득하고 탁해지더니 나중엔 그 둘 사이엔 아무런 연관성도 없는 것처럼 무의미한 따로따로가 돼버리고 마는 것이었다.

그를 많이 기다리게 해놓고 나타난 아내는 그 어느 때보다도 아름답고 기름져 보였다. 그녀는 열심히 이별의 슬픔을 과장하려 하고 있었지만 그 동안 길들여진 이별의 기쁨을 완전히 포장할 만한 것이 되진 못했다. 그들의 결혼생활이 칠 년 동안에 거둔 건 이별의 기쁨뿐이고 그걸 가질 수 없게 된 후의 결혼생활에 대해선 아무것도 예측할 수 없다는 생각이 그를 암담하게 했다. 그는 아내를 오다가다 만난 여자처럼 망연히 바라다보았다.

"당신 너무 안돼 보여요."

아내가 상갓집에 들어선 문상객처럼 심심한 동정을 서둘러 가장하면서 말했다.

"그래?"

그는 새삼스럽게 흠칫 놀라면서 손바닥으로 자기의 얼굴을 쓸었다. 아닌게 아니라 한 움큼으로 오그라든 얼굴이 까실하게 만져졌다.

"집 떠나기 싫어하는 거, 해가 갈수록 나아지는 게 아니라 당신은 점점 더 심해지는 것 같더라. 제 생각을 해서라도 기운을 내요, 네, 이렇게……"

아내가 시범을 보이듯이 활짝 웃었다.

"나이가 있잖아. 아침저녁 아이들 재롱도 보고 싶고, 마누라 시중도 받고 싶어. 사표를 내면 냈지 그쪽으론 다시 안 나갈 거야."

"당신 마음 알아요. 이별은 당신 혼자 하는 게 아니잖아요? 피차 괴롭긴 마찬가지예요. 괴로움을 이기는 법 하나 가르쳐드릴까요? 이번이 마지막이라고 생각하는 거예요. 이번에 마지막으로 집 떠나면 다신 떠나는 일이 없을 거라고 생각하는 거예요."

"더 좋은 건 이번이 마지막인 게 아니라 전번이 마지막인 게 아니겠어?"

"아이, 이럴 땐 당신 정말 어린애 같더라. 참 이번엔 어디예요? 이란? 이락? 사우디? 바레인? 아랍? 예멘? 아니면 저쪽으로 한참 더 가서 리비아?"

"당신, 그쪽 지도가 훤하구료?"

"그럼요, 제가 그쪽에 대해 모르는 게 있는 줄 알아요? 당신이가 있는 곳인걸요."

아내가 의기양양 뽐내는 것처럼 말했다. 그는 아랍 토후국에 있을 때 아내로부터 받은 편지의 한 구절이 생각나면서 입맛이 써졌다.

'어제 신문을 보고 전 밤새도록 잠을 못 잤어요. 이곳에선 고속도로 공사중 굴이 무너져서 사람이 여럿 죽고 다친 큰 불상사가 있거든요. 죽은 사람보다 살아서 울부짖는 유족들이 더 불쌍해서 혼났어요. 신문에선 왜 그 불쌍한 아내나 어머니의 사진을 그렇게 크게 찍어서 내는지 모르겠어요. 참 악취미예요. 여보, 굴 뚫을 때 조심하세요. 당신이 직접 곡괭이를 들고 굴을 뚫진 않는다는 건 알지만, 당신은 아랫사람 일 시켜놓고 자긴 편안히 앉아서 이래라저래라 말발만 앞세울 성미가 아니잖아요. 그렇지만 굴 뚫을 땐 절대로 앞장서지 마세요. 부탁이에요.'

굴을 아무리 뚫고 싶어도 산이 있어야 뚫을 게 아닌가. 아내가 그가 일하는 고장에 대해 아는 지식이라는 게 고작 그 정도였다. 그가 그쪽에서 일하는 동안 참으로 견디기 어려웠던 것은 남들이 생각하는 것처럼 더위가 아니라 산(山)이 없음이었다. 벌써 오래 전 미칠 듯이 산이 그리운 고장에서 받은 아내의 철딱서니 없는 이런 편지 사연이 지금 새삼스럽게 소태된 것처럼 그의 입맛을 고약하게 했다. 그의 이런 못마땅스러운 표정까지를 아내는 해외 근무에 넌더리가 난 그의 응석으로 받아들이고 한층 부드럽고 다정해졌다.

"여보, 예전엔 사람의 행복을 다섯 가지로 쳐서 오복이라고 했다지만 요샌 하나를 더 추가해서 육복이라는 거 당신 알아요? 모르실걸요. 해외복(海外福)이 바로 그 여섯번째 복이래요. 요새 사람들이 얼마나 해외에 나가고 싶어 걸신이 들렸으면 그런 말이 생겨났겠어요? 그런데 우리 남편은 해외로만 도는 게 불만이니 세상은 참 고르지도 못해. 남자로 태어나 마음껏 넓은 세상 구경하고 돈도 많이 벌고…… 그건 모든 세상 남자의 꿈이에요. 얼마나 멋있어. 당신은 참 멋있는 남자예요."

의기소침해 있는 남편을 부추기기 위해 의식적인 선동이 가미된 거긴 하지만 보다 많이는 아내의 본심이 드러난 거기 때문에 아내의 어떤 다른 말보다 실감 있게 들렸다. 남편이 국내 근무로 돌아 아침저녁 남편 시중드는 걸 낙으로 살고 싶다는 아내의 소망이 다만 입술 끝에 달린 말장난일지도 모른다는 의혹은 점점 더 떨칠 수 없는 게 돼가고 있었다. 아내가 '해외'라는 말을 발음하는 솜씨는 절묘했다. 마치 새알 초콜릿을 혀끝에 놓고 녹이는 것 같은 얄팍하고도 달콤한 도취가 스며 있었다.

아내의 '해외'는 결코 그가 칠 년 동안 전전한 지겹도록 광활하고 삭막하고, 허구한 날 무턱대고 달아오르는 모슬렘의 땅이 아니었다. 아내의 해외는 남편이 일 년에 한 번씩 귀국해서 풀어놓은 선물보따리 속에서 나오는 작고 섬세하고 견고한 색색가지 미니카, 화려한 페르시아 융단, 스위스제 다용도 칼, 스웨덴제 버너, 독일제 카메라, 미제 컬러TV, 일제 녹음기, 중국제 청심환, 공항 면세점용 양주 등을 잡탕으로 복합해서 추상화시킨 아름답고 빛나고 매혹적인 그 어떤 거였다.

아내는 그 추상적인 세계를 지키기 위해 남편이 몸소 겪은 구체적인 해외에 대해선 오히려 외면하려 들었다. 알게 될까봐 두려워하며 의식적으로 피하기까지 하려 들었다. 귀국할 적마다 그의 피부는 옹기그릇처럼 타고, 그의 또다른 보따리 속엔 해뜨렸다기보다는 고열에 녹아나다시피 한 더러운 내복과 작업복이 하나 가득 들어 있었건만 아내는 그걸 손수 정리하면서도 그 내력을 알려고 하지 않았다. 그가 그런 것들이 숨긴 어떤 이야기를 이끌어낼 낌새만 보여도 아내는 그의 입을 틀어막다시피 했다.

"저도 다 안단 말예요. 당신이 말 안 해도 다 안단 말예요. 말로 하면 피차 더 비참해질 뿐이에요."

이러면서 실상은 아무것도 알려고 하지 않았었다. 그러나 지금 중요한 건 그게 아니었다. 해외란 어차피 가보지 않은 사람들 공통의 추상적인 세계였다. 보다 중요한 건, 그의 오랜 부재는 그가 남편이라는 사실까지도 하나의 추상에 불과한 것으로 만들어버린 거였다. 아내는 혼자서 그리워하고 또 남에게 자랑하기 위해 멋대로 조작한 추상적인 남편에게만 탐닉하느라 남편의 실상은 마냥 외면하려 들었다.

그는 아내가 만든 추상적인 자기로부터 구체적인 자기를 만회해야 할 시기가 마침내 온 것처럼 느꼈고, 그러기 위해선 우선 무자비해야 한다고 생각했다. 마치 태중의 태아가 완숙해서 드디어 태중을 탈출코자 할 때 믿을 수 없을 만큼 무자비해지는 것처럼.

그는 정감을 철저히 배제한 메마른 목소리로 또박또박 말했다.

"아라비아, 아프리카 대륙을 다 더듬어도 소용없어요. 난 오늘 국내로 발령이 났으니까. 당신 기뻐해주구려. 국내에다 또 서울이거든. 내일부터 출근이오. 지하철 공사 강남 구간으로……"

그는 말을 마치고도 아내의 얼굴로부터 눈을 떼지 않았다. 그는 자타에게 공평하게 가장 무자비할 수 있는 방법은 직시(直視)라고 생각했다.

크나큰 충격과 실망을 즉각 얼버무리거나 적당히 속일 수 있을 만큼 음흉하지도 요망지도 못한 아내의 얼굴은 단박 핼쑥해지더니 눈을 내리깔았다.

"그럼 그게 영전인가요, 좌천인가요?"

아내의 목소리는 가늘게 흔들리고 있었다.

"그게 지금 뭐 그리 중요한 문제요?"

"남자에게 그게 안 중요하면 그럼 뭐가 중요한가요?"

아내의 목소리가 발끈 표독해졌다.

"영전도 좌천도 아닌 포상이라고 생각하고 싶소. 오랜 해외 근무에 대한……"

"그럼 그건 그렇다 치고 앞으로 봉급은 어떻게 되죠?"

"해외 수입이 없어지니까 거의 반감이 되겠지."

"봉급이 줄다니 말도 안 돼요. 집에서 출퇴근하면 당신까지 아침마다 용돈 달라고 손을 벌릴 게 아녜요? 적금이랑 곗돈이랑 당신이 이삼 년간 더 고생하면 다 끝나는 건데…… 적금은 해약이라도 한다지만 곗돈은 어떡허죠? 모든 계획이 엉망이 되고 말다니."

"적금 해약한 돈으로 곗돈 부으면 될 걸 가지고 뭘 그러우? 우리 너무 욕심 부리지 말고 삽시다."

"어머머, 이이 좀 봐. 내가 무슨 욕심을 부렸다고 이래. 지금 붓는 돈만 다 목돈 되고 나면 더 욕심을 부리라고 고사를 지내도 안 부려요."

아내는 침까지 튀기며 상스럽게 굴었다.

"몇 년 전에도 당신은 그렇게 말했잖소. 그땐 양옥집 하나만 장만하고 나면 절대로 더는 욕심 안 부리겠다고 맹세를 했었지."

"기억력도 좋으셔라. 세상 물정은 아무것도 모르면서. 뭐니뭐니 해도 돈은 한 살이라도 덜 먹었을 때 벌어놓아야 한다구요. 안 그러면 두고두고 후회할걸요."

"우리가 젊어서 진작 못 해놓은 걸 후회할 게 어디 그뿐이겠소? 남남끼리 더불어 살면서 하나가 되기 위한 결혼이란 것도 말요. 각자의 껍질이 조금이라도 더 얇은 젊었을 때 시작했어야 힘이 덜 드는 건데, 우린 껍질이 굳을 대로 굳은 이 나이부터 새삼스럽게 시작해야 하니 앞으로 얼마나 어렵겠소! 하긴 그것도 생각하기 나름이지. 이 나이에 신혼이라니 그것도 나쁘진 않구려."

"저 지금 농담할 기운 아네요."

"나도 마찬가지요. 그럼 우리 일찌거니 집으로 들어갑시다. 청포도 벌써 샀으니 아이들 실망시킬 것도 없고, 어머니는 내가 서울로 발령난 거 아시면 얼마나 기뻐하시겠소? 당신은 이것저것 출근 준비를 좀 해줘야겠소. 점퍼랑 작업복이랑 워커랑 저쪽에서 가져온 거 아직 쓸 만하겠지? 정 못 쓰겠는 건 새로 장만하지 뭐."

"그러니까 여보! 정말 당신은 그 거리 막벌이꾼 같은 차림으로 우리집 그 예쁜 대문을 조석으로 드나들겠다 이 말이죠? 맙소사, 뻔뻔스러운 남자! 아이 창피해."

아내가 아름답게 굽이치는 자신의 머리에 매니큐어도 요염한 두 손을 깊숙이 쑤셔넣으며 진저리를 쳤다.

순호는 그런 아내를 절망과 연민이 엇갈린 착잡한 시선으로 말없이 바라다보았다.

침묵과 실어(失語)

　편집회의 결과가 왜 그렇게 됐는지 그는 이해할 수가 없었다. 차라리 안 하니만 못한 회의였다. 그는 허둥지둥 누구든지 걸고 넘어져 탓을 해야 된다고 생각했다. 그건 그의 오랜 버릇이었다. 그러나 회의장 안엔 이미 그 혼자밖에 남아 있지 않았다. 그의 시선에 붙들린 건 겨우 회의장을 마지막으로 물러나면서 흘끗 돌아본 애송이 여사원의 얼굴이었다. 그나마 잠깐이었다. 아직 능구렁이가 되기 전인 신출내기이기 때문일까. 그녀의 얼굴엔 상전에 대한 능멸과 연민이 조금도 절제되지 않은 채 풍부하게 남아 있었다. 그는 뜨끔하면서 일이 그렇게 된 책임이 자신에게 있음을 충격처럼 어쩔 수 없이 받아들였다.

　그리고 모든 사원이 그렇게 생각하리라는 조바심으로 가슴이 옥죄는 것 같아 안절부절을 못하다가 담배를 피워물었다. 회의장은 주간인 그의 방이기도 했다.

전자 벽시계는 여덟시에 육박하고 있었고, 창 밖의 어둠에는 멀리 아파트 단지의 불빛이 별처럼 무수히 박혀 있었다. 회의가 길어지는 바람에 퇴근시간을 훨씬 넘기고 있었다.

'그게 왜 내 탓이란 말인가. 회의란 여러 사람이 모여서 의논을 하는 것이거늘 나 혼자 지껄이도록 한 게 누구인데? 결국은 이렇게 되고 말리라는 건 누구나 다 알고 있었고, 그래서 그 더러운 책임을 면하기에만 급급했었겠다? 다만 입 다물고 귀먹은 척하고 있는 걸로. 비열한 것들.'

그는 일이 그렇게 된 탓을 아무에게도 돌릴 수 없게 되자 저희들끼리만 짜고 완전무결하게 책임을 회피한 부하 직원들에 대해 주체할 수 없는 노여움을 느꼈다. 그는 담배를 끄고 힘껏 몸을 솟구쳤다. 다시 회의를 소집하리라. 이번만은 누구든지 한마디씩 입을 열지 않고는 못 배기게 하리라. 이렇게 벼르면서 거칠게 문을 열었다. 주간실은 곧장 편집실로 통하게 돼 있었다.

당직 사원이 혼자서 두 다리를 책상 위에 길게 뻗고 전화질을 하고 있을 뿐 편집실은 텅 비어 있었다. 그는 그의 부하 직원이 그를 의식하면서도 책상 위로 뻗은 다리를 움츠리려고도, 불요불급한 실없는 수작을 줄이려고도 하지 않는 데 별반 불쾌감을 느끼지 않았다. 그건 그가 솔선해서 가족적인 분위기를 부추겨온 조그만 잡지사의 종래의 관습 그대로의 것일 뿐 조금도 새로운 게 아니었기 때문이다.

"우리 식구들 퇴근 빠르게 하는 건 하여튼 알아줘야 한다니까."

정말로 회의를 다시 소집할 작정도 아니었으련만 그는 회의를 다시 하려야 할 수 없이 된 데 대해 새삼스럽게 안도하며 중얼거렸다. 정말이지 달라진 건 아무것도 없었다. 한 달 중 가장 한가한 시기인, 새달치 잡지의 OK교정까지 끝내놓고 난 무렵의 편집실의 오후 여덟시 반의 풍경은 종전 그대로였다. 당직 사원 책상 위에 놓인 깍두기 보시기와 포개놓인 설렁탕 뚝배기까지도.

"수고하게."

그는 말없이 편집실을 빠져나갈까 하다가 종래의 버릇이 생각나서 한마디 했다. "아, 네" 정도의 대꾸라도 했는지 말았는지 젊은 직원은 그를 돌아다도 안 보고 전화질만 계속했다. 그는 무엇에 놀란 것처럼 눈을 크게 뜨고 그런 젊은이의 뒤통수를 바라다보았다. 젊은이의 버르장머리 없음을 탓하려는 건 아니었다. 마치 손질 잘한 여자의 파마머리처럼 웨이브가 멋들어진 젊은이의 곱슬머리 뒤통수에서 그는 뜻하지 않게 그에 대한 능멸과 연민을 읽은 것처럼 느꼈기 때문이었다. 그건 아까 신출내기 여사원의 얼굴에서 본 거와 같은 것이었지만 뒤통수이기 때문에 한층 적나라했다.

'그럴 리가 없지. 뒤통수에 무슨 표정이 있을 수가 있담. 딴 표정도 아닌 그런 복잡 미묘한 표정이.'

그는 그를 사로잡는 미망(迷妄)을 떨치듯이 도리머리를 치면서 편집실 문을 쾅 소리내어 닫았다. 엘리베이터가 없는 구식 빌

딩의 칠층 계단을 한눈에 내려다보며 그는 그 역시 하루를 대과 없이 보내고 퇴근했음을 실감했다.

편집회의는 다달이 정기적으로 있어왔고 또 부정기적으로도 한 달에 몇 번이고 있을 수 있었다. 새로운 편집 계획을 발표도 하고 활발하게 토론도 하고, 그게 격해져서 싸움이 붙는 경우도 자주 있었다. 그럴 때의 주간으로서의 그의 역할은 주로 사원들 간의 그런 싸움을 부채질하는 것이었다. 그런 싸움이야말로 그들이 만든 잡지를 살아 있게 하는 활력소라고 그는 믿고 있었다.

그러나 오늘 있었던 편집회의는 여직껏 있었던 그런 회의하곤 사뭇 성격이 다른 거였다. 그 잡지는 주간 말고 경영주가 따로 있었지만 사원들이 평소 경영주의 존재를 느낄 기회는 전혀 없었다. 경영주와 수지타산, 그 두 가지에 대해선 절대로 신경 쓰지 말고 오로지 좋은 잡지 만드는 데만 힘쓰라는 게 경영주의 소신이나 부탁이었고 경영주는 그걸 몸소 실천해서 좀처럼 자기를 나타내는 법이 없었다. 고소원(固所願)이나 불감청(不敢請)인 좋은 주인이었다.

그런 경영주가 요새 갑자기 그 존재를 나타내기 시작했다. 그렇다고 그 모습을 나타내서 참견을 하는 것도 아니었으니 그림자를 드리우기 시작했다고 할까. 아무튼 그 그림자는 모두의 신경에 몹시 거슬렸다. 주간인 그의 입장도 다른 사원과 별로 다를 바 없었다. 그 그림자를 벗어나기 위해 신경을 있는 대로 소모하고 나면 기진맥진해서 좋은 잡지를 만들기 위해 합심할 힘 같은 건 남아나 있지도 않았다. 그렇다면 그 그림자를 한 번이라도 벗어나보았다는 자신감이라도 있으면 좋으련만 그렇지도 못했다. 아등바등해봤자 그림자 안에서의 일이었다.

경영주와 실무자 간의 이런 암투를 곧이곧대로 거슬러올라가면 흔한 말로 시국관의 차이 같은 데 부딪치게 마련이었다. 우선 어려운 시대에 살고 있다는 덴 서로 이견이 없었다. 결국 이견은 어려운 시대에 있어서의 활자의 구실에 있었다. 실무진은 활자가 이 시대의 어려움을 본질적으로 천착하는 데 이바지해야 된다고 여기고 있는 반면 경영주는 어려움에 대한 천착은커녕 관심마저 딴 데로 돌림으로써 어려움을 잊게 하는 데 활자는 이바지해야 된다고 굳게 믿고 있었다.

그것으로써 하려고 하는 바가 다를 뿐 활자에 대한 애정은 양쪽이 다 막상막하였다. 그래서 더욱 타협의 실마리는 보이지 않았고 마침내 편집실의 쑥덕공론은 이쪽에서 활자를 포기하자는 쪽으로 무르익어갔다. 사랑하기 때문에 헤어지고 어쩌고 하는 현대판 싸구려 사랑의 윤리라면 이미 구역질의 단계를 지난 그들이건만 활자에 대한 애정을 그것을 포기함으로써 표시하려는 그들의 마지막 결의는 거짓 없이 비통한 바가 있었다. 밥줄이 걸린 문제였다. 밥줄을 걸고 타협 못 할 난제가 없으련만 그러지 못하는 데 그들의 애정의 순수성이 있었고 주간으로서의 그는 그 순수의 앞잡이였다.

그는 편집실의 쑥덕공론으로 정당한 공론을 만들고 각자의 비통한 결의를 모아 당당한 의사표시를 할 필요성을 느꼈다. 포기하기 전에 상대방에게 그 정도의 의견 전달도 안 한다는 건 싸우지도 않고 패배를 인정하는 것처럼 비열한 짓이라고 여겨졌다.

그래서 소집한 편집회의였다. 그는 미리 사표까지 써서 안주머니에 간직했었다. 밥줄에 연연하지 않는 한 겁날 건 아무것도 없었다. 그러나 편집실에서 그렇게 무성하던 쑥덕공론이 막상 정식 회의로 접어들자 꿀 먹은 벙어리처럼 잠잠해지는 건 그로서도 뜻밖이었고 당해낼 도리가 없었다. 오해의 여지가 전혀 없는 명백한 일들이 갑자기 아리송해지면서 그는 외롭게 갈팡질팡했고 일단 체계가 선 걸로 믿었던 사고도 걷잡을 수 없이 지리멸렬해졌다.

그러나 정작 그를 당황하게 한 건 그런 내적인 갈등이 아니라 그의 혀였다. 그는 어느 때보다 유창하게 잘 지껄였다. 돌이켜 생각해도 자신의 내부엔 자신의 허약을 은폐하기 위한 남달리 간교한 반사작용이 잠재해 있었다고밖엔 설명이 되지 않은 청산유수의 달변이었다. 사원들이 의도적으로 입을 다물고 있었던 게 아니라 어쩌면 그가 한 번도 사원들에게 말을 할 기회를 안 주었는지도 모른다는 생각이 뒤늦게나마 들 지경이었다.

그런 달변으로 그는 회의를 이끌어 마침내 당초의 그들의 목적과는 정반대로 공론을 만들었고, 그건 영락없이 경영주의 목적에 부합되는 것이었다. 그 솜씨는 스스로 생각해도 찬탄을 금할 수 없을 만큼 신기한 것이었다. 가고자 벼르고 닦은 길과는 정반대의 길을 가면서도 어쩌면 단 한 번의 우여곡절조차 없이 마냥 그렇게 매끄럽고 순탄할 수만 있었을까. 그는 자신의 혀의 농간에 아연했다.

결단코 누구로부터 사주받은 바 없거늘, 그는 칠층 계단을 단숨에 뛰어내린 허탈감과 점점 조급해지는 번화가의 잡답(雜沓) 사이에 끼여서 꼼짝을 못 하면서 이렇게 중얼거렸다. 맹세코 그 누구로부터도 사주받은 바 없거늘, 그는 같은 소리를 되풀이 강조했다. 그러나 그걸 누가 믿어준단 말인가. 신출내기 여사원의 얼굴과 당직 사원의 뒤통수에서 본 능멸과 연민은 바로 그가 사주받고 있음을 믿어 의심치 않는 표시이기도 했으렷다.

하긴 의기충천하던 사기가 어이없이 꺾인 젊은 사원들은 스스로의 고민을 그런 방법으로라도 위로하고 싶었을 거다. 일개 주간에게 회유당했다기보다는 더 큰 힘에 의해 사주받고 있는 주간에 의해 꺾였다고 생각하는 쪽이 자신의 비열을 변명하기 위해 훨씬 유리할 테니까. 그뿐 아니라 더 큰 힘을 제멋대로 크게 꾸며 상상하는 걸로 자신의 비열을 정당화하면서 일찌거니 속 편해졌는지도 모른다. 누구나 자신을 위한 치유제는 자신 속에 갖고 있게 마련이니까.

그는 탁류에 떠내려가는 검부러기처럼 힘없이 도시의 잡답에 밀려 낮은 곳으로 낮은 곳으로 흘렀고 마침내 지하철을 탔다. 그러나 그의 집은 전철 연변이 아니었다. 그는 마냥 타고 갈 듯이 빈자리에 냉큼 엉덩이를 붙이고 눈을 감았다.

편집회의에서 그의 장황한 발언 내용이 토막토막 두서없이 생각났다. 사원들이 강경 일변도로 나올 것에 미리 대비해 어줍잖게 노자(老子)까지 인용했던 것 같다.

"우리가 저항해야 할 대상이 강하다고 해서 우리 역시 강경하게 맞선다는 건 지혜롭지 못해요. 이 세상에서 물보다 유약한 게 없는 것 같지만 굳고 강한 것을 공격하는 데 있어서 물보다 나은 것 또한 없지 않아요? 부드러움만이 굳은 걸 이길 수 있고, 약한 자가 강한 자를 이긴다는 게 천하의 이치건만 실행하는 사람은 없음을 옛 성현도 통탄했어요. 나중에 후회하지 않으려면 신축성 있고 부드럽게…… 지는 게 이기는 거고 이기는 게 지는 거예요. 내 말 무슨 뜻인지 아셨죠?"

어쩌고 했던 말을 떠올리며 그는 유식(有識)이 견강부회(牽强附會)할 수 있는 범위의 무한함에 구역질을 느꼈다.

그는 제 생각에 깊이 잠겨서 열차가 어디로 가고 있는지엔 전혀 관심이 없는 것 같았지만 다음 역이 개봉역이란 차내 방송을 듣자 벌떡 자리에서 일어나 문가로 비집고 나왔다. 그러나 열차를 내려 역 구내를 빠져나와 낯선 거리에 서자 그는 왜 거기에서 내렸는지를 자문하듯이 연방 고개를 갸우뚱거리며 오도 가도 못했다. 그의 집은 정릉 쪽이었다. 전철로 다시 시내까지 들어갈밖에 없겠으나 그럴수록 개봉이란 고장에 강한 미련이 남는 건 참으로 이상한 일이었다. 그러나 그 까닭은 숨바꼭질처럼 그를 애먹일 뿐 좀처럼 분명해지지 않았다. 그는 점점 늦어지는 시간에 신경을 쓰면서도 허우적대듯이 급하게 역 근처의 번화가를 벗어 났다.

읍으로 승격한 지 얼마 안 되는 시골의 작은 고장처럼 번화가 는 곧 끝나고 들판이 나왔다. 들판 너머 아득한 곳에 아파트군의 불빛이 보이자 그는 다시 한번 고개를 갸우뚱대며 가던 길을 되 돌아왔다. 그리고 번화가를 어느 만큼 벗어난 곳에 있는 작은 다 방 문을 밀고 들어갔다.

다방 속은 와자지껄했으나 손님은 서너 명밖에 안 됐다. 구석 배기 세모난 선반 위에 있는 텔레비전이 정면으로 보이는 자리 에 턱을 쳐들고 앉았다.

때는 바야흐로 태평성대였다. 무인도를 찾아 집 나간 다섯 소 년이 인천에서 발견되어 가족들의 손에 인계됐다는 이야기가 오 늘의 톱뉴스였다. 뉴스에 이어 어린이들의 무단가출 문제가 장 장 한 시간짜리 특집으로 나오고 있었다. 어린이들이 가족들과 재회하는 장면을 화면은 또다시 붙들고 늘어졌다. 불과 서른여 섯 시간 만의 재회였다. 어린이들의 얼굴이 울까 말까 망설이는 것처럼 어색하고 계면쩍어 보이는 건 당연했다. 그러나 가족들, 특히 어머니들은 하나같이 엉엉 통곡들을 했다. 뭘 잘못했는지 아이를 부둥켜안고 연방 잘못했다고 용서를 빌며 몸부림치는 어 머니도 있었다. 뭔가 말 못 할 사연이 있는 가정인 것 같았다. 어 머니들이 하도 섧게 우니까 아이들도 하나 둘 손등으로 눈을 부 비기 시작했다.

화면은 먼저 이런 울음바다를 효과적으로 보여주고 나서 마치 미스터리를 풀듯이 용의주도하게 어른들이 그렇게 통곡하며 용서를 빌어야 하는 까닭으로 좁혀들어갔다. 먼저 명사들이 나와서 대화 없는 가정, 시험 점수에 대한 과도한 관심과 그 밖의 것에 대한 무관심 등 아이들로 하여금 무인도를 동경하게 한 어른들의 잘못을 능숙하게 진단했다. 이어서 화면은 명사들의 서재에서 거리로 옮겨졌다. 옛말에 '길을 막고 물어보라'는 말이 있다. 자기의 정당성이 만인의 공인을 받을 수 있다는 자신이 있을 때 사람들은 흔히 '길을 막고 물어보슈' 하면서 큰소리쳤었다. 그러나 정말 길을 막고 만인에게 물어보는 일이란 그렇게 쉬운 일이 아니어서 실제로 그런 일이 있었던 것 같진 않다.

그러나 현대란 쉽사리 만인에게 물음을 던질 수 있는 시대였다. 더욱 놀라운 것은 시장바구니를 든 평범한 가정주부도 운전대를 잡은 털털한 아저씨도 마이크만 들이댔다 하면 청산유수였다. 다섯 아이들이 무인도를 가려다 못 간 사실이야말로 오늘을 사는 우리 모두의 최대 관심사였고, 제각기 그 일에 대해 할말을 가지고 있었다. 모두 막힘없이 유창하게 그 일에 대해 자기가 생각한 바를 말했다. 길을 막고 물어봐도 어른의 잘못은 의심할 여지가 없었다. 대화가 단절된 냉랭한 가정, 시험 점수에 대한 어른들의 지나친 집착 등이 그 죄목이었다. 각본에 의한 드라마보다는 훨씬 짜임새 있게 거기 출연한 만인은 일정한 결론을 위해 자기의 역할을 다했다. 저렇게 말 잘하고 자녀 교육에 일가견을 가진 유식한 어른들 천지이거늘 어떻게 냉랭한 가정, 점수만 아는 자격 없는 부모가 있을 수 있단 말인가. 마치 서로 다른 세상 이야기 같았다.

만인의 공인을 얻어 한층 권위 있는 결론을 아나운서가 다시 한번 정리해서 복창한 다음 한 시간짜리 특집 방송은 끝났다. 그제서야 그는 뒤늦게 그 권위 있는 공론에 이의를 제기하고픈 충동을 느꼈다.

그도 어릴 적 가출의 경험을 가지고 있었다. 무인도로 가려다 만 다섯 소년처럼 그의 가출도 실패로 끝났지만 지속 시간은 소년들보다 길어서 장장 사십팔 시간은 됐다고 기억하고 있다. 그러나 그때는 텔레비전도 없었거니와 지금처럼 태평성대가 아닌 일제 말기의 흉흉한 시절이어서 그 일은 집안 내의 일로 그치고 말았지 사회적인 물의를 일으키진 못했다.

어린 그가 동경한 것은 봉천(奉天)이었다. 봉천에 대해 그가 아는 건 토끼꼴의 반도를 벗어나 압록강을 건넌 대륙 속의 한 지명이라는 것밖에 없었다. 그가 방학 때마다 내려가는 외가는 경의선 연변의 한 작은 읍이었고 경의선 개찰구 바로 옆이 봉천행 개찰구였다. 개찰구나 매표구에 씌어진 지명 중 이 땅의 지도에서 찾을 수 없는 것은 오로지 봉천 하나였다. 그것만으로도 그 답답한 시대의 소년이 동경을 바치기에 충분했다. 봉천은 그 무렵의 그의 무지개였고 그의 출구였다. 봉천행 개찰구에 서 있는 사람까지 남달라 보였다. 그는 경의선 개찰을 기다리는 사이를 헤집고 다니면서 그들의 옷깃에서 이국의 냄새를 맡은 것처럼 느끼면서 가슴을 울렁거렸었다. '호오뗑, 호오뗑' 하고 개찰을 알리는 방송이라도 울려퍼지면 그의 울렁거림은 절정에 달해 곧 가슴이 터질 것 같았다. 그러다가 그만 어느 해 여름방학이던가 같이 가던 외삼촌 몰래 봉천행 개찰구에 섞이고 말았고, 무사히 기차를 탔다. 압록강 못 미쳐던가 건너던가 생각나지 않지만 아무튼 날 저물고 나서 꼬박 하룻밤을 달려도 목적지까지 도달하지 못한 채 그는 승무원에 의해 발각되어 서울로 보내졌다. 느닷없이 엄습한 배고픔과 두려움 때문에 승무원에게 발각당하지 않을 수 없도록 창피하게 굴었던 것을 지금까지도 적지 아니 아쉬운 심정으로 똑똑히 기억하고 있다.

돌아온 아들을 맞은 그의 어머니는 다짜고짜 그의 엉덩이를 까고 사매질을 퍼부었다.

"윤석아, 에미 속 좀 작작 썩여라. 이 웬수야. 아이구, 얼마나 혼이 나야 철이 좀 날꼬. 다시 또 이렇게 엄마 속 썩일래, 안 썩일래?"

그는 볼기짝이 얼얼하고 화끈화끈해서 깡충깡충 뛰면서 다시는 안 그러겠다고 싹싹 빌었었다. 그의 어머니는 특별히 엄하지도, 자기 화를 자식에게 분풀이할 만큼 소견 좁지도 않아서 그는 자주 얻어맞는 편은 아니었지만, 그래도 일 년에 몇 번씩은 꼭 크게 얻어맞을 짓을 저지르고 말았다. 그렇게 이골이 나게 얻어맞은 매 중에서 그때 봉천 가다 말고 붙들려와서 맞은 매처럼 사정없이 아픈 매도 없었지만, 그때의 매처럼 흡족하고 감미로운 매도 없었으니 이상한 일이었다. 매를 다 맞고 나서 어머니가 차려다준 밥상에서 닥치는 대로 꾸역꾸역 밥과 반찬을 쳐넣으면서 맛본, 집에 돌아왔다는 편안감과 행복감은 더할나위없이 완벽했었다. 만약 어머니의 매가 없었던들 그때의 편안감이 그토록 완벽할 수가 있었을까.

그때만 해도 지금과는 달리 기차가 굼벵이처럼 느리던 때라 그 작은 소요에 소모된 시간이 사십팔 시간이나 되었고 그 동안 그의 어머니가 몰라보게 늙어 있었던 게 어린 마음에 깊은 인상을 남겼지만 결코 상처는 아니었다.

어렸을 적의 그의 집은 특별히 대화가 단절된 냉랭한 집도 아니었고, 그의 어머니 역시 자상한 분이었지만 자식의 시험 점수보다는 시부모 공양, 시동생들 시중에 더 골몰해야 하는 대가족의 맏며느리였다. 그러니까 당시로선 유별날 게 하나도 없는 평균값의 보통 집안이었고, 그 역시 그 무렵의 평균값의 보통 아이였다. 그런데도 그는 감히 가출을 했었다. 지금은 그때와 세상 사정이 여러모로 많이 달라졌다. 같은 일을 당한 모자의 태도만 봐도 그렇다. 이건 숫제 거꾸로다. 아이가 잘못했다고 비는 게 아니라, 어머니가 엉엉 울면서 잘못했다고 빌고 있다. 만약 옛날의 그의 어머니가 매를 드는 대신 그에게 잘못했다고 빌었으면 어땠을까? 그런 어머니란 상상만 해도 소름이 돋을 것처럼 징그러웠다.

그러나 변하지 않은 게 단 하나 있었다. 그건 평균값의 소년의 마음엔 예나 이제나 변함없이 무지개 걸린 몽상의 출구가 있다는 거였다. 그는 뜻하지 않은 곳에서 뜻하지 않게 그의 소년 시절을 돌이켜보면서 화면에서 본 다섯 소년들에게 동기간 같은 친화감을 느꼈다. 여북해야 소년들이 못 얻어맞은 매를 부모를 대신해서 한 대씩 때려주고 싶어 손이 근질근질할 지경이었다. 그 또래의 꿈의 실수엔 따끔하되 모질지만은 않은 매가 제일이라는 걸 그는 경험으로 알고 있었다.

그럴수록 그는 어버이가 자식 때릴 겨를도 주지 않고 끼어든 카메라가 괘씸했다. 실상 카메라에게 중요한 건 아이들 따위가 아니었을 것이다. 중요한 건 오로지 자신들의 음모였을 테고 아이들이나 유명인사나 시장바구니 든 아줌마나 기사 아저씨나 수많은 구경꾼이나 그 음모를 거들고 완성시켜주긴 마찬가지였을 것이다.

그는 퍼뜩 꿈에서 깬 듯 정신이 났다. 화면의 농간을 통해 그가 장차 부릴 수 있는 활자의 농간을 암시받는 것 같은 생각이 들었기 때문이다. 활자를 가지고 농간을 부리기로 마음먹으면 화면에 지지 않을 수도 있었다. 활자의 농간의 가능성 역시 무궁무진했다. 그는 전율했다.

사표를 품에 넣고 활자를 포기할 각오를 굳힌 게 불과 몇 시간 전이건만 무지개 걸린 몽상의 출구를 가지고 있었던 소년 시절처럼 아득하게 느껴졌다. 그 비장한 각오 또한 한낱 부질없는 꿈이었더란 말인가.

그는 잡지사 주간인 동시에 작가였다. 자칭 이류였지만, 그는 후자를 훨씬 더 소중하게 여겼다. 지금에야 비록 헛된 것이 되고 말았지만 거짓 없는 마음으로 사표를 쓸 때만 해도 그는 작가로서의 침묵까지도 각오했었다. 장차 활자가 지향해야 할 바가 경영주가 생각하는 대로라면 작가로서도 침묵을 지키는 게 마땅하다고 생각했었다. 그렇다고 작가로서의 그가 끊임없이 왕성한 활동만 해온 건 아니었다. 자칭 이류답게 혹평이나 무관심에 민감해서 자주 붓을 놓았고 슬럼프에 빠지는 주기도 남보다 잦고 길어서 사실 그의 작가활동은 지지부진한 것이었다. 그러나 그가 사표를 쓰면서 꿈꾼 침묵은 적어도 의식이 있는 침묵이었고, 그건 생각보다 어려웠다. 그가 그런 방법으로 회의를 교묘하게 이끌어 그의 사표뿐 아니라 사원 전원의 사표를 없었던 일로 만든 것은 남 보기에 당연히 밥줄과 관계있어 보였을 것이다. 그래서 동정의 여지, 아니 칭송의 여지마저 있었을 것이다. 부하 직원들이 그에게 보인 능멸조차 실은 껍데기일 뿐 속알맹인 칭송과 안도였을지도 모른다.

차마 사표를 던질 수 없었던 까닭은 그만이 알고 있었다. 자신의 밥줄이나 부하 직원들의 밥줄 때문만은 아니었다. 작가로서의 침묵의 용기마저 없었기 때문이었다. 의식이 있는 침묵이란 소년 시절의 무지개 걸린 출구처럼 그를 울렁거리게 했을 뿐 실제로 잡힐 것 같진 않았다.

그는 정릉까지 돌아갈 시간에 신경을 쓰며 자리를 일어섰다. 그러나 거기까지 왔다가 그냥 돌아갈 순 없다는 강박관념이 비 오는 날의 신경통처럼 음산하고 기분 나쁘게 그의 마디마디를 조이고 있었다.

카운터를 보는 소녀가 아까부터 졸고 있는 줄 알았는데 그게 아니었다. 무릎 위에 술 두꺼운 책을 놓고 읽고 있었다. 그게 꽤 괜찮은 문학 전집류인 걸 확인하자 그는 불쑥 미리 계획한 바 없는 질문을 던지고 말았다.

"아가씨, 말 좀 물읍시다. 이 동네에 윤상하 선생님이 사셨댔는데 아직도 사는지? 참 윤상하 선생님이 누군지나 알겠나 모르겠는데……"

"아저씨, 사람 무시하지 마세요. 아무리 그 유명한 윤상하 선생님을 모를라구요."

"쳇, 그 늙은이가 그렇게 유명한가……"

그는 불량소년처럼 어깨를 곱지 않게 추스르며 중얼거렸다.

"뭐라구요, 아저씨?"

"아니, 아무것도 아니에요. 아직도 그분이 이 동네 사시냐니까!"

"네, 사세요. 사시니 어쩔래요?"

소녀는 그가 몹시 못마땅한 듯 입을 뾰족하게 오므리고 시비조로 말했다.

"어쩌긴, 잠시 만나봤으면 싶어서. 어디쯤 사시는지 좀 가르쳐 줬으면 싶은데."

그가 태도를 돌변해서 부드럽고 점잖게 말했다.

"아저씬 누군데요?"

"난 그 어른의 제자야. 나도 소설가지. 그 어른처럼 유명하진 않지만."

"그러세요? 진작 그러시지. 이 앞길로 곧장 가다가 왼쪽으로 꼬부라지면 등성이가 나오잖아요? 그 등성이만 넘으면 동네가 나오는데 그 선생님 댁은 금방 눈에 띄어요. 참, 밤이니까 찾기 힘들지도 모르겠네. 그럼 구(舊)마을을 물으세요. 구마을에서 아직도 남아 있는 집은 그 댁밖에 없으니까요."

"아아, 그럼 예전 그 댁에 아직도 사시는군요?"

"초행이 아니시군요?"

"초행은 아니지만 하도 많이 달라져서 얼떨떨해요. 아까 제대로 찾아갔댔었는데 등성이 못 미처 전에 못 보던 아파트군이 바라다보이길래 그만 길을 잘못 든 줄 알고 돌아오고 말았지. 고마워요. 아가씨."

"선생님 성함은 뭐예요?"

"일러줘도 아마 모를걸. 유명해지려면 아직 풋내기이니까."

그는 소녀에게 한 눈을 찡긋해 보이며 말했다.

"아저씨 같은 늙은이가 아직 풋내기라니 안됐다."

그의 윙크에도 불구하고 소녀는 심각하고 슬프게 중얼거렸다. 그는 쫓기듯이 다방을 나와 아까 돌쳐나온 길을 다시 허우적대며 더듬어 올라갔다.

비록 번번이 문전에서 거절당하긴 했지만 윤상하 선생 댁은 취재차 몇 번 방문한 적이 있었다. 그게 불과 이삼 년 전이었는데 그 동안에 동네가 그렇게 몰라보게 변해 있었다. 실은 그와 윤상하 선생과의 관계는 그보다 훨씬 더 거슬러올라갈 수도 있었다. 그러나 결코 좋은 관계는 아니었다.

지금으로부터 십여 년 전 그가 제법 문제작을 써내 주목을 받을 때였다. 뜻밖이랄까 당연하달까 그가 어떤 문학상의 수상자로 결정이 됐다. 우리 문단의 원로 대가인 윤상하 선생이 사재를 털어 기금을 마련하고 자기의 이름을 따서 '상하문학상'이라고 명명한 이 문학상은 그 해가 비록 첫번째였지만 상금의 액수로 보나, 제정한 사람의 명성으로 보나, 상업주의와 전혀 무관한 순수한 문학 사랑의 그 뜻으로 보나, 앞으로 가장 권위 있는 문학상으로 성장할 것은 아무도 의심할 여지가 없는 유력한 상이었다. 그런 상의 1회 수상자가 됐다는 건 누구나 부러워할 만한 행운이요, 무상의 영광이요, 이로써 문학을 한 보람을 느낄 만한 경사라는 게 누구나의 공통된 생각이었다. 더러는 헐뜯어 말하는 사람도 있었으나, 상 그 자체에 대해서가 아니라 수상자의 자격에 대해서였다. 1회 수상작으론 그 작가의 그 작품이 약간 아쉽지 않겠느냐는 정도의 이의쯤은 수상의 영광을 더욱 빛내줄지언정 조금도 누가 되진 못했다.

그러나 그는 그 상의 수상을 거부했다. 아무하고도 의논한 바 없는 순전한 그의 독단이었다. 그는 자기가 쓴 작품의 줄거리는

커녕 작품명 하나도 제대로 외고 있지 못했고 자기 작품을 통틀어 걸레쪽 같은 것들이란 혹평을 서슴지 않았지만, 그때 그가 지상을 통해 발표한 짤막한 수상 거부의 변만은 지금도 줄줄이 외고 있을뿐더러 마치 자기가 쓴 일생일대의 걸작처럼 아끼고 사랑해서 술만 취했다 하면 낭랑한 소리로 그걸 낭송까지 했다.

'나는 상이란 것을 전혀 모른다 할 만큼 초연한 사람은 못 된다. 그러나 평소 절대로 그렇게 살진 말아야겠다고 부정적으로 거울 삼던 분의 이름이 붙은 상에 허겁지겁할 만큼 상에 연연하진 않았다고 자부하고 있다. 일제 말기의 그 가혹한 시기를 그분이 최소한도 침묵만 지켜주었더라도 그분의 이름이 붙은 상의 수상을 일단 고려는 해보았을 것이다.'

이런 당돌한 수상 거부의 변은 당시 문단뿐 아니라 일반에게도 적지 않은 충격을 주었다. 그분은 20년대에 등단해서 오십 년 동안을 줄기차게 정력적인 문필활동을 해왔다. 따라서 그분이 쌓아온 업적은 일제 말기의 암흑기에도 중단됨이 없이 일어로 된 소설이나 수필, 하다못해 천황 폐하를 위해 목숨을 걸고 충성을 다하자는 격문 같은 게 되어 남아 있었다. 그러나 그건 그분이 쌓아온 방대한 업적에 비하면 하나의 작은 생채기에 불과했다. 본인이 숨기려는 생채기를 구태여 들추지 않는 게 점잖은 사람들의 예의였다. 더구나 이 땅은 예의지국이었다. 그걸 까마득한 후배이자 아직 말석을 못 면하고 있는 주제인 그가 감히 들추고 나서 만천하에 고해 그분을 망신 줄 것을 누가 상상이나 했겠는가. 받은 밥상이 싫으면 고이 물리면 될 것을 그걸 들어엎어 주인의 면상에다 던지는 따위 행패는 질 나쁜 폭력이나 다름없다는 비난의 소리가 그에게로 퍼부어진 반면 도리어 그분은 각계각층의 심심한 동정과 위로를 받았다.

그러나 그 일이 있은 후 윤상하 선생의 그 정력적인 문필활동은 가위로 실을 끊듯이 중단되고 그 원로 문인은 차츰 잊혀져갔다. 하긴 그때 이미 칠십 고령이었으니 그건 괘치 않다고 치더라도 첫밭에 초를 쳤다고는 하나 그래도 큰 뜻을 내세워 제정한 문학상까지도 그후 유야무야가 돼서 2회로 이어진 일이 없는 걸 보면 그 사건이 그분에게 미친 충격은 의외로 컸던 듯도 싶다. 근래에 문득문득 그분의 근황이 궁금해 취재차 찾아갔다가 목적을 이루지 못한 일은 있었지만 이렇게 목적 없이 여기까지 와보긴 처음이었다. 목적 대신 강박관념이 점점 세게 그를 옥죄었다.

윤상하 선생의 고가는 예나 다름없이 펑퍼짐한 언덕을 온통 마당 삼고 외롭게 서 있었으나, 주위의 규모가 일정한 작은 양옥이 다닥다닥 들어서서 그런지 왕년의 위엄과 기품은 간데없고 퇴락한 산신당처럼 흉흉해 보였다.

그는 불빛 하나 새어나오지 않는 거대한 고가의 대문을 힘껏 흔들었다. 의외로 곧 슬리퍼 끄는 소리가 났고, 제자라는 말 한마디로 대문은 수월하게 열렸다.

중년의 수수한 여인은 그를 사랑채로 안내하면서 따라 들어와 자리에 누운 노인을 일으켜 앉히고 양쪽에서 안석으로 받쳐주더니 소리없이 나갔다. 그는 까닭 없이 놀라서 새가슴처럼 할딱이는 가슴을 가까스로 진정하고 노인을 바라보았다. 백발이 성성했으나 여든이 넘은 연세를 생각할 때 혈색도 좋은 편이었고 살집도 좋아 보였고 눈엔 부드러운 미소가 어려 보였다.

그는 당황한 김에 넙죽 절을 했다. 부드러운 미소는 눈에서 자연스럽게 입가로 흘러내렸다. 필시 의치(義齒)이겠으나 너무도 고르고 단단해 뵈는 이가 섬칫했다. 그는 울컥 화가 났다.

"웃지 마세요. 제가 누군 줄 알면 그런 부처님 같은 미소랑 당장 거두시고 말겠지만, 저 정해철입니다."

그는 노인의 얼굴을 스쳐가는 티끌만한 표정도 안 놓치겠다는 듯이 고개를 똑바로 쳐들고 눈을 부릅뜨고 말했다. 그러나 노인의 얼굴엔 화선지에 물감이 번지듯이 부드럽게 미소가 번지고 있을 뿐 아무런 변동도 없었다.

"기억이 안 나시는군요? 이래도 기억을 못 하시겠습니까? 제1회 상하문학상을 보기 좋게 거부함으로써 선생님의 욕된 과거를 들춰내 다시 똥칠을 하고 세상에 물의를 일으킨 정해철이란 놈입니다. 그때야말로 정해철의 전성시대였죠. 이놈 꼴도 보기 싫으니 썩 물러가라고 호령을 하세요, 네? 어서요. 저를 눈앞에 보고도 화가 안 나십니까, 선생님?"

그는 마침내 굶주린 배를 움켜잡고 한푼을 구걸하는 거러지보다도 더 비루하게 노인의 노여움을 애걸했다. 그러나 노인의 얼굴에선 미소가 고무줄 빠진 팬티처럼 걷잡을 수 없이 흘러내리고 있을 뿐이었다. 그래서는 안 된다고 생각하면서 도리어 정해철이 노여움을 걷잡지 못했다. 그는 코를 벌름대며 어깨로 숨을 쉬며 목청껏 외쳤다.

"끝내 모르는 척 시침을 떼시는군요. 좋습니다, 좋아요. 그때 그 대단한 상을 거부하면서 한 제 발언을 들려드릴 수밖에 없겠군요. 설마 그래도 모른다고는 못 하실걸. '나는 상이란 것을 전혀 모른다고 할 만큼 초연한 사람은 못 된다. 그러나 평소 절대로 그렇게 살진 말아야겠다고 거울 삼던 분의 이름이 붙은 상에 허겁지겁할 만큼 상에 연연하진 않았다고 자부하고 있다. 일제 말기의 그 가혹한 시기를 그분이 최소한도 침묵만 지켜주었더라도 나는 그분의 이름이 붙은 상의 수상을 일단은 고려해보았을 것이다.'"

그는 마치 시 낭송이라도 하듯이 구절구절 감정을 넣어가며 낭랑하게 외쳤다. 그러나 노인의 얼굴엔 아무런 변화도 일지 않았다. 그는 당황했다. 십여 년 동안 그를 감동시킨 명문이건만 그게 정작 겨냥한 노인에게 돌팔매 정도의 충격도 줄 수 없었다는 걸 깨닫자 헛소리처럼 초라하고 허황한 푸념인 게 드러나고 말았다. 그는 기를 쓰듯이 고래고래 소리를 높여 그 소리를 되풀이했다. 그러나 일단 헛소리로 판명된 걸 명문으로 복권시킬 순 없었다. 동시에 그걸 일생일대의 걸작처럼 오만하게 떠받들고 산 그의 작가적인 생애까지 졸지에 우스꽝스럽고 남루하게 타락해버린 것처럼 느꼈다.

노인은 여전히 웃고 있었다. 도대체 어디로부터 그런 웃음이 무진장 흘러나는 걸까. 모두가 그 웃음 때문이었다. 그 웃음을 멈추게 할 수만 있다면. 그는 무턱대고 분하고 억울해서 손이 와들와들 떨렸다.

"제발 웃지만 말고 뭐라고 좀 그래봐요. 제가 왜 여기 온 줄 아세요. 선생님의 변명을 들으러 왔단 말입니다. 왜 침묵을 못 지켰나 뭐라고 좀 변명을 해보세요, 선생님. 그때만 해도 제가 너무 기고만장했든지 순수했든지 선생님의 변명을 들어드릴 아량이 전혀 없었지만 지금은 아녜요. 그걸 듣고 싶은 아량이 생겼단 말입니다. 아량이 아니라 필요성일지도 모르죠. 전 어떡하든 그게 듣고 싶단 말입니다. 네, 선생님. 말씀해보세요. 변명을 해보세요. 변명이 싫으면 증언이라도…… 제 아량을 위해, 아니 제 비열을 위해 제발 뭐라고 한마디 해보세요."

노인은 여전히 웃고 있었다. 노인의 입에서 무슨 소리든지 짜내기 위해선 우선 저 무진장 흘러내리는 웃음부터 막아야 할 것 같았다. 그는 벌떡 일어서서 손을 떨면서 서둘렀지만 어디를 어떻게 틀어막아야 할지 몰라 쩔쩔매고 있었다. 이때 중년 여인이 쟁반에 김이 모락모락 오르는 차를 받쳐들고 들어왔다.

"왜 그러세요? 어디가 불편하세요?"

여인이 그의 거동이 수상쩍은 듯이 물었다.

"아, 아닙니다. 선생님이 어디가 불편하신 것 같아서……"

"그래요?"

여인이 너부죽한 코로 사냥개처럼 킁킁댔다.

"맞았어요. 뒤를 보셨나봐요."

"네?"

"이 밖에 마루방이 있어요. 거기서 차 들면서 기다리실래요? 금세 되니까요."

"네?"

"어서요."

여인이 먼저, 차 쟁반을 마루방 다탁에 갖다놓고 와서 채근을 했다.

"괜찮습니다. 저도 지켜보겠습니다. 도와드리고 싶습니다."

여인이 안석을 치우고 노인을 눕히더니 비닐조각을 깔고 바지를 벗겼다. 그때서야 그는 심한 구린내를 맡았다.

"혼자서 할 수 있으니 나가 계시라니까요."

여인이 짜증스럽게 말했으나 구태여 강제할 뜻은 없어 보였다. 노인은 바지 속에 여자들이 입는 것 같은 꼭 끼는 팬티를 입고 그 속에 유아용 일회용 기저귀를 차고 있었다. 여인은 침착하고 능숙하게 그러나 정 없이 기계적인 손길로 똥보따리를 다리 사이에서 벗겨내고 물을 떠다가 아랫도리를 씻기기 시작했다.

"도와드릴까요?"

마치 수분(受粉)이 안 돼 맺히다 말고 말라비틀어져버린 오이 꼬투리처럼 형편없는 남근을 포함한 아랫도리를 여인이 너무도 함부로 다루는 게 무참해서 그는 비명처럼 부르짖었다.

"아뇨, 혼자서 할 수 있어요."

여인은 쌀쌀맞게 말하고 대야와, 비닐조각에 똥보따리를 둘둘 만 걸 문 밖으로 내놓고 나서 새로운 기저귀와 새 팬티를 순식간에 갈아입히는 것이었다.

"선생님하곤 어떻게 되시나요? 며느님 되십니까?"

그는 고도로 능숙하면서 정 없는 손길을 의식하며 이렇게 물었다.

"아뇨, 요즘 어떤 효부가 이런 짓을 한답니까?"

여인이 흘긋 그를 쳐다보더니 냉소적인 미소를 띠고 말했다. 처음 보는 미소였지만 여인을 향한 그의 경직된 마음을 풀 만한 것은 아니었다.

"그럼 따님?"

그는 까닭 없이 불쾌한 걸 억누르며 말했다.

"아뇨, 직업적인 시중꾼입니다."

여인이 누굴 놀리는 것처럼 또박또박 말했다.

"저런!"

그가 신음처럼 말했다.

"동정하실 거 없어요. 보수는 충분히 받고 있으니까요."

"뜻밖이군요. 선생님께선 무척 다복하시다고 들었는데. 여러 자녀가 각기 다른 분야에서 성공을 거두었고 또 효성스럽다고."

"그건 틀림없어요. 그러니까 이 노인이 이만큼 호강을 하는 거 아니겠어요."

"자녀분들이 직접 모시고 살지는 않는군요."

"다 외국에들 사는걸요. 참, 밤이 늦었는데 가보셔야죠. 문병 감사합니다. 요즘은 문병객 발길도 아주 끊겨버려서요."

"네, 문병을 겸해서 선생님께 긴히 여쭤볼 말씀이 있어서요. 조금만 더 지체하겠으니 용서하십시오."

그는 여인보고 자리를 피해달라는 시늉으로 문 쪽을 눈짓하며 단호하게 말했다.

"혹시 아직 모르고 계신 거나 아닌지?"

여인이 순순히 나가려다 말고 수상쩍은 듯이 말하고 돌아섰다.

"뭘 말입니까?"

"이 노인은 벌써 여러 해 전부터 중풍에 실어증까지 겸하고 계신데 제자라면서 그것도 모르셨던가요?"

여인의 얼굴에 의혹이 좀더 짙어지면서 공포마저 얼룩졌다.

"실어증이요?"

그는 날카롭게 반문했다. 당장 주저앉을 것처럼 맥이 빠졌다. 노인의 입에서 변명을 짜내려는 그의 노력이 완전한 헛수고였던 걸 깨닫자 오늘까지 열심히 허덕인 그의 삶 자체가 온통 터무니 없는 헛수고였다는 허망감이 그를 엄습했다.

"나가요, 나가란 말예요. 집만 크지 이 집엔 돈도 값나갈 것도 없단 말예요."

여인이 마침내 사시나무 떨듯이 떨면서 애걸했다. 여인의 오해를 풀어주는 게 무엇보다도 급했다. 그러나 노인의 실어증이

옭아붙은 것처럼 그는 아무 말도 할 수가 없었다. 별수 없이 그게 아니라고 손짓을 해 보였으나 공포에 질린 여인은 기성을 지를 뿐이었다. 듣기 싫은 소리였다.

　참다 못한 그는 방문을 박차고 뛰어나갔다. 밖은 깜깜했다. 그는 허둥지둥 고개를 등지고 뜀박질을 했다. 고가의 뜰은 밤새도록 뛰어도 벗어날 수 없을 것 같아, 그는 진땀이 났다. 그는 맨손으로 목과 얼굴에 축축이 흘러내리는 진땀을 닦아냈다. 남의 손처럼 이물스러운 감촉에 흠칫 놀라면서 그는 자신의 손에 묻어난 걸 밤눈에 똥처럼 느꼈다. 뜰은 끝이 없고, 끝없이 깜깜했다. 온통 똥이다, 라고 그는 생각했다. 그건 기묘한 쾌감이었다.

천변풍경(泉邊風景)

입동 무렵의 새벽 네시 반은 오밤중 같았다. 배우성씨는 현관
문 앞에서 버릇처럼 겁을 먹고 망설였다. 경첩에 이상이 생겼는
지 현관문은 요새 여닫을 때마다 끼익끼익 거의 동물적인 끔찍
한 비명을 질렀다. 그러나 배우성씨의 망설임은 별로 오래가지
못했다. 가래처럼 불쾌하게 끓어오르는 분노로 목구멍을 그르렁
거리며, 그러나 밤손님처럼 비굴하고도 용의주도하게 문의 고약
한 버릇과의 타협을 시도했다. 끼익 소리를 최소한으로 억제하
기 위해 그의 몸통이 겨우 빠져나갈 만한 너비를 열고 다시 닫는
동안이 한없이 오래 걸렸다. 그 오랫동안 그의 참을성은 실로 위
태위태하다. 가까스로 실수를 면한다. 그래도 그는 현관문에 등
을 대고 한동안 집안의 변함없는 정적에 귀 기울이고 나서야 비
로소 자신의 실수 없었음을 확인하고 안도의 한숨을 몰아쉬었
다. 아직도 그의 한숨엔 분노의 찌꺼기 같은 가래 끓는 소리가

조금씩 섞여 있다.

그의 며느리 정란 여사는 자칭 허약하고 예민한 신경을 가지고 있었다. 그녀는 자신의 남다른 까다로운 신경을 고귀한 신분의 표시처럼 스스로 애지중지하는 한편 가족들의 무신경과 둔감을 경멸했다. 그녀는 가족들로부터 각별히 조심스럽게 대접받기를 원했고, 특히 자신의 새벽의 안면(安眠)이 보호받기를 강경하게 요구했다.

"새벽잠을 설치고 나면 온종일 신경이 곤두서고 두통이 나서아무 말도 못 하는 제 체질 아시죠? 남들처럼 쿨쿨 낮잠이나 잘수 있는 편한 성미도 못 되고, 하루를 고스란히 엉망으로 만들고나면 저녁엔 아이들 코 씻길 기운 하나 안 남아나고, 신경만 가닥가닥 예민해져서 남편이고 뭐고 온통 미운 점, 못난 구석만 보여서 미치겠다니까요."

언젠가 배탈이 난 제 남편의 화장실 출입으로 새벽잠을 설쳤다는 정란 여사가 저녁식탁에서 그릇을 밀어 부딪치면서 남편을닦달질하던 소리였다.

이래놓으니 배우성씨에게 있어서 이 집의 새벽 정적은 사뭇전전긍긍한 것일 수밖에 없었다. 아침마다 그는 그것으로부터놓여나는 일에 지략과 용기와 모험심마저 걸었다.

대문은 현관문에서 한참 떨어져 있을뿐더러 대문에 달린 작은출입문은 현관문보다 훨씬 고분고분했다. 배우성씨의 조그마한마음을 어루만지듯이 녹슨 소리를 미미하게 내면서 부드럽게 열렸다. 그러나 그 문이 참으로 기특한 까닭은 닫을 때 나는 짧고 영악한 쇳소리에 있었다. 찰칵. 배우성씨는 매번 그 소리에 감지덕지했고, 그 소리를 사랑했다. 만약 그 출입문이 찰칵 하며 안에서 저절로 잠기는 자동장치가 없었다면 제아무리 뛰어난 지략과 용기로도 정란 여사가 장악한 그 확고한 정적을 벗어날 길은 없으리라.

배우성씨는 나이 지긋한 사람다운 조심성으로 요새 흔해빠진 모든 자동장치를 일단 의심하고 경원하는 버릇이 있었지만 자동문은 예외였다. 그 자동문이 있음으로 해서, 새벽 네시부터 일곱시까지의 그 긴 미명(未明)의 시간을 오로지 며느리가 포고한 정적에 아부하기 위해 기침과 오줌을 참고, 차 마시고 싶은 것도 라디오 틀고 싶은 것도 참으면서, 깨어서도 자는 척 숨을 죽여야 하는 굴욕을 면할 수가 있기 때문이다.

배우성씨는 어깨에 멘 랜턴을 추슬렀다. 그러나 켤 필요는 없었다. 골목 어귀에 외등이 있어서 골목 안은 하현달밤만큼은 훤했다. 그는 거기 길게 누운 자신의 그림자가 가지 친 고목의 그림자 같다고 생각했다. 그리고 어느 날 갑자기 엄습한 자신의 늙음과 대탈출(大脫出)처럼 어렵게 감행한 아침 산책이 함께 초라하고 불쌍해서 가슴이 뭉클했다. 그는 자신의 그림자를 남루처럼 끌며 천천히 골목을 빠져나갔다. 외등 밑을 지나자 그림자가 앞서면서 점점 길어지기 시작했다. 그는 거울을 보고 매무시를 고치듯이 그림자를 보면서 축 처진 어깨를 추스르기도 하고 흐느적대는 걸음걸이에 우쭐우쭐 헛된 기운을 내보이기도 했다. 그러나 허세는 겉돌고 쓸쓸함만이 속속들이 사무쳤다.

한길로 나오자마자 맞은편 골목에서 나온 택시의 헤드라이트가 배우성씨를 정면으로 비추었다. 강렬한 빛이었다. 소매와 바지 양편 솔기에 두 가닥의 흰 줄이 든 벽돌색 트레이닝과 붉은 줄이 있는 흰 농구화와 카키색 등산모 차림의 배우성씨의 모습이 남김없이 드러났다. 이게 무슨 꼴이람. 망신살이 뻗쳐도 분수가 있지. 그는 까닭 없이 창피해서 빛을 가리는 시늉으로 손을 내저으며 우왕좌왕했다.

이걸로 하세요. 훨씬 젊어 보이실 거예요. 얼핏 보면 야한 것 같지만 이게 얼마나 세련된 빛깔이라구요. 비록 이런 꼬임에 솔깃했다고는 하지만 자기 눈에도 그럴듯해 사입었고, 벌써 며칠째 새벽마다 입어온 옷이건만, 새삼스럽게 누가 그를 망신 주기 위해 일부러 몰래 그렇게 입혀 내놓은 옷처럼 눈 설고 무럭무럭 노엽기조차 했다.

첫 손님이 된 줄 알고 서행으로 접근하던 택시도 그런 복장을 확인하자 커브를 틀어 시내 쪽으로 속도를 냈다. 배우성씨는 그 무턱대고 현란한 옷이 어둠에 묻힌 후에도 늙어 버림받은 어릿광대처럼 참담해져서 방향감각이 마비된 채 우두커니 서 있었다.

저벅저벅, 귀에 익은 발소리와 함께, 약이 다 됐는지 불그죽죽하게 사위어가는 플래시 불빛이 그의 어깨로부터 발끝까지 훑어 버리고 나서 꺼졌다.

"일찍 나오셨습니다, 배교수님."

"아, 네 조의원이야말로……"

"밤새 별고 없으셨죠, 배교수님? 하여튼 배교수님은 시계시라니까."

"조의원이야말로……"

"어제는 배교수님 먼저 하산하시게 하고 저희들끼리만 처져서 혹시 기분 상하지 않으셨는지요?"

"원 별말씀을, 제가 뭐 한두 살 먹은 어린앱니까?"

"늙으면 애 된다고들 안 합니까? 어제 저희들끼리 처져서 한 뒷공론질도 꼭 아이들 입씨름 같았다니까요."

"아마 제 흉들을 보셨는가보죠?"

조의원의 말투가 꼭 고자질이 하고 싶어 참을 수 없을 지경에 이른 입이 싼 여편네의 그것처럼 보들보들하고 감칠맛 있어지는 바람에 배우성씨도 문득 이렇게 실없는 소리를 하고 말았다.

"아, 아닙니다. 저희들을 그렇게 교양 없는 늙은이 취급을 하시다니, 어제 제가 애쓴 보람도 없이 정말 섭섭한데요."

조의원이 실쭉해서 입을 다물었다. 그러나 어제 그들끼리만 가졌던 어떤 모의에 대한 배우성씨의 궁금증을 고삐처럼 확실하게 움켜쥐고 있다는 자신감으로 조의원의 모습은 어둠 속에서도 의기양양해 보였다. 배우성씨는 까닭 없이 그게 싫었지만 그런 내색 안 하고 짐짓 궁금해하는 목소리로 물었다.

"그렇담 마음놓고 여쭤봐야겠군요. 저를 따돌리고 무슨 말씀들을 그렇게 나누셨게요?"

"저봐, 배교수님이 어제 노여워도 단단히 노여우셨던 거야."

별걸 다 가지고 재미있어하는 조의원에 대해 배우성씨는 신트림처럼 울컥 늙은이란 상대할 게 못 된다고 생각했다. 그러나 정작 처량한 건 거기라도 맞장구를 쳐야 하는 자신의 처지다 싶어 그는 쓴웃음을 지었다. 이런 배우성씨를 달래듯이 그러나 야금야금 아껴가며 조의원은 어제 일을 실토하기 시작했다.

"배교수님도 대강은 짐작을 하셨겠지만 어제 일은 제가 주동자였지요. 제 눈짓 하나로 우리 백수회(百壽會) 회원들이 전원 슬금슬금 처져서 차 한잔씩 더 하면서 중대사를 의결했는데, 그 중대사란 게 바로 배교수님에 관한 건이었다, 이 말씀이야. 축하합니다, 배교수님."

조의원이 별안간 코미디언처럼 부자연스럽게 들뜬 소리로 외치면서 손을 내밀었다. 배우성씨는 얼떨결에 그 손을 잡으면서 물었다.

"축하라니요? 모를 일이구먼요."

"배교수님이 우리 백수회 회원이 되셨거든요. 제가 제안을 해서 만장일치의 동의를 얻었습니다. 배교수님이야 물론 회원 자격이 충분하니까 별 문제 없을 줄 알았습니다만 가끔 그렇지 못한 노인들이 회원이 되고 싶어 끼룩끼룩하다 못해 우리 회원 중 귀가 여린 회원을 붙들고 은근히 입회 청탁을 하는 일이 비일비재였지만 어림이나 있는 소립니까? 우리 백수회는 특히 회원 자격에 대해 까다로우니까요."

"아니 오래 살고 싶은 늙은이란 자격 말고 딴 무슨 자격이 필요하다는 겁니까?"

배우성씨는 처음부터 백수회란 명칭이 싫었고, 따라서 백수회 회원이 되고 싶어한 적이 한 번도 없었기 때문에 심드렁하니 야유조로 대꾸했다. 그러나 조의원은 눈치도 없이 흥분해서 펄쩍펄쩍 뛰기 시작했다.

"배교수님이 우리 백수회를 모욕하시다니. 배교수님이 천만다행 어제 날짜로 우리 회원이 되셨게 망정이지 그렇지 않았으면 배교수님이 아무리 점잖은 어른이라도 저한테 망신 한번 톡톡히 당하셨을걸요. 우리 백수횐 말씀이야, 회원 자격으로 단지 회원이 지녔던 사회적 지위 하나만 본다, 이 말씀이야."

조의원이 하도 목청을 돋우는 바람에 배우성씨는 자기가 혹시 귀가 먹은 게 아닐까 하는 새로운 의구심에 사로잡힐 지경이었다. 그러나 무엇보다도 확실한 건 자신이 도저히 늙은이이길 그만둘 수가 없으리라는 예감이었다. 그는 그게 발을 동동 구르고 싶게 억울했지만 발뺌할 방도는 없었다.

"사회적 지위요?"

배우성씨는 무식쟁이가 문자 쓰듯이 어눌하고 공허하게 반문했다.

"네, 우린 금전 따위가 아니라 어디까지나 사회적 지위를 따지지요. 금전으로 자격을 쳤으면야 김영감 같은 이도 벌써 우리 회원이 됐게요. 김영감 아시죠? 툭하면 코피나 계란반숙으로 함부로 이 사람 저 사람한테 선심 쓰고, 가끔 하산할 때 아들이 자가용으로 암자 있는 데까지 마중을 오게 해서 은근히 돈푼이나 있는데다 또 효자 아들 둔 세도까지 부리는 영감 말예요."

아직도 날 밝기 전이었다. 익숙한 길이기 때문이기도 했고 또 전지약을 아끼는 마음도 없지 않아서 둘 다 플래시를 끈 채지만 배우성씨는 조의원의 얼굴에 얼룩진 질투심을 역력히 본 것처럼 느끼면서 못 볼 것을 본 듯 제풀에 무안해서 외면하고 대답했다.

"네, 아다마다요. 저도 몇 번 그분한테 코피를 얻어먹은 적이 있는걸요. 언제고 저도 한번 대접을 해야겠다 싶긴 한데 좀처럼 그럴 기회를 안 주더군요."

"글쎄, 그 영감이 그렇다니까요. 어디 코피뿐인 줄 아세요? 집들이다 혼인이다 생일이다 해서 툭하면 약수터 친구들을 집으로 불러다가 먹이길 좋아하는데, 알고 보면 그 속셈이 음흉하거든요."

"음흉해봤댔자 자식 자랑, 집 자랑이겠죠 뭐. 늘그막엔 다 그런 거 아니겠어요?"

"글쎄, 그게 아니더라니까요. 개별적으로 각별히 친한 척 간곡하게 초대를 해서 가보면 하고많은 약수터 친구 중에서 우리 백수회 회원만 골라잡아서 초대를 했더라니까요. 한두 번도 아니고 번번이 속 들여다뵈는 짓이죠 뭐."

"속 들여다뵈다니요? 백수회 회원들을 특별히 좋아한 것 말고 딴 뜻이 있었단 말씀인가요?"

"아무려면요. 그러니까 음흉하단 거 아닙니까? 그게 바로 우리 회원이 되려는 일종의 입회운동이었다 이 말씀이에요. 그렇지만 될 뻔이나 한 소립니까? 그 영감, 장돌뱅이 출신이거든요. 방산시장에서 땅콩장사부터 시작했다던가요?"

"그게 무슨 상관입니까? 유복하고 선량하고 점잖아 뵈는 노인이던데요."

"왕년에 돈은 좀 벌어놓았나봅디다. 개같이 벌어서 정승같이 쓰라는 말도 있듯이 돈 가지고 누군들 그쯤이야 눈가림을 못 하겠어요?"

"암만 해도 전 잘 납득이 안 가는군요. 백수회란 모임이 그렇게까지 배타적이어야 하는 까닭이."

"배타적이라뇨? 그건 배교수님의 오햅니다. 정식 회원만 안 시켜줬다뿐이지 김영감하고도 얼마나 잘 어울린다고요. 기회만 있으면 한턱 쓰고 싶어하는 그 영감의 호의를 부담 없이 받아들일 뿐 아니라 그런 일이 뜸할 때면 무슨 건수 없느냐고 이쪽에서 조르기까지 하는걸요. 이건 어디까지나 우리끼리 하는 얘깁니다만 그쯤 되면 그 영감 나일롱 회원쯤은 된 셈이죠. 흐흐흐……"

숨이 찬지 빈 병에 입김을 불어넣을 때 나는 소리 같은 조의원의 웃음소리가 가닥가닥 끊겼다. 길은 이제 인가를 벗어나 산속으로 파고들면서 울퉁불퉁한 오르막길로 변하고 있었다. 우수수 우수수 겨울숲이 새벽바람에 떠는 시리고 건조한 소리가 들렸

154

다. 간유리처럼 불투명하나 희뿌연 하늘이 잎 떨군 나무 가장귀 사이로 섬세하게 무늬져 보기 좋았다.

"백수회 회원은 몇명이나 됩니까?"

배우성씨는 궁금하지도 않은 걸 다만 화제를 잇기 위해 물었다. 앞에서도 뒤에서도 발소리가 들렸다. 뜀박질 걸음걸음이 조급하게 그들을 스쳐 앞지르기도 했다.

"배교수님까지 열네 명이 되는군요. 왕년의 사회적인 지위를 봐서라도 어중이떠중이 함부로 어울릴 수야 없지 않습니까?"

그러면서 조의원은 그 열네 명을 일일이 열거하기 시작했다.

황사장, 김박사, 강판사, 안교장, 조차관, 박회장, 유국장, 김사장, 이이사, 이원장, 오청장, 노여사 등등.

이름은 생략되고, 성(姓)은 희석되고 사회적 지위만이 끈끈하게 농축되어 배우성씨의 귀에 더께가 되어 눌어붙었다.

너무도 짐작한 대로여서 배우성씨는 쓴웃음을 지었다. 수상쩍은 암자가 서너 군데, 지렁이 오줌처럼 가냘픈 약수가 한 군데에 있는 야트막한 등성이인 이 도시 속의 녹지대는 구차한 대로 인근 주민들의 유일한 산책로였다. 특히 새벽녘엔 신식 건강관리법에 눈뜬 극성스러운 노인들이 많이 모여들었다. 한자리에 모아본 적은 없지만 날 밝을 무렵을 전후한 서너 시간 사이에 그곳을 거쳐가는 노인들은 줄잡아도 삼백 명은 될 것 같았다. 천 명은 될 거라고 보는 이도 있었다. 여북해야 천막을 치고, 석유풍로에다 약수를 끓여서 커피를 타서 파는 간이다방이 새벽에만 영업을 하건만도 다섯 식구 밥은 얻어먹는다고 했다. 그 소문 때문에 삶은 계란 장수, 잣죽장수, 당근즙장수까지 생겼지만 간이다방한테 흡수되기도 하고 아주 없어지기도 해서 오래가진 못했다.

아무튼 이런저런 장수들 때문에 약수터 주변은 그곳이 산책의 종점인 노인네들한테뿐 아니라 그 등성이를 넘는 청장년들한테도 으레 머물렀다 가는 휴게소 구실을 했다. 자연히 같은 시간에 만나는 몇몇 사람끼리는 가벼운 잡담이나 세상 돌아가는 얘기, 식구들 안부 정도는 주고받을 만큼 친숙해지고, 최소한도 눈인사 정도는 나눌 만한 안면이 생기게 마련이었다. 고정적인 산책객이 된 지 얼마 안 된 신참인데다 붙임성도 별로 없는 배우성씨의 경우가 그랬으니, 고참에다 오지랖 넓은 조의원의 약수터 사교의 범위는 짐작할 만했다. 그러나 그 내역을 그 정도라도 듣긴 오늘이 처음이었다.

조의원한테 백수회란 모임 얘기를 듣자마자 배우성씨는 곧 짐작이 가는 얼굴들이 있었다. 약수터에서의 만남은 목욕탕에서의 만남과도 닮아서 세속의 군더더기를 떨어버린 단출하고도 평등한 게 일반적이었는데 일부 그렇지 못한 늙은이들이 있어 번번이 눈에 거슬렸다. 그들은 저희끼리 큰 소리로 사장이니 청장이니 차관이니 하는 고급의 내외적인 지위로 호칭을 삼아서 우선 남의 이목을 끌었고 그러고 나선 마치 물의 기름처럼 당연히 그런 호칭이 없는 어중이떠중이 위에서 처신하려 들었다. 그런 고급의 호칭은 물론 그들의 아득한 과거의 것이었고, 과거 중에서도 가장 화려했던 시기의 것일 뿐 현재의 그들관 아무런 상관도 없었다. 마치 뱃속에서부터 국회의원이었던 것처럼 그 방면의 사정이라면 도맡아서 아는 체하는 조의원만 해도 그가 국회의원이었던 적은 단 한 번, 그것도 5·16 전의 몇 달 동안에 불과했다. 그러나 그것을 뺀 나머지 그의 삶의 행적에 대해 약수터 친구 따위가 짐작할 만한 단서를 내보인 적은 한 번도 없었다.

배우성씨는 약수터에서 만난 이런저런 노인네들 중 그런 노인들도 있다는 데 대해 무심할 수도 있었다. 실상 쓸쓸한 말년을 자기의 가장 화려했던 절정기의 호칭으로 장식하려는 것쯤 무해무득한 애교로 보아넘길 수도, 애당초 모른 척할 수도 있는 것이지 굳이 탓할 게 못 된다. 그러나 배우성씨는 그러질 못했다. 그게 꼴 보기 싫은 나머지 겨우 취미 붙인 아침 산책을 그만둬버릴까보다고 벼른 적도 한두 번이 아니었다. 그러느라고 자기 역시 그들에 의해 깍듯이 교수님이란 존칭으로 불리기 시작한 게 무엇을 뜻하는지에 대해선 도통 무심했었다.

배우성씨는 또 여직껏 속으로 그들을 마뜩찮게 여겨온 깐으론 그들의 모임에 드는 걸 거절할 결기는 도무지 열없었다. 다만, 아아 여기에도 그런 게 있었군, 여기에도. 이렇게 생각하면서 힘없이 어깨를 움츠렸다. 그는 예측할 수 없는 변덕으로 개인을 씹었다 삼켰다 뱉었다 하는 집단의 폭력과 개인의 무력에 대해 이미 체념하고 있었다.

"이의 없으시겠죠, 배교수님?"

조의원이 자신 있게 물었다.

"아, 네, 뭐……"

배우성씨는 이렇게 애매하게 얼버무리면서 조의원의 촐랑대는 걸음걸이에서 조금 처졌다. 배우성씨는 조의원의 이름도 나이도 생각도 여직껏 뭐 해먹고 살았는지도 모른다. 조의원이 조의원이라는 게 전부인데 그건 실은 그의 생애의 오십분의 일, 아니 칠십분의 일밖에 안 될지도 모른다. 황사장, 김박사, 강판사, 안교장, 조차관……에 대해서도 마찬가지였다. 어떤 좋은 한때가 전 생애를 덮을 만큼 부풀어오르고, 재차 그것들끼리 결합해서 더 큰 간판이 되고 싶어하는 그 끈덕진 힘은 무엇일까. 배우성씨는 사람들마다의 좋은 한때에 대한 더러운 집착과 집단이란 것의 터무니없는 허구에 대해 이를 갈아붙이고 싶은 건 시늉뿐 어쩔 수 없다는 엄살 쪽으로 편안히 기울고 있었다.

"노여사라고 하셨던가요?"

그의 처지는 걸음을 기다리고 서 있는 조의원 곁으로 다가가며 배우성씨는 별 생각 없이 이렇게 물었다.

"내 그러실 줄 알았다니까요."

조의원은 뜻밖의 반색을 하며 외쳤다.

"뭘 말입니까?"

"사회적인 지위를 첫째 조건으로 삼는 우리 백수회에 노여사는 실상 회원 자격이 없죠. 배교수님이 의심하시는 건 당연해요. 그렇지만 말씀이에요, 아무리 늙은이들의 모임이기로서니 홍일

점도 없이 무슨 재밉니까? 그리고 노여사로 말할 것 같으면 아들들이 쟁쟁하거든요. 장남이 미국서 개업을 하는데 거기서도 떵떵거리고 산답니다. 둘째아들은 외교관이고 막내아들이 아마 작년에 행정고시를 합격했지요. 여자가 별수 있습니까? 자식의 사회적 지위에 의지하는 수밖에요. 알고 보면 본인도 아주 인텔리예요. 나라(奈良) 여고사(女高師) 출신이거든요."

"영감님은요?"

"과부예요. 배교수님은 여직껏 그것도 모르셨던가요?"

조의원의 음성이 느닷없이 탁하고 은근해졌다.

"그걸 제가 어떻게 압니까?"

"그러실 테죠. 그러실 거예요. 떡 줄 사람은 생각도 않고 있는데 김칫국부터 마신다고 당사자는 이렇게 태평인데 우리끼리 공연히 법석을 떨었군요."

"네? 무슨 말씀인지?"

"어제 있잖습니까, 어제 우리 회원들이 만장일치로 배교수님을 신입회원으로 받아들이기로 결정하고 나서 유쾌한 김에 오청장이 한마디 했거든요. 장차 좋은 일을 또하나 꾸미라고요. 그좋은 일이 뭐였는 줄 아세요? 정말 짐작도 못 하겠어요? 이런 양반 봤나……"

조의원이 예의 그 숨찬 소리로 띄엄띄엄 웃으면서 지루하게 뜸을 들이고 나서 말했다.

"오청장 왈 우리 백수회에 과부 회원이 있어서 늘 마음에 걸렸었는데 마침내 홀애비 회원이 생겼다. 이 사실이 무엇을 의미하느냐를 모른다면 우리 회원들은 비인도적이란 지탄을 받아 마땅하다. 이래놓으니 너도 나도 노여사를 배교수한테 중신 서겠다고 나서게 되고 노여사는 붉으락푸르락 어쩔 줄을 모르다가 마침내는 배교수님 입회 동의를 번복까지 하고 나서는 소동을 부렸지 뭡니까? 노여사 달래느라고 우리들 아주 진땀 뺐습니다요."

"그런 일이 있었군요. 그럼 제 입회는 당분간 보류하는 쪽으로 하시죠."

전혀 엉뚱한 방향에서이긴 하지만 구원의 손길을 뻗쳐오는가도 싶어서 배우성씨는 허둥지둥 이렇게 말했다.

"교수님까지 삐지시다니. 우린 늙었지만 남자예요. 속으로 좋으시면서 겉으로 삐지고 앙탈하는 건 여자들이나 할 짓이 아닙니까. 어저께 노여사 앙탈 부리는 거 보니까 여잔 죽을 때까지 여자더군요. 노여산 그중에도 제법 톡 쏘는 여자더라 이 말씀이야. 그러니까 우리들이 눈치 봐가며 중신 서면 그저 못 이기는 척 당하세요. 알아들으시겠어요, 배교수님?"

누굴 귀까지 먹은 줄 아는지 조의원은 배우성씨 귓전에다 대고 또박또박 큰 소리로 소리를 질렀다.

저만치 약수터가 보였다. 주로 늙은이들 차지인 샘터 앞 평평한 공터는 이미 붐비고 있었다. 체조를 하는 노인, 줄넘기를 하는 노인, 디스코 비슷한 흉내를 내며 기성을 지르는 노인, 이런 노인들의 가뜩이나 어설픈 동작을 출렁이는 불빛이 핥고 있어서 비현실적인 기괴한 해프닝을 연출하고 있었다. 여느 때 같으면 배우성씨도 곧장 그 와중에 뛰어들었으련만 오늘은 어쩌다 비실비실 기회를 놓치고 둔덕에 가 앉았다. 원래 해프닝이란 자기가 하는 맛이지 구경할 건 못 됐다. 노추(老醜)의 난무장 같아서 그는 얼굴을 찡그렸다.

샘터 바로 위 다락같이 생긴 바위에 모신 부처님 앞에 켜놓은 두 개의 촛불과 천막다방의 칸델라 불빛은 이 기괴한 해프닝장에 가장 효과적인 조명 효과를 내고 있었다. 불빛은 자유자재로 너울대며 어두워졌다 밝아졌다 했다.

배우성씨가 아침 산책을 시작한 건 기운은 줄고 체중은 늘고부터였으니까, 미처 반년도 안 되는 셈이지만 이 샘터가 있는 수풀을 알기는 지금 사는 집으로 이사 오자마자였으니 이십 년은 되었다. 그때만 해도 샘터는 자연 그대로의 바위틈에서였고, 하나밖에 없는 암자는 퇴락할 대로 퇴락해서 고색창연했고, 수풀은 지금보다도 오히려 성긴 편이었으나 풀섶은 무릎이 넘게 깊어서 수풀 속은 완벽하게 으슥했었다.

그때도 배우성씨는 서재밖에 모르는 골샌님이었는데 무슨 바람에 거기까지 가보게 되었는지는 생각나지 않지만 그곳을 먼 훗날 노후의 산책로로 지목했던 생각은 그후에도 문득문득 났다. 그가 재작년 구라파 여행 때 빛깔에 반해서 치수 같은 건 미처 요량도 안 해보고 사온 낙타빛 오버를 입어보았더니 길이가 발뒤꿈치에서 찰랑거리는 걸 거울에 비춰보면서도 즐거울 수 있었던 것은 그것을 먼 훗날 노후에 산책할 때 입으리란 생각 때문이었다. 재작년에도 그의 노후는 먼 훗날이었고 산책로는 샘터가 있는 으슥한 수풀이었다. 그는 그 오버의 빛깔뿐 아니라 선이 무딘 것도 마음에 들었었다. 먼 훗날 그는 그 순모 오버를 발뒤꿈치에서 끌며 선이 무딘 깃을 높이 세우고, 제멋대로 자란 백발을 나부끼며 오연한 사색에 잠겨 으슥하되 험하지 않은 수풀을 헤칠 터였다. 그러나 먼 훗날은 어느 날 성큼 다가왔고, 그 동안 샘터는 메마르고 그 주변은 장터처럼 속화되고 그 역시 낙타빛 오버 대신 주황색 트레이닝을 입은 꼴이 돼 있었다.

그렇다고 아무것도 잘못된 건 없었다. 실상은 그 동안에 잘된 것 천지였다. 사람들의 평균수명이 급속하게 신장되어 노인들의 수효가 부쩍 늘고 그 노인들은 배불리 먹고 뜨듯이 입는 거 외에 건강관리라는 게 따로 있다는 데 각성을 해서 너도 나도 아침 산책을 하고 체조를 하고 약수를 마셨다. 약수로 냉수마찰을 하는 극성스러운 노인까지 점점 늘어나는 추세였다. 샘터 주변으로 모이는 노인 인구를 대상으로 포교와 영리를 한꺼번에 노리는 암자가 늘어났다. 기존의 암자는 새로 단청을 하고, 일제시대의 방공호의 유적이 새로운 암자로 면목을 일신하기도 했다. 암자끼리는 포교보다는 샘터 주변의 영리를 둘러싸고 암투가 그칠 날이 없었다.

샘터의 천장 노릇도 하는 다락 같은 암석 위에 새로 모신 부처님도, 새벽녘에만 영업을 하는 천막다방도 알고 보면 암자끼리의 암투의 결과 생긴 이권의 분배현상이었다. 역사 깊은 암자에서 샘터에다 부처님을 모시고 불전함을 설치하고 또 천일기도네 백일기도네 하는 걸 모아서 쏠쏠히 재미를 보자 새로 생긴 암자에선 자기 일가붙이를 마담으로 고용해서 간이다방을 시작해서 수입을 올렸다. 또다른 암자에서도 질세라 이것저것 돈벌이 될 만한 걸 시도해봤으나 실패만 거듭하자 내년 여름엔 체면불구 영계백숙 장사나 해서 한몫 보려고 지금부터 잔뜩 벼르고 있다는 소문이 자자했다.

동이 트는지 더울 때는 불빛이 조금씩 사위어가는 듯했으나, 해프닝에 참가한 인원은 연방 들어오고 나가고 해서 별로 줄지 않았다. 조금 있으면 부처님의 거룩한 이마에 첫 아침햇살이 비추리라. 부처님은 만물전에서 갓 옮겨온 것처럼 순백의 몸에 연 짓빛 선연한 입술과 두 개의 풀잎처럼 새파란 팔자수염을 가지고 있었다.

부처님이야말로 샘터가의 그 기괴한 해프닝의 진짜 연출가인지도 몰랐다. 부처님이 지금 아무리 시침을 떼고 점잖게 앉아 있어도 눈가에 감도는 은은한 미소엔 전위예술가적인 신랄함과 천진한 야유가 스며 있었다. 입가는 그게 한층 심했다. 푸른 수염 때문인지 부처님의 입가는 미구에 그가 연출한 코미디로 온 세상을 획일화시키고 말 것처럼 정력적으로 보였다.

"왜 오늘은 체조 안 하실랍니까?"

조의원이 커피를 두 잔 가지고 와서 배우성씨에게 한 잔을 내밀면서 말했다.

"아, 네. 여기까지 왔다 가는 것만도 힘에 부칠 적이 있어서요. 그날의 컨디션 나름이지만요."

"에이, 그렇게 뭘 시침을 떼서? 경치가 좋아서 거 정신이 팔렸노라고 솔직하게 고백하시면 누가 뭐랄까봐."

조의원이 산에 오를 때와는 딴판으로 제법 느긋한 소리로 낄낄대며 그 경치라는 걸 곁눈질했다. 공교롭게도 배우성씨가 앉은 둔덕에서 노여사가 제자리에서 깡충깡충 뛰면서 열심히 영어 공부를 하고 있었다. 노여사의 랜턴은 라디오까지를 겸하고 있어서 그 시간에 방송되는 영어회화를 하루도 안 빠지고 큰 소리로 따라 했다. 그러나 조금만 주의해서 들으면 그 여자가 결코 덮어놓고 따라 하지 않는다는 걸 알 수가 있었다. 그 여자는 라디오에서 가르치는 발음과는 판이한 발음을 했지만 그게 결코 혀가 잘 안 돌아서 못하는 게 아니라, 자기 나름의 발음, 방법을 가지고 있을뿐더러 자기 나름의 방법이 옳다는 고집까지 가지고 있음이 분명했다.

왓또 아바우또 쌤 슈가? 투 테이블 스푼홀스? 노우 레스 덴. 완 엔드 아 할후 티스푼홀스 푸리스. 뎃또 이스 이나우 후오 미.

이런 식으로 조금도 주위의 눈치 보지 않고 깐깐한 쇳소리로 악을 쓰는 폼이 흡사 방송의 잘못된 발음을 고쳐주고 있는 것처럼 당당했다. 그 여자는 영어공부에만 열심인 게 아니라 운동에도 극성스러워 쉬지 않고 깡충깡충 뛰었다. 젖가슴은 밋밋했지만 아랫배는 풍만해서 뛰는 대로 물주머니처럼 출렁이더니 마침내 트레이닝을 불두덩까지 밀어내리고 빨간 내복을 드러냈다. 내복까지 흘러내릴까봐 아슬아슬했지만 그 여자는 그것을 의식하고 있는 것 같지도 않았다. 쉬지 않고 영어공부와 온몸운동을 했다.

"어쩌자고 저 나이에 영어공부를 저렇게 열심히 할까요."

"이 며느리 저 며느리 다 마땅찮아서 미국에 있는 맏아들한테로 갈까보다고 벌써부터 벼르는 중이거든요. 미국 간다고 짝 없는 서러움이 어디 가겠어요? 늙을수록 짝이 있어야 한다구요. 하긴 그쪽 사정은 배교수님이 어련하실려구요. 과부 설움은 홀애비가 알아줘야지 누가 알아줍니까? 안 그렇습니까, 배교수님?"

조의원이 배우성씨와 노여사를 번갈아 보면서 능청을 떨었다.

"저 발음은 참 특이하군요."

"일본식, 아니 나라 여고사식 발음이랍니다. 노여사는 아마 저 발음이 옳다는 생각을 미국 가서도 절대로 못 고칠걸요. 고치긴요, 저 발음으로 그쪽 사람의 돼먹지 않은 발음을 호령이나 안 했으면 좋으련만……"

"고집이 대단한 노인이군요."

"일종의 자존심인데, 여기서나 그러지 딴 데서야 못 그러겠죠? 우리니까 나라 여고사가 잘난 거 알아주지 요즈음 사람들한테야 어디 통할 법이나 한 소립니까?"

"그래요 할아버지, 나라 여고사가 뭐 해먹던 뎁니까?"

같은 둔덕에서 쉬면서 그들의 말을 엿듣고 있던 젊은이가 불쑥 끼어들었다.

"에끼, 이 사람! 뭐 해먹던 데라니? 학교 이름이야. 일본 나라(奈良)에 있는 여고산데 여간한 수재 아니면 못 들어가는 데였다구. 특히 한국 사람이 들어가긴 어려웠던 모양이야. 나오면 중학교 교사가 됐으니까 지금의 사범대학과 맞먹는 교육기관이지. 고등사범이건 그냥 사범이건 하여튼 일본 사람들은 사범학교 교육 하나만은 난다 긴다 하는 수재로만 뽑아다가 공들여서 기차게 잘 시켰었지."

조의원의 말씨에 알게 모르게 향수 같은 게 배어 있었다. 젊은이가 입을 삐죽하더니 엉덩이를 털고 일어서면서 저희끼리 이죽거렸다.

"야아, 말이야 바른 대로 말이지 일제시대의 사범학교 교육받은 사람들이 우리나라 교육은 다 망쳐놓은 거 아니니?"

"그래 맞았어, 그 구닥다리들이 다 죽고 나야 뭐가 좀 풀리든지 되는 노릇이 좀 있으려나."

불의의 돌팔매질처럼 당돌하게 말하고 젊은이들은 뒤도 안 돌아보고 가버렸다.

"원, 저런, 저런 고약한 것들 봤나."

뒤늦게 조의원이 흥분해서 주먹을 흔들면서 일어섰다.

"놓아두세요. 요새 젊은것들을 말로 당하시겠습니까, 힘으로 당하겠습니까?"

166

"하긴 그래요. 저 녀석들 필시 재수생들이겠죠, 배교수님?"

"어디가요. 대학 나와서 사회물 이삼 년은 먹은 젊은이들이던데요."

"그래요? 배교수님이 그렇게 보셨으면 어련하시겠어요. 그럼 책망은 교수님한테로 돌아가야겠는데요. 대학에서 뭘 가르치셨어요. 지식도 중요하지만 아래위턱 알아보는 버르장머리 먼저 가르쳐야 하는 거 아닙니까?"

"아까 그 젊은이들의 꾸지람엔 그런 뜻도 들어 있는 거 아니겠어요?"

"그럼 화살은 몽땅 배교수님이 받으신 셈이네요."

"그런가요? 아침부터 어째 일진이 안 좋군요."

배우성씨도 짐짓 풀이 죽은 시늉을 했다. 그러자 조의원은 펄쩍 뛰면서 배우성씨를 위로했다.

"아니 그깟 놈들 때메 배교수님 일진이 나쁠 게 뭡니까? 배교수님은 오늘 우리 백수회 회원도 되셨겠다, 또 고목나무에 꽃 필 날도 머지 않았겠다. 안 그렇습니까요, 배교수님?"

그런 조의원은 천진해 보이기조차 해서 배우성씨는 말없이 웃을 수밖에 없었다. 영어회화 방송이 끝나자 노여사는 깡충깡충 뛰어 천막다방으로 가고 있었다. 조의원이 가르쳐준 백수회의 멤버들은 거의 다 천막다방에 모여서 마담과 노닥거리고 있었다. 마담의 짙은 화장의 그 추악한 개칠을 여지없이 폭로할 것처럼 동쪽 하늘이 장밋빛으로 달아오르고 있었다. 어찌 마담의 화장의 개칠뿐일까? 미구에 늙은이들은 그들이 마지막으로 악착같이 매달려 용을 쓰던 건강관리법이 한낱 망령에 지나지 않았음을 어쩔 도리 없이 드러내고 말리라. 배우성씨는 점점 더 널리 확산되는 동쪽 하늘의 장밋빛을 바라보면서 체념한 듯 쓸쓸하게 말했다.

"조의원, 우리도 천막 밑으로 갈까요?"

"왜요? 코오핀 방금 드시구요."

"저기 백수회 회원들이 거의 다 모여 있는 것 같은데 가서 정식으로 인사하는 게 예의 아닙니까?"

"아, 아닙니다. 지금은 모르는 척하셔도 됩니다. 우리 회에 들어오기 전에 꼭 거쳐야 할 불문율의 절차가 있거든요. 뭐 그닥 어려운 건 아네요. 신입회원이 모든 회원을 집으로 초대하는 거예요. 뭐 부담 느끼실 건 없고, 술상이나 조촐하게 차리면 되니까. 요릿집으로 초대한 회원도 있었지만 전 그거 별로 안 좋게 봅니다. 늙은인 음식 맛도 음식 맛이지만 자식들 정성이 더 두터운 거니까, 며느리나 딸 음식 솜씨 자랑 겸, 효성 자랑 겸, 겸사 겸사해서 친구들을 초대하는 거죠. 초대해서 잘 먹이고 나서 새로운 회원이 되고 싶은데 받아주겠느냐고 간곡하게 부탁을 하면 회원 일동이 짝짝 박수를 치고…… 그러고 나서야 비로소 정식 회원이 되는거죠. 이건 어디까지나 형식적인 절차고 배교수님은 이미 우리 회원이 된 거나 마찬가지란 말예요. 늙은이들이 무슨 재미로 삽니까? 그저 먹는 재미가 으뜸 아네요? 그저 이렇게 저렇게 먹을 구실을 만드는 거죠. 우리 회원만 돼보십시오. 먹을 건수 많습니다요. 각자의 생일엔 물론 꼭 초대해야 하지만 자식들 혼인이다, 손자 입학턱이다, 증손자 백일이다, 연달았죠. 뭐 대강 이 정도니까 정식 절차를 밟으실 때까진 모르는 척하세요. 정식 절차가 시쳇말로 김새지 않게……"

아버님, 오래 사시려고 꼬박꼬박 아침 산책 나가시는 것도 좋지만 아침식사 시간만은 꼭 지켜주세요. 식모도 없는데 군상까지 차릴 순 없으니까요. 아버님 오랜만에 하신 외출인데 저녁은 친구분들하고 사잡숫고 들어오시면 좀 좋아요. 군상 차린다는 게 보통 일인 줄 아세요.

며느리 정란 여사의 추상 같은 호령이 귀에 쟁쟁했다. 배우성씨는 그가 당면한 곤경을 타개할 지략을 짜내기 전에 우선 걷잡을 수 없이 가슴부터 울렁거리기 시작했다. 그리고 군상과 잔칫상, 잔칫상과 군상…… 온 세상의 군상과 잔칫상을 한꺼번에 와장창 들어엎은 것 같은 시끄러운 소리가 머릿속에 가득 차서 딴 아무런 생각도 할 수가 없었다.

"왜 그러세요, 배교수님?"

조의원이 고개를 갸우뚱하면서 물었다. 그런 조의원이 하도 순진해 보여서 다섯 살 먹은 그의 손자보다도 천진난만해 보여서 배우성씨는 피식 웃었다.

"아무것도 아녜요. 그저 백수회란 명칭이 좀 뭣해서, 자식들이 웃지 않을까요? 속으로 말예요. 백 살까지 살고 싶어하는 건 좀 너무하다고요."

배우성씨는 어떡하든 백수회로부터 발을 빼볼 요량으로 이렇게 지껄였다. 그러나 그 일에나마 자신은 조금도 없었다. 텅 빈 머릿속엔 아직도 빈 상과 잔칫상이 와장창 무너져내린 그 시끄러운 소리가 에코가 돼서 공허하게 울리고 있었다. 하하하……
조의원이 파안대소하면서 말했다.

"배교수님 아직 젊으셔. 저도 그렇구요. 젊으니까 백 살이 끔찍해 보이는 거라구요. 아닌게 아니라 백수회란 명칭은 처음부터 논란이 좀 있었답니다. 처음 나온 이름은 미수회(米壽會)였어요. 우리 일흔 고개들은 팔십팔 세면 족해 보이는 거 아니겠어요. 근데 그 이원장 있잖아요? 저기, 저기서 지금 마담 치마폭 속으로 손을 넣고 엉덩이를 더듬고 있는 저 주책 늙은이 말예요. 그 늙은이가 펄쩍 뛰면서 반대를 하고 나서면서 부득부득 백수회로 하자는 거예요? 알고 보니 이 원장 연세가 그때 벌써 여든셋이더라 이 말씀이에요. 아흔아홉 살 자신 노인에게 백세 향수하시라고 했다가 장죽으로 골통 얻어터진 얘기하고 흡사하죠?"

"그럼 저 어른이 여든셋이란 말씀인가요? 저렇게 정정한 어른이. 정말 믿어지지 않는군요."

"아니죠, 백수회 창립 당시가 그랬으니까 올핸 여든다섯이죠. 미수회에 노발대발한 것도 당연하죠 뭐."

"백수회 회원들의 평균연령은 얼마쯤 됩니까?"

혹시 연령으로라도 자격미달이 될지도 모른다는 일루의 희망으로 배우성씨는 이렇게 물었다.

"제가 올해 일흔둘인데 아마 최연소잘걸요. 궂은일은 제가 도맡아하니까요. 참, 배교수님은 올해 어떻게 되십니까?"

절호의 기회였다. 백수회 회원이 안 될 수 있고, 따라서 며느리에게 거대한 군상을 안 차리게 할 수 있는 절호의 기회였다. 그걸 놓칠 수는 없다고 조바심하면서도 배우성씨는 어름어름하고 있었다.

"글쎄, 나이라는 게 그렇더군요. 세월하고 상관없이 폭삭 늙는 고비가 일생에 몇 번은 있는 것 같아요. 상처할 때 한번 폭삭 늙고, 정년퇴직하고 나서 또 한번 폭삭 늙고…… 이건 어디까지나 제 경우겠지만 말예요."

"아, 알아듣겠어요, 배교수님. 그러니까 보기보다는 훨씬 젊은 나이다, 이 말씀이신가본데 좋습니다요. 저보다 젊으시면 더 좋구요. 저도 말도 잘 놓고 윗사람 노릇 좀 해보게요."

그럼 여직껏 조의원이 자기를 깍듯이 윗사람 대접했던 게 일흔둘보다도 많아 보여서였던가 싶어 배우성씨는 기가 찼다. 기가 찰수록 실제의 나이를 대기가 난감해질뿐더러 실제의 나이도 제멋대로 오르락내리락해서 종잡을 수 없어진다. 누가 나이를 물었을 때 속일래서가 아니라 그냥 생각나지 않아서 어름어름하고 만 일은 오십 줄로 접어들자마자 비롯된 증세인데 그게 요즈막에는 부쩍 악화된 것 같다. 망령이 별거 아니다 싶다.

"배교수님, 아까 상배하시고 폭삭 늙었다고 하셨는데 그때 늙은 건 제가 책임지고 물러드리죠. 무슨 소린지 알아들으시겠죠, 배교수님? 그땐 정말 큰 잔치 벌이셔야 합니다. 그까짓 입회잔치가 문제가 아니죠. 저기 노여사 좀 보세요. 코오피 한잔 마시고 이쪽은 돌아다도 안 보고 내려가는 거. 그렇지만 이쪽을 의식하고 있어요. 걸음걸이가 어색하잖아요. 딴 건 속일 수 있어도 남녀간의 그런 낌새만은 못 속인다구요. 암, 못 속이고말고요. 내 따라가서 놀려줘야지."

조의원이 자리를 털고 일어섰다.

"아서세요."

배우성씨가 황급히 조의원의 바짓가랑이를 잡았다.

"앗다 이 양반, 벌써 그쪽 사정부터 보시는 것 좀 봐. 배교수님은 그저 가만히만 계시면 돼요. 이게 다 분위기 조성이니까요. 빼도 박도 못 하게 분위기를 조성해놓고 나면 일은 저절로 풀리게 된다구요."

조의원은 배우성씨를 뿌리치고는 의미심장하게 씩 한 번 웃더니 부리나케 노여사를 뒤쫓기 시작했다. 배우성씨는 될 대로밖에 더 될까 싶은 자포자기한 무력감으로 급속히 황폐해지는 해프닝의 파장을 바라보고 있었다.

그러나 될 대로밖에 더 되겠느냐고 내버려둘 수 없는 게 딱 한 가지 있었다. 그건 백수회 회원이 되기 위해 잔치를 베푸는 일이었다. 그후 조의원은 아침마다 그날이 언제쯤 될 것인가를 알고 싶어했다. 배우성씨는 그게 빚 독촉보다 더 견디기 힘들었다. 그러나 며느리에게 그것을 말하는 일은 생각만 해도 등줄기에 소름이 돋았다. 평생 무엇을 그렇게 겁내본 적이 있었던가 싶지 않게 그 일은 엄청나게 겁이 났다. 허심탄회하게 말할까? 아냐, 명령조가 날 거야. 곰상스럽고 의논성스럽게. 그렇지만 난 간사스러운 거라면 질색이거든. 나한테 어울리는 방법은 뭐니뭐니 해도 장황한 설교존데 인내심이 부족한 편인 며느리가 그걸 끝까지 들어나 줄까?

이도 저도 다 어려웠다. 가장 쉬운 건 아무 말도 안 하는 거였다. 그러나 조의원의 압력은 날로 심해졌다. 궁하면 통한다고 마침내 배우성씨에게 희한한 생각이 떠올랐다. 그것은 아들에게 통사정을 하고 구원을 청하는 일이었다. 아들과 말다운 말을 나누어본 지가 몇 년 만인지 몰랐다. 그러나 혈육이니 생판 남인 며느리보다는 수월할 것 같았다.

퇴직금을 단자회사에 맡기고 이자를 받는 날, 그는 아들의 회사 지하다방에서 전화로 아들을 불러냈다. 생전 처음 당하는 일이라 아들은 안색이 다 변해서 허둥지둥 뛰어내려왔다. 그는 먼저 이잣돈이 든 봉투를 송두리째 내놓고 나서 자초지종을 통사정했다. 목석도 감동시킬 만큼 구슬프게.

"그러니 어쩌겠니? 에미가 한번 애써줘야지. 체면상 요릿집에서 하긴 암만 해도 어려울 것 같다. 그러니 애비야, 네가 중간에서 에미한테 말 좀 잘 해다고. 간소하게 마른안주만 장만하든, 그것도 귀찮으면 요리사를 불러다 맡기든 에미 요량껏 하라고 해라. 솜씨보다는 우선 장소가 문제니까. 날짜도 에미가 뭐 끼지 않는 날로 에미 마음대로 잡되 미리 나한테 일러만 달라고 좀 전해주렴. 그럼 부탁한다. 늙은이 주책이다 생각하고 느이들이 봐 줘야지 어쩌겠니? 내 또다시 이런 부탁 안 하마. 그럼 나 간다. 그건 에미한테 비용으로 보태 쓰라고 네가 전해다오."

배우성씨는 말을 마치고 꽁무니가 빠지게 아들 앞을 도망쳤다. 그 동안 한 번도 그는 아들의 얼굴을 정면으로 마주 보지 않았다. 아들이 난처해하는 표정을 보게 될까봐 두려워서였다. 그는 지하다방에서 멀찌감치 도망치고 나서야 비로소 아들로부터 못 하겠단 소리를 안 들었구나 하고 안도의 숨을 몰아쉬었다.

그리고 나서 조금쯤은 당당하게 아침 산책을 나간 날 뜻하지 않은 나쁜 소식이 기다리고 있었다. 노여사가 고혈압으로 쓰러져 입원중이라고 했다. 이삼 일 후, 노여사가 의식은 회복했으되 반신불수를 못 면하리라는 중간보고와 함께 백수회 회원 전원이 문병을 가자는 데 의견의 일치를 보았다. 배우성씨는 아직 정식 회원은 아니었지만 노여사와 혼담까지 있었던 걸 감안해서인지 기꺼이 동행이 허락됐다.

노여사는 잠들어 있었고 병실은 며느리인 듯싶은 속눈썹이 짙고 피부가 맑고 입술이 얇은 미인이 지키고 있었다. 노여사는 그 동안 너무도 흉한 파파늙은이로 변해 있어서 모두 숨을 죽이고 입을 다물고 서로 쳐다보기만 했다. 얼굴의 모든 주름이 입가로 모여서 입이 썩어들어가는 상처처럼 무참하게 함몰된 노여사의 얼굴은 바로 보기 민망하게 참혹했고, 그 참상이야말로 늙음의 가식 없는 진면목이란 생각이 거기 모인 모든 늙은이에게 들게 했고 큰 충격을 주고 있었다.

쯧쯧, 의치(義齒) 때문일 뿐이야. 배우성씨는 단박 이렇게 생각했다. 그의 죽은 아내도 오십대에 벌써 전의치였고 병석에 있을 때도 닦을 때 외엔 그걸 빼지 않았고, 닦는 일도 남편 외엔 아무에게도 안 시켰다. 남편이 그걸 닦는 동안은 손으로 입을 꼭 틀어막고 돌아누웠다가 다 닦은 걸 내밀면 얼른 끼우고 나서야 손을 떼고 가냘프게 웃었었다.

"의치를 끼워드리지 않고요?"

배우성씨는 까닭 없이 끓어오르는 분노를 가까스로 억제하고 시중드는 미인에게 물었다.

"글쎄요, 갑갑하신지 손수 빼시고 나서 안 끼시는 걸 어떻게 해요."

젊은 미인이 별꼴이야 하는 투로 차갑게 쏘아붙였다. 배우성씨는 모든 사정을 본 것처럼 환히 짐작할 수 있었다. 의치란 하루만 안 닦아도 냄새가 지독한 법이라 깔끔한 노여사가 그걸 견딜 수 있을 리가 없었겠지. 그렇다고 그 냄새나고 꼴 흉악한 걸 며느리한테 닦아달랠 만큼 뻔뻔스럽지도 못해 빼서 어디다 숨겨놓았든지 움켜쥐고 있는 거겠지.

배우성씨는 속을 쥐어짜듯이 간절하게 노여사의 의치를 손수 닦아주고 싶다고 생각했다. 한때 우스갯소리로나마 혼담까지 있었던 인연으로라도 그만한 수고쯤 하고 싶었다. 의치 하나 닦아 달랠 사람이 없는 노여사의 병상의 외로움이 자신의 외로움이 되어 뼈에 사무쳤다. 먼저 간 아내는 얼마나 복 좋은 여편네였던가. 그는 마치 까다로운 화초를 가꾸듯이 잠시도 방심하지 않고 아내의 병석을 향기롭고 정결하게 가꾸었었다.

두런두런 하는 기색에 노여사가 눈을 떴다. 아니나 다를까 우선 손으로 입을 먼저 가리고 뭐라고 중얼댔다. 심한 수치심이 그 여자의 얼굴을 더욱 밉게 일그러뜨렸을 뿐, 무슨 소린지는 한마디도 알아들을 수 없었다.

배우성씨는 둘러싼 사람들을 헤치고 노여사 곁으로 바싹 다가 갔다.

"의치는 어디 있습니까? 제가 닦아드리죠. 그걸 끼셔야 말씀하시기도, 뭘 잡숫기도 수월할 게 아닙니까?"

노여사의 남은 한 손이 허둥지둥 시트 밑을 뒤지더니 휴지에 싼 묵직한 걸 꺼내서 꽉 움켜쥐었다. 벌거벗겨도 필사적으로 치부는 가리려는 소녀처럼 앳된 수치심과 공포감이 홍조가 되어 노여사의 쭈그러진 얼굴이 얼룩졌다. 배우성씨는 노여사의 단단한 주먹을 어루만지면서 말했다.

"괜찮아요, 괜찮아. 나한테 맡겨요. 창피할 거 없어요. 먼저 간 우리 집사람도 온통 틀니였거든요. 내가 아침저녁 닦아주었더랬죠. 아마 나만치 그 일 잘하는 사람도 없을걸요. 자아, 안심하고 한번 맡겨보세요."

176

배우성씨의 음성은 달콤하고도 진국스러웠다. 노여사의 단단한 주먹이 스르르 풀렸다. 그리고 이심전심처럼 편안하고 완벽하게 손안의 것을 넘겨주었다. 배우성씨는 틀니에 엉겨붙은 휴지를 벗겨내고 나서 세면대에다 물을 받았다. 음식 찌꺼기가 말라붙은 틀니를 물에 담가 불린 연후에 대강 씻고 나서 다시 치약 묻힌 칫솔로 박박 앞뒤를 닦아냈다. 그 칫솔의 임자인 듯싶은 며느리가 눈살을 찌푸렸지만 그는 아무 말도 하지 않았다. 농담 좋아하는 백수회 늙은이들도 그 동안은 조용히 숨들을 죽이고 있었다.

"아침저녁 이 일만은 거르지 말고 꼭 해드리도록 해요."

배우성씨는 아직도 눈살을 못 풀고 있는 젊은 여자에게 이렇듯 일러주고 나서 다 닦은 틀니를 노여사에게 건네주었다.

그날 집으로 돌아온 배우성씨는 차마 못 들을 소리를 엿듣고 말았다. 엿들을래서 엿들은 게 아니라 마당에서 놀고 있던 손자가 대문을 열어주는 바람에 소리없이 집 안으로 들어설 수가 있었는데 마침 며느리가 언성을 높이고 있었다.

"뭐라구요? 백수회라구요? 날더러 그 백수흰지 백 살까지 살고 싶어 환장한 노인들의 망령흰지의 뒤치다꺼리를 하라구요? 당신 아버지 이제 육십이에요. 백 살을 사시면 도대체 앞으로 몇 년을 더 사시겠단 소린 줄 알아요? 자그만치 사십 년이란 말예요. 그래서 하루도 안 거르고 매일 아침 산에 오른다, 약수를 퍼마신다, 극성을 떨었던 거예요. 아유 지긋지긋해, 아유 내 팔자야."

변변치 못한 녀석 같으니라구, 제 여편네한테 그 말 좀 해달라고 사정사정 굽실댄 게 벌써 며칠 전인데 이제서야 그 말을 꺼냈노.

그러나 그것보다 배우성씨에게 더 큰 충격이 된 것은 그가 육십밖에 안 됐다는 사실이었다.

배우성씨는 실은 정년퇴직한 게 아니었다. 어느 날 갑자기 해직을 당했다. 그는 그 까닭을 납득하기보다는 이미 이루어진 결과를 납득하는 쪽으로 자기를 잘 다스렸다.

그러나 해직을 당하고 보니 여직껏 이룩한 걸로 믿은 지위나 업적이 닭 쫓던 개 지붕 쳐다보는 것처럼 어이없이 허망해지는 건 어쩔 수 없었다. 몸이 매여 있을 땐 하고 싶은 것도 많더니만 그게 풀리자 무소속감 자체에 휘둘리느라 아무것도 할 수가 없었다.

그의 무소속감은 참담했다. 여북해야 백수회까지는 너무했다손 치더라도 약수터 늙은이 축에 자진해서 속하려 했겠는가. 그러자니 오래 전에 정년퇴직한 것처럼 사람들을 속이게 되고, 그게 그만 스스로에게까지 나이를 속이는 결과가 되었던 것이다.

남을 감쪽같이 속이려다가 탄로가 나면 무안하다. 그러나 자신을 속이려다가 탄로가 났을 때처럼 구원의 여지가 전혀 없이 무안하진 않을 것 같았다.

배우성씨는 며느리의 푸념이 계속해서 들려오는 자리에서 꼼짝달싹도 못 하고 서 있었다. 그에게 아직도 희망이라는 게 남아 있다면 그건 감쪽같이 그 자리에 잦아들어버리는 일이었다.

쥬디 할머니

쥬디 할머니의 일과는 국판 크기로 확대해서 패널한 쥬디 사진하고 뽀뽀하는 것으로부터 시작됐다. 할머니에게 쥬디가 하나밖에 없는 손자이거나 맏손자도 아닌데 할머니는 유난히 쥬디만을 애지중지했다.

해외에 흩어져 살고 있는 할머니의 장성한 오남매 중 막내만 빼고는 다 결혼해서 아이를 두셋씩 두고 있으니까 쥬디도 그중의 하나일 뿐이었다. 할머니가 혼자 사는 아파트 거실 장식장엔 제각기 단란하게 사는 사남매의 가족사진과 막내의 독사진 그리고 연전에 돌아가신 영감님의 독사진까지 도합 여섯 개나 되는 번쩍거리는 자개액자가 진열돼 있어서 사뭇 근검했다. 가까이서 모시고 있건 멀리 떨어져 있건 자식처럼 튼튼하고도 화려한 울타리는 없다는 생각을 보는 사람마다 저절로 하게 했다.

사진 속의 손자녀의 수는 도합 열 명이었고 쥬디는 그중 맏아들의 막내딸이었다. 열 명의 손자녀 중에서 쥬디가 몇번째인지는 할머니도 자주 헷갈렸다. 할머니에게 그건 별로 중요하지 않았다. 할머니는 일 년에 한 번씩은 자손들을 두루 만나러 해외나들이를 하는데 그때마다 쥬디가 할머니를 가장 반기고 따르고 입에 혀처럼 시중들고, 헤어질 땐 눈물을 뚝뚝 흘리며 서러워하기 때문에 할머니도 그렇게 쥬디라면 푹 빠져 헤어나질 못했다. 그래서 쥬디 사진만은 딴 사진들처럼 한자리에 울타리가 되어버티고 있지 않고 하루에도 몇 번씩 옮겨다녔다. 밤엔 물론 할머니의 침대머리에 놓였고, 낮에는 장식장에 놓였다가 전화대에 놓였다가 탁자에 놓였다가 부엌 식탁 위에 놓였다가 했다. 담배 피우는 사람이 재떨이를 끼고 다니듯 잠시라도 가까이에 있지 않으면 허전해하는 할머니를 보다 못해 몇 장 더 뽑아서 여기저기 조석으로 할머니 발길 닿는 데마다 놓아두라고 일러주는 사람도 있었다. 그러면 할머니는 모르는 소리 좀 작작 하슈. 끼고 다니는 것도 낙이라우, 하는 것이었다. 또 늙은이라고 아이들은 괴는 대로 괴게 마련이라우, 하기도 했다.

할머니는 딴 손자녀의 이름은 제대로 기억을 못 하는지 자주 헷갈려서 이랬다저랬다 했다. 알렉산더니 캐서린이니 하는 서양 이름을 발음하기가 서툴러서만은 아닌 것 같았다. 할머니는 쉬운 영어 몇 마디쯤은 여봐란듯이 적소에 써먹을 줄도 알고, 미제 물건 상표도 젊은 사람 못지않게 잘 알아보는 신식 할머니였지만 손자의 서양 이름만은 아니꼬운 생각을 금할 수 없는 상투적인 주체성 같은 걸 가지고 있었다.

그러나 쥬디만은 예외였다. 쥬디는 쥐띠였다. 할머니에게 쥬디는 서양 이름이기 전에 쥐띠라는 가장 동양적인 애칭이었다. 쥬디가 쥐띠라면 올해 열 살이 됐을 텐데 사진 속의 쥬디는 서너 살이나 되었을까. 깜찍하게 예쁜 얼굴에 천사 같은 눈을 가진 계집애였다. 보는 사람마다 그 미모에 감탄했다. 아무리 목석 같은 사람도 마음으로부터의 찬탄의 말을 안 하고는 못 배길 만큼 무구함과 아름다움이 뛰어나 사람을 깊이 빨아들였다. 그 사진만 보면 할머니가 쥬디만을 편애하는 게 조금도 유난스럽지 않은 자연스러운 인지상정으로 받아들여졌다.

할머니가 혼자서, 아니 쥬디와 마주 앉아서 커피 한 잔과 빵 한 조각으로 느지막한 아침식사를 하는데 초인종이 울렸다.

"누구요?"

"3호예요. 상완이 엄마예요."

할머니는 혼자 살고, 인심 좋고, 또 젊은 엄마들을 앞지르게 유식해서 이사온 지 일 년도 못 됐건만 같은 층에 사는 이웃들이 흉허물없이 드나들고 따랐다.

"아침이세요, 점심이세요?"

"아침 겸 점심이지 뭐."

"애개개, 아침 겸 점심을 고걸 잡수세요? 그러다 덜컥 앓아눕기라도 하면 어쩌려고 그러세요. 잘 잡수셔야 돼요. 뭐니뭐니 해도 식보(食補)가 제일이래요."

"걱정 마. 내가 앓아누워도 이웃 신세는 안 질 테니까. 설마하니 에미가 죽게 됐다는데 자식들이 안 와보려구."

"어머머, 뭔 말씀을 그렇게 섭섭하게 하실까. 제가 뭐 할머니 시중들게 될까봐 겁이 나서 이러는 줄 아시나봐. 정말 할머니 건강이 걱정돼서 여쭙는 말씀인데……"

"알아, 알구말구, 내가 이웃 정(情) 뜨슨 걸 왜 몰라. 그렇건만도 자식 그리운 마음에 덜컥 앓아눕고 싶을 적이 한두 번이 아니라우. 그래야만 울고 짜고 꾸역꾸역들 모여들 테니까."

"할머니도 참, 세계일주 하시고 오신 지가 몇 달 됐다고 벌써 또 그러세요."

"내가 찾아다니는 것하고 즈희들이 보러 오는 것하고 같은감. 세상을 못 만나 이 늙은이가 자식을 보러 이역만리를 찾아다니지, 예전 같아봐, 어림이나 있나."

"세상 잘 만나고, 또 자녀분들 잘 두셔서 노인네가 해마다 외국 구경하시는 줄이나 아세요. 즈희들 사이에서 할머니는 복 좋은 할머니로 통해요, 모두들 얼마나 부러워한다구요."

칠층 3호에 사는 상완이 엄마는 이렇게 망령 노인 다루듯이 핀잔을 주고 나서 속으로 흠칫한다. 사진으로만 보아온 늠름하고 성공한 여러 자손들 위세에 질려서인지, 예사롭게 까마득한 노인 대접을 하다가도 문득 그렇게 당황스러워질 때가 있었다. 할머니가 너무 젊어 보이기 때문이었다. 하긴 생전 고생이라는 걸 모르고 살았다니까, 이렇게 자신을 타이르면서도 무럭무럭 질투하는 마음을 어쩌지 못했다.

요샌 너나없이 더디 늙는 시대였다. 그녀의 친정어머니만 해도 딸보다 더 야한 루즈를 애용하고, 코르셋으로 엉덩이를 치키고, 심심하면 다이어트 흉내까지 냈다. 그러나 쥬디 할머니의 젊음은 그런 억지하곤 본질적으로 달랐다. 쥬디 할머니는 오히려 엄살처럼 늙은이 행세를 하고 싶어하는 편이었는데도 싸고싼 향내 풍기듯이 정욕의 그루터기라고나 할지, 여자끼리라고나 할지 하는 색정적인 게 때로는 어렴풋이 때로는 짙게 풍겼다.

지금도 쥬디 할머니는 권태로운 듯 은에 칠보를 입힌 우아한 담배합을 끌어당겨서 담배를 한 개비 꺼내 꼬나무는 포즈가 그렇게 보기 좋을 수가 없었다. 소녀처럼 길고 곧은 머리는 빗어올리기 전이어서 뒤에서 묶은 채인 게 반백이었음에도 불구하고 어색하지 않았고, 벌어진 나이트가운 사이로 은은하게 드러난 앞가슴은 희고 아직도 풍만했고, 포갠 다리에서 엉치까지의 선은 선정적이었다.

저 할망구 마땅한 사람 만나면 연애라도 할 것 같아, 맙소사. 상완이 엄마는 마음이 쓰린 열등감으로 이렇게 생각했다. 그녀는 서른다섯에 벌써 남편에게조차 여자로서의 자신이 없었기 때문이다.

열린 채인 침실 문을 통해 할머니의 화려한 화장대가 바라다보였다. 모양도 어여쁜 갖가지 화장수 병이 티끌 하나 없는 마경(魔鏡)을 통해 곱절로 늘어나 보였다. 그것들이 모두 이국의 신비한 미약(媚藥)만 같아서 슬그머니 도심(盜心)이 동하는 걸 느끼고 그녀는 제풀에 깜짝 놀라면서 고쳐 앉았다.

"무슨 일이유? 이렇게 일찍⋯⋯"

할머니가 담배연기를 한 모금 천천히 내뿜고 나서 말했다.

"꼭두새벽은 아니구요? 할머니, 지금 열한시예요."

그녀는 핀잔 먼저 주고 나서 가지고 온 보따리를 끌렀다.

"어젯밤 속초서 시어머님이 올라오셨는데 글쎄 또 이런 걸 잔뜩 가지고 오셨지 뭐예요. 노자나 빼신다구요. 그렇잖으면 누가 당신 노자 안 드릴까봐. 꼭 사서 고생에 궁상이시라니까."

여자가 입을 삐죽거리면서 시어머니 흉을 보기 시작했다.

"아들 며느리한테 신세 안 끼치려고 그러시는 거 아닌가."

할머니는 오징어를 한 축 꺼내서 하나하나 살펴보면서 점잖게 타일렀다.

"신세 지기 싫으시면 안 오시면 될 거 아녜요."

"쯧쯧, 저런 소갈머리 봤나. 손수 안 올라오시면 자식 구경을 어디 가서 해? 치사한 걸 무릅쓰고라도 보고 싶은 게 자식새끼 얼굴인걸. 자네도 더 늙어야 알게 되네."

할머니는 오징어를 큰 걸로 두 축이나 내놓으면서 짐짓 불쾌한 얼굴로 나무라기를 계속했다.

"쥬디 할머니, 오징어를 무척 좋아하시나봐?"

"늙은이 놀리지 마라. 틀니로 오징어 맛 모르는 지가 언제라구. 다리만 하나 씹어도 관자놀이부터 욱신대는걸."

"근데 웬걸 두 축이나 팔아주세요?"

"우리 쥬디가 좋아하거든. 크리스마스에 부치려고 한복은 한 벌 해다놓았는데 코 아래 진상이 빠져서 그러잖아도 궁리중이었는데 마침 잘됐어."

"어머, 미국에 부치시려구요? 그럼 아주 이 창란젓도 같이 부치시죠."

"싫여. 냄새나는 거 포장하기도 귀찮구, 운임도 많이 들구, 좋아할는지도 모르겠구. 인제 자식새끼들 식성을 잊어버린 지도 오래야."

할머니는 오징어 값과 함께 갈쭉한 오렌지주스 한 컵과 과자 그릇을 가지고 나왔다. 여자는 할머니네서 오렌지주스를 얻어 마실 때마다 이거야말로 진국이다, 이런 것만 마시니 안 늙지, 하는 생각을 푸념처럼 되풀이했다. 여자는 오징어를 한꺼번에 두 축이나 팔고도 일어서지 않고 머뭇거리는 게 더 볼일이 남아 있는 것 같았다.

"할머니, 막내아드님 아직 좋은 소식 없어요?"

"무슨 좋은 소식?"

"총각 좋은 소식이야 뻔하잖아요?"

"제 맘대로 좋은 소식이 있을 수 있나? 살기들 세상이 좁다고 제멋대로들 여기저기서 흩어져 살지만 아들이고 딸이고 짝은 하나같이 내 손으로 직접 골라서 채워줬으니까. 막내도 미리 그런 각오하고 연애할 엄두도 못 내는 눈치야."

"알고 있어요. 그렇게 엄하게 키우셨으니까 그만큼들 성공을 한 거 아니겠어요? 그래서 말씀드리는 건데요…… 단도직입적으로 말씀드리자면 제가 중매를 서려고요."

"스탠포드에서 박사과정 밟고 있는 우리 막내 중매를?"

할머니의 오만한 태도에 여자는 얼핏 비굴해지려다가 새롭게 가다듬으면서 말했다.

"네, 그 막내아드님 말예요. 규수도 가문으로 보나 학벌로 보나 인물로 보나 어디 내놓아도 꿀릴 데 없으니까 제가 이런 말씀 드리는 거예요. 바로 제 외사촌 동생이거든요. 저희 외삼촌은 국회의원이시구, 기업체도 몇 갖고 계시구, 규수는 명문대학 영문과 대학원을 내년에 졸업하는 대로 곧 미국 유학을 떠날 채비가 돼 있구요. 보시면 아시겠지만 인물이 또 그렇게 출중할 수가 없다니까요. 제가 할머니 막내아드님 사진만 보고 탐냈듯이 할머니도 규수를 한 번만 보시면 옳다구나 이게 바로 천생연분이구나 하실 거예요."

그녀는 천생의 중매쟁이처럼 그 말에 비상한 보람을 느끼며 열을 올렸다.

"글쎄, 언제 기회 있으면 한번 봅시다그려. 정식으로는 곤란하고…… 신랑도 없이 정식 맞선은 성립되도 않겠지만."

할머니는 짐짓 뜨뜻미지근하게 굴었다. 그러나 그게 바로 아들 가진 쪽의 보편적인 세도라는 것쯤은 각오하고 있었기 때문에 여자는 조금도 풀 죽지 않았다.

"그러믄요, 그러믄요. 저희 집에 자주 놀러 오니까 보시긴 어렵잖아요. 제가 할머니 댁으로 데리고 와도 되고, 할머니가 저희 집으로 보러 오셔도 되고."

"서두를 거 없어요. 바로 옆집인데 자연스럽게 지나칠 적도 있겠지 뭐. 번거롭게 가고 오고 색시가 눈치채면 피차 어색해지기만 하지."

"그까짓 걸로 어색해지면 현대 여성도 아니게요. 본다고 닳을 것도 아닌데 이왕 보시려면 마음놓고 보셔야지."

"글쎄 서두를 거 없다니까. 얼굴 보는 게 뭐 그리 급하다구. 우선 궁합부터 맞춰봐야지."

할머니는 냉큼 혼자서 안전지대로 피신한 것처럼 느긋하게 말했다. 그러나 여자는 굴하지 않고 당장 전화를 걸어서 규수의 사주를 알아왔다.

"아이고, 내 새끼, 우리 쥬디, 온 녀석 신랑감은 지금 어디서 뭘 하고 있을꼬."

사르르 녹아내릴 듯이 달콤한 눈으로 쥬디 사진을 보면서 이렇게 딴청을 부리는 할머니에게 여자는 규수 사주가 적힌 쪽지를 들이대면서 궁합 잘 보는 점쟁이집 정보까지 제공하는 걸 잊지 않았다.

"할머니, 할머니, 우리 아파트 슈퍼마켓 사층에 박사 점쟁이가 개업한 거 모르시죠? 이 한 쌍 궁합도 보실 겸 구경도 하실 겸 한번 가보세요. 용하다는 평판이 자자해서 새벽에 가서 번호표 받아와도 점심때 볼까 말까래요. 등잔 밑이 어둡다고 되레 딴 동네 사는 친구한테 소문을 듣고 가보니까 그 모양 아네요. 용하긴 정말 용하더군요. 7호집 여자하고 같이 갔는데 7호 그 여자 보통 여간내기가 아니거든요. 제 남편이 박사라고 처음부터 박사 점쟁이를 사기꾼 취급하더니 자기 차례가 돼서 식구를 대는데 작년 여름에 수영 갔다가 익사한 장남을 외눈 하나 까딱 안 하고 넣었지 뭐예요. 제 딴엔 점쟁이를 시험하자는 속셈이었겠죠. 그랬더니 당장 불호령이 떨어지는데 대기실에서 기다리던 사람들이 다 혀를 내두르면서 벌벌 떨었다니까요. 덕분에 7호는 복채 만원에 잔뜩 호령만 듣고 쫓겨났지만 점쟁이 용하단 소문은 오죽 잘 퍼졌겠어요. 신문광고에 전면으로 광고한 것보다 더하면 더했을걸요. 제가 그날 전화로 친구들한테 퍼뜨린 소문만 해도 서울 장안을 종횡무진 오백 리도 더 퍼졌을 테니까요. 그뿐인 줄 아세요. 7호 일은 제가 이 두 눈으로 똑똑히 본 거고, 보잖아도 본 듯 바로 지척에서 일어난 기막힌 일이 또 있거든요. 아래층 4호 있잖아요? 그러니까 할머니네 바로 밑에 사는 집 말예요. 그 여편네는 이 아파트가 분양되고 입주 시작할 때부터 살았대니까 오년이나 한 집에서 살았는데도 이웃에서 세컨드라는 걸 감쪽같이 몰랐지 뭐예요. 근데 그만 우리 층 8호하고 같이 그 집으로 점을 보러 갔다가 당장 탄로가 난 거예요. 주(朱)박사가—참 그 점쟁이가 주박사예요. 주박사가 대뜸 새끼손가락을 까딱까딱 펴 보이면서 당신 이거지? 그러더래지 뭐예요? 그 일이 있고부터 4호가

8호한테 쩔쩔매는 건 말도 못 해요. 제발 그 비밀을 지켜달라고 애걸을 하더래요. 그렇지만 지켜질 비밀이 따로 있지, 어엿한 조강지처하고 세컨드 비밀 지켜줄 얼간이는 또 어디 있대요? 이를테면 우리의 공동의 적인데. 한 입 건너 두 입, 쑤군쑤군, 쏙살쏙살, 지금은 우리 아파트에 그 여자 아는 사람치고 그 일 모르는 사람이 없다구요."

자신이 그 쑤군쑤군에 얼마나 활발하게 참여했다는 걸 증거라도 하듯이 그 여자의 입담은 정력적이었다. 할머니는 곱게 그린 눈썹을 살짝 찌푸리고 그 여자의 수다를 대범하게 들어넘겼다. 일남이녀를 둔 의학박사인 맏아들, 아들만 둘을 둔 공학박사인 둘째아들, 스탠포드에서 물리학을 전공중인 아직 총각인 막내아들, 그리고 외교관인 남편 따라 두 아이와 함께 이태리에 살고 있는 성악을 전공한 큰딸, 화가 남편 따라 파리에 살고 있는 역시 화가인 둘째딸, 이들 쟁쟁한 자식들의 사진이 근검하게 울타리 쳐진 가운데서 할머니는 기품을 잃지 않고 그 혼담에 별로 탐탁지 않은 눈치를 보임으로써 영검한 점쟁이 소문까지 묵살하려 들었다. 그 여자는 더이상 치근거리지 않았다. 혼담에 있어서 몸이 단 쪽이나, 여자 쪽에서 조금은 저자세여야 한다는 걸 알고 있었지만 그게 지나치면 죽도 밥도 안 된다는 것도 알고 있었기 때문에 충분히 운은 떼어놓았겠다 당분간 관망만 하고 있을 각오를 하고 있었다.

쥬디 할머니의 생활은 변함이 없었다. 쥬디를 사랑하고, 필요와 취미 오락을 겸해서 쇼핑을 다니고, 법회나 교회에도 가끔 나가고 영화 구경도 다니고, 집에서 텔레비전을 보거나 멀리 있는 아들딸들한테 애정과 훈계를 겸한 긴긴 편지를 쓰기도 했다.

그러나 보다 많이는 햇볕 따뜻한 베란다나 어린이 놀이터 벤치에서 뜨개질로 소일했다. 긴 대바늘로 빛깔 고운 푹신한 털실을 느릿느릿 그러나 쉬지 않고 뜨고 있는 할머니를 보면 누구나 따뜻한 미소를 지었다. 그리고 물었다.

"아유 예쁘기도 해라. 누구 거예요, 할머니?"

"누군 누구 거야. 우리 쥬디 줄 거지."

그러나 할머니의 생활은 조금씩 속으로 흔들리고 있었다. 할머니는 조금씩 조심스럽게 일정한 생활 밖의 어떤 지점으로 끌려가고 있었다. 할머니는 이상하도록 흥분해서 슈퍼마켓 사층을 갈팡질팡하다가 갑자기 몽유병에 깨어난 것처럼 자신이 왜 거기 있는지 몰라 우두망찰을 할 적이 자주 있었다.

사층엔 건강연구소니, 자연식연구소니, 토룡탕연구소니, 심지어는 인생문제연구소까지 알쏭달쏭한 각종 연구소가 있었고, 결혼상담소, 부녀자조회 또 꽃꽂이강습소 같은 곳도 있었다. 인생문제연구소가 바로 주일심(朱一心) 박사의 점집이라는 걸 할머니는 마침내 알아냈다.

매표소처럼 생긴 창구에서 번호표를 받고 번호표에 예약된 시간에 맞추어 갔는데도 대기실엔 여자들이 대여섯 명이나 기다리고 있었다. 할머니는 그 여자들이 묻지도 않았는데 변명처럼 더

듬더듬 늘어놓았다.

"막내아들 궁합을 보러 왔다고. 벌써 몇 년째 외국 나가 있는 녀석이 어떻게 된 게 제가 데리고 살 색시를 꼭 이 늙은 에미한테 골라 보내라니 외국물 헛먹었지. 에미가 고르려니 선보고 궁합 보는 구닥다리 짓밖에 할 게 있어야지. 연애도 못 하는 주제에 박사는 어떻게 하겠다는 겐지."

"할머니도 박사가 뭐 그리 대단하다고 그러세요. 점쟁이까지 박산데."

대기중의 여자가 별로 악의 없이 이렇게 말하고 킬킬거렸다. 할머니도 어색한 긴장을 풀고 따라 웃었다. 대기실은 넓고 조용하고 집기들이 모두 무게 있는 고급품이었다. 할머니가 노인답지 않은 예리한 시선으로 이런 것들을 살폈다. 중앙에 놓인 넓은 원탁 한가운데 있는 빙글빙글 돌릴 수 있게 특수하게 설계한 원통형의 잡지꽂이엔 각종 여성지와 패션잡지, 백화점 사보 등이 꽂혀 있었고 여기저기 자유롭게 놓인 소파는 푹신하고 안락했다. 그러나 양쪽 벽면을 가득 채운 유리문 달린 책장 속의 빽빽한 술 두꺼운 원서와 고서, 역학 서적은 그 화려한 여성지들이 결코 고객에 대한 친절이 아니라 얄잡음이란 느낌이 들게 했다. 볼 만한 건 또 있었다. 다른 한쪽 벽은 상담실로 통하는 작은 문을 빼고는 온통 사진으로 뒤덮여 있었다. 맨 가운데 걸린 사진은 그림 이백 호는 됨직한 크기인데 주박사가 박사학위 받을 때의 사진이었다. '미국서 철학박사학위 수여식'이란 제목까지 붙어 있었지만 어느 대학까진 밝히지 않고 있었다. 큰 사람을 둘러싼 작은 사람들도 다 박사학위와 관계있는 사람들이었다. 큰 사진 속엔 주박사 말고도 박사모를 쓰고 학위를 수여하는 코 큰 사람과 그것을 지켜보는 또하나의 코 큰 사람, 도합 세 사람이 실물대로 들어 있었다. 주박사도 훤칠한 미남이었고, 학위를 주는 사람들도 영화배우처럼 멋있는 표정이 풍부한 얼굴을 하고 있었다. 그들 세 사람의 공통된 표정은 행복하고 인자하고 그리고 네 마음 내가 알고, 내 마음 네가 알지, 눈으로 이렇게들 말하고 있는 것 같은 그 무한한 친밀감이었다. 그 친밀감은 화면을 넘쳐 할머니의 까닭 없이 주눅든 마음까지 슬금슬금 넘으며 부드럽게 어루만지는 것 같았다.

상담실 속에서 땡 하고 벨이 울리고 누군가가 할머니 차례예요, 하고 일러줬을 때는 할머니는 완전히 위신을 회복해서 도전적이면서도 친애감 넘치는 태도로 상담실 문을 들어섰다. '철학박사 주일심'이란 자개 명판이 놓인 넓은 테이블 저 너머에 주박사는 사진 속의 얼굴보다 약간 작고 피곤한 얼굴로 앉아 있었다. 박사모 대신 대머리가 가까스로 그의 위엄을 지켜주고 있었다.

할머니는 능숙하게 다리를 포개고 앉아서 핸드백을 뒤졌다.

"선생님 미안합니다. 벌써 노망이 들었는지 제 자식 생년월일을 적어놓은 걸 봐야 알겠다니까요. 자식들이라고 어쩌면 하나같이 어미 곁을 떠나 외국 나가 사니 생일 차려줄 일 없어진 지가 십 년도 넘으니 그럴 수밖에요."

맨 밑에 있는 수첩을 꺼내느라 핸드백을 쑤시는 동안 덩달아서 항공우편 봉투들이 꾸역꾸역 빠져나오고 있었다. 마침내 수첩을 꺼내 펴들고 맏아들 내외로부터 차례차례 신수를 보기 시작했다.

"아드님을 잘 두셨군요. 참 잘 두셨어. 드문 사줍니다. 열 명에 하나 아니 백 명에 하나 있을까 말까 한 사준데요."

"어디 가서 물어봐도 그러더군요. 실제가 또 그렇구요."

이렇게 시작해서 어느 틈에 주객이 전도되고 말았다. 점은 할머니가 치고 물어보는 건 주로 주박사였다. 맏이로부터 막내까지 오남매가 어쩌면 하나같이 드물게 좋은 사주를 타고났고 그 좋은 사주가 보장한 인생을 할머니는 자신이 만든 예술품을 전시하듯이 자랑스럽게 펼쳐 보였다.

주박사가 퍼뜩 정신이 들면서 자식들이 하나같이 이렇게 훌륭한 팔자 좋은 노인이 무엇 때문에 점을 치러 왔을까 하는 기본적인 의문을 품게 되었을 때는 뒤늦게도 할머니가 딴 종이를 꺼내면서 막내와 색싯감과의 궁합을 보아달랄 때였다. 뒤늦게였지만 가장 적절한 시기였다. 주박사는 여직껏의 수세에서 재기해서 느닷없이 기고만장해졌다. 그는 고개를 절레절레 흔들면서 팽하고 코방귀를 뀌었다.

"왜요, 선생님? 왜 그러슈, 박사님?"

북 치니까 꽹과리 치는 격으로 할머니는 날렵하게 장단을 맞추느라 초조하게 애가 단 시늉을 하면서 다그쳤다.

"연앱니까 중맵니까?"

"중매예요. 우리 애들은 연애라곤 모른답니다."

"다행입니다."

"네?"

"안 해도 뒤탈이 없을 테니까요."

"나쁘군요?"

"하필 사주에 이렇게 백호살이 뚜렷한 규수를 이 잘난 신랑한 테 감히 갖다대다니……"

"그렇게 나빠요?"

"못 믿으시겠어요?"

"아아니오, 믿고 못 믿고가 어디 있겠어요. 딴것도 아니고 백 호살인데…… 없었던 셈만 치죠 뭐. 우리야 그걸로 끝이지만 색 시가 안됐네. 백호살은 일생 달고 다니는 거 아네요."

"그러믄요. 뭔 안 그럽니까? 아무도 팔자 도망은 못 치죠."

"그렇지만 하필 그 흉한 백호살을…… 쯧쯧 안됐네. 좋은 집 안에 나무랄 데 없는 규순데."

"그야 댁에하고 혼삿말을 건넬 만하면 지체가 그만도 못하겠 어요? 아드님이 처복이 있어 더 좋은 규수가 곧 나설 테니 이 색 시는 잊어버리세요. 행여 미련 두시지 말고……"

"미련이라구요? 제 자식 먼저 귀하지 않은 사람이 어디 있다 구요. 아무튼 박사님을 찾아뵙기가 천만다행이에요. 정말 고맙습니다."

"뭘요, 다 댁의 가운이죠."

상담실을 돌아나오는 할머니는 들어갈 때의 도전적인 태도가 말끔히 가시고 오로지 친화감만이 넘치고 있었다. 할머니는 자애롭고 친화감이 철철 넘치는 시선으로 주박사가 박사학위 받는 사진과 대기중인 여자들을 다시 한번 천천히 훑어보고 주박사의 인생문제연구소를 물러났다.

세상만사 모든 것, 처녀의 저주받은 백호살하고까지 능히 화해하고 어루만질 수 있을 것 같은 자신감으로 할머니의 걸음걸이는 십 년은 더 젊게 보였다.

할머니를 태우러 내려온 엘리베이터 속에서 마침 상완이 엄마가 내렸다.

"아이구, 쥬디 할머니 어디 갔다 오세요?"

상완이 엄마는 혼자가 아니었다. 친구를 배웅하기 위해 아래층까지 내려온 모양이었다. 할머니는 무슨 말을 하려다 말고 그 친구의 얼굴을 보자 후딱 엘리베이터로 오르고 말았다. 상완이 엄마가 무슨 말을 할 사이도 없이 엘리베이터는 문이 닫히고 이내 문자반이 켜지기 시작했다.

"너 그 할머니 아니?"

그녀의 친구가 호기심이 번들거리는 얼굴로 물었다.

"옆집 할머니야, 쥬디 할머니라고……"

"쥬디? 그게 개니, 고양이니?"

"얘는……"

"그럼, 새?"

"얘 좀 봐. 너 언제부터 동물 애호 취미가 그렇게 대단했니? 쥬디는 그 할머니 손녀야. 미국에 살고 있는. 얼마나 예쁘다고, 천사 같아."

"손녀? 그럼 입양을 했나?"

"얘가 아까부터 무슨 얼빠진 소리야. 자식이 다섯에 손자손녀가 자그만치 열 명이 되는데 무슨 욕심에 입양까지 하니? 응 참, 쥬디라는 이름 때문에 그러는구나. 걔가 서양앤 줄 알고? 아냐, 순종 대한민국 씨야. 근데도 왜 있잖아, 우리나라 사람들 외국물 몇 년 먹으면 이름부터 갈아버리는 거. 그러고도 일제 삼십육 년에 창씨개명이 어쩌구 비분강개할 자격들이 있나 몰라. 명색이 박산지 지식인인지가 그 모양이니."

"얘, 수다 좀 그만 떨고 내 얘기 좀 들어봐."

상완 엄마는 자기 수다에 자기가 도취하는 버릇 때문에 그제서야 친구의 수상쩍은 태도를 눈치채고 물었다.

"너 혹시 쥬디 할머니하고 전부터 아는 사이 아니니?"

"아는 사이? 알면 이만저만 아는 사이니? 우리 큰아버지 소실(小室)이었잖아."

"느이 큰아버지?"

"그래 우리 큰아버지. A상사 창업주에다 장관 경력이 없니, 국회의원 경력이 없니? 화려하게 사신 어른답게 다 들어먹고 돌아가셨지만, 아마 저 할망구가 반은 넘어 빼돌렸을 거야. 여전히 호화판으로 산다는 소문은 듣고 있지만 이 정도의 아파트라면 별로다 얘. 하긴 혼잣몸이니까 삼십 평도 과람하긴 하지."

"그럼 자식들은?"

"자식은 배우지도 못했어. 워낙 자식 바라고 둔 소실도 아니었구. 테크닉이 보통이 아닌가봐. 저 소실 들여앉히고부터는 우리 큰아버지 그 팔난봉이 마음 잡으셨으니까. 재산만 너무 많이 빼돌리지 않았으면 지금까지도 큰집하고 의지하고 좋게 좋게 지낼 수도 있었을 텐데……"

"그런 큰집 자식들이 지금 미국 있니?"

"아니, 자식들이라야 단지 남맨데 딸은 시집가서 그런대로 살고 아들은 아버지하고 저 할망구가 껍데기만 남긴 업체를 어떻게 일으켜세워보려고 무진 고생만 하다가 결국은 남의 손에 넘기고 지금은 아들한테 밥이나 얻어먹는 처량한 늙은이 신세란다. 저 할망구를 보니까 내 시앗을 본 것처럼 이가 갈리네. 한바탕 들부시고 가게 너 좀 도와줄래?"

"아서, 불쌍한 할머니야. 돈만 많으면 다가 아닌가봐. 불쌍해."

"나도 한번 그래본 소리야."

할머니도 상완이 엄마 친구가 누군지를 알아보았다. 할머니가 허둥지둥 돌아온 방은 변함이 없었다. 쥬디의 사진은 나갈 때 놓아둔 대로 식탁 위에서 천사의 미소를 띠고 있었고 장식장에 즐비한 가족사진은 변함없이 근검했다.

할머니는 그 한가운데서 그 모든 것을 둘러보았다. 그러나 할머니의 눈은 아무것도 보고 있지 않은 것처럼 공허했다. 할머니는 식탁 의자에 앉으면서 식탁 위로 몸을 던졌다. 식탁이 기우뚱하면서 쥬디 사진이 바닥으로 떨어졌다. 그러나 할머니는 듣지 못했다. 할머니 귀 속에선 여자들의 수많은 입이 쑥덕거리고 깔깔거리는 소리가 한 덩어리의 날카로운 아우성이 되어 점점 기승스러워지고 있을 뿐이었다.

곧 죽을 것 같아, 혼자서. 할머니는 혼자서 죽을 것 같은 공포감이 힘이 되어 겨우 몸을 일으켰다. 할머니 둘레의 모든 것은 그대로 있었지만, 할머니에겐 아무것도 보이지 않았다. 할머니는 그게 조금도 이상하지 않았다. 그것들은 어차피 무(無)에서 빌려온 것이었으므로 마지막 권리가 무에 있음을 고분고분 받아들여야 할 것 같았다. 그래도 할머니는 거의 촉감만으로 전화기를 찾아 다이얼을 돌릴 수가 있었다.

"이사장이야? 난데 우리 아파트 좀 급히 처분해줘야겠어. 물론 대신 하나 사줘야지. 혼자 살아도 큰 게 낫겠어. 이웃을 봐야 하니까. 상종 안 해도 이웃은 이웃 아냐. 이웃에 정떨어지니까 한시가 급해. 처분될 때까지 농장에 내려가 있을까봐. 믿겨도 할 수 없지. 부탁해."

말이란 건 좋은 거였다. 말을 하니까 한결 기운이 났다.

그래, 난 다시 울타리를 칠 수 있을 거야. 새로운 울타리를.

할머니는 서둘러 간단한 여장을 꾸렸다. 짐을 챙기느라 흩어

198

진 잡동사니를 발로 대강 그러모았다. 그중엔 쥬디 사진도 있었다. 할머니는 개의치 않았다. 그건 그냥 잡동사니일 뿐이었다.

나는 다시 울타리를 칠 수 있을 거야. 할머니는 오로지 그 생각만 했다.

꽃 지고 잎 피고

아파트에 들어서자마자 자지러지는 전화벨 소리가 형선을 맞았다. 텅 빈 집을 울리는 전화벨 소리에 형선은 까닭 모를 적의를 느꼈다. 그 여자는 현관에 꼼짝도 안 하고 서서 그 소리가 제풀에 그치기를 기다렸다. 그러나 그 소리는 좀처럼 그치지 않았고, 그럴 리는 없지만 점점 더 고조되는 것 같았다.

'누가 이기나 보자.'

그 여자는 번연히 이길 수 없다는 걸 알면서도 정찰제의 물건을 바락바락 에누리를 하면서 속으로 누가 이기나 보자고 별렀고, 밥 대신 라면이나 만두 따위만 먹으려는 아이에게 어떻게든 밥을 먹이려고 윽박지르면서도 누가 이기나 보자고 별렀다. 신문을 떼려고 할 때도, 극성을 떠는 바퀴벌레한테 약을 뿌릴 때도 누가 이기나 보자는 열화 같은 적대감이 그 여자를 엄습했다.

그러나 그 여자는 한 번도 이긴 적이 없었다. 때때로 예기치 않은 순간에 찾아오는 그런 느낌에서 그 여자는 제풀에 깨어났고, 깨어나면 그런 느낌의 정체는 무엇일까를 막연하게 불안해하는 게 고작이었다.

지금도 그 여자는 곧 그 시끄러운 소리를 못 견디어하면서 허둥지둥 구두를 벗어던지고 거실로 올라서려는데 아이의 세발자전거에 스커트 자락이 걸렸다. 그 여자는 살아 있는 것에게 옷자락을 잡힌 것처럼 두려워하면서 그것을 한껏 뿌리쳤다. 치맛단이 뜯기는 소리가 그 여자의 팽팽한 신경을 건드리고 불쾌한 여운을 남겼다.

"여보세요."

그 여자는 소파에 몸을 던지고 한 손으로 수화기를 잡고 한 손은 머리털 깊숙이 쑤셔박으면서 숨가쁘게 말했다.

"왜 이렇게 전화를 늦게 받아?"

남편의 목소리였다.

"지금 막 나갔다 들어오는 길이에요."

"여편네가 온종일 어딜 그렇게 쏘다니는 거야. 온종일 걸어도 통화가 돼야 말이지."

"유치원에서 자모회가 있었어요."

"유치원에서도 자모회를 하나?"

"그럼 대학에서나 자모회를 해야 당신 속이 편하겠수?"

"당신 무슨 말을 그렇게 해?"

남편의 목소리에 잠깐 날이 섰다.

"내가 뭘……"

그 여자는 쉽사리 유순해지면서, 자신의 습관적인 적대의식은 습관적인 피해의식과 같은 것인지도 모른다고 생각했다. 그러나 그 정체를 모르긴 마찬가지였다.

"그래, 선생님이 뭐래? 우리 훈이 똑똑하대? 공부 잘한대?"

사람 좋은 남편은 금방 목소리가 부드러워지면서 그렇게 물었다.

"여보, 아직 유치원이에요. 공부 잘하고 못하고가 어딨어요?"

그 여자는 걱정스러운 듯이 자주 뒤를 돌아보던 아이의 작은 얼굴을 떠올리며 가슴이 찡했다.

그 여자는 훈이처럼 잘생기고, 훈이처럼 나이에 비해 크고, 훈이처럼 개구쟁이는 없다고 속으로 은근히 자부해왔다. 아이가 집에 있을 때 그건 맞는 말이었다. 그러나 아이가 유치원에 들어가 처음으로 여러 아이들 중에 섞인 걸 보았을 때, 아이는 딴 아이들보다 크도 적도 않았고, 특별히 잘생기지도 못생기지도 않았고, 계집아이한테 꼬집히기도 울상을 짓기도 일쑤였다. 그 여자는 자기가 그토록 공을 들이고 절절한 애정을 기울여 키운 아이가 군계일학처럼 뛰어나지 못하고 그저 그런 보통 아이란 걸 생각할 때마다 억울하고 불쌍해서 가슴이 찡했다.

"온종일 전화 거셨다면서요. 무슨 일이에요?"

"참, 정작 중요한 용건을 까먹을 뻔했네. 인감증명 한 장만 떼어다놓아야겠어. 신원보증용으로……"

"용건이 고작 그거예요?"

"석철이가 드디어 취직이 됐다는군. 그 친구 얼마나 오래 놀았어. 놀고 싶어 논 것도 아니고 학생 시절의 젊은 혈기가 죄가 되어 여직껏 취직이 안 된 건 당신도 알잖아?"

"그래서요?"

그 여자는 자기가 듣기에도 부자연스러우리만치 냉담하고 도전적으로 말했다. 그러나 사람이 좋은 만큼 둔감하기도 한 남편은 한창 기분이 좋은 것 같았다. 개의치 않고 하고 싶은 말만 했다.

"Y일보 기자시험을 치른다고 하기에, 더군다나 기자시험에 될 성싶지도 않더니 글쎄 필기 면접 다 합격이야. 서류까지 해들이란다니까 녀석이 마침내 해낸 건 이제 의심할 여지도 없어. 유쾌한 노릇이야. 내일까지라니까 아침에 출근할 때 가지고 나올 수 있도록 오늘 안에 떼어다놓으라구, 알았지?"

남편은 하고 싶은 말을 다 하곤 일방적으로 전화를 끊었다. 그 여자의 남편은 적어도 하루에 한 번씩은 아내에게 전화를 걸어서 집안에 별일 없나를 살피는 그런 자상한 남편은 아니었다. 그 여자 역시 그런 남편을 섭섭하게 여긴 적도, 남의 자상한 남편을 부러워한 적도 없었다.

그러나 자신의 부재중 빈집을 시끄럽게 휘저으며 자신을 찾은 전화벨 소리가 기껏 인감증명 한 통의 용무였다는 데 그 여자는 울컥 배반감 같은 걸 느꼈다. 그 여자는 이미 끊긴 전화기를 들고 신경질적으로 남편의 전화번호를 돌렸다. 그러나 미처 신호가 가기도 전에 수화기를 힘없이 놓았다.

인감증명 한 통 뗄 정도의 용무면 심부름센터를 시키라고 들입다 악을 써주려다 만 것이었다.

내가 왜 이러지? 그 여자는 아직도 머릿속에 깊숙이 박힌 한손으로 머리카락을 한 움큼 쥐어뜯으며 중얼거렸다. 위기의식 같은 게 미묘한 전율처럼 그 여자의 등골을 스쳤다. 또 전화벨이 울렸다. 이번 벨소리는 찌르는 듯해서 그 여자는 펄쩍 놀라며 수화기를 잡았다. 잘못 걸려온 전화였다. 그 여자는 남편의 전화가 아닌 걸 다행스럽게 생각했다. 인감증명 한 통 뗄 정도의 용무면 심부름센터를 시키라는 말이 아직도 입 속에 남아 있었기 때문이었다.

그 여자는 안방으로 들어갔다. 커다란 자개장롱에 달린 문짝만한 거울에 그 여자의 온몸이 비쳤다. 그 여자는 깜짝 놀라면서 뒤로 물러났다가 다시 방 한가운데로 주춤주춤 걸어들어왔다. 니스칠이 잘 된 노란 장판과 번들대는 자개장롱이 서로 반사해서 그 여자는 경미한 어지럼증을 느꼈다. 그 여자는 거울에 비친 자신의 모습을 남처럼, 좀처럼 환해질 것 같지 않은 남처럼 바라보았다. 처음엔 냉담하게, 차차 아부하는 것처럼 비굴하게.

마침내 거울 속의 여자의 얼굴에도 비굴한 미소가 떠오르자 그 여자는 옷을 벗기 시작했다. 그 여자의 몸은 아직도 유연하고 단단했다. 집 안의 정적이 목욕물에 깊숙이 잠겼을 때처럼 가슴을 답답하게 짓눌렀다. 그 여자는 옷을 벗은 채 커튼을 젖혔다. 본디 그 여자의 아파트 앞은 넓은 초원이었다. 그 여자가 적지 않은 프리미엄을 주고 그 아파트를 산 것도 그 툭 트인 전망 때문이었다. 그러나 이사 온 지 일 년도 채 안 됐는데 그 초원엔 새로운 아파트가 들어서고 있었다. 그 여자는 초원 대신 시야를 가로막는 회색빛 골조물에 분노했다. 요즈음 그 여자에게 확실한 건 분노밖에 없었다. 그 여자는 자신의 분노를 확인한 걸로 묘한 안도감 같은 걸 느끼면서 홈웨어로 갈아입었다.

이건 명확한 계약위반이야. 업자들은 주민을 얕잡고 있어.

그 여자는 주민들을 이렇게 선동하면서 하늘 높이 치솟은 골조물을 제거하는 데 앞장서는 꿈을 자주 꾸었다. 그러나 현실적인 그 여자의 분노는 다만 자신을 확인하는 데 그쳤다.

초인종이 방정맞게 울렸다. 아이가 돌아왔나보다. 아이는 언제나 그렇게 조급하게 벨을 눌렀다.

"모자가 그게 뭐냐? 똑바로 쓰라고 그렇게 일렀는데, 어머 저 손 좀 봐. 손 씻고 냉장고 문 열어, 알았지? 어머머 이 모래, 신 속에도 모래가 가득하잖아? 너 집으로 곧바로 오잖고 또 놀이터에서 놀다 왔구나? 아깐 왜 그렇게 뒤를 돌아다봤냐? 엄마가 안 왔을까봐? 먼저 갈까봐? 녀석도 덩치만 커가지고 어리긴……"

그 여자는 끝도 없이 하고 싶은 잔소리를 겨우겨우 참고 아이를 껴안았다. 그리고 자신도 왜 그러는지 모르면서 점점 더 팔에 힘을 주었다. 아이가 답답한지 엄마의 팔에서 힘껏 벗어나 냉장고 문을 열었다. 현관에서 부엌까지 무슨 표적처럼 모래를 떨구면서.

아이는 엄마의 잔소리에 아랑곳없이 더러운 손으로 주스를 마시고, 냉동한 만두를 끄집어냈다. 그 여자는 얼른 프라이팬에 기름을 부었다. 그러나 미처 기름이 끓기도 전에 아이는 변덕을 부렸다.

"엄마아, 나 만두 안 먹을래. 자장면 시켜줘, 흐응."

"그래그래, 당장 시켜주지."

그 여자는 입의 혀처럼 날렵하게 중국집 전화번호를 돌렸다. 아이는 평소 엄마의 누가 이기나 보자는 식의 고집 아니면, 입의 혀 같은 시중이라는 양극단에 잘 길들여져 있었기 때문에 사뭇 음흉하게 웃으면서 자장면을 먹고 나선 전자오락실에도 갈 수 있을 것을 꿈꾸었다. 아이는 아직 정식으로 비디오게임을 해본 적은 없었다. 큰 아이들을 따라가서 구경한 것만으로도 아이는 막연한 죄의식을 느끼고 있었다. 엄마가 그 장난에 빠진 아이를 가진 딴 엄마들의 하소연을 듣고 같이 걱정하고 심심한 동정을 표하는 걸 여러 번 보았기 때문이다. 그러나 아이에겐 죄의식을 동반한 꿈만큼 짜릿하고 감미로운 것도 없었다.

그 여자는 자장면을 기다리면서 아이와는 다른 얼토당토않은 생각을 하고 있었다.

집에서 보는 아이는 여전히 이 세상 어떤 아이보다도 잘생기고, 건강하고, 어떤 아이도 감히 대적할 수 없는 개구쟁이였다.

그렇게 잘나고 특별한 아이를 눈에도 잘 안 띄는 보통 아이로 만드는 유치원이란 데를 과연 보낼 필요가 있을까?

"훈아, 너 그까짓 유치원 다니기 싫으면 그만둬도 돼. 엄마가 야단 안 할게."

그 여자는 불쑥 말하고 아부하는 것처럼 웃었다.

훈이한테 불쑥 유치원을 그만두란 소릴 해놓고 형선은 곧 후회했다. 아이에 대한 그 여자의 지배욕과 독점욕은 자신이 생각해도 지나칠 때가 많았지만, 이성을 회복하는 것도 빨랐다. 그러나 아이의 반응은 자못 심각했다.

"엄마, 그럼 우리집도 가난해?"

아이는 이렇게 물으면서 어른스러운 얼굴로 엄마의 눈치를 살폈다. 형선은 아이의 예기치 않은 대답에 기겁을 하게 놀랐다.

"훈아, 그게 무슨 소리야? 가난이 뭔데? 우리가 왜 가난해?"

"그럼 왜 유치원 그만둬? 희영이 있잖아? 우리 개나리반에서 제일 깍쟁이 계집애…… 그 계집애가 유치원 그만둘 때 나한테 말해줬다. 즈네 집이 가난해져서 유치원도 그만두고 아파트에서도 안 살 거라고…… 참 외갓집도 가난해?"

"외갓집이 왜 가난해?"

"근데 외갓집은 왜 아파트에서 안 살아?"

그때 마침 자장면이 왔다. 아이는 곧 가난에 대해 잊어버리고 자장면을 먹기 시작했다. 입가에 온통 까만 테를 두르며 자장면을 먹는 아이를 바라보면서 형선은 속으로 안도의 숨을 쉬었다.

형선이 기겁을 하게 놀랄 만큼 아이가 가난에 대해 진지한 의문을 갖고 있는 게 아니었기 때문이었다.

형선은 훈이가 잠시 잠깐이라도 가난 같은 걸 체험해서도 안 된다고 생각했고, 가난이 뭔가에 대해 구체적으로 알 필요도 없다고 생각했다. 훈이는 다만 수재로 키워야 하고 귀공자로 키워야 했다. 그럴 만한 조건을 충분히 갖추고 있는 훈이이기도 했다. 엄마 아빠가 다 똑똑한 일류 대학 출신이었고, 친가 외가가 다 살 만했고, 아빠는 대우가 후하기로 소문난 K상사 구매과장이었고, 엄마는 훈이 하나에게만 온갖 정성을 쏟고 또 물질적으로도 넉넉히 기르고자 동생도 낳지 않기로 하고 있었으니까.

"엄마, 나 저금통 깨뜨려도 돼?"

허겁지겁 먹던 자장면을 반이나 넘어 남긴 아이가 물었다.

"저금통을 깨다니?"

"불우이웃 도우려고……"

"불우이웃을 도와? 아유 신통해라, 우리 훈이…… 그런 생각을 어떻게 했지?"

"선생님이 크리스마스 땐 불우이웃돕기를 해야 된다고 말씀하셨어. 근데 엄마, 불우이웃이 뭐지?"

"글쎄다."

형선은 심각하게 고개를 갸우뚱댔다. 우리가 가난하냐고 물었을 때와는 달리 느긋하게 성의 있는 대답을 하고 싶었지만 마땅한 말이 떠오르지 않았다.

"좀더 크면 알게 돼. 넌 아직 불우한 사람을 본 적도 없을걸."

"근데 왜 저금통을 깨뜨려서 도와? 근데 왜 이웃이야? 이웃은 가까운 데 있어야잖아?"

아이는 엄마를 말뚱말뚱 쳐다보면서 한꺼번에 여러 가지를 물었다.

국민학교도 아닌 유치원 다니는 아이의 질문에 막히면 어쩐다지? 그 여자는 별것도 아닌 것에 조바심하면서 이렇게 대답했다.

"그래, 이제야 생각이 나는구나. 슈퍼마켓에서 배달 오는 아저씨 있지? 그리고 우리 아파트 복도나 계단을 청소하는 아줌마, 그런 사람들이 불우이웃이란다."

그 여자는 이렇게 되는대로 꾸며대고 나서 심한 부끄러움을 느꼈다. 그러나 아이의 관심은 벌써 딴 데 가 있었다.

"엄마, 그럼 저금통 깨도 되지?"

"안 돼, 돼지가 배가 잔뜩 불러서 입으로 동전을 토해놓을 때까지 저금하기로 약속했잖아?"

"내일까지 불우이웃돕기 성금 가져오랬단 말야."

"엄마가 줄까?"

"선생님이 그러셨어. 엄마한테 달라는 어린이보다는 자기가 모은 돈을 가져오는 어린이가 훨씬 더 착하다고……"

"엄마가 잔돈으로 줄 테니까 모은 거라고 하면 되잖아."

"그렇게 거짓말 시켜도 돼?"

"거짓말이 아니지. 엄마는 그냥 주는 게 아니고 꾸어주는 거니

까. 돼지저금통이 꽉 차거든 갚는다고 생각해, 알았지? 어째서
훈이가 거짓말 안 시켜도 되는지 알았어?"

이때 밖에서 아이들이 요란하게 훈이를 부르는 소리가 났다.
아이는 생기 있고 장난스러운 표정으로 엄마의 눈치를 보는 둥
마는 둥 밖으로 뛰어나갔다.

그 여자는 아이가 남긴 자장면을 젓가락에 휘휘 말아서 입에
넣었다. 다 식고 불어터진 국숫발이 느글느글하면서 구역질 같
은 게 올라오려고 했다. 그 여자는 눈물마저 그렁해지도록 힘겹
게 그 국숫발을 삼키고 젓가락을 내던졌다. 온몸이 지느러미가
된 것 같은 무력감과 열등감이 엄습했다.

내가 왜 이러지? 그 여자는 자신의 어리석고 갈팡질팡한 엄마
노릇을 스스로 한심해하면서 이렇게 뇌까렸다. 언제부터인지 그
여자는 아내 노릇에 자신을 잃어가고 있었다. 남편과의 사이가
특별히 달라진 건 없는데도 남편이 회사에서 인정받고 업무량과
주량도 함께 늘어나 술타령 아니면 사업타령을 집에까지 몰고
오게 되고부터 그 여자는 자신이 남편에게 과연 어느 만한 의미
가 있는 존재인지를 의심했고 매사에 자신을 잃어갔다.

이런 열등감이 때로는 누가 이기나 보자는 식의 터무니없는
투지로 나타나기도 하고, 엄마 노릇만은 잘해보겠다고 비장한
각오로 나타나기도 했다. 그러나 요즈음 와서 엄마 노릇에 대한
자신감마저 문득문득 흔들릴 적이 있었고, 그럴 때 그 여자는 벼
랑에 선 것 같은 위기의식을 느꼈다.

왕년에 찬란한 시절도 있었건만…… 그 여자는 마치 검부락지라도 잡고 늘어지듯이 위태롭게, 예쁜 꿈과 싱싱한 자신감으로 충만했던 젊은 날을 회상했다. 그 여자는 아직도 젊었음에도 불구하고 자신의 젊은 날을 아득하게 먼 옛날처럼 느꼈고, 돌이킬 수 없는 젊은 날에 대한 절절한 향수로 아린 가슴을 달랠 길이 없었다.

왕년의 그 여자는 미모와 학력과 집안에 대한 자신감과 함께 자신의 능력에 대한 자신감도 아울러 가지고 있었다. 장식미술과를 나온 그 여자는 졸업 후에도 그 방면에 꾸준한 관심을 가지고 공부를 계속했고, 선배가 가지고 있는 가게에서 일거리를 나누어줄 때마다 남다른 성의와 세련된 감각을 발휘해 호평을 받고 있었다.

그러나 결혼하자마자 그 여자는 자신의 거실의 장식 하나도 자신이 신경 써야 할 필요가 없다는 걸 알게 되었다. 양가가 다 살 만하고 또 개혼(開婚)이라 부모들이 각별히 정성을 기울여주기도 했지만, 부모들의 미적 안목도 다 보통 이상이어서 신혼여행에서 돌아와본 그들의 신접살림집은 어느 한 군데도 흠잡을 데 없이 완벽했었다. 그 여자는 남편의 품에 안겨 입주만 하면 됐다.

그때 그 여자는 자기가 결혼 하나는 기차게 잘했다고 새삼스럽게 감탄했었다. 그러나 손끝 하나 까딱할 필요 없이 완벽하게 갖추어진 팔자가 되레 매사에 자신 없는 그후의 무기력증으로 이어지고 있는지도 모를 일이었다.

그 여자는 아이한테 한 자신의 우답(愚答)에 대한 부끄러움과 까닭 모를 불안감으로 온종일 안절부절을 못했다. 초저녁잠이 많은 아이는 저녁도 먹는 둥 마는 둥 목욕을 시켜놓기가 무섭게 잠이 들고 말았다. 아이하고 아빠하고 깨어 있는 얼굴을 맞대본 지가 언젠지 몰랐다.

그 여자는 사업관계라는 명목으로 줄창 늦는 데 대해 너무도 당당한 남편에게 끓어오르는 분노를 느끼다 말고 비로소 인감증명을 떼다놓으라는 남편의 부탁을 까맣게 잊고 있었다는 걸 생각해냈다. 집에 있는 아내에게 대단찮은 잔심부름 같은 걸 시킨 일이 거의 없는 남편의 모처럼의 부탁을 어쩌면 그렇게 까먹을 수가 있었을까? 그 여자는 자신의 건망증에 화를 내다가, 집에 있는 아내에 대한 남편의 필요성이 겨우 인감증명 한 통 뗄 정도의 용무였다는 데로 화를 옮겨갔다.

누굴 심부름센터 줄 아나? 아내가 고작 심부름센터로밖에 안 보인다, 이거지? 그 여자는 이렇게 어거지로 화를 내면서 남편이 들어오면 대판 싸울 것처럼 벼르고 있었다.

아내가 벼르고 있다는 걸 알 까닭이 없는 남편은 얼큰하게 취해서 매우 기분좋게 들어왔다.

"왜 또 뾰루퉁해? 당신은 뾰루퉁할 때 한결 더 매력 있지만 말야."

"내가 뭐 심부름센터 줄 알아요?"

"당신이 심부름센터라니? 아닌 밤중에 홍두깨도 분수가 있지, 생사람 잡지 말아요. 기분좋게 먹은 술이 확 깨잖아."

남편은 정말 술이 깬 것처럼 멀뚱멀뚱한 얼굴로 말했다.

"시침 떼지 말아요."

"당신이 심부름센터라면, 소생은 그 센터의 맨 꼬래비 머슴이외다. 그 말밖엔 할 말 없구먼……"

"낮에 모처럼 집에 전화 걸어서 한다는 소리가 겨우 인감증명 떼놓으란 소리예요?"

"별걸 다 가지고 화내고 있네. 떼다놓긴 하구?"

"깜박 잊었어요. 내일 떼다놓을게요."

그 여자는 잔뜩 벼르고 있었던 깐으론 어이없이 기가 죽어서 종알댔다.

"당신은 꼭 잘못한 게 있으면 먼저 호기를 부리더라. 그건 그렇고, 야단났네. 내일 우리 회사로 가지러 온다고 했는데 서류해들이라는 기간이 내일까지라나봐."

"내일 오전중에 떼가지고 회사로 나갈까요?"

"응, 참 그러면 되겠군. 아니, 그럴 거 없이 당신이 석철이한테 직접 건네주는 게 어떨까? 내가 석철이한테 미리 연락해서 당신하고 밖에서 만나도록 하지 뭐. 서로 모르는 사이도 아니겠다 잘하면 취직 턱으로 점심 살지도 몰라. 당신도 외간 남자와 점심 한끼쯤 같이 하는 것도 기분 전환 겸 괜찮을걸."

그 여자는 외간 남자란 소리에 괜히 흠칫했다. 돌연하고 신선한 전율이었다.

그러나 형선의 내부에서 일어난 이런 일을 절대로 남편이 눈치채선 안 된다고 생각했다. 마치 이물질이 다가올 때 눈을 깜박이는 것만큼이나 본능적인 반사작용이었다.

"당신 왜 그렇게 말버릇이 고약해져요. 장사꾼들을 많이 상대해서 그런가봐?"

"내가 뭐랬게?"

"외간 남자가 뭐예요? 불순하게."

"아니 외간 남자가 왜 불순해? 남편 외의 남자를 통틀어 외간 남자라고 하는 거 아닌가?"

"그보다 훨씬 불순한 뜻이 포함돼 있어요."

"당신 마음이 불순한 거 아냐?"

"어머머, 이이가 못 할 소리가 없어. 달갑잖은 심부름을 시켜놓고 할 소리가 없으니까. 나 정말 그 일 심부름센터 시키고 말 거예요."

형선이가 발끈하자 남편은 허풍스럽게 팔을 저으며 사과를 했다.

"아, 미안, 미안. 당신의 결벽증은 하여튼 알아줘야 한다니까. 그러지 말고 당신이 수고 좀 해주라. 그 꾀죄죄한 친구가 회사에 와서 마냥 기다리고 있는 걸 보는 것도 안쓰럽고 하니까."

"그래서 그 꾀죄죄한 친구한테 자기 아내가 점심을 얻어먹길 바라나요?"

"얻어먹기 싫으면 당신이 한턱 쓰구려. 참, 그게 좋겠어. 그 친구 얼마나 좋아하겠어. 그 친구에게 이 사회의 양지를 열어주는 의미도 겸해서……"

남편은 이렇게 말하고 너털웃음을 웃고는 옷을 훨훨 벗고 욕실로 갔다. 형선은 남편의 샤워하는 소리를 들으면서 종전에 은밀하게 경험한 신선한 전율을 되살려냈다. 외간 남자의 뜻이 좀더 구체적인 게 되었다. 석철이의 부리부리 큰 눈과 구부정하게 큰 키와 울퉁불퉁 세련되지 못한 용모가 야릇한 설렘으로 떠올랐다. 석철은 남편과 대학 동창이었고, 연애 시절 가장 자주 만난 남편의 친구였다. 그러나 결혼하고 나서 집으로 초대한 적은 없었고, 밖에서 우연히 만났던 기억도 없었다. 학교 때의 교우관계가 피차가 속한 세계가 달라짐으로써 뜻하지 않게 소원해진 예일 듯싶었다. 그러나 석철의 때늦은 취직을 남편이 마음으로부터 기뻐하는 걸 보니 지난날의 우정만은 그대로 지니고 있는 것 같았다.

석철이도 그 동안 고생이 많았다니 용모도 많이 변했겠지? 그 동안의 변화를 남편은 꾀죄죄하단 말로 표현했지만 그 말조차 그 여자는 듣기 싫지 않았다. 원래 소탈하던 남편이 종합상사 사원 십이 년 만에 머리끝부터 발끝까지 반들반들해진 데 대한 일종의 반감 때문이었다.

그 여자는 다음날 아침 일찍 깨어났다. 소녀 시절 소풍날 아침처럼 얼른 창 밖의 일기부터 살폈다. 그리고 날씨가 쾌청한 걸 보자 마음속 깊은 곳으로부터 기쁨이 솟구치는 걸 느꼈다. 그 여자의 기쁨은 맥주거품처럼 허황하면서도 짜릿한 약간의 취기를 포함하고 있었다. 내가 왜 이러지? 그 여자는 아직도 단잠에 빠져 있는 남편을 바라보면서 고개를 갸우뚱했다. 그러나 훈이를 깨우려고 아이 방에 들어서면서 뜨끔한 죄책감이 자기가 무엇을 그렇게 즐거워하고 있었나를 일깨워주었다. 외간 남자에 대한 불순한 기대 때문이었다.

훈이를 깨워서 씻기고 먹이고 단장을 시키는 동안 남편도 일어나서 베란다 문을 열고 맨손체조를 하기 시작했다. 상쾌한 아침 바람이 남편의 정발을 보기 좋게 헝클어뜨렸다. 그 여자는 그런 남편에게 눈웃음을 보내면서 말했다.

"당신 아직도 꽤 괜찮은 남자예요."

"그래? 듣던 중 반가운 소린데……"

"당신 사무실에 미녀 많죠?"

"글쎄, 여잘 똑바로 본 적이 없어서."

"아유, 저 엉큼."

"엉큼이 아냐, 솔직한 얘기지."

남편이 표정을 가다듬고, 진지한 얼굴로 말했다. 그 여자는 괜히 가슴이 뜨끔했다.

"참, 당신 친구한테 인감증명 떼다주는 거, 정말 제가 직접 건네야 돼요?"

"그러라니까. 참 내가 지금 여기서 장소랑 시간 약속이랑 하고 나가지. 그 친구한테는, 들르기 전에 전화한다고 했으니까 그때 일러주면 되고. 글쎄 그 친구 아직도 전화도 없이 산다니까."

그러면서 남편은 전에 아내하고 가끔 다니던 레스토랑 이름과 시간을 일러주었다. '세느'라는 꽤 멋 부린 아담한 레스토랑의 이름을 들으면서 그 여자는 괜히 얼굴을 붉혔다.

"세느에서요? 그 꾀죄죄한 남자가 얼면 어쩌라고……"

그 여자는 일부러 시들한 것처럼 투덜거렸다.

"꾀죄죄하댔더니 누굴 촌뜨기로 알아."

남편이 출근한 후, 그 여자는 오랜만에 공들여 화장을 했다. 머리를 드라이어로 손질하다 말고 문득 뒤로 묶고 싶어졌다. 긴 머리를 아무렇게나 뒤로 질끈 동이는 게 그 여자의 처녀적 머리 모양이었다. 그때도 그런 머리가 유행한 건 아니었고 그런 머리 모양이 유난히 그 여자에게 잘 어울렸다뿐이었다. 동그스름하면서 애티 나는 얼굴 모양이 그대로 드러나 남의 시선을 끌었고 그걸 그 여자도 충분히 의식하고 있었다. 다시 머리를 뒤로 넘겨보니 애티는 많이 가셨지만 그 대신 무르익은 요염함이 풍겼고 과일처럼 싱싱한 윤곽이 조금도 이즈러지지 않고 그대로 남아 있었다. 그 여자는 회심의 미소를 짓고 앞머리만 조금 흐트러뜨리고는 나머지를 몽땅 뒤로 묶었다. 옷도 거기 맞춰 유행보다는 캐주얼한 걸 골라 입으니까 훨씬 자유로워졌다.

그 여자가 동회에서 서둘러서 인감증명을 떼고 났을 때도 약속시간까지는 많이 남아 있었다. 버릇처럼 조바심이 엄습했다. 내가 왜 이러지? 이런 위기의식도 거의 버릇 같은 거였지만 이번의 것은 뭔가 감미롭고 새로웠다.

그 여자는 힘겹게 남은 시간을 죽이고 나서 약속시간보다 이 분쯤 늦게 '세느'에 도착했다. 석철은 먼저 와 있었다. 노리끼한 갓을 쓴 아름다운 등이 낮게 드리워진 아늑한 구석자리에서 석철이가 먼저 알아보고 손을 흔들었다. 석철이는 꾀죄죄하기는커녕 점퍼를 아무렇게나 걸쳤을망정 꽤 멋있어 보였고, 남편보다 한참 아래로 보였다.

석철이 활짝 웃으면서 무슨 말을 할 듯 할 듯 하기만 했다.

"취직 축하합니다."

"글쎄요, 축하할 만한 일인지 아닌지는 일해봐야 알죠."

"그이가 얼마나 좋아하는지……"

"그래요? 내가 실직해 있는 동안도 저한테 아쉰 소리는 안 했는데…… 어쩌다 술은 얻어먹었어도……"

"아무리 그래서 좋아하겠어요? 순수한 우정이죠."

"압니다, 그건."

석철이 씽긋 웃더니 마침내 벼르던 얘기가 나올 모양이었다.

"실은 저 방금 속으로 크게 놀라고 있는 중입니다."

"왜요?"

"뭐 타임머신인가 뭔가, 그런 걸 탄 느낌입니다. 들어오시는 걸 보고 깜짝 놀랐어요. 어쩌면 대학 다닐 때하고 똑같습니까? 조금도 안 변하셨어요. 형선씬……"

얼마 만인가? 형선씨란 자신의 이름으로 불리기가. 그 여자는 형선이란 호칭이 자신의 내부에 일으킨 뜻하지 않은 파문에 얼굴을 붉혔다.

"타임머신을 타셨으면 이왕이면 한 오백 년쯤 거슬러올라가시지. 겨우 십 년도 안 되게……"

"한 오백 년이나 거슬러올라가서 누굴 만나게요? 우리 십대조 쯤? 기분 나쁘게 그 늙은이들은 만나 뭐 합니까. 이왕이면 아는 얼굴을 만날 수 있는 시기로 거슬러올라가야죠. 아는 얼굴들이 젊고 아름답고 꿈 많던 시기까지만 거슬러올라갈 수 있어도 저는 만족합니다."

"농담도 잘하셔……"

"인감증명 떼시느라 수고가 많으셨습니다. 제가 점심 한턱 쓰겠습니다."

"제가 취직 축하해드리고 싶은걸요. 저한테 맡기세요."

마침 웨이터가 메뉴를 가져왔다.

"여기서 뭘 먹을 게 있습니까? 나가시죠. 제가 추어탕을 잘하는 집을 알고 있거든요."

"석철씨."

형선은 그를 힘주어 부르면서 웨이터 눈치를 보았다.

"제가 벌써 커피는 한 잔 마셨으니까 자릿값은 충분해요. 나가십시다."

그가 거침없이 큰 소리로 말하고는 앞장을 섰다. 그 여자는 죄지은 사람처럼 웨이터에게 비실비실 웃어 보이고는 부랴부랴 그의 뒤를 따랐다. 뭐 저런 남자가 다 있나 싶으면서도 그의 세련되지 못한 매너가 결코 마음으로부터 거슬리는 건 아니었다.

그는 '세느'를 나와서도 그냥 성큼성큼 앞장서서 걸었다. 마냥 갈 것 같아 뒤에서 소리쳤다.

"어디예요? 멀면 택시를 타든지 해요."

"다 왔어요. 곧이에요."

이러면서 보도블록이 고르지 못하고, 여기저기 더러운 쓰레기통이 아가리를 벌리고 있는 뒷골목을 마냥 걸어갔다. 인감증명을 던져주고 도망치고 싶은 걸 꾹 참고 그 여자는 곤두박질을 치듯이 그의 뒤를 따랐다.

은근한 등불이 낮게 드리워진 정결한 식탁에서 은빛 나이프와 포크를 품위 있게 놀리며 외간 남자와 담소를 즐기고 싶단 꿈은 사라지고 이게 무슨 꼴이람.

그 여자는 화가 부글부글 났지만 그의 널찍한 등에 마냥 이끌리고 있었다.

추어탕집은 비 오는 날, 우산을 활짝 펼 수 있을까가 의심스러울 정도로 좁은 뒷골목에 있는 낡은 한옥이었다. 대문간의 중방이 땅 속에 파묻혀 추녀 끝이 이마에 닿을 정도로 집이 가라앉아 보였다. 그러나 집 속엔 마당이고 마루고 방이고 가릴 것 없이 손님들이 득실거리고 있었고, 주인이나 종업원은 전혀 새로운 손님을 거들떠보지 않았다.

"자리가 없는데 나가죠."

형선은 잘됐다 싶어 뒤에서 석철의 점퍼자락을 끌어당기면서
말했다.

"자리 없다고 나가면 누가 겁낼 줄 알아요?"

석철은 부득부득 안으로 헤치고 들어가면서 퉁명스럽게 말했다.

"누굴 겁주려고 나가자는 게 아녜요. 같은 돈 내고 뭣 하러 이
런 데서 아귀다툼을 하면서 먹어요?"

"아귀다툼도 일종의 무드죠."

"이게 무드라고요? 아이 기막혀."

형선은 자기도 모르게 까르르 웃었다. 석철이 느닷없이 정색
을 하고 형선을 돌아다보았다.

"정말 어쩌면 그렇게 안 변하셨어요, 꼭 소녀 같으십니다."

형선은 그의 부드러운 눈 저 밑바닥에서 반짝 빛나는 불꽃을
본 것처럼 느끼면서 가슴이 짜릿했다. 그런 두 사람을 추어탕 뚝
배기를 받쳐든 계집애가 "비켜요 비켜" 하면서 벽으로 몰아붙이
고는 쏜살같이 문간방 쪽으로 갔다.

하긴, 이것도 무드는 무드지. 이 북새통에서도 추파를 주고받
았으니. 형선은 속으로 이렇게 중얼대며 어깨를 으쓱했다.

"형선씨 이쪽으로 와요. 곧 자리가 날 겁니다. 이만하면 재수
가 좋은 편이에요."

마침 뚝배기 밑을 마지막 한 방울까지 박박 긁고 있는 노동자
풍의 일행을 발견한 석철이 얼른 그 뒤로 가서 줄을 서며 말했
다. 이 다 쓰러져가는 더러운 음식점에서 줄서기라니……, 형선

은 속으로 이렇게 앙탈을 하면서도 여직껏 느껴보지 못한 싱싱하고 새로운 재미가 근질근질 끓어오르는 걸 느꼈다.

석철이 예상한 대로 그 자리는 곧 났다. 마당 구석에 있는 그 자리는 등받이도 없는 나무의자가 앉자마자 씰룩거려 영 불안했고, 탁자는 호마이카가 지도 모양으로 벗겨져서 궁상스러웠다. 그러나 석철은 천하라도 차지한 듯 대견하고 만족스러운 표정으로 종업원을 손짓해 불렀다. 생전 웃음이라곤 웃어보지 않은 것처럼 퉁명스럽게 생긴 계집애가 걸렌지 행준지 모르게 새카맣게 찌든 헝겊으로 탁자를 대강대강 훔쳤다.

"오늘은 특별한 귀빈을 모시고 왔으니까 특제로 해와야 한다. 알았지?"

석철이 오랜 단골인 듯 붙임성 있게 말했지만 계집애는 말도 표정도 없이 빈 뚝배기만 챙겨가지고 부엌 쪽으로 가버렸다.

"벌써 시킨 거예요?"

"네, 방금."

"뭘로 시키셨어요?"

"뭔 뭡니까, 추어탕이죠."

"어머, 그런 법이 어디 있어요? 남의 의견도 물어도 안 보고……"

"이 집엔 추어탕밖에 없어요. 그래도 뭘 드시겠느냐고 물어보고 시키란 말입니까?"

"난 추어탕 같은 거 먹을 수 있을 것 같지가 않네요. 한 번도

222

못 먹어봤어요."

형선은 비로소 남들이 먹는 뚝배기 속을 자세히 넘겨다보면서 난처한 표정을 지었다. 추어탕이란 게 걸쭉하고 시커멓고 탁한 게 마치 서울 변두리의 진흙탕처럼 보였다.

"한 번도 못 잡숴보았다니 안심이네요."

"왜요?"

"적어도 싫어하시는 걸 대접하는 건 아니란 뜻으로요."

"보기만 해도 싫은걸요."

"한 번만 맛을 보고 나면 보기에도 좋아 보일 겁니다. 이 세상에서 가장 맛있는 수프라는 걸 제가 보장하죠. 영양은 또 얼마나 좋다구요. 정력, 피부미용에도 효과가 뛰어나다고들 하더군요."

"굼벵이튀김, 살모사회도 즐기시겠군요."

"천만요. 전 그 흔한 보신탕도 입에 댄 적이 없는걸요. 워낙 개를 좋아하다보니 그렇게 됐죠. 그것 때문에 김군한테 얼마나 비웃음을 산 줄 아십니까? 개를 좋아하는 것 때문에 보신탕을 못 먹는 저를 형편없는 센티멘탈리스트 취급을 하는 거예요. 김군이 보신탕이라면 사족을 못 쓰게 좋아하는 건 형선씨도 아시죠?"

그들 사이에 처음으로 남편이 화젯거리로 등장하면서 형선은 가슴이 뜨끔하고 비로소 현실감각이 되살아났다.

내가 왜 여기 있는가? 시끌시끌하고 무질서하고, 비좁고 구질구질하면서도 이상한 활기에 차 있는 추어탕집에 그녀는 너무도 안 어울렸다. 그녀는 자신을 저만치 떼어놓고 바라보면서 그 이질감에 몸 둘 바를 몰랐다. 그녀가 여기에 오기까지는 뭔가 제정신이 아니었다. 외간 남자와 밀회를 즐기고 있다는 감미로운 도취감이 그녀의 정상적인 분별력을 마비시켰던 것 같다. 형선은 자신이 좋은 남편의 사랑받는 아내란 사실을 한 번도 의심해본 적이 없었다. 그렇다고 자신의 내부에 깊이 파인 빈자리를 모른 척할 수도 없었다. 형선은 남 부러울 것 없는 가정과 성실한 남편을 두고도 외간 남자와 밀회를 즐기고 싶어하는 자신을 특별히 음란한 여자라고는 생각 안 했지만, 오랫동안 밀봉해놓은 공허감을 들여다본 느낌은 역시 공포스러웠다.

내가 왜 이런다지? 그런 공허감이란 차라리 모른 척하는 게 수였다. 자신의 내부에 그런 게 있다고 일단 의식하자마자 그 빈자리는 단박 그 영역을 확대해서 그녀는 빈 껍데기만 남은 것처럼 허전한 무력감을 느꼈다. 추어탕 뚝배기가 왔다.

"왜 그렇게 맛없게 먹어요? 이 맛있는 걸……"

석철이 혼자서 맛있게 먹다 말고 웃으면서 말했다. 형선은 자신이 추어탕을 먹고 있다는 것조차 의식하지 못하고 두어 숟갈 뜨다 말고 역시 웃으면서 그를 마주 보았다. 그리고 석철의 건강하고 식욕적인 얼굴이 눈부셔서 눈을 내리깔았다. 걸쭉한 추어탕 속에 가득 들은 고사리, 숙주, 우거지 등이 진탕 속의 잡동사니처럼 볼품없었지만 그녀는 그것을 먹지 않으면 큰일날 것처럼 젓가락으로 허둥지둥 건덕지를 건져올렸다.

"국물이 더 맛있어요. 영양도 국물에 더 많구요."

석철이 웃으면서 말했지만 그녀는 어른의 명령에 순종하는 착한 아이처럼 억지로 국물을 몇 숟갈 뜨다 말고 그를 마주 보았다. 처음엔 수줍게, 점점 뚫어지게 바라보기 시작했다.

"왜 취직을 하려고 해요?"

형선의 당돌한 시선과 질문에 석철은 좀 당황한 것 같았다.

"남들이 다 하는 거 아닙니까?"

"취직 안 하믄 살기가 힘든가요?"

"먹고사는 거야 그럭저럭…… 와이프가 조그만 가게를 하니까요. 그렇지만 오래 노니까 사내 꼴이 영 말이 아니게 구겨지는 거 있죠?"

"취직해서 돈 잘 버는 사람들보다 훨씬 덜 구겨졌어요."

"네?"

"아, 아녜요, 신경 쓰지 마세요."

그녀는 허둥대면서 일어섰다. 그리고 사람들 사이를 혼자서 헤집고 나와 대문간에 놓인 카운터에서 추어탕값을 치렀다.

"이러는 법이 어디 있어요? 자존심 상하게스리……"

뒤따라 나온 석철이 정말 화난 것처럼 눈을 부라렸다.

"그까짓 점심값쯤 누가 내든 상관있어요? 석철씨답지 않게 자존심까지 상할 건 또 뭐람."

"오랜 실직자의 자존심은 그런 거랍니다. 인감증명이나 이리 내요. 그리고 도장도요."

그는 골목에서 서류를 꺼내 도장을 꾹꾹 찍고, 인감증명과 함께 안주머니에 챙겼다. 그런 일은 다시 다방에 가서 차라도 한잔 나누면서 하는 게 예의일 듯싶었으나 형선은 다방 가잔 소리를 먼저 하기가 싫었다. 그게 형선의 자존심이었다.

"요다음엔 내가 꼭 점심 살 테니 거절하지 말아요."

석철은 자기 볼일을 끝내자 급히 저 갈 길을 가면서 퉁명스럽게 한마디 했다. 사내가 옹졸하긴, 생긴 게 아깝다. 형선은 그의 훤칠한 뒷모습을 배웅하면서 이렇게 중얼거렸다.

그녀는 오는 길에 단지 내의 쇼핑센터에 들렀다. 바퀴가 달린 손수레를 끌면서 이것저것 닥치는 대로 사서 쌓아올렸다.

"뭘 그렇게 많이 사요? 무슨 날인가봐?"

낯익은 이웃집 여자가 물었다.

"무슨 날이긴요. 아녜요. 일 주일치를 한꺼번에 사느라고 그래요. 매일매일 장을 본다는 건 시간낭비거든요."

그녀는 더 쌓을 수 없이 쌓아올린 상품을 끌고 계산대 앞에 줄을 섰다. 그녀 차례가 되어 가계수표로 계산을 하고 물건을 배달을 시켰다.

집은 훈이가 친구들하고 노느라 심하게 어질러져 있었다. 친구들이 흩어지자 훈이는 집에 먹을 게 아무것도 없다고 칭얼대며 엄마를 조르기 시작했다.

"훈아, 곧 슈퍼에서 버달이 올거야. 엄마가 훈이 집 잘 본 거 칭찬해주려고 훈이 좋아하는 것만 잔뜩 샀단다."

그러나 슈퍼에서 배달 온 물건은 훈이가 좋아하는 것과는 얼 토당토않은 것들뿐이었다. 그렇다고 일 주일의 식단을 고려한 짜임새 있는 반찬거리도 아니었다. 그녀도 자신이 왜 그런 것들을 잔뜩 샀는지 도저히 이해할 수가 없어서 멀거니 산더미 같은 잡동사니들을 내려다만 보고 서 있었다.

응석꾸러기로 자란 훈이는 당장 발버둥질을 치면서 울기 시작했다. 형선은 자기가 무엇에 정신이 팔려 그런 실수를 했을까에 생각이 미치자 심한 부끄러움과 낭패감에 사로잡혔다. 그녀는 훈이에게 달려들어 엉덩이를 까고 철썩철썩 치면서 자신도 이해할 수 없는 소리를 중얼댔다.

"요 녀석 버르장머리를 내 오늘 당장 고쳐놓고 말 테다. 집에 무서운 사람이 없으니까 아이 버리겠다니까. 아이 속상해, 아이고 내 새끼."

그녀는 울상이 되어서, 까무러치게 우는 훈이를 와락 껴안고 엉덩이를 부비면서 미안하다고 사과를 하기 시작했다. 아이가 제풀에 울음을 그치고 바지를 올릴 때까지도 그녀는 누구에게 사과를 하고 있는지도 의식 못 한 채 다만 사과 그 자체에 깊이 몰두하고 있었다.

"엄마 왜 그래?"

훈이가 먼저 눈물에 얼룩진 얼굴을 쓱쓱 문지르고 물었다. 아이는 처음으로 맞아본 매건만 별로 충격을 받은 것 같지 않았다. 그런데 그녀는 그렇지가 못했다. 그녀는 안 하던 짓만 하는 자기 자신을 도무지 수습할 수 있을 것 같지가 않았다. 그녀는 한 일도 없이 탈진해서 맥을 놓고, 슈퍼에서 쏟아놓고 간 터무니없이 많은 잡동사니들을 물끄러미 바라보았다. 그리고 중얼댔다.

"모든 게 뒤죽박죽이로군."

그녀 눈엔 도대체 왜 샀는지 모르겠는 그 잡동사니뿐 아니라, 그녀의 살림 전반이, 아니 그녀 마음속이 갈피잡을 수 없을 정도로 엉켜 있는 것처럼 보였고, 그걸 수습할 가망은 도저히 없다고 생각했다.

"엄마, 나 돈."

훈이가 언제 얻어맞았더냐 싶게 티 없는 얼굴로 비시시 웃으면서 손을 내밀었다.

"돈? 뭐 하게?"

"배고파. 치킨 사먹을래."

"돈은 안 돼. 전화 걸어서 배달시켜줄게."

"딴 애들은 다 새로 생긴 치킨센터에 가서 먹는단 말야. 감자튀김이랑 밀크셰이크랑 같이 먹어야 맛있단 말야. 흐응 엄마……"

훈이는 끈덕지게 졸랐다.

"안 된다니까, 돈은……"

형선이 날카롭게 악을 썼다.

"씨이— 좋아, 아빠한테 일러줄 테니까."

아이의 입가에 교활한 웃음이 떠올랐다. 눈빛에도 그녀가 처음 보는 아이답지 않은 눈치와 계산된 짓궂음 같은 게 반짝이고 있었다. 그녀도 흠칫했다. 가슴이 다 울렁거렸다.

"이른다니? 뭐얼? 도대체 뭘 이른다는 거야?"

그녀는 엄마의 체통도 깜박 잊고 같은 또래처럼 정식으로 맞서서 대들었다.

"엄마가 나 때린 거. 지금도 아프단 말야. 아빠 오실 때까지 아플 거란 말야."

훈이도 지지 않고 대들었다.

"난 또 뭐라고……"

그녀는 마음을 놓으면서 열쩍게 웃었다. 훈이를 때린 것 말고도 크게 잘못한 일이 있는 것처럼 여기고 있는 자신이 딱해서였다. 난 아무 잘못도 없어. 석철이를 만난 건 남편의 허락, 아니부탁에 의해서고, 만나서 즐거웠던 것도, 점잖지 못한 일이 있었던 것도 아니잖아. 그녀는 자신을 이렇게 설득하려 들었다. 그러나 이런 자기 변명이 먹혀들려면 좀더 뻔뻔스러워져야 될 것 같은 이상한 생각이 자꾸만 들었다. 그녀는 혼자 있고 싶었다.

"치킨센터에서 꼭 치킨을 먹고 싶으면 갔다 오렴. 이번 한 번만이다, 알았지?"

그녀는 아이에게 돈을 주어서 내보냈다. 혼자가 되자 석철이하고 있었던 일이 아무것도 아닌 일이 되기는커녕 감미로운 죄의식이 되어 그녀를 매우 산란하게 했다. 내가 왜 이런다지? 자기도 모르게 못된 주사라도 맞은 것처럼 온몸의 피돌기가 못된 피로 바뀌어버린 것 같았다. 그렇다고 그녀가 여직껏 남편 외의 남자하곤 눈 한 번 못 맞춰봤다고 할 만큼 폐쇄적인 생활을 해온 것도 아니었다. 그녀는 80년대 아파트 단지의 보통의 주부였고, 그녀의 남편은 보통 남편들보다도 많이 개방적인 생각을 가진 남자였다. 아내하고 같이 외출할 때는 아내가 될 수 있는 대로 남자들의 시선을 끌게 멋지고 젊게 차리길 바랐고, 그가 아내의 미모와 젊음에 찬사를 보내고 싶을 때 즐겨 쓰는 말도 "당신 아직도 연애 몇 번 더 할 수 있겠는데"라는 주책스러운 농담이었다.

지난해만 해도 이런 일이 있었다. 남편이 출장지 부산에서 전화를 걸어왔다. 볼일이 예정보다 빨리 끝났으니 아내더러 내려와서 하루 이틀 같이 쉬자는 전화였다. 그녀는 훈이를 친정에 맡기고 부산행 새마을호를 탔다. 운수좋게도 옆자리에 꽤 괜찮은 청년이 앉아서 그녀에게 지대한 관심을 보였고 그녀는 옳다구나 처녀 행세를 하면서 부산까지 갔다. 덕택에 혼자 여행이 전혀 지루하지 않은 즐거운 여행이 되었고, 그녀는 남편에게 그 사실을 조금도 감추지 않고 낱낱이 고해바침으로써 자칫 심심할 수도 있는 구혼(舊婚)여행에 알맞은 자극제로 삼았었다.

그때 일에 비하면 석철이와의 만남은 만남이라기보다는 사무적인 심부름에 불과했다. 그런데도 그 단순한 사건 속엔 음험하고 짜릿한 무엇이 있었다. 만지면 데일 듯한 불의 예감이 있었다. 그건 사건이 아니기 때문에 말로 표현할 수가 없었고 따라서 남편에게 고백할 수도 없는 거였다.

문제는 거기 있었다. 말로는 할 수 없으되 있기는 분명히 있는 거가 문제였다. 고백을 할 수 없으니 그건 비밀이 될 수밖에 없지 않은가. 여직껏 비밀이라는 걸 두지 않고 살아온 부부사이에 처음으로 비밀을 의식하자 앙큼스럽게도 그걸 감쪽같이 몰래 간수해야겠단 생각부터 들었다.

그녀는 서서히 표면상의 평정을 되찾았다. 슈퍼로부터 배달된 물건들을 부엌, 욕실, 다용도실 등에 분류해서 챙겨넣으면서 혼자서 이렇게 변명 겸 자위를 했다.

"생판 못 쓸 걸 산 건 아니었어. 당장 필요한 게 아니다뿐 두면 다 요긴하게 쓸 것들이거든."

다시 한번 슈퍼마켓에 갔다 와서 저녁 준비를 끝마치고, 석간신문을 뒤적이고 있으니까 속속들이 평정을 회복한 것 같았다. 정치면 사회면은 늘 어수선하고 흉흉해서 그녀는 대충 훑어만 봤다. 그녀는 자신의 상식으로 이해할 수 없는 걸 억지로 파고드는 성미가 아니었다. 그러나 올 봄 여름엔 넉넉하고 우아하고 주름과 프릴이 담뿍 든 복고풍의 의상이 유행하리란 가정란은 주의 깊게 읽었고, 새로운 요리법도 머릿속으로 대강 익혔다.

"호오, 당신 머리 모양이 웬일이야? 십대의 계집애 같잖아."

퇴근한 남편이 깜짝 놀라면서 물었다. 아내를 구속하지 않는 대신 자상치 못한 면도 많은 남편이건만, 형선의 뒤로 묶은 머리 모양만은 단박 알아보았다. 그녀는 석철을 만났을 때의 머리 모양을 미처 원상복구시켜놓지 않은 자신의 실수에 놀라서 어쩔 줄을 몰랐다. 그 대단치 않은 게 마치 부정의 단서라도 되는 양

창피스럽고 은근히 겁까지 났다. 그녀는 허둥지둥 머리를 묶은 끈 먼저 풀면서 전혀 딴청을 부렸다.

"당신 훈이 좀 때려주셔야겠어요. 저 녀석이 오늘 어쩌나 말을 안 듣는지, 생전 처음 매를 좀 들었더니 글쎄 아빠한테 이르겠다고 되레 나를 위협하지 뭐예요. 매 안 들고 자식 기르겠다는 건 이상이지, 매 들 땐 들어야겠습니다. 아빠가 기강을 좀 세우세요."

"엄만 참 이상하다."

옆에서 다 듣고 난 훈이가 고개를 갸우뚱거리며 중얼댔다.

"뭐가 훈아?"

그녀와 남편이 동시에 물었다.

"엄마가 나 때린 거, 비밀로 해달라고 돈까지 주어놓고서 엄마 입으로 비밀을 폭로하면 어떡해?"

"뭐라구? 저 녀석이 지금 무슨 소릴 하는 거야."

형선은 아이에게 눈을 흘기면서 남편한테 사건의 경위를 설명했다. 남편은 훈이를 끌어당겨 매 맞았다는 엉덩이를 까고 쓱쓱 쓸어주면서 형선을 놀렸다.

"훈아, 느네 엄만 그렇게 바보란다. 비밀을 아무나 갖는 게 아니거든. 느네 엄마 같은 바보는 비밀도 못 가져. 그치?"

"당신도 참, 아이 데리고 잘하시우, 잘해."

그러나 속으론, '내가 비밀을 못 가진다구요? 비밀을 남이 눈치채면 그건 벌써 비밀이 아닐걸요. 바보는 당신이고 내 비밀은 감쪽같아요' 이러고 있었다. 그리고 자기의 내부가 이미 허전하게 비어 있지 않음을 느꼈다. 비어 있기는커녕 비밀이 옥시글옥시글 새끼를 쳐 터질 듯이 충만했다.

그날 밤, 사랑의 행위가 끝난 뒤에 남편이 감탄하듯 말했다.

"당신은 참말로 무궁무진한 여자란 말야. 오늘밤에 당신은 전혀 새로운 불덩어리였거든."

그제서야 그녀는 자기가 남편에게 안겨 있는 동안 내내 석철이를 환상했음을 깨달았다.

"몰라요, 몰라."

그녀는 응석 부리듯이 앙탈을 하면서 남편의 가슴에 깊이 파고들었지만 속으론 두려워하고 있었다. 그 비밀만은 정말 무서웠기 때문이다. 그러나 무서움을 지우고저 파고든 남편의 가슴에서 되레, 그녀는 아찔한 벼랑을 보고 있었다. 남편은 곧 편안히 코를 골았지만 그녀는 오래도록 아슬아슬한 벼랑 끝에 서 있었다.

다음날 형선은 남편을 출근시키고 나서 온 집 안을 털고 쓸고 닦았다. 베란다에 물도 끼얹고 유리창도 닦았다. 옷장 정리까지 하고 나서 몇 년 안 입고 장롱 차지만 하던 옷들을 한 보따리 싸서 '필요한 분에게 드림'이란 꼬리표를 달아 현관문 밖에 내놓기도 했다. 모든 일을 다 끝냈건만 아직 오전중이었다. 가슴이 터질 듯한 답답증이 그녀를 엄습했다. 혼자 있는 게 두려웠다. 출근한 남편과 유치원 간 훈이가 영영 안 돌아올지도 모른단 생각이 들었다.

그들이 안 돌아오면 나는 저 세상과 무슨 관계가 있단 말인가?

그녀는 거실 한가운데 우두커니 서서 바깥세상을 바라보며 생각한다. 바깥 녹지대엔 봄이 무르익을 대로 무르익어 어딘지 헤프고 위태로워 보였고, 곧바로 바라보이는 아파트 진입로엔 많은 차와 사람들이 왕래하고 있었다. 세상은 바쁘고 잠시도 쉬지 않고 움직이고 있었다. 그러나 움직임과 나와 무슨 상관이란 말인가. 남편과 아이가 세상의 움직임과 나를 이어주고 있을 뿐 직접적으론 아무 상관이 없는 세상이 아닌가. 만약 남편과 아이가 안 돌아온다면 나는 곧 잊혀져서 이 세상과 아무런 상관이 없게 된다.

　그녀는 우두커니 서서 고작 그런 생각을 했다. 여직껏 한 번도 해본 적이 없는 그런 황당한 생각이 그녀를 위축시키고 마침내는 콩알처럼 티끌처럼 왜소하게 만들었다. 그녀는 눈을 감고 흔들의자에 앉았다. 나는 얼마나 보잘것없는 존재인가. 그녀는 울고 싶었지만 눈물이 나진 않았다.

　훈이가 돌아왔다. 빨간 유치원 모자를 쓰고 빨간 유치원 가방을 멘 훈이는 언제나처럼 명랑하고 시끄럽게 돌아왔다.

　현관에서 모자와 가방을 벗어 안쪽으로 멀리 던지기를 하면서 오늘 배운 노래를 목청껏 불렀다.

　"코끼리 한 마리가 거미줄에 걸렸네. 재미나게 그네를 탔다네…… 엄마 나 배고파."

　형선은 아이를 와락 껴안았다. "돌아왔구나 내 새끼, 안 돌아올 줄 알았어." 그녀는 자기도 모를 소리를 웅얼댔다. 아이는 그

이상한 말귀를 알아들으려 하지 않고, 몸을 비틀고 빠져나가 냉장고 문을 열었다.

형선은 그 소리를 들으면서 잠시 놓쳤던 생활의 질서가 제자리로 돌아온 것처럼 느꼈다.

아무것도 달라진 건 없어. 그녀는 누구에겐가 타이르듯이 이렇게 소리내어 말하면서 콜라병을 따서 아이에게 주고 그녀도 한 컵 마셨다. 표면상 달라진 건 아무것도 없었다. 그녀는 달라지려는 것이 자신뿐이라는 걸 인정하고 싶지가 않았다.

훈이와 점심을 먹고 난 그녀는 저녁 찬거리를 사러 나가기 전에 메모를 하기 시작했다. 어제 같은 실수를 할까봐서였다. 살 것도 몇 가지 안 되는데 그녀는 아주 오래 걸려서 메모를 했다. 한심한 친구 같으니라구. 그녀는 어깨를 움찔하면서 맥 빠진 얼굴을 했다. 찬거리 메모도 이렇게 힘이 드니 앞으론 편지 한 장 제대로 못 쓸지 모른단 생각이 들었다.

"훈이 엄마시죠?"

쇼핑센터에서 바퀴 달린 수레에다 물건을 잔뜩 싣고도 뭔가를 자꾸만 더 주워담고 있던 여자가 형선에게 아는 척을 했다.

"네, 그런데요."

형선은 그 여자가 누구 엄마라는 게 생각나지 않는 게 미안해서 어쩔 줄을 몰랐다.

"훈이가 뭐라고 안 해요?"

"왜, 우리 애가 뭘 잘못했나요?"

"잘못하긴요. 유치원에 잡부금이 너무 많다고 생각 안 하세요? 모르실 거예요. 첫애시니까. 학교도 아니고 유치원에서 환경미화값을 가져오라는 건 너무했어요. 안 그래요?"

"그렇군요."

그 여자가 수레를 밀고 가버렸다. 형선은 그 여자 얼굴을 곧 잊어버렸다. 그러나 마냥 떠벌릴 것 같은 기운찬 목소리는 어떤 사람들의 모임에서도 가려낼 수 있을 것 같았다.

그녀는 메모한 대로 다 사고 나서 돌아오는 길에 꽃을 한 묶음 샀다. 셀로판지 속에 다소곳이 오므리고 있는 수선화를 열 송이 샀다. 문득 너무 정교한 게 생화가 아닐지도 모른단 생각이 들어서 코에 갖다대고 향기를 더듬었다. 아무 냄새도 안 났다. 그녀는 별것도 아닌 일에 초조해져서 셀로판지를 벗겨냈다. 꽃송이는 하나같이 셀로판지를 벗겨내자마자 단박 활짝 피어버렸다. 그러나 향기는 없었다. 셀로판지가 가두어둔 건 꽃의 개화(開花)였을 뿐 향기는 아니었다. 그녀는 괜히 낭패스럽고 우울해서 꽃을 쓰레기통에 던져버리고 싶었다.

문득 미장원 간판이 눈에 띄었다. 기분 전환을 하고 싶을 땐 뭐니뭐니 해도 머리 모양을 바꾸는 게 제일이야, 라고 하던 친구의 말이 떠올랐다.

형선의 단골 미장원은 시내에 따로 있었지만 당장 머리 모양을 바꾸고 싶단 생각을 걷잡을 수가 없었다. 아니, 그건 어떡하든 기분 전환을 하지 않으면 큰일날 것 같은 일종의 위기의식이었다. 그녀는 망설이지 않고 미장원 문을 밀고 들어갔다. 손님이 없는 한산한 미장원이어서 아가씨가 셋이 한꺼번에 반색을 하며 형선을 맞아들였다.

형선은 의자에 앉아서 거울 속에 비친 자신의 모습을 뚫어지게 바라보았다.

"올리시게요?"

미용사가 형선의 긴 머리를 손바닥으로 쓸어보면서 물었다.

"아, 아뇨, 커트를 치려구요."

형선은 깜짝 놀란 듯이 소리쳤다.

"이 좋은 머리를요? 파마가 길이 잘 들어서 참 보기 좋은데요."

미용사가 고운 비단결 어루만지듯이 가만가만 머릿결을 쓰다듬으면서 말했다.

"자르고 싶어요. 앞으로 날씨가 더워지면 긴 머리가 여간 거추장스럽거든요."

"정 더우면 뒤로 동여매세요. 가끔 올리셔도 보기 좋을 것 같은데……"

"아뇨, 쇼트 커트로 치겠어요."

형선은 성난 목소리로 단호하게 말했다.

"어떻게 칠까요? 단발 커트가 어울릴 것 같은데요."

"아뇨, 상고머리 커트로 쳐주세요."

부드럽고 윤기나는 암갈색의 웨이브가 뭉턱뭉턱 잘려나갔다. 그녀는 미용사가 다발을 만들어 한편에 챙겨놓은 자신의 머리칼을 어떤 아름답고 앙큼한 짐승의 꼬리 같다고 생각했다. 미장원을 나오려는데 미용사가 형선이 잊고 있던 수선화 꽃다발을 챙겨주었다.

"가지세요."

형선은 무뚝뚝하게 말하고 뒤도 안 돌아보고 그곳을 벗어났다. 밤늦게 술이 거나해서 돌아온 남편은 그녀의 달라진 머리 모양을 알아보지 못했다. 자리에 들면서 말했다.

"참, 아까 퇴근 무렵에 석철이가 전화했더군. 어제 당신한테 너무 수고를 끼쳤다고. 일간 한턱 내겠대. 난 빼고 당신한테만. 저도 앞으로 돈 좀 벌어야겠다나. 당신을 보니까 그런 생각이 나더래. 왠 왜겠어? 당신이 남편을 잘 만나 하나도 안 늙은 걸 보니까 지도 속이 좀 상했겠지."

남편은 곧 잠이 들었다. 그러나 형선은 온종일 힘겹게 가라앉혀놓은 기분이 별안간 걷잡을 수 없이 들떴다. 기분이란 못된 벌레나 세균 같은 건가? 멋대로 요동을 치고 번식하는 걸 느꼈지만 그녀는 도무지 속수무책이었다.

일요일인데도 남편은 외국 손님과 상담이 있다고 나갔다. 남편의 옷차림으로 봐서 일요일의 상담이란 실질적인 거라기보다는 관광과 쇼핑 안내를 통한 부드러운 친교가 목적인 것 같았다.

"나도 좀 데려가면 안 돼요?"

형선은 안 하던 투정을 부리며 뾰로통했다.

"당신을?"

남편도 의외인 듯 높은 소리를 내며 아내를 되돌아보았다.

"왜 그래요? 나를 외국 사람 앞에 내놓기가 창피한가요?"

"미쳤어, 창피하긴, 곤란하지. 내가 당신을 그런 잡종들한테 눈요기로 내놓을 성싶어?"

"뭘 그렇게 까다롭게 생각하려고 그래요? 내가 남의 눈요기가 되기도 하고 나도 색다른 사람들 만나서 눈요기를 하기도 하는 게 소위 사교라는 거 아닌가요?"

"듣기 싫어. 아무리 벌어먹고 사는 일이 중요해도 여편네 내세 워 사업상의 사교를 할 마음은 손톱만큼도 없으니까."

형선은 괜히 한번 해본 소리를 가지고 필요 이상 심각하게 받 아들이고 언성을 높이는 남편이 완고하기보다는 믿음직스러워 서 배시시 웃고 입을 다물었다. 남편은 부부동반의 모임 아니더 라도 친구들 앞에 아내하고 동반하기를 즐기고, 또 아내 혼자만 의 시간에 대해서도 꼬치꼬치 따지지 않는 대범하고도 개방적인 성격이었지만 사업상의 목적으로 아내를 내세운 적은 여직껏 한 번도 없었다.

남편이 나가자 형선은 속으로 내가 시집 하나는 잘 왔거든, 생 각하면서 어깨를 으쓱했다. 그러나 화창하게 무르익은 봄날이 그녀 앞에 무료하게 펼쳐져 있다는 걸 생각하니 곧 우울해지고 말았다. 이번 일요일을 남편하고 보낼 특별한 계획을 가지고 있 었던 건 아니지만 일요일에도 자기 일이 있는 남편이 밉살스럽 고 질투하는 마음까지 생겼다.

내가 왜 이런다지? 형선은 다시 문득 벼랑에 선 것 같은 위기의식을 느꼈다. 착하고 유능한 남편, 건강한 아들, 탄탄한 경제력 등 반석같이 든든한 가정을 가진 나에게 이런 느낌은 도대체 어디서 오는 방정맞은 느낌이란 말인가? 그녀는 누가 툭 건드리기만 해도 깊이 모를 나락으로 떨어져버릴 것 같은 느낌에 진저리를 쳤다.

그때 전화벨 소리가 났다. 남편을 찾는 석철의 부드러운 저음이 들렸다.

"외출했어요."

형선은 쌀쌀하게 대답했다.

"혼자서 말입니까? 오늘같이 좋은 날."

"외국 손님과 상담이 있는 것 같았어요."

"그 친구 돈 버는 일밖엔 모른단 말야. 할 수 없죠 뭐. 형선씨 혼자라도 안 나오시겠어요? 점심이나 함께 하게요."

"네?"

석철의 돌연한 초대에 형선은 지조도 없이 가슴이 두근대는 걸 드러내지 않으려고 일부러 못 알아들은 척했다.

"취직 턱으로 점심이나 같이 하려구요. 그 친구하고 만날 기회야 벌써 만들 수 있었지만 형선씨하고 같이 초대하고 싶어서 차일피일하다가 그만 이렇게 늦었습니다. 양해해주십시오."

그러고 나서 형선의 승낙 같은 건 문제삼을 것도 없다는 듯이 일방적으로 만날 장소를 말하고 나서 전화를 끊는 것이었다. 때

늦은 취직으로 사회생활 경험이 얕다는 걸 감안해도 너무 에티켓을 모르는 친구였다.

"누가 점심을 못 먹어 걸신이 난 줄 아나."

석철이 점심을 사겠다는 데는 서울 시내를 한참 벗어나 통일로 연변에 있는 어떤 갈빗집이었다. 형선이네 아파트가 강남의 동쪽 끝에 있다는 걸 조금이라도 생각했다면, 차라도 보내줄 형편이 된다면 모를까 그럴 수는 없는 일이었다. 그러나 형선은 초대에 응하지 않을 듯이 투덜대면서도 거울 앞에 앉아서 열심히 얼굴을 매만지고 있었다.

그에게 인감증명을 건네주던 날 생각이 났다. 그날도 그는 그녀의 의견 같은 건 아예 무시하고 좁은 뒷골목을 성큼성큼 앞장서서 어떤 더럽고 북적대는 추어탕집으로 데리고 가지 않았던가. 그때의 석철의 약간 구부정한 듯 큰 키와 널찍한 등판과 걸음나비가 넓은 남자다운 걸음걸이를 생각하며 형선은 얼굴을 붉혔다. 창 밖은 화창한 오월이었다. 아파트 앞 녹지대의 신록은 미묘하게 살랑이며 햇빛을 금가루처럼 잘게 부수고 있었다. 앉은뱅이도 춤을 추러 나가고 싶을 만큼 좋은 날이었다.

핑계가 없어 못 나가지 초대에 응하지 않을 까닭이 없었다. 더구나 초대 받을 만해서 받는 떳떳한 초대였다.

형선은 옷을 갈아입다 말고 며칠 전에 머리를 짧게 잘라버린 걸 후회했다. 그리고 그녀의 긴 머리와 싱싱한 미모를 찬탄의 눈초리로 바라보던 석철의 준수한 얼굴을 떠올렸다. 비록 더러운 추어탕집에서일망정 석철의 부드러운 눈 저 밑바닥에서 반짝 빛나는 불꽃을 본 것처럼 느끼는 순간 그녀는 얼마나 황홀했던가? 그때의 기억을 잊지 못하고, 그때 덧없이 지나간 어떤 의미 있는 순간을 이어보려는 속셈이 있는 한, 그의 초대가 아무리 떳떳한 명분이 있는 것일지라도 응하지 않는 게 옳을 것 같았다.

'내가 석철의 초대에 응하지 않은 걸 알면 남편이 화낼 거야. 남편이 화를 내면 나는 뭔가를 설명해야 하는데 실상 석철과 나 사이에 설명해야 할 그 무엇이 있는 건 아니잖은가. 담담하자. 석철이 취직할 때 진 작은 신세를 갚고 싶어하고 있고, 그걸 굳이 안 받는다는 건, 되레 모욕이 될지도 모르니까 담담하게 점심이나 한끼 얻어먹고 들어오자.'

형선은 얼른 이렇게 자신의 망설임을 떨치고 일찌거니 집을 나섰다. 워낙 먼 거리이기도 했지만 아직 훈이에게 집을 보게 하는 것보다 맡기고 가는 게 나을 것 같아서였다. 같은 단지 내에 살면서 아쉬울 때 서로 아이를 맡기기로 하고 있는 유치원 자모네에다 훈이를 맡기기 위해 형선은 먼저 케이크랑 과일을 넉넉히 샀다.

"어머 훈이 엄마, 머리 그렇게 자르니까 참 보기 좋다. 나도 상고머리 커트 쳐볼까?"

"기분 전환 겸 한번 잘라봤다가 김만 샜다우."

"왜? 왜? 훈이 아빠가 뭐라고 그러십디까?"

"뭐라고 그러면 좋게요? 글쎄, 자른 것도 못 알아보더라구요."

"그러면 그렇지. 난 또 훈이 엄마가 머리 때문에 야단이라도 맞은 줄 알고 지금 막 샘내려고 했다니까. 남자들은 다 그래요. 우리 남편은 아마 내가 빡빡 삭발을 해도 모를걸. 그러니까 우리끼리 알아보면 되는 거라구요. 남편들은 제쳐놓고 우리끼리 예뻐졌다고 놀라고 젊어졌다고 놀라고 그럽시다 뭐."

"그럼 다녀올게요. 갔다 올 데가 좀 머니까 서너 시간은 잡아야 할 거예요."

"그래? 이러단 내가 밑지겠는데, 좋아 난 모아뒀다가 우리 두 아이 다 맡기고 아주 여행을 다녀올 테니까."

훈이를 맡아주기로 한 여자와 이렇게 한바탕 수다를 떨고 나서 어렵게 택시를 잡아타고 앉아서 형선은 다시 화장을 고치려고 했다. 입술이 윤기가 없어 메말라 보이는 대신 눈에 지글대는 열기 같은 게 느껴져 형선은 못된 짓을 하다 들킨 것처럼 얼른 콤팩트를 닫았다.

정확하게 정각에 갔는데도 석철은 베란다에 마련한 자리에 무료한 듯이 앉아 있었다. 둘레의 아름다운 신록과 숨이 막힐 듯이 짙은 라일락 향기 때문인지 석철의 말쑥한 신사복 차림이 어색해 보였다.

"아름다운 고장이군요."

"처음이십니까?"

"이 동네 갈빗집은 몇 번 와봤는데 이 집은 처음이에요."

"벽제 쪽이 어떻게 갈비로 소문난 고장이 됐나 모르겠어요."

"벽제뿐인가요? 영동, 태능, 홍능, 수원, 많고많은 게 갈빗집이죠."

"아주 큰맘 먹고 갈빗집으로 초대했는데, 많고많은 게 갈빗집이라니까 무안해지려고 하는데요."

"석철씨도 무안탈 줄 알아요?"

"영구 그 친구 못쓰겠는데."

형선은 석철이가 입에 올린 남편의 이름에 흠칫 놀라면서 물었다.

"왜요?"

"영구가 저를 심장에 털 난 친구로 형선씨한테 고해바친 거 아닙니까? 그렇지 않고서야 형선씨가 저에 대해 뭘 안다고 무안도 탈 줄 모른다고 단정을 할 수 있겠습니까?"

석철은 어디까지나 농담으로 유들유들 말했음에도 불구하고 형선은 얼굴에 모닥불을 담아붓듯이 부끄러웠다. 처녓적부터 남편을 통해 안면을 알고 있는 정도의 남편 친구를 너무 속속들이 아는 사이처럼 대했다는 걸 깨달았기 때문이다. 그래, 내가 과연 그에 대해 뭘 안다고 할 수 있을 것인가?

"오늘 실은 아내하고 같이 나오려고 했는데 일이 공교롭게 되어버리고 말아서 저 혼자 나왔습니다."

"공교롭게 되다니요?"

"오늘 아침 영구가 벌써 나갔다는 걸 알고 약간 김이 빠질 무렵 아내에게도 긴한 손님이 와서요."

"친정분들이 오셨나요?"

"아뇨, 아내의 일손님이죠."

형선은 석철에게 아내가 없으리라고 생각한 건 아니었는데도 그의 입에서 아내 소리가 나오고부터 다리 팔에 맥이 빠지고 그 찬란하던 오월의 빛들이 회색빛으로 바래 보였다.

곧 숯불 풍로와 갈비가 나왔다. 고기 익는 짙은 냄새가 둘레의 싱그러운 공기를 매캐하게 오염시키기 시작했다. 석철이 맥주를 시켰다. 두 사람은 서로의 빈 잔을 채워주고 나서 높이 잔을 들었다.

"취직 축하합니다. 출세하고 돈 많이 버세요."

"감사합니다. 형선씨도 더욱 건강하시고 아름다우시길⋯⋯"

그들은 정색하고 이런 상투적인 소리를 하면서 잔을 부딪혔다. 석철의 부드러운 눈빛이 천천히 그녀의 눈언저리에서 뺨으로, 뺨에서 목덜미로 흐르는 것을 따라 고운 홍조(紅潮) 역시 눈언저리에서 뺨으로, 뺨에서 목덜미로 번져갔다. 그녀는 그것을 빤히 바라보듯 명료하게 느끼면서 부끄럽게 여겼으나 마음대로 지울 수도 없는 일이었다.

"바보처럼 맥주 한 잔에 얼굴부터 빨개진다니까."

형선은 화끈대는 볼에다 손등을 대면서 이렇게 변명 비슷한 말을 중얼댔다.

"한 잔이라뇨? 아직 입술에 거품도 안 묻히고서⋯⋯"

석철이 그녀를 뚫어지게 바라보면서 말했다. 아닌게 아니라 맥주잔에 입술도 대기 전이었다.

"하긴 밀밭 근처에만 가도 취한단 말이 있으니까."

석철은 무안을 주고 나서 다시 변명까지 해주더니 형선으로부터 눈을 떼고 맹렬하게 갈비를 먹기 시작했다. 형선은 무안하기도 하고, 까닭 없이 헤프게 구는 자신이 정떨어지기도 해서, 짐짓 뜨악한 얼굴을 꾸미고 동치미 국물만 훌쩍거렸다. 동치미 국물은 미적지근하고도 들척지근했다. 석철은 형선에게 권하지도 않고 맥주 두 병과 갈비 삼인분을 먹어치우고 나서 다시 이인분을 더 시켰다. 이런 석철을 형선은 망연히 바라보았다.

베란다에서 가장귀가 잡힐 듯싶은 라일락 나무가 온몸으로 춤을 추면서 만개한 보랏빛 꽃이 미묘하게 살랑이더니 싱그러운 바람이 불어왔다.

"왜 머리를 잘랐죠?"

석철이 항의하듯 퉁명스럽게 말했다. 순간 형선은 또 한번 헤프게도 짜릿한 기쁨을 느꼈다. 이 사람은 나의 긴 머리를 좋아했나봐. 라일락 향기를 실어온 훈풍에 내 긴 머리가 나부끼는 걸 바라보고 싶었던 거야.

형선은 역시 자신의 지난날의 긴 머리에 감미로운 아쉬움을 느끼면서 이런 야릇한 생각을 했다. 그러나 겉으론 머슴애처럼 거칠게 머리를 한번 쓸어올리곤 간단하게 대답했다.

"편해서요."

"나도 이제 적당히 타락했나봐요."

246

"왜요?"

"영구가 제일 부러우니 말예요. 처음부터 영구처럼 사는 게 옳았다 싶어요."

"우리처럼 사는 걸 부러워하는 게 타락이라면 우린 뭐가 되죠? 우리의 사는 꼴이 타락의 표본쯤 된다는 얘긴가요?"

형선이 발끈했다.

"아, 아닙니다. 말의 켯속이 그렇게 가 닿는 걸 미처 몰랐습니다. 타락을 철났다로 고치죠. 그럼 됐습니까?"

"되긴 뭐가 돼요?"

"영구 정도로 사는 게 친구놈들 사이에 선망의 대상인 게 실은 여간 못마땅했거든요. 그때만 해도 나에겐 그런 소시민적인 꿈보다 훨씬 큰 뜻이 있다고 생각했었는데 지금 이게 뭡니까. 이 나이에 신문사에 취직된 게 감지덕지 축배를 들고 있으니. 앞으로 할 일은 영구 뒤를 열심히 쫓아가는 일밖에 더 있겠어요? 그래봤댔자 쫓아가지지도 않겠지만. 초장부터 워낙 틈이 많이 벌어져놔서⋯⋯"

"능청 떨지 말아요."

"제가 능청을 떨다니요?"

"우리 사는 걸 부러워한다는 게 아무래도 석철씨답지 않아서요."

"요새 아내도 나한테 그런 말을 하더군요. 내가 나답지 않다는 거예요. 제법 뜨악한 얼굴로 그런 소리를 하면 나도 어쩐지 기분이 나빠지곤 하죠. 그렇지만 어떻게 해야 나다워질지 나도 모르겠어요. 취직한 지 한 달도 안 돼, 아직 월급도 못 탔는데 벌써 나를 잃어버린 건지."

석철이 아내 얘기를 꺼내자 형선의 관심은 단박 본론으로부터 빗나갔다.

"부인이 뭘 하신다고 했죠?"

"하긴 뭘 합니까?"

석철의 생각은 아직도 이야기하던 본론에 잠긴 듯 건성으로 대답했다.

"아까 말씀하셨잖아요. 부인이 일손님 때문에 여기 못 나오셨다고……"

"일손님이란 말이 이상하게 들렸다면 사업상 손님 대접이라고 정정하죠."

"어떤 사업을 하시는데요?"

"구멍가게죠 뭐. 그래도 여직껏 아내가 벌어서 살림 걱정 안하고 산 셈이죠."

"어쩐지……"

"어쩐지라뇨?"

"어쩐지 오래 실직한 셈 치곤 궁기도 안 들고, 겉늙지도 않고, 매력도 남아 있다 싶더라니……"

형선은 그의 아직도 싱그러운 매력이 그 자신의 사람됨이 비결이 아니라, 아내의 내조의 덕일지도 모른단 생각이 마땅치 않아 이렇게 빈정댔다.

냉면이 왔다. 육수가 맑고 국수가 너무 질기지 않아 형선도 식욕이 없는 깐으론 많이 먹었다.

"같이 나왔으면 좋았을걸, 아내는 냉면을 좋아하거든요."

"첫 월급을 못 타서 아직 구멍가게를 못 닫으시나보죠?"

"그렇지도 않아요. 취직되자마자 가게 정리하란 소리부터 했는데 되레 확장을 하겠다고 맞서는걸요."

"부인의 생활력이 대단하신가봐요."

"생활력하고도 다른 것 같아요. 여직껏 그 일이 좋아서 한 거지, 다만 남편 대신 돈벌이해야 한다는 생각으로 고역스럽게 한 건 아니라니까요. 그래도 내가 일단 부득부득 우겨봤죠. 남편의 위신에 관계되는 문제니 그만두라고요. 그랬더니 아내가 뭐라는 줄 알아요? 그런 속물스러운 위신은 조금도 안 무섭다나요."

"점점 흥미있어지려고 그러네요."

"뭣에 말입니까?"

"뭘 뭐예요, 부인한테죠."

"그럼 집사람 가게에 들렀다 가실래요? 그렇잖아도 괜찮으시다면 모시고 와서 차라도 같이 했으면 좋겠다고 했거든요."

"정말 콩나물 두부 그런 거 파는 가겐가요?"

"아뇨, 이불, 방석, 벽걸이, 병풍 등을 파나보던데요."

"근데 왜 구멍가게라고 했어요?"

"아내가 늘 우리 구멍가게, 우리 구멍가게 하니까요. 처음엔 우리가 사는 연립주택 지하실에서 시작한 가게거든요. 좁아터진

거 하며, 밤낮없이 깜깜한 거 하며 문자 그대로 구멍이었죠. 그
게 그만 애칭이 된 거죠."

"지금은 가게가 집에서 따로 났나요? 번화가로?"

"번화가는요? 겨우 불광동 종점으로 나았은걸요. 암튼 들러봅
시다. 가는 길이고 하니. 집사람이 대환영할 겁니다."

부랴부랴 자리를 뜬 석철은 계산을 끝마치고 마침 시내에서
들어와 손님을 내려놓은 택시를 잡아 형선을 밀어넣었다. 차가
갈빗집에서 통일로로 나오는 동안 오솔길의 푸르름은 정말로 보
기 좋았다. 녹색 중에서 가장 빼어나고 순결한 녹색이 오묘한 농
담(濃淡)을 이룬 푸른 터널을 빠져나오는 동안 줄창 아카시아의
감미로운 향기가 코끝을 간질였다. 손을 잡은 젊은 한 쌍이 차를
피해 길가로 섰다.

'이럴 작정은 아니었는데……'

형선은 산란한 마음으로 석철과 함께 그의 아내를 만나러 가
는 일이 당초의 예정과 크게 빗나간 것처럼 느꼈다. 그러나 처음
부터 어떤 구체적인 예정이 있었던 것도 아니어서 빗나간 걸 바
로잡을 엄두도 나지 않았다.

일요일은 변두리 상가도 거의 철시를 해서 쓸쓸해 보였다. '예
쁜 집, 편한 방'이란 좀 긴 이름이 붙은 그의 가게도 반은 열리고
반은 닫힌 상태였다. 쇼윈도는 빈지문으로 가려져 있었으나 손
잡이가 특이한 출입문은 안쪽으로 사뿐히 열렸다.

청바지를 입고 안경을 쓴 여자가 혼자서 열심히 계산기를 두

드리고 있다가 석철을 보고 씩 웃었다. 예쁘진 않지만 멋있는 여자라고 형선은 석철의 등뒤에 숨어서 생각했다.

"손님 갔어?"

"응, 벌써."

"그럼 뒤따라오지 않구. 냉면이 맛있더라."

"자기 재미 보라구 일부러 안 간걸. 그 여자 미인이라구 자기 얼마나 날 약올렸어?"

"무슨 객쩍은 소리야. 여기 모시고 왔는데······"

석철이가 좁은 문간에서 얼른 안으로 비켜서면서 말했다. 형선은 일부러 숨어 있던 것도 아닌데 괜히 무안을 타면서 고개를 까닥했다.

"어머, 정말 미인이세요. 그렇지만 재미 운운은 저이 말짝으로 객쩍은 소리구요. 큰 주문을 맡았거들랑요. 시집가는 딸, 집까지 사주는 어떤 얼간이 벼락부자가 그 집 실내장식을 전적으로 맡긴다기에 흠뻑 바가지를 씌웠죠, 뭐. 괜찮아요. 들입다 돈 들여 딸 길러 집까지 얹어 시집보낼 만큼 돈 주체 못 하는 얼간이는 그만큼 바가지 써도 싸요. 싸구말구요."

그 여자는 형선의 돌연한 출현에 전혀 당황하거나 무안해하는 기색 없이 듣기 좋은 허스키로 이렇게 수다를 떨었다.

"구멍가게도 아니네요."

형선은 석철에게 조그맣게 말하곤 가게 안을 휘둘러보았다. 흔한 이불집이려니 했는데 옷감을 소재로 한 공예품점이라고 해야 마땅할 것 같았다. 이어붙이기, 염직, 핸드 페인팅한 천들이 아무렇게나 걸려 있기도 하고 구겨져 처박혀 있기도 했지만 어떻게 보면 아무렇게나가 아닌 것도 같았다.

"앉으세요. 자기도 앉아라, 뭐."

그 여자가 서 있는 두 사람에게 동시에 말했다.

"으응, 앉을 데가 있어야지."

"자기가 더 손님처럼 굴고 있네. 나 그럼 소외감 느낀다."

여자가 일어서더니 신문이랑 잡지랑 부채 나부랭이가 흩어져 있는 구석자리를 치우니까, 기다란 옛날 돈궤가 나왔고 그 위에 폭신한 방석이 깔려 있어 두세 사람이 넉넉히 걸터앉을 만한 자리가 되었다. 석철과 형선은 거기에 나란히 앉았다. 편했다. 형선은 앉아서도 넓지 않은 가게 안을 휘둘러보았다.

"아무렇게나 꾸며놓은 것 같은데, 맞아요?"

"전혀 아녜요. 신경 써서 아무렇게나 꾸며놓은 것처럼 애썼을 뿐이에요."

"건 또 왜요?"

"손님이 마음을 놓으라고요. 보고 싶은 걸 이것저것 꺼내보고도 미안해할 필요 없게 하는 것도 내 나름의 손님 접대법이거든요."

"미안한 마음이 있어야 팔아주는 거 아녜요?"

"그건 구식의 강매죠. 난 그런 거 싫어요."

여자가 과장된 몸짓으로 진저리를 쳐보였다.

"너무 싫어하시는 것 같네요."

"그랬나요? 내가 너무 많이 당해봐서 그런가봐요."

"강매 같은 거 당하지 않을 것같이 생기셨는데……"

"그래요? 꼭 매력 없다는 소리같이 들려요. 나 이래 봬도 외강 내유예요. 당하기도 잘하고 은근히 상처도 잘 받거든요."

"매력 있으세요, 충분히. 아까 계산기 두드리고 계실 때의 옆 모습이 특히 좋던데요."

"잘 보셨어요. 저 사람은 돈 계산하는 걸 제일 행복해하니까요."

석철이가 끼어들었다. 비꼬는 투였지만 불쾌감을 줄 만한 건 아니었다. 그 여자는 탓하지 않고 커피포트의 플러그를 꽂으면서 어깨를 으쓱했다.

"저이는 늘 저렇답니다. 내 돈벌이의 사기를 떨어뜨리려고 작심하고 있다니까요."

"당신 사기를 떨어뜨리려는 게 아니라 내 사기를 좀 떨쳐볼까 해서 그러는 게야."

석철이 밉지 않게 머리를 긁적거려 보이며 말했다.

"알아, 아니까 참아주는 거지, 그렇지 않으면 나도 성깔 한번 부렸을걸."

여자가 석철이한테 눈을 흘기면서 말했다. 그러나 안경 속의 근시안도 수수한 얼굴의 미소도 개구쟁이 동생을 달래는 누님의 미소처럼 부드러웠다. 깨가 쏟아지게 아깃자깃하달 순 없어도 서로 좋아하고 신뢰하는 사이의 두터운 우정 같은 게 느껴지는 부부였다. 형선은 석철이가 그렇게 오랫동안 실직해 있으면서도 전혀 찌들거나 궁기가 느껴지지 않았던 까닭을 이제야 알 것 같았다. 그리고 순간적으로 날카로운 질투를 느꼈다.

"부인이 꼭 손위 누님 같으세요."

형선은 자기에 비해서 결코 예쁘다고도 젊다고도 할 수 없는 여자에 대한 질투를 이렇게 나타내고 말았다. 그러나 그 여자는 조금도 상처받은 티 없이 도리어 뻔뻔스럽게 말했다.

"바로 보셨어요. 연상은 아니지만 월상(月上)이거든요. 자그만치 열 달씩이나요. 열 달 상관으로 결혼 전에 양가에서 말이 많았답니다. 우리나라 사람들은 참 이상하죠. 왜 결혼하려는 남녀를 꼭 어떤 틀에다 맞춰보고 트집을 잡나 몰라요. 나이 학교 가문 키에서 시작해서 이불은 최소한도 몇채나 돼야 한다까지 수도 없는 규격을 통과해야 하니 말예요. 그래서 마침내 예식장에 섰을 땐 신랑 색시가 다 틀에 부어 본을 떠낸 규격품처럼 경직되고 말지 뭐예요. 우리나라 사람은 하여튼…… 어머, 이렇게 말하니까 내가 무슨 재미교포 같애. 해외라곤 제주도도 못 가본 주제에 속물 티만 더덕더덕 냈잖아?"

여자가 쿨룩쿨룩 기침을 하듯이 웃으면서 오동나무 장롱 속에서 찻잔들을 주섬주섬 꺼내놓았다.

"뭘로 할래요? 커피? 잎차? 종류는 두 가지밖에 없지만."

"커피!"

형선과 석철이 소리를 합쳤다. 여자가 석철이한테 또 눈을 흘기면서 말했다.

"자기 계속해서 나 소외감 느끼게 할 거야?"

"무슨 말씀이세요?"

형선이 의아해서 물었다.

"몰라요, 요새 어디서 잎차 좋다는 소릴 듣고 계속해서 나한테 권하는데 난 싫은 걸 어쩝니까? 약도 아니고 기호품을 억지로 먹을 순 없잖아?"

석철은 반은 형선에게 반은 아내에게 말했다.

"나도 딴 집 현모양처들처럼 남편 몸보신 좀 시키고 싶어서 그러는데 자기 너무 몰라주더라."

"잎차로 몸보신을 하라구? 글쎄, 우리 집사람이 저렇답니다. 뱀국에 굼벵이튀김, 지렁이탕엔 소식이 깜깜이라구요."

"육체만 몸인가. 정신도 몸이야. 자기 육체는 더 보해주면 곤란해질 것 같아서 정신 건강이나 돌봐주려는 거야."

여자는 두 사람에게 먼저 커피를 타주고 조그만 백자주전자에 더운물과 잎차를 넣고 우러나길 기다렸다.

"장사가 잘되세요?"

"보시다시피 남 다 노는 공일날도 손님 등쌀에 문을 열었으니까요."

"그만 닫고 들어갑시다. 아이들이 고대하던 공일날 엄마 아빠가 다 나가버렸으니 얼마나 섭섭했겠소."

석철이 커피를 상스럽게 소리내어 마시며 서둘렀다. 형선은 석철이와의 신경에 거슬리면서도 문득문득 톡 쏘는 듯 자극적인 쾌감을 동반한 어떤 관계 때문에도 그랬지만, 얼핏 보기엔 안 어울리는 것 같으면서도 죽이 잘 맞고 편안해 보이는 그들 부부관계에 대한 야릇한 호기심 때문에 더 그 자리를 뜨고 싶지 않았다. 좀더 있으면서 그들의 불행이나 부조화의 꼬투리를 잡고 싶은 자신의 속셈을 조금도 몰라주는 석철에게 배신감 비슷한 걸 느끼다가도 그게 얼마나 얼토당토않은 바람이란 걸 스스로 깨닫고 더욱 비참해졌다. 형선은 속으로 혼자서 석철을 자기 편처럼 느끼다가 적처럼 느끼다가 뒤죽박죽이었던 것이다.

"아이들이 몇이나 되는데요?"

"일곱 살, 여섯 살 연년생으로 둘이랍니다. 한창 손 갈 때죠. 아이들을 위해서라도 이 사람이 들어앉아야 하는 건데."

석철이 자상한 아버지 티를 너무 내면서 이제야 연두색 차를 백자잔에 천천히 따르고 있는 아내를 초조하게 눈으로 재촉했다.

"글쎄, 저이가 저렇다니까요. 연년생으로 아이 낳고 젖 먹이고 한창 어려울 때도 죽자구나 견디어낸 일을 걔들 그만큼 길러놓고 이제야 마음놓고 해보고 싶은 일 좀 하려니까 말끝마다 저렇게 압박을 가하지 뭐예요."

"그때는 그 일에 우리 집안의 생계가 달렸으니까 어쩔 수 없었잖아. 지금은 사정이 달라. 내 수입만 가지고도 먹곤 살 테니 당신은 집 안에서 아이들이나 돌봤으면 참 좋겠어."

"그건 자기가 내 일을 밥벌이 이상으론 생각을 안 했기 때문이야. 나는 이 일 때문에 당신이 직업 없이 지내는 동안 우리가 남의 신세 안 지고 살 수 있었기 때문에만 이 일이 중요한 게 아냐. 이 일 자체가 나를 기쁘게 하는 걸 어떡해? 당신이나 아이들이 나를 살맛나게 하는 것과 마찬가지로 이 일도 나를 살맛나게 하는 걸 어떡해? 그게 돈벌이의 필요성이 별로 없어진 지금에 와서도 이 일을 버릴 수 없는 까닭이야."

그 여자가 손아래 동생 타이르듯이 부드럽고 간곡하게 말했다.

"알아, 내가 당신의 그 당당한 이유를 어디 한두 번 들었나? 내가 못마땅한 건 당신의 일 자체보다 당신의 구실이 너무 당당한 때문인지도 몰라."

"그러면 못써. 자기도 내 일에 빚진 거 많아."

"그걸 누가 몰라. 친구들이 집 한 채 장만할 동안을 나는 판판히 놀고먹었으니."

"그게 아니라니까. 내가 만약 이 일을 밥벌이로밖에 여길 수 없었다면 연년생 거느리고 한창 어려울 때 지하실 구석에서 이 일 하면서, 밥벌이 못 하는 자기가 얼마나 미웠겠어. 자기 구박깨나 받았을 거야. 집안엔 불화가 그칠 날이 없었을 테고. 근데, 우린 안 그랬잖아? 지금이나 마찬가지로 그때도 행복했던 건 내가 내 일을 사랑했기 때문이야. 일 자체에서 느끼는 보람이 적지 않았기 때문이야. 그런 의미로 나나 당신이나 이 일에 신세 진 게 많아. 신세 모르면 배은망덕이야."

형선은 잎찻잔을 조신하고 우아하게 들고 앉아 나불대는 여자를 물끄러미 바라보았다. 상체는 뽀오얀 백자자기에 어울리게 얌전했지만 청바지가 딱 붙은 하체는 아이를 둘씩 낳은 여자답지 않게 유연하고 건강하고 군살이 없었다. 가슴이 아리게 샘이 났다.

"미인이세요."

형선이 짤막하게 말하고 자기도 모르게 한숨을 쉬었다.

"누가요?"

석철과 아내가 동시에 물었다.

"누군 누구예요. 부인 말이지."

형선은 석철이한테 핀잔주듯이 말하고 샐쭉하니 입을 오므렸다.

"어머머, 내가요? 농담이시겠지."

그 여자가 잎찻잔을 내려놓고 거침없이 큰 소리로 웃었다.

"정말이에요. 적어도 내 안목으론……"

"생전 처음 들어보는 소리거든요. 아무튼 싫진 않네요."

"그럼 본인도 자신이 미인이라고 한 번도 생각해본 적이 없나요?"

"천만에요. 난 나하고 남편이나 알아주는 미인이라고 생각하고 있었어요. 그치, 자기?"

그 여자가 석철에게 동의를 구했다. 석철이 계면쩍게 웃으면서 말했다.

"난 당신한테 그런 말 한 적 없는데."

"말 안 한다고 눈치도 모를까, 부부끼리."

"하여튼 미인인 건 몰라도 당신 속 편한 것 하나는 알아줘야 돼."

"두 분이 너무 사이가 좋아 보여서 샘나려고 그래요. 가봐야겠어요."

형선은 농담인 것 같지도 않게 새침하게 말하고 일어서려고 했다.

그 여자가 찻잔을 챙기면서 말했다.

"우리집에 들렀다 가지 않으실래요?"

"가봐야죠. 아이를 남의 집에 맡기고 온걸요."

"잠깐이면 돼요. 여기서 멀지 않으니까요."

"그 꼭대긴 뭘 하러 가시자고 그래, 창피하게스리."

"여자에게 질투가 얼마나 불행한 감정인지 난 알거든요. 우리끼리 너무 금슬 좋은 거 보고 샘난다고 하셨죠. 우리집에 가서 그 샘 좀 덜고 가시라고. 우리 아주 귀살스럽게 살아요. 아마 우리 나이 또래의 배운 사람치곤 우리처럼 못사는 집도 드물 거예요."

"앞으로 얼마든지 잘살 수 있으실 텐데, 그게 뭐가 문제예요."

형선은 그렇게 말하면서도 집까지 따라가보고 싶은 생각이 슬그머니 동하고 있었다. 그 여자가 가게 안을 대강 정리하는 동안 석철은 우두커니 서 있기만 했다. 형선은 속으로 손님처럼 구는 석철이가 못마땅했지만 뭐라고 그럴 처지가 아니었다.

형선은 그가 아내와 같이 있을 때 매력이 반감돼 보이는 게 서운한 것 같기도 하고 다행스러운 것 같기도 했다. 그 여자가 별로 부드러워 보이지 않는 가게문의 셔터를 낑낑대며 힘겹게 내려서 양쪽에다가 큰 무쇠 자물통을 채우는 동안도 석철은 구경만 했다. 그 여자는 형선이 따라가겠다고 말하기도 전에 혼자서 그렇게 정해버린 듯 석철에게 말했다.

"우리끼리 먼저 올라갈게. 자기는 시장에 들러서 뭐 좀 사가지고 올래? 과일이랑 저녁 찬거리랑."

"아, 아녜요. 잠깐 들렀다 가는 건 몰라도 저녁까지 먹고 갈 순 없어요."

형선이는 완강하게 의사표시를 했다.

"나도 그럴 생각 없어요. 저녁 찬거리는 우리 식구를 위한 거니까 염려 말아요."

그 여자는 숄더백에서 구깃구깃한 천원짜리를 몇 장 꺼내 석철이한테 주면서 시금치, 바지락조개, 어묵, 파 등 찬거리를 일러주었다. 돈을 받아가지고 저만치 가는 남편한테 그 여자는 큰소리로 한마디 덧붙였다.

"자기 저번처럼 바지락조개하고 대합조개 헷갈리면 안 된다. 곱절도 더 비싸니까."

그 여자가 앞장선 비탈길은 곧 헉헉 숨이 차올 만큼 가팔랐다. 도대체 나는 왜 이 여자를 따라가고 있는 걸까?

형선은 그 여자에게 질질 끌리고 있는 자기에게 속으로 화가 났다. 숨도 돌릴 겸 길가로 비켜서면서 되돌아본 시야에 이미 석철의 모습은 보이지 않았다.

변두리 시장에서 이면수 바지락조개 따위의 시시한 것들을 사고 있을 석철이 불쌍한 생각이 들었다.

"너무 연상의 아내 티를 내는 거 아녜요?"

형선은 자신이 그 여자한테 잠시 매혹당했던 것조차, 근거 없는 사실에 사기당한 것처럼 억울해하며 비난하는 투로 말했다.

"연상이 아니라 월상이라니까요."

"그건 사소한 말꼬리에 지나지 않아요."

"내가 남편한테 심부름 좀 시킨 게 그렇게 못돼 보였나요?"

"심부름이란 말버릇도 별로 듣기 안 좋으네요."

"우리끼린 전혀 저항 없이 써왔어요. 내가 바쁠 때 그이한테 도움을 청하려면 으레 '자기 내 심부름 좀 해줘라' 이런 식으로 말예요. 부부끼리 그 정도의 응석도 못 부리나요?"

"아, 아녜요. 보통 부부들하고 좀 달라 보여서……."

"별수 없잖아요. 처음부터 남하고 다르게 시작한걸요. 그렇지만 남하고 다르다는 걸로 불행감을 느껴본 적은 없어요."

"알아요. 남의 눈치 같은 거 안 보고 사신다는 거. 댁은 한참 더 가야 하나요?"

형선은 화제를 돌리려고 짐짓 가쁜 숨을 몰아쉬면서 비탈길을 쳐다보았다.

"숨차죠? 꼭대기예요. 올라가기가 좀 힘들어서 그렇지, 올라가기만 하면 경치가 그만이에요. 세상을 발아래로 굽어보는 기분도 삼삼하구요. 가난뱅이들이 느끼는 권력의 맛을 이 기분에 비유한다면 과장이 지나칠까 몰라."

드디어 꼭대기를 정복하고 나서 형선은 허탈하게 웃었다. 자꾸만 맥 빠진 웃음이 났다.

"동네가 형편없죠?"

"아네요. 그래서 웃는 게 아니라 생각해보니 내가 좀 우습네요. 인감증명 한 통 떼주었다고 남편 친구한테 점심을 거창하게 대접받은 것도 우스운데 여기까지 따라올 건 또 뭐람. 여편네가 어지간히 심심했던가봐."

형선은 꼭 남의 말 하듯이 말했다.

"내 집에 오는 손님의 말치곤 좀 모욕적인 말이네요. 그렇지만 봐드릴게요. 심심한 건 소위 팔자 좋은 여자들 감정의 바탕색 같은 거 아닌가요?"

"그걸 어떻게 알아요? 심심해보지도 않았으면서?"

꼭대기 동네는 생각했던 것보다 예쁜 동네였다. 학교 운동장만한 너른 마당에 연립주택이 세 줄로 나란히 서 있었고, 유치원 간판까지 붙은 작은 교회당도 보였고 집집마다 가느다란 띠만한 꽃밭이 울타리를 대신해주고 있었다. 녹지대를 겸한 놀이터에서 놀고 있던 아이들 중에서 아무렇게나 생긴 건강한 아이들이 둘이서 손을 잡고 달려왔다.

"아이구 내 새끼들, 싸움 안 하고 잘 놀았나? 참 손님 아주머니한테 인사드려야지."

여자가 아이들을 번갈아 껴안고 볼을 부비고 나서 놓아주니까 아이들은 붙임성 있게 웃으면서 형선에게 고개를 숙였다.

"둘 다 남자애군요?"

"아녜요, 남매예요."

"어머, 그래요? 어느 쪽이 공주님인지 나는 통 모르겠네요."

"다들 그런답니다. 얘들아, 이중에 고추 가진 놈 있으면 보여줄래? 착하지."

그러나 아이들은 서로 쳐다보고 씩 웃더니 팔짓들을 크게 하면서 놀이터 쪽으로 달아나버렸다.

"작년까지만 해도 바지춤을 내리고 보여주더니 그만해도 자랐다고……"

여자도 아이들 중 누가 남자라는 걸 가르쳐주는 대신 이렇게 혼잣말을 하면서 앞장섰다.

연립주택은 생각보다 작았다.

형선이 알고 있는 스무 평 미만의 서민 아파트 속보다 더 답답한 것 같았다.

현관문을 들어서자마자 싱크대가 놓인 부엌이고, 부엌 앞이 안방, 부엌 지나서 아이들 방이고 구석에 욕실을 겸한 화장실이 있었다.

거실이 따로 없이 부엌이 집 안의 얼굴이 돼서 그런지 부엌 가구들만 청결하게 제자리에 정돈돼 있고 안방도 아이들 방도 발 들여놓을 틈 없이 어질러져 있었다.

"아침에 다 치우고 나갔는데도 이렇답니다."

여자가 붙박이장에서 방석을 꺼내놓으면서 말했다. 붙박이장 말고는 책장밖에 세간이라곤 없었다. 책은 책장 말고도 뜰로 향한 창 밑이나 방구석에 함부로 쌓여 있었다. 주로 역사, 철학, 사회과학 서적이었으나 월간지, 베스트셀러류의 읽을거리와 일본의 인테리어 잡지 등도 무질서하게 섞여 있었다.

"정신없죠? 편히 앉아요."

여자가 엉거주춤하고 있는 형선이 안돼 보였는지 뒤집힌 채 나뒹구는 양말짝이랑 아이들 속옷 등을 소쿠리에 주워담으면서 말했다.

"내가 살림을 좀 못하거든요. 여직껏은 그이가 많이 봐주다가 혼자서 하려니 힘들어요."

"살림에 취미가 없는 거 아녜요?"

"살림도 취미로 하나요 뭐, 의무지. 형선씨는 살림 잘하죠? 예쁘게 해놓고 사실 것 같아요."

"글쎄요, 언제 한번 초대할게요. 온종일 쓸고 닦고 가꾸는 게 일이니까요. 그 일도 때로는 맥 빠져요, 심각한 회의에 빠진 적도 있죠. 쓸고 닦아서 얻어지는 확실한 결과란 뭘까 하고요. 허구한 날 냄비를 반짝반짝 윤이 나게 닦다보니 어느 날 구멍이 나 있더라. 그걸 보고 여자의 일이란 결국 마멸에 이바지하는 것 외에 아무것도 아니었다는 걸 깨닫고 자기 일을 갖기로 결심했다는 어느 여류 작가의 고백이 뼈아프게 공감되기도 하고요."

형선이 쓸쓸하게 말했다.

석철이 장을 봐가지고 온 걸 기회로 형선은 일어서려고 했다.

"그만 가봐야겠어요. 저녁까지 얻어먹고 싶지만……"

"어머 그래요? 그럼 빨리 저녁 지을게 잡숫고 가세요. 나 음식 솜씨 형편없는데 어쩌나. 자기 나 좀 도와줘야겠어. 자기가 나보다 훨씬 맛있게 찌개 끓이잖아."

그 여자는 형선이 그냥 한번 해본 소리를 곧이곧대로 받아들이고 수선을 피웠다.

"아, 아녜요. 아이를 남한테 맡기고 온걸요."

"이왕 신세 지는 김에 한두 시간 더 지세요. 전화 걸어봐서 애기 아빠가 먼저 와 계시면 아이 찾아다가 저녁 먹이라고 부탁하셔도 되고."

"참, 그렇게 하시는 게 좋겠군요. 일요일날 보는 비즈니스니까 일찍 끝내고 아마 지금쯤 들어와 있을 겝니다."

석철이까지 이렇게 거들었다. 형선은 자신의 사는 방법과 전혀 다른 그들의 사는 방법에 묘한 질투를 느꼈다. 그런 질투는 엉뚱하게도 남편에 대한 반발까지 불러일으켜 늦게 들어가서 남편을 골탕 먹여야겠다는 공연한 결심까지 하게 했다. 형선은 못 이기는 척 주저앉았다.

석철은 아내와 함께 부엌에 들어가 반찬을 하기 시작했다. 아내는 감자도 까고 파도 다듬고 주로 거드는 일을 하고, 찌개를 안치고 나물을 무치고 간을 맞추는 일은 전적으로 석철이가 하는 걸 형선은 신기하게 구경했다. 그녀도 정 바쁠 때는 남편을 부엌에 불러들인 적이 없진 않았지만 곧 그녀 쪽에서 내쫓게 돼 있었다. 남편이 부엌일에 조금도 도움이 안 되기 때문이기도 했지만 부엌에 들어선 남편 꼴이, 누가 볼까 겁나게 꼴사나워 보였기 때문이었다.

그래서 형선은 세상의 남편들이란 다 그렇게 부엌에서 어색하고 보기 흉하려니 했었다. 그런데 석철은 전혀 그렇지가 않았다. 자연스럽고 다정하고 늠름해 보이기까지 했다.

아무리 오랫동안 돈을 못 벌고 부엌데기 노릇을 했기로서니 저렇게까지 일이 몸에 붙었을 게 뭔가? 형선은 속으로 이렇게 부엌일 잘하는 석철을 비웃으려고 했지만 그들이 보기 좋다는 건 부인할 수가 없었다. 형선은 아직도 자신의 사는 방법과 전혀 다르게 사는 그들에 대한 질투를 주체 못 하고 있었다.

좀 이른 저녁이어선지 형선은 그들이 부산을 떨고 차린 저녁을 겨우 먹는 시늉만 했다. 석철이 강요하듯이 그가 끓인 찌개맛을 칭찬받고자 했지만 형선은 입맛이 통 없었다. 그러나 저녁상을 물린 후에도 형선은 일어나기를 미루고 미적거리고 있었다. 용무가 남아 있는 게 아니라, 석연치 않은 감정의 찌꺼기 같은 게 남아 있어 그대로 집으로 가기가 싫었다. 형선은 자신 속에 고여 있는 그 찌꺼기가 뭔지 알 수 없었지만 그걸 그대로 지니고 있으면 자신의 생활에 불행의 원인이 될 것처럼 막연히 불안했다. 저녁까지 얻어먹고도 일어날 기척을 안 하는 형선이 답답했던지 그 여자가 이렇게 말했다.

"집이 답답해서…… 우리집 정원은 아니지만 바깥마당이 제법 괜찮은데 바람 쐬러 나가시지 않을래요?"

형선은 속으로 손님을 숫제 내쫓는구나 생각하면서 내쫓길 때까지 앉아 있는 자신이 딱해서 픽 웃으면서 일어섰다.

"여편네가 궁둥이가 너무 무거워서 실례가 많았어요."

연립주택 한가운데에 마련된 어린이 놀이터에 이웃한 녹지대는 제법 손질이 잘돼 오밀조밀하면서도 녹음이 깊었다.

"이 라일락 그늘이 운치 있으니 조금만 쉬었다 가세요. 곧장 가시면 정말 우리가 손님을 내쫓는 게 되잖아요?"

석철이가 이렇게 붙드는 바람에 세 사람은 꽃향기 짙은 라일락나무 밑 벤치에 나란히 앉았다. 먼 산 위로 주황빛 노을이 힘찬 터치의 브러시 자국처럼 강렬했다.

"먼저 실례해야 할까봐요. 아이들 씻길 시간이에요. 두 아이가 다 초저녁잠이 많아놔서…… 그럼 쉬었다 가세요. 참 당신이 저 아래까지 바래다드려요."

그 여자는 이렇게 일방적으로 작별인사를 하고 집으로 들어가버렸다.

"손님 대접이 말이 아니게 무례하군요. 어디서고 이런 구박은 처음 받아봐요."

형선은 이렇게 석철이한테 그 여자의 실례를 나무랐지만 마음으로부터 섭섭한 건 아니었다. 그 여자에겐 격식이나 상식에 어긋나는 것이 되레 괜찮아 보이는 묘한 구석이 있었다.

"저 사람이 워낙 저러니까 마음 쓰지 마세요."

석철이도 그렇게 말하면서 담배를 피워물었다. 그와의 만남에 엉뚱한 기대를 걸고 가슴을 울렁거리던 일이 아득한 소녀 시절의 일처럼 아득하니 그리워졌다. 그러나 그런 감미로운 마음의 소요를 다시 반복하고 싶은 건 아니었고 설사 그럴 마음이 있다고 해도 될 수 있는 일이 아니었다.

"무슨 생각을 하고 있어요?"

형선이 어느 만큼 오래 침묵하고 있었는지 석철이 이렇게 물었다.

"부엌일을 참 잘하시데요. 신기해 보였어요."

"아내가 워낙 그 방면에 서투르니까요. 나라도 잘해야 집안 꼴이 될 게 아닙니까?"

"실직했을 땐 몰라도 이제 당당한 직업인이 되셨는데도 그 일을 그렇게 하시다니 보통 애처가가 아니세요."

"내가 아내의 집안일을 도와주는 건 내 실직과는 아무런 상관이 없는데 왜 사람들은 꼭 그렇게만 생각하려 드는지 모르겠어요. 나는 실직했다는 열등감이 전혀 없이, 다만 집안일과 바깥일을 똑같이 잘해야겠다는 아내의 심리적 부담을 덜어주려고 했을 뿐인걸요. 여자가 무슨 초인입니까? 여자만이 바깥일과 집안일을 다 잘해야 한다는 건 너무 심한 짐이거든요. 그래서 내 아내만은, 집안일에 서툴고 소홀한 걸 흠잡기보다는 도와주려고 한 거죠."

"그만 하세요. 석철씨가 다시 매력 있으려고 그래요."

"네?"

석철이 정말 말귀를 못 알아들은 듯 멍청한 얼굴을 했다.

"우스운 얘기 하나 할까요? 나 석철씨를 오랜만에 만나게 되면서 무슨 생각한 줄 알아요? 석철씨하고 바람피우는 공상을 했댔어요. 남자들만 속이 응큼한 게 아녜요. 나 같은 고상한 숙녀에게도 그런 불순한 생각이 있다는 데 대해서 어떻게 생각하세요?"

형선은 일부러 원색적인 표현을 골라 쓰면서 이렇게 물었다.

"그런 걸 입 밖에 내서 묻는 저의가 뭡니까?"

"오해하지 말아요. 석철씨 가정방문을 해보고 바람피울 마음이 싹 가셨기 때문에 이런 말을 할 수 있는 거예요."

"유감인데요. 부엌에서 반찬하는 내 꼴이 형선씨 보기에 꽤나 매력 없었나보죠."

"아뇨, 그게 아니라 부인이 내 적수가 아니었어요."

"그건 더 자존심 상하는 얘기군요. 형선씨보다 가꾸질 않아서 그렇지, 그렇게 못난 여자는 아닌데……"

석철이 역력하게 불쾌한 표정을 지었다.

"석철씨가 짐작하시는 것과는 반대의 뜻으로 부인은 내 적수가 아니에요. 여직껏 어떤 미인이나 어떤 멋쟁이 앞에서도 오늘 부인 앞에서만큼 그렇게 열등감 느낀 적 없어요. 정말이에요."

"정말입니까? 믿어도 되는 거죠?"

석철이 반색을 하며 소년처럼 티 없이 웃었다. 어깨까지 활짝 펴는 것 같았다.

"그렇게 좋으세요? 석철씨는 바람피우고 싶어한 적 한 번도 없겠네요?"

"그렇지도 않아요. 이래 봬도 밖에선 꽤 매력 있는 남자로 통하거든요. 더러 유혹도 받고 아슬아슬한 지경까지 간 적도 있지만 집사람에 비하면 그런 여자들이 꼭 인형 같아서 금세 흥미를 잃어버리게 돼요. 아무리 예쁘고 화려한 것도 살아 있지 않으면, 살아 있는 작고 소박한 것의 매력을 못 따르는 거 아니겠어요?"

"난 오늘 너무 심한 상처를 받는 것 같아요."

"상처라니, 당치도 않아요. 형선씨가 그렇다는 게 아닌데……"

"변명 안 해도 돼요. 어차피 당분간 질투를 앓아야 할 테니까요."

형선은 농담처럼 진담처럼 애매하게 말하고 일어섰다. 어느 틈에 노을이 사위고 잿빛 구름이 아까보다 한결 부드러운 선을 서쪽 능선 위에 긋고 있었다. 아내가 이른 대로 종점까지 바래다주려는지 석철이 휘적휘적 형선이 뒤를 따르다가 불쑥 말했다.

"실례가 안 된다면 처방을 하나 일러드릴까요?"

"처방이라뇨? 내가 어디가 아픈가요?"

"여직껏 하신 말씀을 종합해본 건데 몹시 심심해하고 있다고 판단되어서요. 병이라기보다는 심심답답증의 징후라고 할 수 있겠는데, 형선씨도 일을 가져보세요. 보람을 느낄 수 있는 일을 가지게 되면 그런 증세가 싹 가실 테니 꼭 한번 시도해보세요."

형선은 석철의 처방에 마침내 벼랑에서 떠다밀린 것 같은 아찔한 현기증과 안도감을 동시에 느꼈다.

"여보, 잠간만……"

형선은 아침도 뜨는 둥 마는 둥 허둥대며 출근하는 남편을 불러세웠다.

"왜?"

의아해서 돌아보는 남편의 얼굴이 왜 그리 낯선지 나는 저런 남자와 결혼한 적 없다고 외쳐주고 싶은 충동을 느꼈으나 입에서 나온 소리는 그와 정반대의 소리였다.

"나 좀 안아줘요."

그러면서 남편의 가슴에 슬며시 무너져내렸다. 문득 낯설어 뵈는 남편을 남이 아닌 남편으로 확인하고 싶었다. 그럴 땐 피부적인 접촉처럼 빠르고 확실한 게 없다. 남편의 든든한 가슴과, 얼른 겨드랑 밑으로 해서 등으로 돌아와 토닥거리는 그의 팔힘은 요즈음 줄창 그녀를 괴롭히는 위기의식을 순간적으로 치유시켜주곤 했다. 그러나 남편은 곧 그녀를 바로 세워주고 돌아선다.

"왜 그래, 어디 아파? 출근시간 늦겠어, 다녀올게."

그런 말을 남기고 남편의 뒤통수는 총총히 사라져갔다. 요즈음 형선은 낮에도 우두커니 있다가 느닷없이 남편의 목소리라도 듣고 싶다는 갈망에 사로잡힐 적이 종종 있었다. 그래서 전화를 걸고 할 말이 없어 잠자코 있을 때도 남편은 똑같은 소리를 하고 전화를 끊곤 했다.

"왜 그래? 어디 아파? 나 지금 바빠."

난 정말 어디가 아픈 걸까? 형선은 멍하니 생각했다. 얼마 전 석철이한테 들은 심심답답증이란 묘한 병명이 생각났다.

'내가 심심답답증에 걸렸다고? 미친 자식. 이렇게 바쁘고 할 일 많은 내가 심심답답증이라니, 말도 안 돼.'

형선은 석철이한테 들은 그 말만 생각하면 불끈 오기 같은 게 치밀었다. 그래서 잡다한 집안일들을 후딱후딱 해치우고, 안 하던 짓—가구를 옮긴다든가 멀쩡한 커튼을 가는 일 따위를 신바람이 나서 할 때도 있었지만 곧 싫증이 났다. 아는 것도 병이라더니 심심답답증이란 고약한 진단을 받은 게 잘못이었다. "미친 자식." 형선은 석철의 진단을 부정하고 싶을 때마다 이렇게 욕을 했다. 석철이와의 감미로운 로맨스를 꿈꾸며 몸이 달았을 땐 얼마나 살맛났던가, 그때를 그립게 회상하다가도 맨 나중에 재를 뿌린 그 참혹한 말을 생각하면 번번이 새로운 모욕감을 느꼈다.

형선은 집안일을 대강 해놓고 나자 다시 남편에게 전화를 걸고 싶은 조바심을 느꼈다. 할 말이 없는 전화는 "어디 아파?" 소리나 들을 게 뻔했지만 조바심은 강한 불 위에서 졸아붙는 찌개처럼 단내를 풍기면서 바글댔다.

참아야 돼, 참아야 돼. 형선은 마약을 끊을 때처럼 사뭇 단호하고도 허약한 결심을 되풀이했다. 미구에 "어디 아파?" 대신 "당신 심심답답증이군" 하는 소리를 들을 것 같아 겁이 났다. 석철이한테 그런 소리를 들은 것은 그녀 혼자만 아는 비밀이지만 남편한테서까지 같은 소리를 듣게 되면 별수 없이 그 고약한 병명의 환자가 되고 말 것 같았다. 형선은 석철이 지나가는 말처럼 가볍게 내뱉은 그 병명 아닌 병명이 암의 선고보다 더 싫었다.

　사랑을 받기를 은근히 꿈꾼 사람으로부터 경멸을 당하는 것처럼 큰 모욕은 없다. 또 모욕당한 것은 미움받은 것보다 몇 배 깊은 상처를 입게 된다. 석철이 무심히 내뱉은 심심답답증이란 말을 형선이 오랫동안 잊지 못하는 것도 그 말 속에 함축된 경멸의 뜻 때문이었다. 그 말 한마디로 그녀가 석철에게 품었던 달착지근하고도 들뜬 열기는 종지부를 찍었다. 그러나 그녀의 방황까지 끝난 건 아니었다. 그녀의 떠났던 마음이 남편에게로 다시 돌아온 이상 푸근히 안기고 위로받고 싶었다.

　그러나 아내의 마음이 한동안 떠났던 것도 눈치 못 챈 남편이, 돌아왔다는 것을 눈치챌 리 만무했다.

　남편은 늘 바빴다. 뭐가 그렇게 바쁘냐고 물어보면,

　"한창 일할 나이야, 마음껏 실력을 발휘하고 싶어. 다 당신과 훈이를 위해서지 나 혼자 잘살려고 이러는 거 아니라구."

라고 대답할 것이다. 대답이 뻔하니까 아예 묻지도 않았다. 그녀는 돌아왔지만 빈집에 돌아온 거나 마찬가지였다. 그녀는 반겨주거나 야단쳐줄 사람을 통해 자신의 귀가를 확인할 수 있기를 갈망하고 있었다. 남편한테 전화를 걸까 말까?

　그 대단치 않은 망설임이 형선에겐 치열한 내적 갈등이었고 또 고작 그 정도의 시시한 갈등으로 온종일 자신을 피곤하게 들볶는다고 생각하면 부끄럽고 비참한 자기 비하에 사로잡히곤 했다.

이때 딩동 초인종이 울렸다.

"훈이 엄마. 나야, 나. 나리 엄마."

형선이 외출할 때 곧잘 훈이를 맡아주던 나리 엄마였다.

"웬일이에요? 우리집에 마실을 다 오구."

"훈이 엄마야말로 웬일이에요. 요샌 통 훈이도 안 맡기고 얼굴도 볼 수 없으니."

"잠깐 나갔다 올 땐 집에서 혼자 잘 놀아요. 이제 그럴 때도 됐잖아요."

"하긴 유치원이니까. 그럼 하나 더 낳아요. 나 실직하지 않게."

"실직이라뇨?"

"나, 유아원 차릴까 해."

"설마 농담이시겠죠?"

"아냐, 정말이야. 실은 지금도 훈이 어려서 가지고 놀던 장난감 있으면 얻으러 온걸."

"혹시 댁에 무슨 일이 있으신 거 아녜요?"

"있긴 무슨 일이 있겠어요?"

"혹시 나리 아빠가 실직을 하셨다든지 하는 일 말예요."

"아녜요, 그이도 내가 유아원 차리겠다니까 처음엔 그럽디다. 자기가 실직이나 하거든 그따위 짓 하라고……"

"그럼 안 그러시겠어요?"

"어쩜 훈이 엄마까지 그러기야? 난 살맛 좀 내려고 하려는 일인데."

"살맛이요?"

형선은 괜히 깜짝 놀랐다. 그러고 보니 한동안 못 본 사이에 나리 엄마는 살맛이 샘솟는 것처럼 싱싱해 보였다. 같은 연배이지만 자기가 더 젊고 예쁘다는 형선의 평소의 자신감이 갑자기 흔들리기 시작했다.

"그래, 살맛 때문이라니까. 물론 노력한 만큼의 대가도 받고 싶어요. 훈이 엄마도 나한테 아이 맡길 때마다 케이크랑 과자랑 넉넉히 사다줬잖아요? 우리가 그런 거 못 사먹을 형편이 아닌데도 그렇게 해서 생긴 걸로 아이들 간식을 충당하면 괜히 기분이 좋더라구. 내가 애쓴 대가를 받는다는 건 확실히 값진 일이더라구요. 난 또 워낙 아이를 좋아하잖우. 아이들도 날 따르고. 내 전공이 유아교육인 건 훈이 엄마도 알죠?"

"그럼요, 그렇지만 남편 잘 만나 걱정 없이 사는 여자에게 전공이 무슨 상관이 있어요."

"나도 지금 와서 내 전공을 살릴 일을 갖게 되리라곤 꿈에도 생각을 안 했는데 그런 기회가 우연히 생겼지 뭐유? 7동의 쌍둥이 엄마 있잖아요. 올해 네 살된 남자 여자 남매쌍둥이를 늘 양손에 손잡고 다니는 가냘픈 여자 말예요. 그 여자도 외출할 땐 나한테 곧잘 그 쌍둥이들을 맡기곤 했었는데 요전에 어떤 회사에서 기혼 여사원 뽑는 데 원서를 내고 시험을 보더니 글쎄 합격이 됐다면서 막 나한테 떼를 쓰지 뭐예요. 속으로 나만 믿고 시험을 쳤다는 거예요. 근무시간은 기혼 여사원에 한해서 회사에서 여덟 시간을 근무하기로 했으니 그 동안 두 아이를 맡아달라면서 보수는 달라는 대로 주겠다나요. 자기가 버는 걸 다 주는한이 있어도 한번 밖에서 일을 해보고 싶대요. 물론 그 여자가버는 걸 다 달라고 할 욕심은 없지만 처음으로 보수가 약속된 일을 제안받고 보니 왜 그렇게 가슴이 울렁대고 막 흥분이 되는지.그래서 이왕 직업적으로 아이를 맡을 바엔 몇 더 맡아보려고 집의 방 두 개를 아주 유아원으로 꾸밀 작정이에요. 제법 아담하고예쁘고 이상적인 유아원으로요. 훈이 엄마, 나 오늘부터 나리 엄마가 아니라 원장이에요. 성미경 원장, 어때요? 아이 참, 내 정신좀 봐. 일 때문에 와가지고 딴 수다만 떨고 있잖아. 훈이 갖고 놀던 장난감 좀 내놔요."

형선이가 광 속에서 훈이가 쓰던 장난감을 끄집어내는 동안도나리 엄마의 수다는 그치지 않았다.

"일을 갖는다는 게 이렇게 살맛나는 건 줄 알았으면 진작 가질걸 그랬다는 생각이 드는 거 있지. 이건 정말 내가 바라던 일이었어. 앞으로 나 때문에 아이 걱정 안 하고 직장 나가는 엄마들이 늘어나면 좀 좋아! 난 자신 있어. 우리집 빈방만 가지곤 도저히 안 될 만큼 원아들이 속속 늘어날 테니 두고 봐요. 그땐 손도모자랄 테니 좋은 선생님도 더 모셔야 할걸. 일을 갖는다는 게이렇게 살맛나는 건 줄 진작 모른 게 억울해 죽겠다니까."

나리 엄마의 생기발랄한 목소리에 형선은 일손을 멈추고 벌떡일어났다. 질투심인지 분노인지 모를 화끈한 감정으로 가슴이 터질 것 같았다. 그녀는 화가 잔뜩 난 격앙된 소리로 외쳤다.

"헌 장난감이나 한 보따리 풀어놓고 유아원을 차리겠다구, 이런 순 사기꾼 같으니라구. 우선 아이들이 마음으로부터 좋아할 환경 조성을 해야 돼요. 같이 갑시다. 내가 도와줄게. 나 이래 봬도 미대 출신이에요. 사업을 하려면 전문가를 쓸 때는 쓸 줄도 알아야 한다구요."

형선은 훈이 장난감을 한 보따리 안고 앞장섰다. 형선의 뜻밖의 태도에 질린 듯 멍하니 바라만 보던 나리 엄마가 황급히 따라오면서,

"고마워요. 정말 고마워요. 우리 유아원 잘되면 우리 같이 동업합시다. 나는 아이들하고 놀아주고 우는 아이도 달래주고, 당신은 그림 지도하면 좀 좋아. 생각만 해도 신나네."
이렇게 지껄였다.

형선은 그 여자의 일에 그렇게까지 깊이 개입할 생각은 없었지만 그 여자의 그 일엔 자신과 무관하지 않은 어떤 암시가 들어 있는 것만은 인정 안 할 수가 없었다. 장차 자신이 힘겹게 뚫고 나가야 할 돌파구에의 암시가.

형선은 나리 엄마를 돌아다보고 어깨를 한번 움찔해 보이고는 다시 우쭐우쭐 앞장섰다.

로열 박스

점심을 먹고 있던 경비원이 작은 유리문을 열며 선희를 불러 세웠다.

"등기가 와 있는데요. 제가 대신 도장 찍고 받아놨습니다."

선희는 양손에 보따리를 들고 있었다. 하마터면 경비원이 내미는 등기우편을 입으로 받으려다 말고 허둥지둥 짐을 한 손으로 모았다. 비빔밥을 먹다 만 경비원의 고춧가루 묻은 입언저리의 불결감이, 손 대신 입을 내밀려던 자신의 순간적인 무신경을 진저리치게 했다. 그녀는 누런 봉투의 등기우편을 바바리 포켓에 아무렇게나 쑤셔넣고 다시 짐을 나누어 들었다. 부피보다는 무게가 안 나가는 짐이었다. 엘리베이터엔 대학생인 듯싶은 장발의 젊은 남자가 먼저 타고 있었다. 그녀가 경비실 앞에서 지체하는 동안을 일부러 기다려준 듯 그녀가 타자마자 남자는 누르고 있던 '열림' 버튼에서 손을 떼고 '12'와 '닫힘'을 민첩하게 눌렀다.

"10 좀 눌러주세요."

그녀는 양팔을 축 늘어뜨려 짐의 무게를 과장하고 차가운 벽에 등을 기대면서 말했다. 남자의 입언저리에 보일 듯 말 듯한 미소가 감돌면서 억센 턱의 선이 누그러졌다. 10 좀 눌러주세요. 선희는 방금 한 말의 '십(10)'을 속으로 된소리(硬音)를 만들어보면서 얼굴을 붉혔다. 내가 왜 이러지? 민박사 때문이야. 그녀는 자신의 외설스러운 마음을 이렇게 변명했다. 민박사는 그녀의 남편의 전번 주치의였다. 민박사는 모든 정신질환은, 그 뿌리까지 성공적으로 캐들어가면 반드시 성적인 스트레스와 만나진다고 믿고 있는 것 같았다. 그녀는 십층에서 내렸다. 외설스런 생각 때문에 그녀는 전체적으로 쌀쌀하고 품위 있어졌다. 그 일은 또 안 일어나고 말았어. 그녀는 자기 집 열쇠 구멍에 열쇠를 밀어넣으며 중얼거렸다. 그녀는 남자와 단둘이 엘리베이터를 탈 때마다 정전이 되어 그 속에 단둘이 갇히게 되는 사고를 예상하는 고약한 버릇이 있었다. 같이 타는 남자에 따라 그것은 기대도 됐다가 두려움도 됐다가 했다.

비어 있으면서도 후텁지근한 집 안 기온이, 쌀쌀한 날씨에 수축됐던 그녀의 피부에 징그럽게 감겼다. 그녀는 쇼핑해온 보따리를 아무렇게나 팽개치고 다탁 위에 놓인 담배함을 열었다. 한 개비의 담배를 꼬나무는 동안이 손이 떨리게 다급했다. 한 모금의 담배로 한결 침착해진 그녀는 마치 분무기로 소독약을 뿌리듯이 온 집 안을 휘저으며 골고루 담배연기를 뿜어댔다. 사람 사는 집에선 담배 냄새도 좀 나고 그래야 하거든. 그녀는 누가 곧 사람 냄새를 맡으러 오기로 돼 있는 것처럼 그 일을 열심히 했다.

베란다에선 화초들이 조금씩 조금씩 죽어가고 있었다. 물을 준 게 언젯적인지 생각나지 않았다. 물뿌리개를 찾으려다 말고 주저앉았다. 도대체 집 안에 물뿌리개가 있는지조차 긴가민가했다. 화초에 물 주고 싶은 그녀의 모처럼의 선심은 물뿌리개를 찾다가 좌절되고 말았다. 이번만이 아니었다. 번번이 그랬다. 그동안 그녀는 수도 없이 화분을 못쓰게 만들었다. 그래도 베란다엔 늘 화분이 가득했다. 한 단지 안에 사는 시아버지가 가끔 한 리어카는 되게 화분을 보내왔다. 여러 회사를 거느린 회장님인 시아버지는 산하기업의 무슨 행사 때마다 생기는 화분을 그런 방법으로 치운다고 선희는 추측했다. 그래서 하나같이 값비싼 고급 화초건만 받아도 탐탁지 않았고 죽어도 가책받지 않았다.

그녀는 바바리를 벗기 전에 마지못한 것처럼 찡그린 얼굴로 구겨넣은 등기우편을 꺼냈다. 같은 단지 안에 사는 시아버지는 생활비를 그런 방법으로 송금했다. 시아버지하고 한 단지 안에 살게 된 것도 결코 그녀의 뜻은 아니었다. 남편의 입원이 장기화되면서 그녀 혼자 오래 큰 집을 지키게 되자 자기 곁으로 이사 오길 제안해온 건 시아버지였다. 곁으로 오되 한 집은 말고 한 단지면 되지 않겠느냐는 그의 뜻은 듣기 좋았다. 서로 의지가 되되 자유로운 사생활을 침해받지 않기 위해서라고 했다. 그러나 그의 곁으로 이사를 안 할 자유도 자기에겐 없다는 걸 그녀는 곧 알아차렸다. 그녀가 시아버지로부터 그런 귀띔을 들었을 때 이미 그녀의 집은 전세 올 사람이 정해져 있었고, 이사 갈 아파트는 벌써 비워서 말끔히 새 단장을 끝내놓고 있었다. 전세 들 사람이 이사 오기로 한 날까지의 며칠 동안 중 하루를 이사 날짜로 골라잡는 일이 겨우 그녀 몫의 자유로 남겨져 있을 뿐이었다.

이삿날 받거든 미리 알려주렴. 일 거들 사람은 넉넉히 보내줄 테니까 넌 손끝 하나 까딱할 것 없다. 그렇지만 일요일은 가급적 피하는 게 좋겠다. 아랫것들을 공일날까지 부려먹는단 소리 듣기는 싫으니까. 그렇게 해서 시아버지 곁으로 이사 와서 의지가 되되 서로 자유로운 생활을 한 지도 그럭저럭 석 달째로 접어들고 있었다. 등기우편도 세번째였다. 그 동안 달라진 건 아무것도 없었다. 남편의 주치의가 민박사에서 양박사로 바뀐 것 말고는.

그녀는 첫번째보다 한결 더 기갈 들린 것처럼 두번째의 담배를 빨아댔다. 그리고는 멍청히 앉았다가 허둥지둥 쇼핑해온 보따리를 끌렀다. 그녀는 아무것도 안 하고 멍청히 있는 침체 상태에 오래 놓이는 걸 몹시 두려워하고 있었다. 그렇다고 기분이 고양되고 몸에 활력이 넘치길 바라지도 않았다. 그것은 둘 다 병이었다. 적어도 병명을 붙일 수 있는 무엇인가라는 걸 그녀는 알고 있었다. 그녀의 남편도 그런 병에 걸려 현재 입원중이니까.

그녀가 준형이와 만나 연애하고 결혼할 때까지만 해도 준형이는 그의 아버지의 사업과도 별로 상관이 없었다. 물론 부잣집 아들로서 손색이 없을 만큼의 호강은 시키고 있었지만 사업을 이어가게 할 생각은 없는 것 같았다. 그의 형 준기가 대학 갈 때 학과를 선택하는 것으로부터 아버지의 간섭을 받기 시작해서 졸업 후 곧장 아버지 회사에서 좀 심하다 싶을 정도의 고된 트레이닝을 거쳐 차츰 사업을 익히고 기반을 잡아야 했고, 결혼도 아버지의 사업상의 이해관계에 유리한 결혼을 강요당했던 것과는 딴판으로 그는 멋대로 자랐다. 대학을 사업에 별로 도움이 될 것 같지 않은 사학과를 가든 고아나 다름없는 가난한 여대생과 연애하고 결혼까지 하든 네가 좋다면야 하는 식의 한없는 관대함을 보였다.

준기가 자동차 사고로 급사한 건 준형과 선희가 결혼하고 나서 채 일 년도 안 돼서였다. 그때까지만 해도 그들의 신혼생활은 꿀같이 달콤하고 꿈처럼 행복했다. 준기를 잃자마자 아버지는 준형을 발탁했다. 준기에게 한 것 같은 고된 트레이닝도 생략하고 곧장 그의 측근에 앉히고 후계자로서의 이미지를 안팎으로 과시해줄 것을 바랐다. 준형은 자신이 결코 그런 재목이 못 된다는 걸 알고 있었다. 그러나 후계자를 잃고 상심하고 있는 아버지에게 또다른 충격을 줄 만큼 그는 마음이 모질지 못했다. 하는 데까지는 잘해보리라 마음을 굳혔다. 그는 불철주야 일했다. 실질적인 일이 아니라 회사가 뭐고 사업이 뭔가를 이해하기 위해

밤잠을 자지 않았다. 집까지 끌어들인 온갖 결재서류, 장부, 상업 경제 무역에 관한 전문서적 사이에서 밤을 새고, 자정이건 새벽 두시건 아랑곳없이 중역네 집에 전화를 걸어 질문을 퍼붓고 그들의 편안한 잠을 근무 태만처럼 꾸짖는 일이 거의 매일 밤 계속됐다. 대신 낮에 쉬는 것도 아니었다. 낮엔 낮에대로 충혈된 눈을 번득이며 회사 안을 무작정 누비며 말단 사원에서부터 중역까지를 골고루 트집 잡고, 공장 거래처 은행 관청까지도 드나들며 시키지 않은 짓 필요 없는 짓을 했다. 밤이고 낮이고 몸과 입과 머리가 잠시도 쉬지를 못했다. 그런 초인적인 과로를 십여 일을 계속하고도 아버지 눈에 들지 못했다는 걸 어느 순간 깨달으면서 그만 덜컥 자리에 눕고 말았다. 열이 있거나 어디가 지딱지딱 아픈 게 아니라 먹는 둥 마는 둥 자는 둥 마는 둥 심한 의욕 상실과 허탈상태가 마냥 계속됐다. 과로가 길면 당연히 휴면기도 길었다. 선희는 차라리 준형의 이런 휴면기가 속 편했지만 그래도 옆에서 타이르고 애걸하는 걸 잊지 않았다. 당신은 이제 팔자 좋은 막내가 아니란 말예요. 책임이 무거운 아버지의 후계자예요. 기운을 잃지 말고 다시 시작해봐요. 당신은 해낼 수 있어요. 난 그걸 믿어요. 말문이 막힘과 동시에 귀까지 먹은 것처럼 외부의 자극에 목석 같다가도 어느 순간 그 말귀를 알아들음과 동시에 그는 휴면에서 깨어났다. 그리고 다시 밤낮 없는 그 헛되고 헛된 과로로 자신을 들볶았다. 선희 보기에 준형의 이런 두 가지 상태의 반복은 자신을 향한 도전과 참패의 반복처럼 보였고, 그 차이가 좀 심해서 그렇지 살아 있는 사람이면 누구나 겪는 정신의 기복일 뿐이었다. 그러나 그의 아버지는 그것을 병이라고 판단한 모양이었다. 어느 날 준형은 회사에서 곧바로 병원으로 보내졌고 그날로 정신과 병동에 입원되었다. 아버지가 그를 병자라고 판단했고 전문의가 그것을 보증했으니 그는 병자일 수밖에 없었다.

쇼핑백에서 제일 먼저 나온 것은 앙고라 스웨터였다. 진분홍의 폭신한 스웨터 앞가슴엔 연분홍 공단으로 장미꽃이 수놓아져 있었다. 따습고 화려해 보였지만 그녀는 분홍색 옷을 별로 좋아하지 않았다. 그 밖에 또 뭘 그렇게 많이 샀는지 잘 생각나지 않았다. 그녀는 포장지를 하나하나 벗겼다. 갈색 디스코바지, 화려한 식탁보, 봉제완구, 쿠션, 타월, 용도가 분명치 않은 몇 가지 주방용품 등 불요불급한 것들뿐이었고 그것들은 서로 아무런 연관성이 없었다. 그녀는 그것들을 모두 자기가 샀음에도 불구하고 남과 바뀐 쇼핑백을 쏟아놓은 것처럼 일일이 생급스러워서 이맛살을 모았다. 정작 샀어야 하는 건 치약, 휴지, 참기름이었다는 게 그제서야 생각나자 그녀는 손끝 발끝이 저려오는 절망감을 느꼈다.

양박사 때문이야. 그녀는 그 기분 나쁜 절망을 떨치기 위해 엉뚱하게 양박사 탓을 하려 들었다. 이번에 새로 남편의 주치의가 된 양박사가 일방적으로 그녀를 몰고 가는 함정은 민박사 때와는 그 방향이 약간 달랐다. 이번엔 호락호락 그 함정에 빠져선 안 된다고 생각했다. 그 함정에 빠지는 게 남편의 치료에 도움이 된다면 모를까 전혀 그렇지 않다는 걸 안 바엔 절대로 안 빠져줄걸. 그녀는 허공에다 대고 몸을 도사렸다. 그러니까 민박사 때도 빠진 게 아니라 빠져줬다고 생각하고 싶었다. 그러나 이번엔 안 빠져줄 테야라고 벼를수록 함정은 자신의 발뒤꿈치 밑에 패어 있으리란 예감이 그녀를 수시로 불안하게 했다. 그녀가 자신에 대해 확실히 알고 있는 게 있다면 조마조마한 불안을 견디는 지구력이 남보다 부족하다는 거였다.

남의 행랑채에 세 들어 살던 큰집에 얹혀살 때, 사촌들하고 하던 놀이 중 도깨비 술래잡기라는 게 있었다. 보통 술래잡기하고 다른 건 술래가 숨은 사람을 찾아다닐 때 살금살금 다가가는 게 아니라 얼굴에 흉악한 도깨비탈을 쓰고 누구누구 잡으러 간다고 미리 엄포를 놓으며 숨어 있는 곳으로 접근해가는 것이었다. 숨어 있는 사람을 찾아내도 미리 호명한 누구누구와 일치하지 않으면 그건 무효가 되어 술래는 계속됐다. 주인집에 들어가서 놀면 안 된다는 금기 때문에 놀이터가 제한되어 있어 보통 술래잡기론 도무지 재미가 없었다. 중간에 장지를 들여 칸을 막은 두 개의 방과 명색뿐인 부엌과 생전 볕이 들지 않는 좁다란 마당에 놓인 장독 몇 개뿐인 단조롭고 옹색한 공간에서 아이들이 몸을 숨길 만한 곳은 언제나 빤해서 술래 노릇이 너무 쉽기 때문이었다. 아이들 나름의 지혜로 만들어낸 이 신종 술래잡기에 선희는 매우 약했다. 선희 잡으러 갑시다…… 뿔 달린 시뻘건 도깨비탈을 쓴 술래가 음흉스런 가성으로 이렇게 벼르면서 저벅저벅 그녀의 은신처로 다가오는가 싶으면 그녀는 붙잡힐 동안의 조마조마한 스릴을 견디지 못해 숫제 술래의 품으로 마주 달려나가 덥석 안기고 말았다. 가만히 끝까지 참고 있으면 술래는 얼마든지 방향을 바꿀 수도 있었다. 그것이 놀이의 묘미건만 선희는 그러질 못했다.

민박사는 환자 문진(問診)보다 가족과의 면담에 더 열성스러웠다. 특히 선희와의 면담엔 집요한 데가 있었다.

남편을 사랑했나요? 그러믄요. 우린 열렬한 연애결혼이었는걸요. 남편을 사랑했나요? 그러믄요. 남편을 사랑했나요? 네에. 남편을 사랑했나요? 네, 그렇다니까요. 남편을 사랑했나요? 아, 네, 뭐…… 남편을 사랑했나요? 아, 네, 뭐 그저…… 남편을 사랑했나요? 뭐, 그저. 남편을 사랑했나요? 잘 모르겠어요. 남편을 사랑했나요? 잘 모르겠어요, 그걸 꼭 알아야 하나요? 남편을 사랑했나요? 아뇨. 아뇨. 아뇨. 드디어 그녀는 술래의 품으로 자진해서 뛰어들 때와 같은 안도와 절망으로 여직껏 도사렸던 힘을 한꺼번에 쭉 빼면서 이렇게 말했다.

민박사가 꼭 그렇게 같은 말을 획일적으로 되풀이한 건 아니었다. 여러 말로 했다가, 간단한 말로 했다가, 듣기 좋게도 했다가, 듣기 싫게도 했다가, 쉽게도 했다가, 어렵게도 했다가, 직유법을 썼다가, 은유법을 썼다가, 표현방법을 자유자재로 바꾸었으되 결국은 사랑하느냐의 동어반복이었고, 같은 질문을 그렇게 여러 번 한다는 건 기왕의 대답을 못 믿겠다는 표시였다. 자신이 의심받고 있다는 불안감이 덩달아 자신을 못 믿겠는 의혹으로 가중되고 종당엔 의심받는 쪽으로 자신을 처리함으로써 그 기분 나쁜 불안으로부터 벗어날 수밖에 없었다. 도대체 이 세상에 사랑이란 게 있기나 있는 걸까? 있어봤댔자 개도 안 먹을걸. 그녀는 사랑엔 넌더리가 나고 신물이 났으므로 그것을 부정하는 것만 갖고는 모자라서 이렇게 조롱까지 했다.

성생활은 원만했나요? 아, 네. 사랑하진 않았어도 그건 원만했단 말이죠? 성교의 횟수는요? 구체적으로 일 주일에 몇번이나 했습니까? 번번이 만족했습니까? 첫번 성교 때부터 만족했습니까? 호오, 그래요? 혼전 성경험은요? 불안해하실 거 없어요. 여기서 털어놓은 얘기가 외부로 새어나갈 걱정은 안 해도 됩니다. 사랑하지도 않는 남편과의 성생활에서 만족을 얻기 위해 특별한 방법 같은 거 쓴 일이 없습니까? 특별한 방법이라고 해서 그렇게 놀라실 거 없습니다. 보편적인 방법이라고 정정해도 되니까요. 왜 있잖습니까? 여자들이 흔히 쓰는 방법, 몸은 남편에게 안겨서 마음은 딴 남자 생각을 하는 거요. 부인의 경우도 있었죠? 그게 누굽니까? 아, 놀라지 마세요, 이름을 대라는 게 아니니까요. 여기선 이름 같은 건 별로 중요하지 않아요. 관계가 중요할 뿐이죠. 혹시 그 남자의 존재를 남편이 눈치챈 적이 있었다고 생각하진 않으십니까? 그럴 리가 없다구요? 매우 자신만만하시군요. 그러니까 남편하곤 전혀 모르는 남자겠군요? 남편이 아는 남자도 있었다구요? 그럼 남자가 한두 사람이 아니었단 소리 아닙니까? 호오, 대단하십니다. 삼각 사각관계 정도가 아니라 매우 복잡한 다각관계가 되겠네요. 그 남자들에 대해 좀 말씀해주셔야겠습니다. 이름이 아니라 사람됨과 당신네 부부와의 관계에 대해서 말입니다. 어디 사는 누구라는 주소 성명 따위는 별로 중요한 게 아니니 안심하시죠.

그것밖에는 모르는데 그게 중요하지 않으면 어떡해요. 제가 남편하고 자면서 생각한 외간 남자는 알랭 들롱, 그리고…… 참, 이름 같은 건 별로 중요하지 않다고 그러셨죠. 알랭 들롱 기타 등등이에요. 이럼 됐나요? 그녀는 마지막 남은 팬티를 벗어서 휘두르듯이 발악적으로 외쳤다. 그렇게 성공적으로 선희를 벌거벗긴 민박사는 학회 참석차 외유중이고 준형의 현재 주치의는 양박사였다.

민박사가 환자의 횡적인 인간관계에 관심을 가졌던 것과는 달리 양박사의 관심사는 주로 환자의 종적인 인간관계, 가족력(家族歷) 쪽이었다. 요샌 환자의 가족력에서 처가인 선희네 가족력까지 깊이 파고드는 중이었다. 선희는 자신의 보잘것없는 과거, 비천한 출신이 낱낱이 드러나는 걸 자신의 입으로 불었음에도 불구하고 마치 남의 일처럼 덤덤히 바라보고 있는 중이었다. 지금 현재 양가의 가족력은 서로 상관이 없었다. 객관적으로 볼 때 영원히 서로 상관이 없을 것처럼 이질적이었다. 그러나 어느 날 갑자기 서로 관계지어질 것이다. 준형의 뜻도, 선희의 뜻도 아닌 양박사의 뜻에 의해. 선희는 다만 거기 동의만 하면 되는 것이다. 그녀는 앞으로도 또 그녀가 무엇에 동의해야 하는지 환히 알고 있었다. 사랑하지 않는 남편과의 잠자리에서의 쾌락을 위해 허구한 날 알랭 들롱을 안음으로써 남편을 허깨비로 만든 여자에 동의한 지 얼마 안 돼서였다. 돈과 집안 보고 순진한 남자를 꾀어 결혼을 성공시켜 마침내 미천한 출신을 벗어던진 여자에 동의 못 해줄 것도 없었다. 그녀는 자기가 이미 한 동의, 또 앞으로 하게 될 동의가 강요에 의한 거짓이라고까지는 생각하지 않았다. 그러나 또다른 동의를 기다리는 수많은 자기가 아직도 남아 있다는 걸 알고 있었다. 그것은 끔찍한 일이었지만 잠깐잠깐씩이나마 그녀를 살맛나게 하는 그 무엇이었다.

하필이면 왜 알랭 들롱이었을까? 진분홍 앙고라 스웨터를 왜 샀는지 이해할 수 없는 것처럼 민박사에게 분 외간 남자 이름이 왜 알랭 들롱이었는지는 끝내 이해할 수 없었다. 마음의 회로(回路)란 본시 그런 게 아닐까? 그걸 라디오나 텔레비전의 회로처럼 갈피를 잡아 납득하려는 민박사나 양박사가 딱하단 생각이 들었다. 그 잘난 사람들을 딱해하는 마음이 그녀에게 잠시나마 위로가 되었다.

하긴 남편에게 안겨서 외간 남자를 생각함으로써 쾌락을 한결 진하게 만든 적이 있었던 것도 같다. 그렇지만 그게 알랭 들롱이었을 리는 없다. 그녀는 평소 알랭 들롱을 좋아하지 않았다. 그렇다면 알랭 들롱의 이름을 빌려 은폐하고자 한 정작 그것은 무엇이었을까? 그것은 잘못 걸려온 전화 목소리의 감각적인 허스키, 정원 손질을 하다 말고 그녀가 내민 콜라를 받아 병째 벌컥벌컥 들이켜던 정원사의 건강하고 억센 손, 쓸쓸한 가을날 담배 냄새를 은은히 풍기며 그녀 옆을 스친 바바리 입은 남자의 우울한 실루엣, 온몸으로 젊음을 강한 체취처럼 풍기며 아침마다 달리기를 하던 이웃집 총각의 건각(健脚), 꽤 괜찮게 생겼다 싶어 지나치고 나서 되돌아보니 그 역시 되돌아보며 무심히 웃어준 신사의 따뜻한 인상, 몇 번 말을 물어도 못 알아듣고 제 일에 열중하고 있던 어떤 연구실 조교의 냉철하면서도 열정적인 눈빛…… 그녀의 무료한 일상을 순간적으로 빛내면서 지나간 이런 매혹들을 통틀은 것, 아니면 그 짜릿한 성적 감수성의 비밀 같은 거 아니었을까.

초인종이 방정맞게 울렸다. 선희는 숨죽이고 현관문에 붙은 작은 렌즈에다 한 눈을 바싹 갖다댔다. 그녀는 아파트의 시설물 중 그 콩알만한 게 가장 싫었지만 가장 자주 이용했다. 백팔십도의 반구(半球)로 일그러진 풍경은 늘 낯설었다. 낯선 풍경의 한가운데로 별로 반갑지 않은 친구의 모습이 추위 타듯 웅숭그리고 있었다. 반갑지 않은 손님한테는 빈집을 가장할 수도 있다는 게 그 어안렌즈의 쓸모겠지만 그 비인간적인 쓸모에 대한 습관적인 저항감 때문에 그녀의 쓸모는 번번이 상대를 확인하는 것 이상이 되지 못했다.

"어쩌면 나한테도 안 알리고 이사를 할 수가 있니? 깍쟁이, 섭섭해서 혼났다."

친구는 다짜고짜 시비부터 하면서 안으로 들이닥쳤다.

"차차 알리려고……"

그녀는 속으로 그 친구와의 친밀도를 헤아려보면서 애매하게
대답했다.

"석 달이나 됐다며 아직도 차차야? 깍쟁이."

"아무튼 이렇게 찾아왔지 않니?"

"애 좀 봐. 집들이 잔치에 초대되는 거하고 이렇게 쳐들어오는
거하고 같니?"

"어떻게 찾았니?"

"아파트 집 찾기야 누워서 떡 먹기지. 동 호수만 알면야."

"그 동 호수 말야."

"느이 집 갔더니 이사 갔다길래 느이 시아버지 회사에 알아봤
지 뭐. 비서가 친절하게 가르쳐주더라. 비서하고 나하곤 통하는
사이 아니니. 느이 남편은 요새 미국 지사 근무라며?"

노골적인 선망으로 친구의 얼굴이 천격스러워지는 걸 민망한
마음으로 바라보며 그녀는 얼굴을 붉혔다. 그리고 거짓말끼리
서로 부합돼야 한다는 새로운 부담감 때문에 안절부절못했다.
난 이런 상태에 약하거든. 그렇지만 저 스피커한테 분다는 게 무
슨 뜻인지 안다면 인내심을 최대한으로 발휘했으면 좋으련만.

"왜 그래, 별안간?"

"아, 아냐."

"얘는, 커피라도 좀 내놓으렴."

"그래, 그래, 내 정신 좀 봐."

선희는 부엌으로 들어섰다. 곤경을 쉽게 면할 수 있었다는 걸로 허둥지둥했다. 그녀가 물을 끓이고 커피를 타는 동안 친구는 집 구경을 샅샅이 하며 잠시도 입을 다물지 않았다.

"부잣집 며느리가 과연 좋긴 좋구나. 두 식구에 오십 평이 넘는 아파트라니. 전에 살던 그 큰 양옥도 안 팔았다며? 그렇지만 느이 시아버지도 여간 아니다, 얘. 이왕이면 며느리도 아들 딸려 보낼 것이지 끼고 있을 건 또 뭐니? 시아버지 사랑이 아무리 대단해도 남편 사랑만 할라구. 노인네도 주책이야. 당신이야 당신이 좋아서 홀아비 노릇을 마냥 하고 있지만 젊으나 젊은 내외를 뭣 때문에 생으로 독수공방을 시키노. 말이야 바른 말이지, 그 양반 홀아비 재미를 누가 모른다구. 요새 이런 아파트 얼마나 가니? 조 팔자 좋은 맹추가 그걸 알 까닭이 없지? 가만있자, 이 동네가 제일로 아파트값 비싼 동네지. 게다가 또 로오얄이네."

"로오얄이 뭐니?"

선희는 먼저 더운 커피를 한 모금 마시면서 물었다.

"요 팔자 좋은 맹추, 로오얄도 모르는 것 좀 봐. 십사층 아파트에서 십층이면 로오얄의 첫째 조건 합격. 게다가 정남향이고, 코너가 아니고 엘리베이터 박스 옆이 아니고 앞의 녹지대가 넓어 전망 좋고 그런 위치를 로오얄 박스라고 하는 거야. 것도 모르면서 로오얄에 앉았는 꼴 좀 보게. 하긴 난 너무 알아 탈이지만, 아파트, 보석, 모피, 골동품, 미술품, 화장품…… 뭘 모르니. 통속만 환하면 뭘 해. 하나라도 있어야 말이지. 참, 내 정신 좀 봐. 하마터면 용건을 까먹을 뻔했네. 너 또 보험 하나 들어줘야겠다. 이번달 내 할당이 오천만원인데, 말이 쉽지 오천만원이 어디 쉽니? 고전할 때마다 네가 도와준 거 나 안 잊는다. 그렇지만 그 목돈 네가 타는 거지 내가 타는 거 아니다. 너 이번 한 번만 더 도와줘라 얘. 부자 친구 둬서 좋다는 게 뭐니? 이번엔 정말 다급해. 네가 정 못 도와주겠다면 느이 시아버지한테라도 쳐들어갈 판이야. 정말이야. 내가 못 할 줄 아니? 친구의 시아버지면 큰 연줄이다, 너. 여직껏 이용 안 한 건 네 체면 봐서지 내가 뭐 숫기가 모자라선 줄 아니?"

친구가 얼굴 가득히 미소를 띠며 보험계약서를 펴 들었다. 선희는 그 친구를 통해 수도 없이 보험계약을 맺었었다. 그러나 보험금을 지불해본 적도, 탄 적도 없었다. 부잣집 마나님은 그런 일을 직접 하는 게 아니라는 거였다. 터무니없이 고액의 보험계약을 맺으려 할 때도 선희가 놀라거나 깎아내리려고 하면 네 돈 낼 거 아닌데 쩨쩨하게 굴지 말라고 되레 핀잔을 주었다.

"시아버님께 죄송스러워 어쩌지?"

선희는 입 속으로 중얼거렸다.

"얘는, 시아버지 돈 모아드리는 게 다 죄송한 주제에 애도 하나 못 낳는 건 한 번도 고민하는 걸 못 봤으니 알다가도 모를 계집애라니까."

목적을 달성한 친구는 아부하던 언변을 싹 바꾸어 품고 있던 생각을 속 시원히 털어낼 기세였다. 선희는 뜨끔해서 못 들은 척했다.

"꼴값하고 있네. 제까짓 게 그래도 은행나무다 이거지."

밖에선 가을이 깊어가고 있었다. 생긴 지 얼마 안 되는 단지라 건물에 비해 녹지대의 나무들이 빈약했다. 진입로의 가로수도 회초리만 했다. 거기 몇 개 안 남은 잎이 노란 색종이가 날아가다 어쩌다 걸린 것처럼 생소하게 샛노란 걸 친구는 그렇게 비웃었다. 친구의 무작정 지질거리는 증오가 선희의 가슴을 답답하게 짓눌렀다. 그녀는 허우적거리듯 힘겹게 말했다.

"십 년만 있으면 근사한 터널이 될 거야. 나도 저게 은행나무란 걸 인제 알았지만 저것들이 크게 자라 한꺼번에 샛노랗게 물들 것을 상상해봐. 저 길은 강변까지 통하니 얼마나 로맨틱한 아베크 코스가 되겠니?"

"너 여기서 십 년씩이나 살 거니?"

"나 아니라도 누구든지 살 거 아니니?"

"살긴 살겠지. 그렇지만 은행나무를 베어다 땔감을 할 아귀 같은 빈민들이나 살 테니 저 나무가 살아남겠니?"

"그게 도대체 무슨 소리니?"

"너 그거 몰라? 십 년만 있으면 아무리 호화 아파트도 빈민촌이 된다는 거. 겉모양만 번드르하지 벽 속에 든 정작 중요한 물자는 수명 십 년이 고작이라니, 아이, 끔찍해."

친구가 과장된 동작으로 몸서리를 쳤다.

"무슨 말을 그렇게 살맛 안 나게 하니?"

"너만 살맛나게 사는 게 심통 나서 이제 가봐야겠다. 오라는 덴 없어도 갈 데는 많은 몸이야. 요샌 해가 짧아 파이더라."

친구가 어깨를 추슬렀다. 어깨를 무턱대고 강조한 낡은 바바리 속의 친구 몸이 으스스해 보였다. 분홍색 앙고라 스웨터를 주고 싶다고 생각했지만 그러질 못했다. 그 곱고 따뜻한 것과 걸맞은 곱고 따뜻한 마음과 만나고 싶은 그리움이 목줄기를 타고 통곡처럼 치받치는 걸 참기만도 힘겨웠다.

친구가 간 후에 그녀는 열시까지 꼼짝 않고 소파에 앉아 있었다. 열시 정각에 인터폰이 울렸다. 인터폰 옆의 천장에서 늘어진 화초가 메마른 채 미미하게 흔들리는 게 보였다. 안 받을 테다. 오늘밤은 기어코 안 받을 테다. 그녀는 미처 삼십 초를 지탱하지 못할 결심에 온종일의 살맛을 불태웠다. 그녀의 맹렬한 살맛은 삼십 초 만에 무너졌다.

"내다."

"네, 아버님."

"왜 여직껏 자지 않고……"

"네, 이것저것 할 일이 좀 남아서요."

"일찍 자도록 해라."

"네, 아버님. 안녕히 주무세요."

피차 녹음된 목소리로 대신해도 될 만큼 인터폰을 통해 그들이 주고받는 대화는 날마다 똑같았다. 그 시간에 그 목소리를 들을 때마다 선희는 자신의 권태롭고 무의미한 일상이 그 시간을 정점으로 하고 있다는 데 심한 낭패감을 느꼈다. 어쩌다 용건이 있을 땐 전화를 이용하는 시아버지가 그 시간의 그 소리만은 꼭 인터폰을 이용했다. 마치 우리는 한 단지 안에서 서로 의지하고 사는 가족끼리라는 걸 언제나 유념하고 있으란 경고처럼.

시아버지는 많은 사람을 거느리고 돌보는 위치에 있으니만큼 사람 다루는 데는 능구렁이였다. 사람에 따라 그 대접의 방법을 조금씩만 달리 해도 자신의 관심도가 얼마나 크게 확대되어 상대를 감격시키는지 알고 있었다. 선희는 바로 그게 싫다 못해 그 소리에 의해 조만간 미치고 말 것 같은 예감을 즐기고 있기까지 했다.

선희는 시아버지가 그 밑에 거느리고 돌보는 일이 온통 이상 없음을 최종적으로 확인하는 마무리 작업인 기계로 찍어낸 것처럼 완벽하게 독선적이고 완벽하게 인자한 목소리를 듣다 말고 느닷없이 준형이 병적으로 드러내보인 지배욕의 원형 같은 걸 엿본 느낌으로 소스라칠 적도 있었다. 그러나 그녀가 보았다고 생각하는 걸 어떻게 누구에게 증거할 수 있단 말인가?

오늘따라 시아버지는 그녀의 안녕히 주무세요라는 인사가 끝난 후에도 인터폰을 끊지 않았다. 어른이 통화를 끊기 전에 먼저 끊어선 안 된다는 예절에 길들여진 그녀는 수화기를 든 채 시아버지의 침묵에 귀를 기울였다. 시아버지의 침묵은 처음이었다.

처음엔 다만 곤혹스러웠지만 차츰 뭔가가 들려오는 것 같았다. 사람 사는 것의 덧없음, 늙어가는 일의 쓸쓸함, 사람마다 숨겨놓은 고독의 두려움. 그런 어둑시근한 것들이 그 침묵 속에서 우울하게 웅성대고 있었다. 그것은 그녀가 여직껏 나이 먹으면서 감지한 그런 것들보다 훨씬 깊고 부피 있는 어둠으로 그녀를 끌어당겼다. 그녀는 그것을 거역하기 위해 안간힘 쓰면서도 수화기를 내려놓지 못했다.

"아가, 외롭쟈?"

침묵 끝에 들려온 이 한마디는 처음 들어보는 시아버지의 육성이었다. 귓전에 생생하게 숨결과 체온마저 느껴지는 이 한마디 육성이 무거운 추처럼 그녀를 곧장 그 깊이 모를 어둠으로 끌어들였다. 그녀는 그 속으로 끌려들어가면서 실로 오랜만에 편안감을 맛보았다.

무중(霧中)

지독한 안개였다. 일층인데도 베란다에서 땅이 안 보였다. 내가 일층에 있다는 것조차 믿을 수 없을 만큼 막막한 깊이가 고여 있었다. 안개는 빛도 아니고 어둠도 아니었다. 필시 하늘과 땅, 빛과 어둠이 나누어지기 전에 혼돈이 그러했으리라. 덫에 걸린 맹수처럼 울부짖는 차들의 소리도 거리감 없이 다만 괴기하게만 들렸다.

나는 베란다의 쇠난간 사이로 다리를 하나씩 넣고 걸터앉았다. 난간 사이는 내 넓적다리가 꼭 낄 만했다. 나의 희고 늘씬한 다리를 안개에 담가보고 싶었다. 안개는 여울물처럼 차고 새벽의 풀섶처럼 눅눅했다. 나도 바람난 계집애였다. 새벽의 풀섶을 헤치고 돌아와 간밤에 빗장 따는 대문을 가만가만 열고 들어서려는데 대문 뒤에 지키고 섰던 어머니의 무서운 눈과 마주친 날 나는 고향을 떠났다.

베란다 난간 사이로 양다리를 내밀고 걸터앉아 발장구 치는 일은 막상 해보니, 남의 아이들이 그렇게 하는 걸 보고 부러워한 것처럼 편하지만은 않았다. 나의 엉덩이는 베란다의 좁은 턱에 의지하기엔 너무도 컸다. 그래도 나는 양손으로 쇠난간을 움켜잡고 오래 그러고 있었다. 넓적다리까지 넘실대게 여울물이 흐르고 간밤 동안 더욱 싱싱하게 날이 선 억새풀이 종아리를 할퀴었다.

학봉 골짜기에서 흘러내린 물줄기 중의 하나가 우리집 텃밭을 돌면서 물살 센 여울을 이루었다. 그 물은 복중에도 뼈가 시려 누구도 오래 미역 감지 못했다. 더군다나 팽나무집 맏며느리 갑순이가 김매다 말고 더위를 먹었는지 비틀비틀 옷 입은 채 곧장 여울물에 뛰어들었다가 당장 시체가 되어 떠올랐다고 전해지고부턴 그곳은 귀신 붙은 여울목이 되어 아무도 미역 감으려 들지 않았다. 나는 여름밤에 미역 감는 일조차 어머니 몰래 해야 했다. 어머니는 물귀신을 안 믿는 딸을 물귀신보다 더 섬뜩하게 여기는 것 같았다.

그 동안 열어놓은 문으로 안개가 밀려들어와 방 속도 눅눅했다. 전등갓 근처에 둥실 떠 있던 한 다발의 안개가 혼백(魂魄)의 자락처럼 인기척에 무산하는 것을 바라보면서 나도 뒤늦게 소름이 쫙 끼쳤다. 팬티 밑 노출된 살갗엔 온통 모래알처럼 굵고 단단한 소름이 돋아 있고 군데군데 푸릇푸릇 얼어 있기까지 했다. 나의 자랑인 길고 유연한 다리가 남의 다리처럼 울퉁불퉁 징그러웠다.

베란다와 반대쪽 문만 열면 욕실이라는 게 나를 즐겁게 했다. 따뜻한 물에 언 몸을 담그는 행복을 무엇에 비길까? 머리끝서부터 발끝까지 완벽하게 행복했다.

내가 불 때거나 연탄 갈지 않고도 알맞게 따뜻한 방과 여성잡지 컬러 페이지의 싱크대 선전과 똑같이 생긴 부엌과 언제나 더운물을 쓸 수 있는 욕실이 있는 십팔 평짜리 아파트가 내 거라는 행복감이 쾌적한 온도의 따뜻한 물이 되어 젖가슴까지, 목고개까지 차올랐다.

그맘때쯤 옆집에서도 욕실 쓰는 소리가 들렸다. 옆집 욕실과는 벽 하나를 사이에 두고 붙어 있어서 물 트는 소리, 샤워하는 소리, 변기 쓰는 소리, 이 닦는 소리, 물 빠지는 소리를 따로따로 가려 들을 수도 있었다. 나는 옆집의 그런 소리를 들을 때마다 옆집 사람은 그런 일을 너무 조심스럽게 한다고 생각했다. 물론 벽을 하나 사이에 두고 듣는 소리라 내 집 일처럼 크게 들리지 않는 것을 감안하고도 옆집의 그런 소리는 지나치리만치 주눅이 들어 있었다.

옆집 사람은 진짜 신산가봐, 나는 옆집에 사는 사람을 남자밖에 본 적이 없기 때문에 이렇게 생각했다. 일층엔 옆집과 우리 두 집밖에 없었다. 고작 십팔 평짜리 아파트라 복도로 난 문은 여인숙의 방문처럼 다닥다닥 붙어 있었지만 일층에 입주한 가구는 우리 두 가구밖에 없었다. 아파트 경기가 없는데다 일층은 인기가 없어서 나머지는 아직도 미분양 상태였다. 옆집이 먼저 입주하고 우리가 두번째였다. 두 집은 공교롭게 나란히 붙어 있었다. 그러니까 옆집 남자가 수돗물 하나 시원히 못 틀고 신경을 쓰는 건 순전히 나 때문이라고 생각되자 내가 아래층의 수많은 빈집 중에서 하필 그 남자의 옆집을 골라잡은 게 미안해졌다.

신사의 이웃이 됐으니 자연히 숙녀가 될 수밖에 없었다. 나 역시 수도꼭지를 반쯤만 틀고, 샤워도 소리 안 나게 쓰고 양치질할 때 물을 한 모금 물고 고개를 젖히고 목젖이 울리게 부글대는 상스러운 버릇도 고쳤다. 슬리퍼를 철썩거리고 걷다가도 깜짝 놀라면서 발끝으로 걸었다.

그러면서 본의 아닌 이런 숙녀 노릇이 슬그머니 편해지기 시작했다. 숨어 사는 것도 아니겠다, 어엿한 내 집이겠다 이게 무슨 꼴이람, 이러면서 기죽을 펴려고 해도 안 됐다. 어엿한 내 집이라는 건 의심할 여지가 없었지만 누구에겐가 쫓겨 숨어 살고 있을지도 모른다는 의심은 날이 갈수록 더해졌다. 옆집 남자 탓만은 아니었다. 옆집 남자에 의해 내가 자신에게조차 감추고 싶은 이런 생각이 좀더 분명해졌다뿐 그런 의심은 지금처럼 늘어진 팔자가 시작될 때부터 피할 수가 없었다.

아빠가—나를 귀여워해주고 놀고먹도록 돌봐주는 친절한 남자를 나는 그렇게 불렀다—아파트를 하나 사줄 테니 이제 그만 들어앉으라고 말했을 때 나는 충격처럼 갑자기 내가 이 도시에서 몸을 함부로 굴리며 허덕이고 희구하던 소원이 뭔지를 깨달은 것 같았다. 그건 아파트를 하나 갖는 거였다.

내 아파트를 갖게 되다니. 이 도시에서 몸 하나로 벌어먹고 산 지 칠 년이 되건만 이 도시는 조갑지처럼 입을 다물고 나를 약올렸다. 마침내 조갑지를 열었다는 복수심 같은 게 마냥 나를 즐겁게 했다.

"아빠, 이왕이면 난 강변이 좋아."

나는 이렇게 아빠에게 응석을 부렸다. 아빠와 나는 곧 아파트를 보러 다녔다. 강변엔 아파트도 많았다. 그중에서도 호화롭고 비싸기로 소문난 아파트만 골라서 아빠는 나를 데리고 다녔다. 아빠는 기분파였다.

도시생활 칠 년 동안에 버는 대로 옷차림에만 집중 투자한 덕으로 명동 한복판에 내놓아도 꿀릴 게 없을 만큼 세련됐지만 먹는 것과 잠자리는 상경했을 당시와 별로 달라지지 않은 조악하기 짝이 없는 게 내 형편이었다.

그런 내 눈에 오십 평, 육십 평 아파트는 눈요기하기만도 벅찼다. 내 빈약한 상상력으로는 베르사유 궁전도 그 이상을 넘지 못했다. 눈이 뒤집힌다는 과장된 표현이 왜 있어야 하는지 알 것 같았다.

그러나 나는 먼저 나 자신을 알아야 했다. 자주 자신을 됫박과 비유해가며 소유할 수 있는 것과 할 수 있는 것을 되보길 잘하는 나의 버릇을 나의 통 큰 친구들은 옹졸하다고 비웃었지만 남이 뭐라든 그건 나의 마지막 미덕이었다.

기분파이면서도 능구렁이기도 한 아빠는 내가 육십몇 평에서 오십몇 평으로, 오십몇 평에서 사십몇 평으로 자꾸만 낮추는 걸 다만 미소로써 지켜볼 뿐 자신의 의사표시는 전혀 하지 않았다. 어차피 아빠에겐 나나 아파트가 장난감이었다. 드디어 십몇 평으로까지 자신의 값을 하락시킨 날 아빠는 "쇠뿔도 단숨에 빼랬다구……" 하면서 지금의 아파트를 계약하려 들었다.

그렇다고 아빠와 내가 의견 충돌이 전혀 없었던 것은 아니다. 나는 십몇 평짜리는 십몇 평짜리만 모여 있는 서민 아파트 단지를 원했는데 아빠는 굳이 지금의 이 맨션아파트 단지를 고집했다. 이 단지는 최소가 사십 평인 자타가 공인하는 고급맨션 단지인데 어떻게 된 게 십팔 평짜리 한 동이 혹처럼 붙어 있었다.

"○○동의 ××맨션이라면 세상이 다 알아주게 돼 있어. 십팔 평짜리도 있다는 건 아마 한 단지 안에서도 잘 알려지지 않았을걸."

아빠는 이러면서 좋아했지만 난 되레 그게 떨떠름했다. 그러나 나는 아빠의 뜻을 따르기로 했다. 최근에 분양된 거라 깨끗한 게 마음에 들었고, 평수가 넓은 동은 높은 경쟁률이 붙어 분양된 후에도 최고 기천만원씩의 프리미엄이 붙었다는데도 십팔 평짜리는 아직도 미분양된 호수가 많아 분양가에 살 수 있어서 좋았다. 아빠는 돈 걱정 같은 건 하지 말라고 했지만 그럴수록 눈치껏 처신하는 게 귀염을 오래 받을 수 있는 비결이라고 나는 알고 있었다.

이렇게 서로 조금씩 양보해서 일이 다 잘돼가다가 막상 벌집처럼 붙은 무수한 십팔 평 중의 하나를 골라잡을 때 아빠와 나는 또 한번의 의견 충돌을 겪었다. 나는 텅텅 비어 있는 일층에서 하나를 골라잡으려 들었고 아빠는 될 수 있는 대로 높은 층을 원했다.

"이런 바보. 아파트는 일층이 제일 인기가 없고 값도 싸다는 것도 몰라? 높은 층 좋은 자리는 여기도 벌써 프리미엄이 붙었고 사이드나 이삼층도 빈집이 몇 안 남았는데 아래층만 텅텅 비어 있는 것만 봐도 알조지. 딴것도 아니고 집이란 비록 작은 집이라도 투자가치라는 걸 생각해야 돼. 이 남는 건 고사하고 팔고싶을 때 안 팔릴 집처럼 곤란한 것도 없으니까."

그러나 그건 남들의 사정이고 내 사정은 달랐다. 나는 베란다에서 뛰어내리면 직사할 것 같은 고층에서 살 수 없었다. 이삼층은 직사는 안 해도 발목이 삐거나 부러질 게 뻔했다. 발목을 삐고는 멀리멀리 도망치지 못한다. 불이 나서 창문으로 뛰어내린 거라면 발목쯤 삐어도 목숨만 살면 그만이지만 나에겐 불보다 더 무서운 게 있었다. 멀리멀리 도망치기 위해 발목을 삐지 않고도 뛰어내릴 수 있어야 했다.

뭔가에 쫓기고 있다는 느낌은 아빠한테 종종 귀염받는 거 외엔 내 몸이 편하게 놀고먹을 수 있게 된 후부터 싹튼 거였지만 앞문으로 쫓아왔을 때 뒷문으로 도망갈 궁리까지 할 만큼 구체적인 게 된 것은 내 집을 사러 다닐 때부터였다.

아빠와 내가 함께하는 생활은 처음부터 떳떳지 못했다. 떳떳지 못한 남녀가 함께하는 시간을 위해 도시는 수많은 여관과 방 갈로를 거느리고 있었다. 이런 떳떳지 못한 생활의 유동적인 습성이 떳떳한 사람들의 붙박이 생활에 끼어들기 직전에 그 정도 의 자구책을 강구하는 건 당연했다.

그러나 나는 아빠에게 이런 자세한 이야기까지 할 수 없었다. 내가 그를 아빠라고 부르는 것처럼 그는 나를 큰아기로 불렀다. 그만큼 아빠는 나를 이 풍진 세상에서 안전하게 보호하고 있다 고 믿고 있었다. 그런데 쫓기고 있다니, 그건 아무리 내 망상이 라 해도 아빠의 자존심을 해칠 만했다.

나는 아빠의 자존심을 해칠 만한 사연은 쑥 빼고 덮어놓고 일 층을 고집했기 때문에 아빠와의 대립은 좀 심각해지고 말았다. 아빠는 일 주일도 넘어 나한테 발길을 끊었고 나 역시 십팔 평의 내 집이 생기는 일생일대의 행운을 놓쳐도 그만이라고 생각할 정도로 고집을 피우고 있었으니까. 나에게 집이란 은신처를 뜻 했고 도망칠 구멍을 터놓지 않은 은신처는 무의미했다.

결국 아빠가 우리 큰아긴 언제 철이 들어 세상물정을 좀 알게 될꼬? 하는 한마디로 내 고집에 져주어 나는 십팔 평짜리 나의 아파트를 갖게 됐다.

아빠는 나하고 미리 약속한 날만 찾아왔다. 그 밖의 날은 나 의 자유였다. 그러나 쫓기고 있다는 의심으로부터 자유로워질 순 없었다. 화장품장수가, 예수쟁이가, 참기름장수가, 자연식품 선전꾼이 벨을 누를 때마다 나는 일단 나를 쫓는 사람을 연상하고 아울러 도망갈 구멍을 점검하고 나서 문을 열었다. 아직도 나는 나를 쫓는 사람을 본 적이 없었다. 그러나 나는 미물이 배우지 않고도 천적의 얼굴을 알 듯이 그의 얼굴을 알고 있었다. 그의 얼굴은 조강지처라는 여자 중에서도 가장 거룩하고 매력 없는 여자의 얼굴일 수도 있고, 만화영화에 나오는 정의의 사도의 얼굴일 수도 있었다. 나는 내 망상 속에서 자주 그 얼굴과 만났다.

그렇다고 아빠가 나 때문에 조강지처를 박대했다거나 정의를 짓밟은 증거를 가지고 있는 건 아니었다. 증거는커녕 그런 낌새조차 느낀 적이 없었다. 아빠가 가끔 나를 귀여워하고 싶어한다는 것 하나만 확실할 뿐 그 밖의 아빠는 나에겐 오리무중이었다. 알려고도 하지 않았다.

아빠가 오기로 된 날을 기다리는 동안 나는 자주 따뜻한 물에 목욕하고 이것저것 먹고 싶은 걸 해먹고 낮잠도 자고 텔레비전도 봤다. 어린이 놀이터에서 아이들이 노는 걸 바라보는 것만으로 한나절이 간 적도 있었다.

밤엔 조금 무서웠다. 아빠가 밤에 온 적은 한 번도 없었기 때문에 나는 혼자서 밤을 보내는 데 익숙했다. 그렇지만 아래층에 아직도 두 집밖에 살고 있지 않다는 게 휜한 나머지 지나치게 옆집에 신경을 썼다. 도대체 옆집에 사람이 살고 있기나 한지. 욕실에서 물 쓰는 일조차 신경을 써가며 소리 안 나게 가만가만 하는 골수 신사고 보니 그 밖의 인기척이 날 까닭이 없었다.

그러나 상가에 불이 꺼지고 단지를 드나드는 차소리도 멎은 깊은 밤중이면 나는 칠흑 같은 어둠 속에서 남자의 숨소리와 심장 뛰는 소리를 들을 수가 있었다. 그건 분명히 쫓기는 자의 거칠고도 짓눌린 숨결이었다. 그건 어쩌면 나 자신의 숨결과 심장의 박동인지도 몰랐다. 나는 그의 숨결과 내 숨결을 구별할 수가 없었다. 그의 심장 뛰는 소리와 나의 심장 뛰는 소리를 구별할 수가 없었다. 그래서 서로 가슴을 맞대고 쫓기는 불안을 함께하고 있는 것 같은 착각에 사로잡히곤 했다. 내가 남자와 부둥켜안고 있는 공상을 하면서 전혀 정욕을 안 느껴보기도 처음이었다. 정욕은커녕 그 남자와 함께라면 온 세상이 썩은 내를 풍기며 부패한다 해도 싱싱한 채 청청한 하늘을 우러를 수 있을 것 같았다.

날이 밝으면 물론 밤사이의 망상은 사라졌다. 특히 그가 쫓기고 있다는 건 터무니없는 추측이었다. 그는 아침에 욕실을 쓰는 거 외엔 온종일 인기척이 없었지만 남자니까 아마 출근을 해야만 할 것이다. 그의 아내를 본 적은 한 번도 없었다. 없거나 아니면 그를 닮아서 이웃에 지나치게 신경을 쓰는 조신한 여자일 것이다. 그에게 아내가 있나 없나 확인해보는 건 쉬운 일이지만 그러고 싶지 않았다. 일단 그의 아내를 만나보고 나면 그를 밤마다 부둥켜안을 수가 없겠기 때문이다. 보지 못했기 때문에 없는 셈 치기도 수월했다.

목욕을 끝내고 보디로션을 온몸에 처덕거리고 거울 앞에서 드라이어로 젖은 머리를 말리면서 고슬고슬한 걸 내 마음에 드는 웨이브로 푸는 동안 안개가 갰다. 화장을 만족스럽게 마치고 다시 베란다로 난 창을 열다 말고 나는 깜짝 놀랐다. 베란다 옆 녹지대의 어린 나목들, 상록수, 잔디 할 것 없이 온통 은백색으로 빛나고 있었다. 우리 창 앞에 서 있는 삐쩍 마른 어린 벚나무의 가장귀가 그렇게 섬세하고 아름다운 줄은 미처 몰랐었다. 우리 집 앞 녹지대뿐 아니었다. 단지 내의 모든 나무들이 일제히 마술에 걸려 곶감처럼 회디흰 시설을 내뿜은 것처럼 동화적인 은백색을 하고 있었다.

안개 속에서 눈이 왔나? 그러나 찻길과 보도블록에 눈의 흔적은 없었다. 눈처럼 회되 눈처럼 헤프지 않고, 훨씬 더 결곡했다.

그럼 서리인가? 그러나 서리처럼 차갑되 서리처럼 반지빠르지 않고 훨씬 더 넉넉했다. 눈인들 서리인들 저다지도, 아무리 잔 가장귀나 가시 하나라도 빠뜨릴세라 보탤세라 본디 모양대로 완벽하게 감쌀 수는 없는 일이었다.

측백나무의 이파리 하나하나까지 그 섬세한 모양 그대로 회디희게 반짝이고 있어 마치 유리창에 피어난 절묘한 성에꽃을 한 필의 직물처럼 걷어다가 걸어놓은 것처럼 환상적으로 보였다.

이게 무슨 조화일까? 나는 마치 꿈을 꾸고 있는 것 같았다. 더군다나 안개가 갠 것만 좋아라고 이런 절경엔 관심도 없이 바삐 지나다니는 차와 사람들을 보고 있으려니 내 눈이 더욱 의심스러워졌다.

이때 나는 문득 옆집 베란다 밑에 웅크리고 앉은 남자를 보았다.

"안녕하세요."

오다가다 몇 번 눈길이 마주친 적은 있어도 말을 시켜보긴 처음이었다. 허심한 눈길이 인상적일 뿐 보통으로 생긴 남자였다.

"아, 네."

남자답지 않게 참새처럼 민감하게 놀라면서 나를 쳐다보았다. 허심한 눈길에 아직도 찬탄의 흔적이 남아 있었다. 나는 그게 반가웠다. 그도 영문 모를 환상의 세계에 도취해 있었다고 알아차렸다.

"뭐 하세요?"

"아, 네 그저……"

남자가 엉거주춤 어쩔 줄을 몰랐다. 그는 파자마 바람이었고 한쪽 가랑이 솔기가 터져 삐쩍 마른 정강이가 벌쭉댔다. 그는 신사가 아냐, 나는 그게 유쾌해서 웃음이 났다.

"뭐 하시냐니까요, 거기서?"

"아, 네. 안개를 보고 있었습니다."

"안개를요?"

나는 그가 여직껏 그의 베란다 밑의 작은 장미나무 떨기를 들여다보고 있었다는 걸 알고 있었다. 나는 그의 이 기상천외의 대답에 적이 당황했다. 그는 신산가봐를 그는 미쳤나봐로 고쳐야 할 것 같았다. 그러나 두렵진 않았다. 나는 곧 한층 유쾌해졌다. 이제 안개는 흔적도 없이 개고 유난히 맑고 쌀쌀한 아침이었다.

"안개를 좋아하시는군요?"

"글쎄요."

"저도 좋아해요."

"난 뭐……"

남자가 도망가고 싶은 것처럼 난처한 얼굴을 했다.

"아까 난 안개에다 발을 씻었어요."

"아, 네. 참 지독한 안개였죠?"

"그렇지만 지금은 흔적도 없이 사라졌잖아요?"

"아뇨."

그가 정말 미친 사람처럼 자신 있게 대들었다.

"아니면?"

"그놈이 드디어 꼬리를 잡혔어요. 아니 온몸을 송두리째. 난 드디어 안개의 입자를 보았습니다. 같이 구경하지 않겠어요?"

그가 베란다 밑에서 나에게 손을 내밀었다. 나는 주저하지 않고 그의 가슴을 향해 뛰어내렸다. 그의 손은 찼지만 그의 가슴은 듬직했고 몸에선 구수한 담배 냄새가 났다.

"자아, 이것 보세요."

그가 희게 반짝이는 장미 가장귀를 가리키며 말했다. 나의 동의를 구하는 것처럼 그의 눈에서 찬탄이 싱싱하게 되살아났다.

"그게 그럼 안갠가요?"

"네, 안개가 미처 도망가지 못하고 닿았던 자리에 이렇게 얼어붙은 거죠."

"댁은 그럼 정말 안개를 보았군요?"

"댁도 볼 수 있어요. 자아."

그가 나를 자꾸 끌어 잡아당겼다. 나는 공부도 많이 안 했는데도 시력이 안 좋았다. 그 남자처럼 안개의 입자를 하나하나 볼 수는 없었다. 그러나 그게 얼마나 아름다운지는 단박 알 수 있었다. 마음으로 본 것도 같았고, 그 남자의 찬탄에 감염된 것도 같았다. 뒤미처 나는 그의 숨결과 심장 뛰는 소리를 들었다. 그 소리는 내가 꿈속에서 감지한 것처럼 거칠고도 짓눌린 듯한 소리였다. 우린 쫓기고 있다! 밑도끝도없는 그런 생각은 허황하고도 감미로웠다.

"언제까지 이러고 있을 건가요?"

나는 그와 나의 너무도 다정한 자세에 대해 묻고 있었다. 그러나 그는 안개에 대해 대답했다.

"곧 사라지겠죠? 햇살이 퍼지고 기온이 오르면……"

"이웃이 돼서 반가워요. 부인은 안 계신가요?"

나는 그의 손을 놓으며 열린 창문을 통해 그의 집 안을 훔쳐보며 말했다.

"네, 여행중입니다."

"어머, 멋있는 분인가봐요?"

"왜요?"

"남편을 집 보게 하고 훨훨 여행을 떠나다니 얼마나 멋있어요?"

"그게 그런가요?"

"저녁에 초대해도 되겠어요? 우리 남편도 여행중이거든요. 일
년에 열석 달은 아마 여행으로 보내나봐요."

"재미있는 분이군요."

"본인은 재미있을지 몰라도 아내는 쓸쓸하답니다. 댁은 외롭
지 않으세요? 부인이 여행중일 때 말예요."

"아, 네. 별로 못 느껴봤는데요."

"저녁초대, 응해주시는 거죠?"

"아뇨, 아닙니다. 오늘 저녁엔 약속이 있습니다."

그가 휙 몸을 돌이켜 난간을 휘어잡더니 원숭이처럼 민첩하게
베란다로 기어올라 안으로 들어가버렸다.

반상회날 나는 처음으로 동네 사람들과 인사를 나누었다. 옆
집에선 아무도 나와 있지 않았다. 내가 일층 몇호에 입주한 누구
누구라고 자기 소개를 하자 여기저기서 한마디씩 했다.

"팔층 사이드도 비었는데 왜 하필 일층을 했어요?"

"팔층 사이드보다도 이층 한가운데 남향이 낫지, 안 그래요?"

"이층 남향보다는 구층 동향을 더 쳐줄걸요. 구층 동향에 딱
한 집이 남아 있었는데 바로 오늘 나갔답니다."

"이제 일층 빼고는 거의 다 들어찼죠? 아마."

"봄만 돼봐요. 일층이라고 마냥 비어 있겠어요?"

"봄 아니라도 저이처럼 일부러 일층 찾는 사람도 있으니까."

"아파트 처음 살아보는 사람 중에 더러 저런 사람이 있어요.
땅 떠나면 죽는 줄 알고 경제성 같은 건 고려를 안 하거든요."

일층 산다고 이건 숫제 무지렁이 취급이었다.

"맨션에선 한겨울에도 반소매에 발 벗고 산다더니 우리 맨션은 올겨울에 왜 그렇게 추웠죠? 참 별꼴이야."

"정말이에요. 맨션 체면이라는 게 있지. 난 이사 오기 전에 겨울내복을 싹 정리했다가 겨우내 감기 떠날 날이 없었다니까요. 맨션 체면에 남부끄러워 말도 못 하고."

너나 할 것 없이 똑같이 십팔 평에 사는 주제에 말끝마다 맨션이었다. 여자들이 맨션, 맨션 할 때마다 그 표정까지 함박꽃처럼 염치없이 피어났다. 대개 처음 집 장만을 했거나, 연탄 때는 작은 땅집 아니면 연탄 때는 서민 아파트에서 옮겨온 걸로 보이는 이들에게 맨션이란 몽매에도 그리던 지상의 목표였음직했다. 나는 가당치도 않게 그들에게 연민을 느꼈다. 그들의 맨션 콤플렉스는 반상회 도중에도 문득문득 나타나곤 했다.

집집마다 몇월 몇일 몇시를 기해 일제히 쥐약을 놓자는 반상회의 공지사항을 반장이 읽자 그건 서민 주택에나 해당되는 소리지 맨션에 쥐가 어딨냐고 너도 나도 한마디씩 했다. 집집마다 문패를 달자는 대목도 있었다. 문패도 서민 주택에나 어울리지, 호화 주택이나 맨션의 문패는 하이힐 신고 댕기꼬랑이 늘인 꼴일 거라고 누가 재빨리 농담을 했다. 그 말도 안 되는 농담을 여자들은 박장대소하면서 좋아했다.

그 밖에 특별히 맨션에 저촉되지 않는 조항들은 열심히 귀를 기울이고 때로는 진지한 질문도 했다.

반상회의 공식적인 순서가 끝나자 커피와 과일이 나왔다.

"아이 달아, 나는 블랙으로 드는데."

"나도예요. 요즈음 허리가 굵어져서요."

"설탕이 몸에 그렇게 해롭다면서요?"

"그걸 인제 알았수. 소금도 설탕 못지않게 해롭다는 게 밝혀지고, 아무튼 야단이야."

"커피도 하루 석 잔 이상 마시면 심장에 부담을 준다는 게 밝혀졌다면서요?"

"된장이 암을 유발하는 게 밝혀진 건 어떡허구요? 그까짓 커피 끊는 건 문제없지만 된장을 끊어야 할지 말아야 할지 요새 큰 고민이라니까요."

"그러게 모르는 게 약이에요."

"그렇지만 오늘 다르고 내일 다르게 새록새록 밝혀지는 사실이 신문 텔레비를 통해 쏟아져들어오는 걸 어떻게 모른 척해요."

"하긴 그래요. 글쎄 우리나라 사람이 제일 좋아하는 외국이 미국이고, 제일 싫어하는 외국은 일본이란 게 밝혀졌단 소리를 듣고부턴 우리 옆집의 일본 여자하고 친하게 지내던 게 단박 뜨악해지더라니까요."

"참, 그 일본 여자 왜 반상회에 안 나와? 제가 뭐라구?"

"글쎄 말이야. 요다음엔 따끔하게 충고를 해야지."

"일층에도 한 가구 더 있을 텐데요?"

이번엔 반장이 나한테 추궁했다.

"아, 네, 마침 부인이 여행중이라나봐요. 제가 대충 전하죠 뭐."

"전하는 거야 인쇄물도 있는데 뭐 어려운가요. 반상회란 어디까지나 참석에 의의가 있다는 데 대한 인식이 문제죠."

"네, 그것도 전할게요."

나는 내가 무슨 잘못을 저지른 것처럼 괜히 필요 이상으로 쩔쩔맸다.

여자들의 화제는 곧 다시 근래에 밝혀진 것들로 돌아갔다. 새록새록 밝혀진 사실들이 돋아나온 루트가 무슨 연구소나 세미나가 아니라 매스컴이었기 때문에 나도 대강은 알고 있는 것들이었다. 나는 얼굴의 면적이 유난히 넓은 텔레비전의 앵커맨이란 사람이 그날 새롭게 일어난 사건 보도 끝에 본디부터 있었으되 새롭게 밝혀진 사실이나 현상을 일러줄 때면 반신반의하면서도 한편 그런 것을 밝혀낸 사람들에게 마음으로부터의 존경을 금할 수가 없었다.

그 유명한 앵커맨의 말을 전적으로 믿지 않고 반신반의밖에 못 했던 것은 그 밝혀진 게 하고많은 사람들이 일으킨 현상 중 너무도 극소수를 대상으로 한 조사나 통계의 결과이기 때문이었다. 그런 만용에 비하면 코끼리를 구렁이나 기둥 혹은 담벼락으로 밝혀낸 건 오히려 약과였다. 요즈음 유행하는 밝힘증을 애써 비유하자면 오밤중에 정전까지 겹쳐 칠흑에 잠긴 서울이란 거대한 도시 아무 데나를 작은 플래시로 한번 번쩍 비춰보고 나서 서울은 이러저러하다는 걸 밝혀냈다고 풍기는 허풍과도 흡사했다.

반신반의라도 해줄 수 있는 건 순전히 매스컴이란 막강한 빽 때문이었다.

그러면서도 존경을 금할 수 없는 것은 내 소견으론 아무리 보아도 갈피 잡을 수 없는 막막한 혼돈으로밖에 안 보이는 사람 사는 켯속에 대해 반딧불이든 플래시든 아쉬운 대로 들이대고 그 속에서 일어나는 문제와 현상의 의미를 밝혀내려는 노력이 어디선가에서 끊임없이 이어져오고 있다는 데 대해서였다.

"어제 뉴스시간에 그 끔찍한 얘기 들었어요?"

"아아 그 민여인 살해사건이요?"

"아니 그까짓 살인사건 안 일어나는 날 있나 뭐, 그거 말고 십대의 성(性)경험이 사십 퍼센트나 되는 걸로 밝혀졌단 뉴스 말예요."

"사십 퍼센트나? 난 삼십 퍼센트로 들었는데……"

"아녜요, 사십 퍼센트가 틀림이 없다니까요."

"그래요, 사십 퍼센트가 맞는 것 같긴 한데 난 우리나라가 아니고 미국 얘긴 줄 알았는데……"

"아유, 이렇게들 못 믿으시긴. 사십 퍼센트고 우리나라인 게 틀림이 없다니까요. 내 코앞에 닥친 일인데 내가 그걸 비면하게 들었겠어요?"

"코앞에 닥쳤다니요?"

"우리 큰애가 올해 아홉 살이니까요. 십대가 코앞 아녜요. 불안해서 미치겠어요."

"설마 십대 되자마자 무슨 일이 있을라구요."

"요새 애들 조숙한 것 말도 말아요. 세상은 또 얼마나 빨리 달라지구요. 아마 십대의 성경험도 올해니까 사십 퍼센트지 해가 갈수록 급속도로 늘어날 테니 두고 보세요."

그 여자의 예언은 인플레의 예언만큼이나 신빙성이 있어 보였다.

"맞았어요. 성교육의 시기도 자꾸 앞당겨지더니 이젠 글쎄 유치원이 적기라는 게 밝혀졌다지 뭐예요? 그 한 예만 보더라도 세상이 얼마나 눈부시게 발전하는지 알 만하잖아요?"

"발전이라구요? 그 한심한 작태가 발전이라구요?"

"그럼 후퇴랍디까?"

"아유, 발전이면 어떻구 후퇴면 어때서들 싸워요? 가만히 있는 건 하나도 없고 시시각각 변하긴 그거나 그거지. 그보다는 우리 아홉 살짜리가 큰일이네. 성교육할 시기까지 이미 놓쳤으니 이를 어쩐다지?"

아무리 걱정도 팔자라는 말이 있긴 하지만 그들의 걱정은 좀 지나쳤다. 지나침이 모자람만 못하다는 것의 참뜻을 알 것 같았다. 어쩌면 그들은 십대의 성경험에 대한 걱정이 지나친 나머지 그들의 자녀가 혹시 십대에도 성경험을 못 하고 넘어갈까봐 걱정하고 있는지도 몰랐다. 그들이라면 능히 그럴 만했다. 그들은 다만 밝혀진 사실의 신도(信徒)일 뿐이니까. 십대의 성경험이 격증하고 있다고 밝혀진 이상 그들의 자녀가 거기 못 낀다는 건 다행스럽기 전에 우선 불안한 일이 될 터였다.

나는 오싹 무서움증을 느꼈다. 밝혀낸 장본인은 영원히 익명이고, 밝혀진 사실은 비록 우리가 사는 광대무변한 혼돈 중의 극소 부분에 대한 조명에 지나지 않는다 하더라도 나머지 대부분이 이렇게 쌍수를 들고 거기 만장일치하고자 할진대 그 극소 부분의 편협한 조명 효과가 어찌 두렵지 않으랴.

나는 그들이 그들의 아이들이 십대에 성경험을 할까봐 걱정하는 일에서 해방되기 위해 숫제 채찍을 휘두르며 아이들을 미리 십대의 성경험이라는 함정 쪽으로 몰고 가고 있음을 빤히 바라다보는 것 같았다.

나는 그들의 얼굴에서 지난날의 나의 어머니의 얼굴을 보고 있는지도 몰랐다. 격렬한 분노가 나를 숨가쁘게 했다.

나도 십대에 성경험을 했다. 그러나 밤중에 빗장을 따놓고 나갔다가 새벽에 풀섶을 헤치고 이슬에 젖어 돌아온 날은 아니었다. 어머니는 그날 대문 뒤에 숨어 지키고 있다가 다짜고짜 대가리에 피도 안 마른 년이 바람부터 나서 암내를 피우고 다닌다는 쌍욕을 퍼부었지만 바람이 난 건 그후였다.

그날 내가 선생님의 숙직실에서 자고 온 건 사실이었다. 젊고 잘생긴 국어선생님이었다. 그 선생님이 나에게 『데미안』을 빌려주었다. 그걸 다 읽고 난 몽롱하고도 청결한 황홀경에서 선생님한테로 달려갔다. 그때가 밤중이라는 게 나에겐 별로 문제되지 않았다. 처음으로 책다운 책을 읽고 나서의 감동이랄까 충격이랄까 너무 벅차 혼자서는 파열해버릴 것 같았다. 선생님은 다 큰 계집애의 한밤중의 방문에 적이 당황해했다. 야단도 치고 달래기도 했다. 그분으로선 아마 최선을 다했을 것이다. 그러나 나는 신열에 들떠 헛소리하듯 데미안 얘기만 했다. 마침내 선생님도 나를 돌려보내기를 단념한 모양이었다. 이야기 상대를 해주었지만 붕 떠 있는 나를 끌어내리려는 상식적인 설교가 고작이었다. 선생님과 데미안을 정신없이 혼동하고 있던 나의 눈에도 조금씩 선생님의 범속한 인간성이 드러났다. 마침내 나는 하품을 했고 선생님은 내가 편히 자도록 밖으로 나가 어디를 얼마나 헤맸는지 바짓가랑이가 흠뻑 이슬에 젖어 돌아와 나를 깨웠고, 깨자마자 나는 십 리나 되는 새벽길을 달음질쳐 집으로 돌아왔다.

"어느 놈이냐? 응, 어느 놈이야?"

엄마가 눈에 불을 켜고 종주먹을 댔지만 나는 선생님의 이름을 대지 않았다. 엄마가 미친 듯이 날뛰었다. 내가 그때부터 나쁜 아이였음엔 틀림이 없다. 그때 나는 엄마의 광란에서 아직도 남아 있는 엄마의 지글대는 욕망을 보고 있었으니.

나는 죽도록 얻어맞으면서도 선생님의 이름도 그날 밤 아무 일도 없었다는 것도 말하지 않았다. 하늘땅이 뒤바뀐 걸 믿게 할 수 있을지언정 남자와 여자가 같은 방에서 하룻밤을 보내고 아무 일도 없었다는 걸 세 번씩이나 개가한 어머니에게 곧이듣게 할 수는 없으리라는 담벼락 같은 절망감이 마침내 나를 출분(出奔)케 했다. 십대의 성경험은 그후 도시에서의 일이었다.

반상회 다음날 아침 나는 정식으로 옆집의 초인종을 눌렀다. 남자는 꽤 오랫동안 꾸물대고 나서야 문을 열었다. 그는 사람의 방문을 생전 처음 받아보는 사람처럼 어쩔 줄을 모르는데, 꽁무니 빼고 싶은 눈치와 덤벼들 듯 도전적인 기세가 함께 느껴져 그만 용건 대신 웃음부터 났다.

"아무 일도 아네요."

나는 우선 이렇게 눙쳐주면서 재빨리 안을 기웃거렸다. 규격화된 아파트 살림이 제자리에 놓여 있었지만 이상하도록 썰렁했다. 아내가 여행중이기 때문일 거다.

"아무 일도 아니면?"

남자가 내 눈길을 막았다.

"어제 반상회에 안 나오셨더군요?"

"보시다시피 아내가 여행중이라서……"

"반상회는 여자들만 하는 거 아네요."

나는 장난삼아 시비조로 말했다.

"그렇지만 쑥스러워서……"

남자가 울상을 했다.

"다음부터 꼭 참석하도록 하세요. 안 그러면 재미없을 테니까."

나는 복받치는 웃음을 삼키고 위협적인 태도를 취했다.

"네, 알겠습니다."

"어제 반상회에서 결의한 걸 가르쳐드릴 테니까 잘 듣고 꼭 지키도록 하세요."

"네, 네."

"집집마다 문패를 달기로 했어요."

"네? 아파트에도 문패를요?"

남자가 펄쩍 뛸 듯이 놀랐다. 얼굴에서 핏기마저 가시는 것 같았다. 그때 나는 또 꿈속에서 감지한 쫓기는 자의 그 거칠고도 짓눌린 듯한 숨결을 들었다. 그의 이마에 늘어진 머리칼엔 적지 않은 새치가 섞여 있었다. 가엾어라. 나는 그를 껴안고 숨결을 나누고, 백발 섞인 머리칼을 긁어올려주고 싶단 충동을 억제하느라 더욱 무뚝뚝해졌다.

"아파트가 무슨 감옥인가요? 이름 없이 번호로만 살게. 그래서 문패를 달기로 만장일치로 결정을 본 거예요."

"네, 알겠습니다."

내 집으로 온 나는 얼른 베란다 쪽으로 가서 옆집 베란다를 망보았다. 그가 나로부터 놓여나기 위해 베란다를 통해 도망칠지도 모른다고 생각해서였다. 옆집 베란다에선 아무 일도 일어나지 않았다. 나는 내 허황한 생각에 실소했다.

그날은 아빠가 오는 날이어서 온종일 바빴고 다음날은 피곤해서 아무 생각도 없이 온종일 잠만 잤고 다음다음날 아침 복도를 지나면서 보니 옆집에 문패가 붙어 있었다.

"김철수."

귀여운 이름이었다. 그러나 너무도 평균치의 이름이어서 가짜스러웠다. 나는 또 그의 집 초인종을 눌렀다. 이번에도 그는 사람을 한참 기다리게 하고 나서야 문을 열었다.

"꼭 도망갈 구멍 터놓고 나서야 문을 여는 사람 같아요."

"네? 무슨 말씀을 그렇게 하시죠?"

뜻밖에 그가 정식으로 따질 기세였다. 내가 그를 멋대로 상상할 수 있었던 것은 그가 너무 만만해서였는데 그는 더이상 만만하게 보이지 않을 기세였다. 나는 웃음으로 얼버무리며 말했다.

"사람을 너무 오래 기다리게 하니까 그렇잖아요. 체면 차리는 분도 아니면서……"

나는 슬쩍 그의 꾀죄죄하고도 허술한 파자마 차림을 나무랐다. 그러나 이마에 헝클어진 머리에 섞인 흰머리는 보기 좋았다. 그를 끌어안고 내 손가락으로 그걸 빗질해보았으면…… 부질없는 소망으로 가슴이 저렸다.

"용건은?"

"무슨 근심이 있으세요?"

내가 생각해도 엉뚱한 질문을 하고 있었다.

"네?"

"큰 근심이 있으신 분 같아요. 솔직히 털어놔보세요. 내가 도와드릴게."

"나 바쁩니다."

그가 매정하게 문을 닫으려고 했다.

"내가 잘못 봤나요? 흰머리가 저번보다 더 늘어났기에……"

"아, 이 새치요? 이건 내력이에요."

그가 약간 안심한 듯 머리를 긁어올리며 빙긋이 웃었다. 구수한 담배 냄새가 났다.

"참 매력 있는 내력이네요."

"농담 그만두고 용건은요?"

그가 눈치도 없이 또 매정하게 굴었다.

"이 문패 이름 가짜죠?"

"네?"

"누가 모를 줄 알구요? 가명을 쓰려면 좀 그럴듯한 가명을 써요. 유치하게 김철수가 뭐예요?"

"당신 정말 왜 이래요?"

그가 성큼 내 앞으로 다가왔다. 고양이를 물려는 쥐의 그것 같은 싸늘한 증오로 그의 눈이 인광처럼 번득였다.

"괜히 겁주지 말아요. 나한테 잘 보여봐요. 작명소에 가서 입신출세할 이름도 지어다줄 용의가 있는 친절한 이웃이 될 테니까요."

"농담 그만두지 못하겠어요!"

그의 눈 속에서 인광이 파르르 떨었다.

"맞았어요. 농담이에요. 문패 얘기도요. 본명이든 가명이든 아파트에 이름 내걸고 사는 건 웃음거리예요. 세상에, 순진도 하시지."

나는 그의 어깨를 한 번 정답게 토닥거려주고 그의 문 앞을 물러났다.

저녁때 지나다 보니 문패는 없어지고 아크릴 문패가 붙었던 자리엔 본드 자국이 썹어 붙인 껌자국처럼 남아 있었다.

이제 나는 그의 집을 방문할 구실이 없었다. 그러나 나는 밤마다 그의 숨결이 그리웠다. 나의 거칠고 짓눌린 숨결을 그의 숨결인 양 부둥켜안는 일은 너무 허전했다. 나에겐 타인의 숨결이 필요했다. 그를 부둥켜안지는 못하더라도 그의 숨결을, 타인의 인기척을 느낄 수 있을 만큼이라도 가까이 가고 싶었다.

어느 날 밤, 나는 베란다로 나가 난간을 타고 옆집과의 사이의 칸막이벽을 넘었다. 만약 고층이었다면 목숨을 건 모험이었을 것이다. 그러나 그의 집도 내 집도 일층이었다. 나는 일층을 골라잡은 나의 선견지명을 대견하게 여겼다. 그의 집 베란다 창문은 굳게 닫혀 있었다. 그래도 나는 집에서보다 행복했다. 그의 숨소리를 들은 것처럼 느꼈기 때문이다. 그후 나는 밤마다 그의 베란다에서 그의 숨결을 엿들었다. 그 역시 인기척에 깨어나 잠 못 이룬다는 것도 알게 됐다. 나는 깨어 있는데 그 혼자 쿨쿨 자느니보다 같이 깨어 있는 게 훨씬 더 나를 흡족하게 했다. 그러나 그가 문을 열고 나를 안으로 맞아들였으면 나는 더 행복했을 것이다. 베란다에서 밤새도록 찬 이슬을 맞으면서도 나는 추운 줄도 몰랐다. 그와 체온이 있는 가슴을 맞대고 거칠고 짓눌린 서로의 숨결을 확인하고, 그의 구수한 담배 냄새를 맡으며 흰머리 섞인 몇 가닥의 앞머리를 애무하고 싶은 뜨거운 갈망 때문이었다.

서로 따로따로 깨어 있음을 점점 더 견딜 수 없어져 드디어 나는 그의 창문을 흔들기 시작했다. 처음엔 미풍처럼 가만가만, 점점 태풍처럼 거칠게, 나중엔 광풍(狂風)처럼.

어느 날인가 문득 나는 그의 창문 안이 비어 있음을 느꼈다. 그리고 신문에 난 그의 사진을 보았다. 그는 정말 쫓기고 있었다. 그는 현상금 붙은 사내였다. 아깝게도 현상금을 타먹을 사람은 아무도 없었다. 오 년 가까이나 잘도 피해다니던 그가 무슨 심경의 변화에선지 제 발로 걸어가 자수를 했기 때문이다.

그의 마지막 은신처이던 우리 아파트 사진도 크게 났다. 신혼살림을 차리자마자 외국 지사로 발령이 나서 집을 비우게 된 사람을 친구인 양 위장하고 부모가 가지고 있던 열쇠를 교묘히 사취(詐取)해서 아파트에 숨어들 수 있었다고 했다.

기라성 같은 명사들이 아파트의 문제점에 대해 한마디씩 한 것도 그 사건의 양념처럼 곁들여져 있었다. 물론 그의 어머어마한 죄상도 실려 있었다. 나는 그걸 읽어보았지만 무슨 소리인지 하나도 이해할 수 없었다. 내가 본 그의 유일한 행동은 안개가 사라진 후 안개의 입자를 보려 했다는 것밖에 없었다. 그러나 그의 죄상 속에 그 부분은 없었다.

어찌 그에 관해 드러나지 않은 게 그 부분뿐일까? 그는 제 발로 걸어가 자수한 게 아니었다. 그를 그리로 쫓은 건 나였다. 그는 나한테 쫓겨 막다른 골목으로 들어갔을 뿐이었다.

그리고 나는 현상금을 놓친 셈이었다. 그만한 돈이면 지금처럼 쫓기는 불안 없이도 지금 같은 안락을 일 년쯤은 누릴 수 있으리라. 그러나 나는 현상금을 놓친 게 별로 아깝지 않았다. 나 역시 쫓기는 몸이었고, 쫓기는 일로부터 한시인들 자유로워질 자신이 없었기 때문이다.

비로소 나는 내가 철들고 덮어놓고 몸을 던진 광대무변한 혼돈 속에서 무엇인가를 보았다고 말할 수 있을 것 같았다. 그건 사람마다 죽자꾸나 쫓고 쫓기고 있다는 거였다.

그의 외롭고 쓸쓸한 밤

그의 머릿속에선 늘 수없는 짧은 말들이 거품처럼 부글대고 있었다. 그중에서 그는 한마디로 끝내줄 말을 찾아내지 않으면 안 되었다. 단칼에 벨 수 있는 파란 비수 같은 말, 한번 따끔하자마자 목숨을 빼앗을 수 있는 독침 같은 말, 스트립쇼처럼 망설임 없이 적나라한 말을 찾아내고자 그는 조바심했고, 다시는 못 찾아낼까봐 전전긍긍했다.

말의 거품 속에서 그런 결정적인 말이 문득 살아 있는 생선의 비늘처럼 번득일 적에 대비해 그는 항상 바지 주머니에 볼펜이 꽂힌 수첩을 넣고 다녔다.

생포하지 않으면 안 돼. 그놈을…… 그는 그 말이 살아 있는 대상인 것처럼, 불구대천의 원수인 것처럼 이렇게 벼르면서 한시도 긴장을 풀지 않으려고 애썼다. 그리고 번화가의 잡답 속에서건, 근무시간의 사무실에서건 질탕한 술좌석에서건 상관없이 그 결정적인 말이 번득이기가 무섭게 수첩에 잡아넣으려 들었다. 그러나 잡았다 하면 번번이 그 말은 그의 머릿속에서 줄창 들끓던 수많은 거품의 하나로 변해버렸다.

희귀한 호랑나비를 발견하고 가슴을 울렁거리며 날쌔게 덮쳤건만 막상 포충망 속에 잡힌 건 벌레 먹은 가랑잎이었던 것처럼.

마침내 그의 수첩도 그의 머릿속과 마찬가지로 속 비고 불확실한 말의 거품으로 가득 찼다. 그의 수첩에서 확실한 건 빗금뿐이었다. 그 쓰잘데없는 말에 빗금을 그을 때만이 그의 볼펜 자국은 힘세고 자신만만해졌다.

그의 직업은 화장품 회사의 카피라이터다. 처음에 그는 용기(用器) 디자이너로서 Y화장품에 취직했었다. 그때만 해도 Y화장품의 초창기였고, 기존의 재벌급 화장품 회사가 셋이나 치열한 삼파전을 벌이고 있는 가운데 여성 의류 메이커로 갑자기 돈을 좀 벌고 이름이 막 알려지기 시작한 Y사가 화장품 산업에 끼어든 건 누가 보기에도 무모한 것으로 보였다. 하룻강아지 범 무서운 줄 모르고 뛰어든 격이라 손 털고 물러나는 건 시간문제일 거라는 게 그 업계의 여론이었다.

그렇게 기반이 약하고 전망이 불투명할 때이니까 그렇게 쉽게 취직이 됐지 지금만 같아도 어림도 없을 거라고 그는 곧잘 생각했다. 그는 지방의 초급대학 출신이었고, 그 약점에 대해 매우 민감했다. Y화장품이 아무도 안 알아주는 시시한 기업일 적에 그는 이력서 한 장과 소개장 한 장으로 간단히 디자인실에 일자리를 얻을 수 있었지만 한동안 서러운 구박데기 노릇을 감수해야 했다. 그가 디자인한 용기는 번번이 실장의 핀잔과 조소를 면치 못했다.

"자넨 어쩌면 그렇게 코카콜라 병의 아류에서 한 발짝도 못 벗어나나?"

이런 악랄한 야유에 맞서 그는 아름답고 세련되고 기능적인 용기를 만들 생각은 아예 접어두고 오로지 코카콜라 병에서 벗어나기 위해 안간힘을 썼다. 네모난 병, 세모난 병, 가운데가 부른 병을 만들어도 실장의 조소는 한결같았다. 물론 그가 디자인한 용기가 채택된 적은 한 번도 없었다. 아르바이트로 일하는 일류 대학 미대생의 디자인이 채택되는 수모를 겪으면서 그는 자신이 밀려날 날이 가까웠음을 예감했다. 실력이 모자라서가 아니라 다만 학벌 때문에 도태되는 거라고 생각했기 때문에 그의 상심은 참담했고 위로받을 길이 없었다.

또다시 그의 디자인이 코카콜라 병에 비유되는 날 집어던지기 위해 사표를 품고 다니던 최악의 나날, 그에게 뜻밖의 행운이 찾아왔다.

처음으로 시장에 선보일 크림 로션 등을 통틀어 무슨 화장품이라 명명할 것인가를 현상금까지 내걸어 공모한 끝에 당선된 게 '야드르르'였다. Y화장품의 야드르르 로션, 야드르르 영양크림, 야드르르 콜드크림······ 그럴듯하게 생각하면 혓바닥을 굴리기가 힘든 것까지 그럴듯했지만, 찜찜하게 생각하면 마냥 찜

찜한 이름이었다. 야드르르하다는 것과 같은 어감의 이름을 가진 기존 화장품 회사 제품이 이미 화장품 시장의 삼분의 일 이상을 점유하고 있었기 때문이다.

비열하게도 이미 소비자에게 확고하게 파고든 이름을 슬쩍 모방한 것 같은 자격지심에서 벗어나기 위해 이번엔 야드르르 화장품을 한마디로 규정지을 참신한 캐치프레이즈를 사내에서 모집하기 시작했다.

"마녀(魔女)의 살결, 야드르르 로션이 어떨까?"

채택되리라거나 관심을 끌 수 있으리라는 생각조차 없이 불쑥 튀어나온 말이었다. 구태여 까발리자면 전혀 심리적 근거 없이 저절로 나온 말은 아닌지도 몰랐다. 그는 그 전날 밤부터 죽 약혼녀의 살결의 감촉에서 헤어나지 못하고 허덕이고 있는 중이었다. 동향 처녀 윤경과 약혼하고 나선 퇴근 후 만나면 으레 집까지 바래다주고 헤어질 땐 가볍게 포옹해주는 걸 예절처럼 지켜왔다. 어젯밤에도 그런 의례적인 포옹을 하려는데 무엇이 어떻게 잘못됐는지 여자의 등으로 돌린 그의 두 손이 여자의 헐렁한 블라우스 자락 밑으로 들어가면서 속살을 만지게 되었다. 부드럽고도 매끄러운 약혼녀의 속살은 순식간에 그의 온몸을 강한 욕망으로 충전시켰다. 그는 맹수처럼 거칠고 더운 입김을 토하며 평소 고운 살결이라고밖엔 딴 생각 없이 바라보기만을 즐기던 그녀의 넓게 파인 목덜미에 진한 입술 자국을 남기면서 파고들었다. 놀란 약혼녀가 비명을 지르며 그를 밀치고 집으로 뛰어들어가버리고 나서야 비록 밤이긴 하지만 거리에서의 일이었다는 걸 깨닫고 심한 낭패감을 맛보았다. 그의 마음에 들었다기보다는 집안끼리 아는 사이라 흉허물 없이 굴다가 어물어물 성사가 된 약혼이어서인지, 직업에 대한 불안감 때문인지, 약혼녀를 볼 때마다 장차 그가 부양해야 할 짐이라는 부담감 외에 육체적인 충동을 느낀 적이 거의 없었다. 그래서 동료들이 혼전순결이 어쩌고 하면서 시시덕대는 소리를 들을 때마다 자신은 그녀의 혼전순결은커녕 혼후의 순결에 대해서조차 손톱 하나 까딱할 수 없을 것 같은 무력감에 빠지곤 했었다. 그렇게 자신 없던 욕망이 때와 장소를 가릴 겨를도 없이 그를 뒤흔든 건 순전히 여자의 살결의 마력이었다고밖에 설명할 수 없었다.

마녀의 살결…… 이렇게 불쑥 말해버리고는 자기는 미처 탐험도 못 해본 약혼녀의 살결을 만천하에 공개한 것 같은 수치심과 분노에 그는 혼자서 붉으락푸르락했다.

"좋았어, 마녀의 살결…… 참신하고 자극적이고 암시적이야. 여자의 잠재의식까지 꿰뚫었어."

Y화장품 창업 멤버로 홍보를 담당하고 있는 박부장이 이렇게 허풍을 떨었다. 그리고 딴 제품도 그에게 이름을 붙여보라고 했다. 그때까지도 그는 자신이 놀림감이 되고 있는 줄로만 알았기 때문에 될 수 있는 대로 떫은 표정을 짓고 돼먹지 않은 이름을 퉤퉤 내뱉었다.

향수는 마녀의 숨결, 아이섀도는 마녀의 눈길, 입술연지는 마녀의 샘 등으로 그는 마치 태초의 아담처럼 Y화장품이 새로 만들어낸 상품에다 차례차례 이름을 지었고, 그가 지은 바가 곧 그 물건의 이름이 되었다. 그렇게 해서 박부장 눈에 든 그는 당장 홍보부로 스카우트되어 마녀 시리즈의 광고문안을 전담하는 카피라이터가 되었다. 그의 광고문안은 참신하고 기발했고, 때로는 환상적이었다. 여성 심리의 가려운 곳을 살짝살짝 긁어주는가 하면 개개인의 수줍은 소망을 드러내, 공동의 꿈을 만들어냈다.

Y화장품의 신제품은 크게 히트했고 그는 박부장의 총애뿐 아니라 사장의 신임까지 두터워져 사내에서의 지위가 확고해졌다. 새로 생긴 기업이라 출세가 빠른 추세여서인지, 입사 오 년 미만에 벌써 과장이었고 부장 물망에 오르고 있었다. 박부장이 이사가 되면 그가 부장이 되는 건 떼어놓은 당상이라고 스스로도 생각하고 있었다. 그가 Y화장품에 끼친 공로는 그만큼 자타가 인정하는 바였다.

이름과 말을 만들어내는 데 자신이 생기고부터 그가 하는 일은 만사가 형통이었다. 그가 점을 찍고, 섭외해서 Y화장품의 광고 모델로 쓴 무명 배우는 Y화장품의 급성장과 발을 맞추어 대스타가 되었고, 가장 비싸고 콧대 높은 모델이 되었지만 그의 은혜를 잊지 않고 그에게만은 최대의 편의를 제공해주었다. 그는 또 그가 작성한 광고문안이 실린 잡지나 신문광고의 디자인이 마음에 안 든다고 디자인 실장을 자주 나무랐다. 처음엔 그의 상관이었고 그를 악랄하게 모욕 주기를 잘하던 실장과 대등하게 의견교환을 할 수 있는 것만으로도 내심 우쭐할 만했다. 그러다가 회사가 잘되고, 그에 대한 윗사람의 신임이 더욱 두터워짐에 따라 실장은 점점 저자세가 돼가고 어느 틈에 그는 실장을 나무라고 비꼬기를 마음대로 하게 됐다. 그는 실장뿐 아니라 디자인실 일을 사사건건 못마땅해했고 특히 정규대학을 졸업하고 입사한 신입사원들이 디자인한 용기나, 광고 CF 디자인을 모욕적인 말로 험 잡기를 좋아했다. 그건 당장 윗사람의 귀에 들어가 곧 윗사람의 의견이 되었고 더욱 가관인 건 실장까지 거기 동조함으로써 그에게 아부하려 드는 거였다. 한마디로 그는 안하무인이었다. 그의 마음을 좀먹고 있는 불안에 대해 아무도 몰랐다.

어느 휴일이었다. 휴일인데도 그는 광고 일로 사람을 몇 사람 만나고, 그날따라 이상하게 일이 뜻대로 안 돼 어둡기 전에 혼자가 됐다. 술 사겠단 친구 없이 혼자가 됐다는 게 이상하도록 그를 어쩔 줄 모르게 했다. 남처럼 처자식과 주말여행이나 오붓한 저녁시간을 못 갖는 걸 그는 늘 아내에게 미안한 체했지만 사업상이란 당당한 핑계를 가지고 있었다. 그날 그는 모처럼 처자식을 밖으로 불러내서 외식을 할 수도 있었고, 일찍 들어가서 아내의 요리 솜씨를 찬양해주고 아이들을 무등 태우고 그 토실토실한 가랑이 사이로 즐거운 나의 집을 사뭇 감개무량하게 감상할 수도 있었다. 그러나 그는 그렇게 하지 않았다. 자유롭게 쓸 수 있는 대여섯 시간을 앞에 두고 우두망찰을 하면서도 집에 들어가긴 싫었다. 그는 버림받은 것처럼 쓸쓸했고 그 쓸쓸한 모습을 아내에게 보이는 건 영락한 신세를 보이는 것만큼이나 자존심 상하는 일이었다. 그는 마치 실직하고서도 당분간 그 사실을 숨기고 집 나와 길바닥을 헤매는 이야기 속의 불쌍한 가장처럼 처량하고 지루하게 그러나 비장한 사명감마저 느끼며 번화가를 헤맸다.

최양을 만난 것은 그때였다. 최양은 그의 사무실에서 급사로 일하면서 야간 상고에 다니는 여학생이었다. 남보다 좀 이른 시간에 퇴근해서 곧장 학교로 가기 때문에 사무실에서도 늘 교복 차림이었다. 귀밑 일 센티가 넘지 않는 짧은 단발과 풀이 선 흰 칼라 때문에 목이 꼿꼿해서 그런지 딱딱하고 익지 않은 인상의 소녀였다. 그러나 밖에서 본 그녀는 몸매가 드러나는 티셔츠에 청바지를 입고 앞머리를 부드럽게 앞으로 내린 게 성숙하고 여자다워 보였다.

그는 최양의 변모에 허풍스럽게 놀라며 최대의 찬사를 보냈다. 최양은 얼떨떨해서 얼굴을 붉혔다. 그는 뱃속이 근질근질해져서 괜히 시시덕대면서 데이트하러 나왔나보지, 하고 떠보았다. 최양은 아니라고 펄쩍 뛰었다.

"그럼 빵 사줄까?"

그는 불량소년처럼 눈을 찡긋하면서 들뜬 소리를 냈다. 최양은 좋다고도 싫다고도 안 했지만 그는 앞장섰고 그녀가 뒤따르는 걸 느꼈다. 그녀는 그 앞에서 조그맣게 위축돼서 얌전하게 빵을 조금씩 먹었고, 묻는 말에 대답할 때마다 손으로 입을 가렸다. 그는 최양이 어쩌나 보려고 맥주 마시러 같이 안 가겠느냐고 노골적으로 유혹했다. 최양은 대답하지 않았다. 호기심과 두려움을 은밀하게 처리하기엔 소녀는 아직 어렸다. 그런 게 색칠하듯이 선명하게 앳된 얼굴에 얼룩지는 걸 그는 면구스럽도록 빤히 쳐다보며 말했다.

"싫으면 안 따라와도 돼."

"싫지만 따라가겠어요."

미처 꾸며낼 새 없이 불쑥 튀어나온 정직한 말엔 소녀도 놀란 것 같았고, 그 역시 뜻밖이었다.

"왜? 싫은데 왜?"

그는 나잇값도 못 하고 조급하게 추궁했다.

"과장님은 지금 전성시대니까요."

소녀가 그를 곁눈질하며 교활하게 웃었다. 그는 마치 찬물을 끼얹은 것처럼, 심심한 시간에 소녀를 희롱하는 늘쩍지근한 재미에서 퍼뜩 정신을 차렸다. 그가 소녀의 곁눈질에서 순간적이지만 확실하게 본 건 예언자의 차가운 눈빛이었다.

전성시대란 말 속엔 달도 차면 기우나니, 하는 불길한 예언이 음산하게 밤눈을 뜨고 있었다. 그는 비로소 여직껏 그를 의젓하지 못하게 한 막연한 불안의 정체를 똑똑히 본 것처럼 느꼈다. 그건 바로 그의 발밑에서 그를 기다리고 있는 내리막길이었다.

그는 자기가 과분하게 출세했다는 걸 일찍부터 알고 있었지만 혼자만의 비밀인 줄 알았다. 최양 따위 말단의 사환까지 그 낌새를 눈치채고 있을 줄이야.

그는 최양을 맥주홀까지 데리고 가지 않고 놓아주었다. 번화가의 전파상 텔레비전에선 막 어린이 시간이 끝나고 인기 절정의 연속극이 시작되려 하고 있었다. CF 시간이었다. 그가 출세시킨 여배우의 요염한 한쪽 어깨가 나왔고 그녀의 섹시한 목소리가 야드르르 화장품의 마녀 시리즈를 읊조리는 소리가 차츰 고조되면서 유연한 목과 예쁜 턱과 매혹적인 입술과 상큼한 코와 정말 마녀의 그것처럼 크고 탐욕스러운 눈이 나왔다. 큰 전파사의 선반엔 상하로 좌우로 고층 아파트의 창처럼 무수한 텔레비전이 놓여 있었고, 그게 일제히 그가 창조한 마녀의 추파를 던지고 있었다. 그녀의 추파에 뇌쇄당하지 않는 남자는 남자도 아니며, 여자라면 설사 비구니라도 한 번쯤 야드르르 화장품을 찍어발라볼 것 같았다. 그는 수많은 텔레비전이 일제히 마녀 시리즈의 CF를 방영하고 있는 걸 지켜보면서 혓바닥 하나로 온 세상의 남자와 여자의 마음을 자유자재로 조종하고 있는 듯한 기쁨을 느꼈고 자신감을 회복했다.

그러나 Y화장품에 배당된 시간은 눈 깜짝할 사이에 지나갔다. 그 시간엔 수많은 스폰서가 붙어 있었다. 비누 광고, 분유 광고, 가구 광고가 나가고 Y화장품의 라이벌 회사의 화장품 광고가 나오기 시작했다.

Y화장품이 뛰어들고 나서 화장품계의 사파전은 치열했다. 모

두 만만치 않았다. Y화장품이 일으킨 마녀의 돌풍을 마냥 두고 볼 만한 기업들이 아니었다.

'마녀를 때려잡아라.' Y화장품이 뛰어들기 전의 화장품업계를 삼분하고 있던 기업들은 제각기 내세우는 특색이 달랐지만 우선 마녀를 잡고 보자는 기존 업체로서의 자존심과 텃세는 일치했다. 그래서 마녀를 때려잡자는 점잖지 못한 공동의 구호를 내걸고 제각기의 방법으로 분발하고 있다는 정보에 가장 민감할 수밖에 없는 게 Y화장품이었다. 입수한 정보에 의하면 마녀를 잡기 위한 전략도 가지가지였다. 외국의 이름난 화장품 회사와 기술제휴를 추진중인 회사가 있는가 하면 제품의 혁신을 위해 기술진을 대거 외국으로 파견한 회사도 있었고 새로운 제품을 비밀리에 개발하면서 홍보팀을 강화해서 요란하게 북 치고 장구 칠 준비를 마친 회사도 있었다. 그 정도의 정보는 조금도 대단한 게 못 됐다. 귀 막고 가만히 앉아서도 그쯤은 충분히 예상할 수 있었기 때문이다.

정보는 '마녀를 때려잡아라' 한마디로 충분했다. 이쪽에서도 호락호락 때려잡히지 않을 계책쯤 벌써부터 갖추고 있었다. 실은 라이벌 회사보다 한발 앞서 내놓을 새로운 제품의 개발에 성공해서 생산단계에 들어가고 있는 중이었다. 그러나 그것이 시중에 나올 시기도 딴 회사 제품보다 한발 앞설 것은 물론 마녀 시리즈의 단물이 어느 정도 빠진 시기여야 한다는 미묘한 문제를 안고 있었다. 그만큼 아직은 마녀 시리즈의 꿀샘은 마를 날이 먼 것처럼 보였고, 아직은 마녀 시리즈의 전성기였다.

마녀 시리즈의 성공의 여세를 밀고 나가 또 한번의 히트를 치기 위해 회사측이 세우고 있는 비장의 전략은 신제품에 어마어마한 고가를 매기는 거였다.

그리고 그런 고가가 조금도 아깝지 않은 고급품이란 걸 증거할 만한 이름을 붙이는 거였다. 아무리 위대한 창조도 명명(命名)이 있기 전엔 완성되지 못한다. 그 생각만 하면 그는 미리 등허리에 식은땀이 났다.

아마 신제품은 터무니없이 요상한 그릇에 담겨 그 앞에 진열되고 회사 중역들은 더운 침을 삼키며 그가 차례차례 그것들의 이름을 짓는 것을 지켜볼 것이다. 그러나 이번에도 또 그가 지은 바가 곧 그 물건의 이름이 되리란 자신이 그에겐 없었다. 그가 디자인실에서 허구한 날 낑낑대본댔자 코카콜라 병의 아류에서 한 발짝도 못 벗어났듯이 이번엔 또 마녀 시리즈에서 옴치고 뛸 수도 없는 곤경에 빠질 것만 같았다. 그가 Y화장품에서 쓸모없어지는 건 시간문제인지도 몰랐다. 그의 쓸모는 새로운 이름과 말을 만들어내는 일인데 그에겐 그럴 능력이 없었다. 전혀 고통 없이 만들어낸 그의 최초의 작품은 우연이지 결코 능력은 아니었다. 어처구니없도록 간단히 출세한 것처럼 어처구니없도록 간단히 물러나게 되리라는 걸 그는 알고 있었다. 물론 그가 바라는 건 그렇게 되지 않는 거였다. 그래서 그의 머릿속에선 늘 수없는 짧은 말들이 거품처럼 부글댔고, 그중에서 한마디로 끝내줄 참신하고 암시적인 말을 찾아내고자 조바심했고, 다시는 못 찾아낼까봐 전전긍긍했다.

최양을 보내고 울적한 김에 맥주 한잔 한다는 게 어울릴 때 하던 버릇으로 혼자서도 이차 삼차까지 하고서야 아파트로 돌아왔다. 술 취한 눈에 불 밝은 아파트의 무수한 창이 전파사 진열대 위에서 똑같은 화면을 방영하는 텔레비전처럼 보였다.

화면엔 부부의 침실이 나왔다. 입은 것도 같고 벗은 것도 같은 환상적인 가운을 걸친 여체와 근육이 잘 발달한 남자의 벗은 뒷모습이 슬로모션으로 얽혔다. Y화장품이 최근에 내놓은 '마녀의 유혹'이란 침실용 향수의 CF였다. 아파트의 모든 방이 그가 명명한 향수 때문에 섹스 무드가 한껏 고조돼가고 있었고, 수많은 창은 그의 말을 그대로 영상으로 받아 옮기는 CF였다. 그는 큰 소리로 킬킬댔다. 온 세상이 그의 혀끝에 놀아나고 있었다. 말의 힘은 온 세상을 공깃돌처럼 자유자재로 가지고 놀 수 있을 만큼 막강했다. 아니 위대했다.

아직은 나의 전성시대거든. 아직은 아직은…… '아직'이란 말이 함축한 시한부란 조건이 서서히 그의 취기를 뚫고 살갗으로 파고들었다. 그 감촉은 매우 기분 나빴다.

'마녀의 유혹'이란 침실용 향수는 최신제품이라 사실상 Y화장품의 마녀 시리즈의 마지막 제품이었다. 타사들이 총동원해서 덤비는 '마녀를 때려잡아라'에 밀렸다기보다는 미구에 선보일 새 상품을 위해 Y사가 앞장서서 마녀를 때려잡을 판이었다.

그 마녀와 운명을 같이하느냐, 기사회생하느냐는 오로지 그의 혀끝에 달렸다는 걸 그는 알고 있었다. 그는 전율했다. 그리고 비통하게 신음했다. 영감아, 떠오르렴. 제발 한 번만 더 날 살려 주렴.

문을 열어준 윤경은 잠옷 바람이었고, 단잠에서 깬 듯 찌뿌드 해 보였다. 그는 왈칵 윤경을 쓰러뜨리고 앞가슴을 헤쳤다. 가슴을 장식한 프릴이 뜯기면서 요술상자에서 풀려나오는 끄나풀처럼 한없이 그를 헛손질하게 했다. 윤경이 그를 가볍게 밀치고 스스로 잠옷을 벗었다. 윤경은 이제 그의 수줍은 약혼녀가 아니라 아이를 둘 낳은 그의 아내였다. 풍만한 몸을 그 앞에 송두리째 내던졌다. 그는 우선 목덜미에 입술을 댔다.

영감아 떠오르렴, 한 번만 더. 그는 흡혈귀처럼 잔혹하게 아내의 몸을 학대하면서 이렇게 간청했다. 그러나 영감은커녕 욕정도 일지 않았다. 아내가 그의 앞에 실오라기 하나 걸치지 않기를 망설이지 않는 것처럼 아내의 몸엔 실오라기만한 신비한 구석도 남아 있지 않다는 데 그는 낭패했다. 아내가 먼저 잠옷 벗듯이 가볍게 그를 밀어내면서 비웃었다.

"술 취하면 암것도 못 하는 주제에."

다음날 아침 윤경의 태도는 암만 해도 좀 이상했다. 인삼가루를 탄 꿀물이 머리맡에 놓인 것이나, 아이들을 시켜서 베개를 빼내게 하는 수법으로 마냥 이불 속에서 빈둥대지 못하게 하는 것이나, 부엌 쪽에서 끼쳐오는 칼칼한 북엇국 냄새나 다 보통 술

깬 날 아침과 다름없었으나 그의 곁을 스치는 윤경에게선 전혀 색다른 찬바람이 끼쳐오고 있었다.

술 취하면 아무것도 못 하는 주제에 만날 술만 퍼마시는 남편에 대한 무언의 시위인가, 그렇다면 아침에라도 아내의 욕구불만을 못 풀어줄 것도 없고, 그럴 자신은 제법 뿌듯했지만 두 살, 네 살짜리 아이들 때문에 그럴 처지도 못 됐다. 그는 밥상에서 북엇국을 한 대접 깨끗이 비우고 나서 열쩍게 웃으면서 말했다.

"오늘 저녁 밖에서 전화할까? 근사한 데서 저녁이나 같이 하면서 기분 낼까? 맨날 늦게 들어온다고 집구석에서 양냥대기만 할 게 아니라, 가끔 퇴근 길목을 지키고 섰다가 남편을 근사한 데로 유혹한다고 해서 가정부인의 체면이 깎이는 건 아닐 텐데……"

그는 자기가 생각해도 아부인지 비방인지 모를 아리송한 말을 함부로 지껄였다.

"그러잖아도 오늘 저녁엔 퇴근 길목을 지키고 섰을 참이에요."

윤경이 심각하고도 표독하게 말했다.

"미안, 미안, 정말 미안. 나라고 당신의 참을성에도 한도가 있다는 걸 왜 모르겠어. 다 알면서도 워낙 사업상 바쁘다보니……"

"오늘은 절대로 그 사업상 바쁜 거 못 봐줄 테니 그런 줄 알아요."

"알아, 알고말고. 여북해야 이따 전화하마고 선수를 쳤잖아."

"말로 선수를 친 게 중요한 게 아니라, 오늘 저녁시간을 정말 비워두는 게 중요하다니까요."

"형편 봐서 그렇게 하도록 노력하리다."

그는 짐짓 서둘러 출근 준비를 했다.

"형편 보고 어쩌구 할 수가 없게 돼 있어요. 지금 만날 장소를 아주 정하고 나가요."

윤경이 그의 옷소매를 매섭게 붙들고 늘어지면서 말했다. 그제서야 그는 윤경의 태도에 처음부터 그가 넘겨짚은 억압된 욕망의 낌새가 전혀 없었다는 걸 알아차렸다. 뜻밖이었다.

"이 여편네가?"

그는 윤경에게가 아니라 예기치 못한 일에 약한 자신에게 화를 내면서 옷소매를 뿌리쳤다.

"서울역 구내다방에서 일곱시에 만나요."

"서울역 구내다방? 하필 왜 서울역이야?"

"오늘 당신 어머니가 상경하신대요. 일곱시 오십분에 도착하는 기차로."

"왜 갑자기 어머니가 상경하실까?"

"당신이 한번 다녀가시라고 편지했다면서요."

윤경이는 말꼬리론 웃고, 눈으론 그를 매섭게 노려보며 말한다. 그런 그녀의 표정은 그에 대한 비난과 야유와 원망을 한꺼번에 표현하고 있었다.

"설에 못 내려가는 대신 한번 그래본 걸 가지고, 노인네도 참……"

그는 무심결에 털어놓은 자신의 거짓으로 가득 찬 속셈이 부끄러워 벌컥 화를 냈다.

"아들네 오시는 게 무슨 흉이야? 우리도 이만큼 살게 됐겠다, 더군다나 편히 모실 방까지 꾸며놓았겠다 잘됐지 뭐."

"여보, 실은 그 방 때문에 걱정이에요. 우리가 공연한 짓 했나 봐요."

윤경의 태도가 갑자기 의논성스럽게 누그러졌다. 그가 처음 장만한 아파트엔 세 개의 방이 있었고, 가장 큰 방은 부부의 방, 작은 방 중의 하나는 아이들 방인 건 당연했지만 나머지 한 방을 할머니방이라고 특이하게 명명한 건 순전히 그의 발상이었다. 처음으로 서울에 내 집을 장만하고 나니, 지지리 못사는 주제에 자식만 많은 시골 큰형 집에서 여러 손자들과 아직 시집 장가 못 간 장대 같은 자기 자식들 때문에 편히 다리 뻗고 잘 방 하나 따로 없이 지내는 시골 어머니 생각이 얼핏 난 게 빈방을 할머니방 이라고 이름 붙이는 감상적인 계기가 된 건 사실이지만 어머니 를 정말 모실 생각은 해본 적이 없었다. 그보다는 자신의 이름 붙이는 재주에 두고두고 자화자찬을 금치 못했다. 왜냐하면 할 머니방이란 이름 때문에 그들 부부는 그 빈방 덕을 톡톡히 보게 됐기 때문이다. 집들이할 때 그의 친구는 물론 나이 지긋한 상사 들까지 할머니방을 따로 꾸며놓고 시골 어머니를 모셔오려고 애 쓰는 그의 효성에 감동하고 그의 인간성까지를 재평가하려 들었 기 때문이다. 물론 할머니방을 공개하면서 다음과 같은 말을 빠 뜨릴 그가 아니었다.

"집 장만한 김에 어떡허든 시골서 고생하시는 어머니를 모시려 했는데 어머니가 들은 척이라도 하셔야 말이죠. 예전 노인네 고집에 그런 게 있잖습니까? 맏아들네 아니면 당신 집이 아니라는. 그런 법이 어딨습니까. 지차는 자식도 아닙니까. 서럽고 화나는 대로 하면 어머니를 빼앗아오고도 싶지만 지성이면 감천이라고 언제고 어머니도 제 정성을 알아주실 날이 있겠죠 뭐."

대부분의 불효자들은 감격 먹었다는 신식말에 딱 들어맞게 감동으로 말문이 막혔다. 그의 사람됨에 카피라이터다운 약삭빠른 순발력 말고 그런 우직하고 푸근한 면이 있었다는 게 사람들에게 깊은 신뢰감을 주었다.

윤경도 곧 그 낌새를 알아차리고 그의 공모자가 됐다. 그녀는 과연 여자답게 섬세해서 앨범에서 가장 천대받던 시어머니의 명함판 사진을 확대하고 품위 있게 수정해서 그 방 벽에 높이 걸고, 고상한 빛깔로 커튼도 해 치고 고가구도 몇 점 들여놓아 본격적인 할머니방을 연출했다. 그녀는 특히 할머니방이란 이름이 그들 부부를 중심으로 한 게 아니라 아이들을 중심으로 한 명칭이라는 데 착안해서 그 방을 아이들 중심의 정서와 효도교육의 장으로 삼을 터였다. 젊은 엄마라면 너도 나도 정서교육이라면 기를 쓰고 있지만, 효도교육은 엄두도 못 내는 건 그들 자신이 보여줄 본보기로서의 효도가 하기 싫은 때문인데 전혀 힘 안 들이고 그것을 할 수 있으니 얼마나 좋으냐 말이다. 윤경도 할머니방을 이웃이나 친구들에게 은근히 자랑하기를 좋아했지만, 아이들 눈에 그들이 할머니방을 꾸며놓고 할머니 모실 날을 고대하는 엄마 아빠로 비치는 걸 더욱 좋아했다.

비워두어도 이름만으로도 한몫을 단단히 하던 방에 주인이 생기려 하고 있었다. 윤경이가 두려워하는 것만큼 그도 그것을 두려워하고 있었다. 그가 그걸 어느 만큼 두려워하나 하면 그 방을 그렇게 이름짓긴 집 장만하고 당장이었지만, 집 장만한 걸 시골 어머니에게 알린 건 최근이었다. 그것도 알릴래서 알린 게 아니라 서울에 볼일이 있어 올라온 큰형이 여관비를 아끼려고 회사까지 찾아와서 동생네서 하룻밤 신세 지고자 했기 때문이다. 그때 형한테 들통이 나고서야 그는 마지못해 어머니에게 한번 다녀가시란 편지를 썼던 것이다.

"그 방 때문에 걱정이라니, 그게 무슨 소리야?"

윤경의 속셈은 너무 빤히 들여다보였고, 그 역시 단박 같은 근심을 하게 됐음에도 불구하고 그는 벌컥 역정스러운 소리로 시치밀 뗐다.

"그걸 몰라서 물어요? 너무 잘해드리면 여기서 아주 눌러사시려고 하실지도 모르잖아요. 그건 약속이 틀려요. 난 맏며느리로 시집온 적 없으니까요. 당신도 그렇죠. 당신이 부모 덕 본 거 뭐 있수? 시골 사람들 뻔뻔한 건 하여튼 알아줘야 한다구. 낳아만 주면 단 줄 알구 자식 덕 볼 생각부터 한다니까."

"이게, 그냥 말이면 다 하는 줄 알아."

그는 큰 소리를 지르면서 윤경을 떠다밀었고, 비실비실 벽에가 부딪치면서 눈물과 원망이 가득 담긴 눈으로 그를 쳐다보는 윤경을 본 체 만 체 출근을 했다. 그러나 퇴근 후엔 만사 제쳐놓고 제시간에 서울역 구내다방으로 달려갔다. 윤경은 새침하고 뾰로통했지만 마음속 깊이 겁먹고 있는 티가 완연했다. 겁을 먹고 있기는 그도 마찬가지였다. 그와 동향이긴 하지만 그보다 한발 앞서 속속들이 도시화된 윤경과 아파트 세대인 아이들 사이에 평생 일과 가난에 찌든 촌부인 그의 어머니가 끼어들 생각을 하면 겁부터 났다. 그 사이에서 자기라도 어떤 균형을 잡아야겠단 생각보다는 어디 금세 도망가 있고 싶단 생각이 고작이었다.

"이런, 바보같이 온종일 그 걱정하고 있었구나. 걱정 마. 우리 어머니는 닭장 속에서 단 열흘도 못 견디실 테니까. 아파트 그게 닭장이지 어디 집이야. 우리 어머니는 순수한 시골 사람이시거든. 열흘도 못 돼 시골로 도로 가시겠다면 그때 가서 붙드는 척이나 하라구. 너무 열렬하게 붙들진 말구. 우리가 당신을 영영 닭장 속에 가둬놓을 줄 아시면 육층에서 투신자살도 마다 않을 분이니까."

"정말로?"

윤경의 얼굴에 비로소 화색이 돌았고 그도 괜한 걱정을 했다 싶게 마음이 한결 개운해졌다. 실은 아내와 자기의 겁먹은 마음을 달래기 위해 즉흥적으로 꾸며낸 말이 이렇게 잘 듣는 걸 보자 카피라이터로서의 직업의식까지 동하면서 광고문안이 그럴듯하게 됐을 때처럼 기분이 좋아졌다. 어차피 광고효과란 그런 게 아닐까. 그는 요새 고민을 거듭하고 있는 문제…… 한마디로 사람의 마음을 자유자재로 움직일 수 있도록 말에 최면을 걸 수 있는 자신의 능력에 대한 회의가 서서히 가시는 걸 느꼈다. 그 능력만 기적적으로 되살아난다면 마녀 시리즈가 끝장나게 됐다고 해서 그의 전성시대가 끝나는 건 아닐 수도 있었다.

"자아, 우리 어머니를 마중 나갑시다."

그는 어깨를 우쭐대며 앞장섰다. 이렇게 해서 그의 집의 할머니방은 마침내 주인을 만났고 열흘은 순식간에 지났다. 그 열흘 동안 그가 어머니와 아내를 위해 한 일은 아침마다 현관에서 사뭇 근심스럽게 그러나 약간의 허풍을 섞어가며 아내의 귓전에 속삭이는 거였다.

"어머니 베란다에서 떨어지시지 않도록 각별히 신경 쓰라구."

"염려 말라니까요."

아내는 또 이렇게 맞장구를 쳤다. 그 짧은 말 속엔 오늘쯤 어머니가 떠나시겠다 하는 희망과 떠나시겠다면 붙들지 않아도 된다는 양해가 함께 포함되어 있었다. 아무 일도 없이 열흘이 지나고 나서도 그는 같은 말밖에 할 게 없었지만 아내의 눈치가 보여 말씨가 차츰 불안하게 흔들리기 시작했다.

어느 날, 그는 같은 말을 어물쩡대고 나서 집을 나와 통근차를 타러 가다 말고 문득 어머니가 베란다에서 떨어지지 않도록 조심하란 말 대신, 어머니를 베란다에서 밀어 떨어뜨리라고 하지 않았을까 싶은 생각이 들기 시작했다. 혓바닥이 그렇게 잘못 굴렀다고 쳐도 끔찍하고, 그런 생각이 잠깐 머리를 스치기만 한 거라도 끔찍했다. 더 끔찍한 건 아내가 어느 날 어머니를 베란다에서 밀어 떨어뜨릴지도 모른다는 의심이었다.

그는 그날 직장에서 온종일 안절부절을 못했고 집에 돌아와서 그 동안 아무 일도 없었다는 걸 알고 나서야 휴우 안도의 숨을 내쉬었다. 그후부터 그는 행여나 혓바닥이 잘못 돌까 겁이 나서 아침마다 아내에게 하던 그 말을 안 하게 되었다. 말을 안 한다고 해서 그런 의심까지 안 하게 된 건 아니었다. 그는 허구한 날 그 고약한 의심으로 살이 말랐지만 집에선 아무 일도 일어나지 않았다. 마침내 그는 자신이 전전긍긍하고 있는 게 무슨 일이 일어날까봐서인지, 안 일어날까봐서인지를 분간할 수가 없게 되었다. 그런 끔찍한 일이 일어나도 안 되겠지만 그가 지금 당면한 말없는 불화가 마냥 계속된다는 것도 끔찍한 일이었다. 그들 부부사이에 어머니가 끼어들고부터는 세 사람이 그를 정점으로 등거리를 유지하면서 널빤지처럼 확고부동한 불화를 떠받들고 있었다. 누가 먼저 그 상태를 견딜 수 없어지나가 문제였다. 윤경도 그렇겠지만 그도 물론 어머니가 먼저 그 불화를 받는 다리 노릇을 이탈해주기를 바랐다.

어느 화창한 일요일, 기분좋은 늦잠에서 깨어난 그는 머리맡에서 인삼가루를 탄 꿀물 대신 나비처럼 접은 편지를 발견했다.

당신 보십시오.

당분간 나가 있겠으니 용서하십시오. 어느 날, 문득 베란다에서 떨어지고 싶은 사람은 어머님이 아니라 나란 생각이 들더군요. 그 생각이 들고부턴 더욱 견딜 수가 없어서 집 나갈 생각까지 하게 됐습니다. 우리 사이의 이런 뜻하지 않은 일이 당분간의 불행이기만을 빌 따름입니다. 언제 돌아오겠느냐고 묻지 마세요. 그건 당신에게 달렸고, 내가 당신에게 수시로 던지고 싶은 질문이니까요. 당분간 고생되시더라도 잘 견디시며 선처 있으시길 빕니다.

그의 어머니가 말없이 인삼가루를 탄 꿀물을 쟁반에 받쳐들고 들어왔다. 그는 그것을 쓰디쓴 입맛을 다시며 받아마셨다.

"아침상 봐놨다. 어서 세수해야지."

문 밖에서 들리는 어머니의 목소리는 그가 어려서 듣던 아직 젊은날의 어머니 목소리처럼 앳되고 달뜬 소리였다. 그는 식탁에 앉아서 먼저 조간신문을 보는 척 신문으로 얼굴을 가리고 물었다.

"에미는요?"

"글쎄다, 잠깐 나갔나보다. 제풀에 나간 사람은 제풀에 들어와야지 찾아나서는 게 아냐, 알았냐?"

어머니의 소곤거림은 작은 벌레처럼 그의 귓전과 등허리에서 스멀댔다. 두 살배기는 데리고 갔는지 보이지 않았고, 네 살배기는 할머니가 발라주는 생선살을 밥에 놓아 오물오물 밥을 먹고 있었다. 그는 밥을 뜨는 둥 마는 둥 했지만 어머니는 별로 신경 쓰는 것 같지 않게 예사로운 얼굴로 설거지를 시작했다. 못에 걸린 윤경의 앞치마를 떼서 두르고, 고무장갑을 끼더니 더운물 찬물을 알맞게 섞어 틀고 설거지용 물비누를 거품 나게 풀었다. 남은 음식엔 유니랩을 씌워 냉장고에 간수하고 아직 살이 많이 남은 생선뼈는 아낌없이 버리고, 빈 그릇들은 거품 속에서 푸른 수세미로 박박 문질러 닦아 맑은 물에 헹구고, 흐르는 물에 다시 헹구어 건조대에 올리는 걸 그는 망연히 바라다보았다.

그가 마루에 나앉자, 어머니는 가스레인지를 틀고 물주전자를 얹었다. 그리고 찻잔을 두 개 꺼내더니 커피와 프림과 설탕을 한 숟갈씩 넣고 끓는 물을 부었다.

"간이 맞았나 모르겠다."

어머니는 잔물결처럼 웃으면서 그에게 커피를 권하고, 자기 잔에는 설탕을 두 숟갈쯤 더 쳐서 훌훌 마시기 시작했다. 그의 가슴은 뭉우리가 얹힌 것처럼 무겁고 답답해서 커피도 잘 넘어가지 않았다.

"덜 달면 설탕을 더 쳐서 먹지 그러냐."

"아, 아니에요."

그는 어머니가 설탕을 더 쳐줄까봐 얼른 그것을 마셨다.

"나도 이제 코피차 인이 박였나봐. 아침저녁 안 마시면 정신이 안 나는 것 같단다. 나 먼저 목욕하랴?"

어머니는 그의 대답을 기다리지 않고 욕실로 들어가더니 오래지 않아 젖은 머리를 길게 풀어헤치고, 앞가슴을 덜 여미고 맨발 벗고, 아장아장 걸어나왔다. 그의 아내도 욕실에서 나올 땐 꼭 그런 모습이었다.

"목욕도 인이 박이니까 하루도 안 하면 군실거려서…… 얘야, 딴건 몰라도 목욕은 인 박일 만하더라. 이 에미 살결 고와진 것 좀 보렴. 내가 새경을 봐도 십 년도 넘어 젊어진 것 같더라, 안 그러냐?"

어머니가 부득부득 그의 손을 끌어당겨 손등을 만져보게 했다. 탄력은 없이 밀리는 살갗이 눌어붙은 것처럼 나글나글한 게 싫어서 그는 얼른 손을 오므렸다. 막연한 분노와 죄의식을 조막손이처럼 옹색하게 움켜쥐고 그는 될 수 있는 대로 무표정하게 들었다.

철나고부터 객지로만 떠돌아 어머니의 손을 만져본 게 언제인지 몰랐다. 그러나 어머니의 손이 어떻다는 건 어머니의 어떤 인상보다도 강렬하게 남아 있었다. 부엌일, 들일, 내 집 일, 남의 일 가리지 않았을뿐더러 힘든 가래질, 마당질까지 해내던 어머니의 손은 그에게 힘과 고난의 상징으로 남아 있었다. 어쩌다 잡아본 어머니의 손은 믿음직스러웠고, 물것에 물린 등을 긁어줄 때의 어머니의 손끝은 칫솔처럼 거칠어서 그렇게 시원할 수가 없었다.

저 여자는 내 어머니가 아닐지도 몰라. 그렇다면 저 늙은 여자는 도대체 누구란 말인가.

그는 그런 생급스러운 생각을 하면서도 신문으로 눈앞을 가리고 어머니를 직시하기를 피했다. 그러나 어머니는 무릎이 닿을 만큼 바싹 그에게로 다가와서 소곤거리기 시작했다.

"아범아, 아범이 이렇게까지 큰 성공을 한 줄은 몰랐구나. 진작 알았으면 에미가 고생을 좀 덜하는 건데. 그래 말인데 나만 이렇게 호강을 하고 있자니 몸은 편한데 마암이 안 편해. 느이 큰형이야 제 딸린 식솔이 워낙 많아 따로 생각해줘도 부질없는 노릇이니 이미 굳힌 팔자다, 제쳐놓겠는데, 덕구 덕희 생각을 하면 그렇질 못해. 아직 짝도 못 채워준 앞길이 창창한 그것들 생각을 하면 자다가도 비단이불이 천 근이고, 이팝에 괴기국도 목구멍에 칵 걸린다니까, 그래 말인데······"

그는 앞을 가린 신문을 철썩 소리가 나게 제치면서 반색을 했다.

"그러믄요, 어머니. 걔들을 어머니가 돌보셔야지 누가 돌봅니까. 형님과 형수님이 무던하다곤 해도 어머니께서 돌보시는 것만 하겠어요. 시집 장가 보내는 문제도 그렇구요."

그는 속으로 오늘 차로 보내긴 너무 서둔다 싶어, 내일 첫차 표쯤을 끊을 요량을 하며 이렇게 신바람을 냈다.

"아범아, 너도 그렇게 생각하냐? 아범이 그럴 줄 알았다니까. 그럼 어여 편지해, 시골에다. 얼마나 좋아라고 뛰어올라오겠냐. 갸아들 와도 느이 신세 크게 안 져. 몸들 건강하겠다, 덕구는 네가 취직시켜주면 곧 밥벌이할 테고 덕희도 올케 살림 좀 거들어주면 되고 어멈이 제 식구끼리 살았으니 그 약골에 혼자 해먹었지, 시에미 시동생 거느리려면 드난꾼 하나 있어야지 어림도 없어야. 남 둘 거 뭐 있냐? 주거니 받거니 시뉘올케끼리 해먹으면 됐지. 갸아들이 절대로 공밥은 안 먹을 테니까 걱정 말아. 그러고 방은 내 방이 만장 같은데 무슨 걱정이야. 그러니 암, 근심 말고 불러올리기만 해. 갸아들도 이 좋은 집에서 호강 좀 하게."

그러면서 어머니는 젖은 머리에 빗질을 하기 시작했다. 윤경의 빨간 자루 달린 브러시가 은빛 머리를 길게 빗어내리면서 그에게로 축축한 물기를 튀겼다.

"오오. 어머니."

그는 비명을 질렀다.

"어머니, 이까짓 집이 뭐가 좋다고 그러세요? 마당도 없는 닭장 같은 집이. 이건 집이 아니라 닭장이란 말이에요."

아파트를 닭장이라고 한 건 그의 창작은 아니었지만, 그의 마녀 시리즈 못지않은 수작이라고 생각했고, 그는 그 말에 기사회생의 요행수를 걸고 이렇게 부르짖었다.

"에잇 숭업다. 이 좋은 집이 닭장이라니 벌 받을라. 이건 극락이다, 극락. 언제 죽어서 고생 면하고 극락 가서 편히 쉬나 했더니 아들 잘 둔 덕에 살아서 극락이니 이 아니 좋으냐!"

"오오, 제발 어머니……"

그는 풀썩 어머니 발밑에 무릎을 꿇었다. 그러나 다음 말을 뭐라고 이을 줄을 몰랐다. 그때 그를 엄습한 참담한 느낌은 어머니를 결코 내칠 수 없으리라는 절망감만이 아니었다. 다시는 재기할 수 없을 것 같은 패배감이 오히려 더했다.

그를 패배시킨 건 어머니가 아니라 말이었다. 그가 만들어낸 한마디로 끝내주는 반짝이는 말, 온 세상의 사람 마음을 자유자재로 농간 부릴 수 있는 마술의 언어, 그에게 작은 성공과 교만과 닭장 속의 안일과 예쁜 처자식을 보장해준 요사스러운 말들이 갑자기 등을 돌리고 날을 세웠고 그는 참따랗게 패한 것이다. 그러나 조금도 억울하진 않았다. 그가 당한 건 복수였고, 말들의 복수는 정당하단 생각이 들었다. 그 역시 말을 무참하게 학대했으니까.

변명의 여지 없이, 재기의 의지 없이 패한 느낌은 외롭고 쓸쓸했다.

그는 어머니의 치마폭에 얼굴을 묻었다. 어렸을 적 외롭고 쓸쓸할 때 그랬듯이.

외롭고 쓸쓸한 어린 날, 어머니의 치마폭에 얼굴을 묻으면 진한 고생과 가난의 냄새가 났었고, 그 냄새는 그의 다친 마음을 부드럽게 어루만졌고 새로운 기운과 꿈을 불어넣어주었다.

지금 그 냄새는 어디 있는가. 그는 냄새를 찾아 열심히 코를 벌름댔다. 그러나 어머니의 치마폭에선 그의 집에 지천으로 있는 마녀의 어쩌고 하는 화장품 냄새만 코를 찌를 뿐이었다.

아저씨의 훈장

그 거리엔 유난히 열쇠고리 장수들이 많았다. 그 밖에 손톱깎이장수, 병따기장수, 만능칼장수 등 잔다란 쇠붙이들을 벌여놓은 잡상인들이 즐비했음에도 불구하고 왠지 열쇠고리장수만이 내 눈에 자주 밟혔다.

"얼마요?"

나는 그중에도 제법 좌판이 큰 열쇠고리 장수 앞에 쭈그리고 앉으며 물었다.

신문을 보고 있던 청년은 나를 흘긋 한번 쳐다보고는 이백원짜리도 있고 삼백원짜리도 있다고만 무뚝뚝하게 대답하고 다시 신문을 보았다. 뜻밖에 매섭고 심각한 눈빛이었다. 청년이 열심히 보고 있는 건 어느 대학교수가 극일(克日)을 주장하는 긴 논설이었다.

열쇠고리장수 청년이 항일투사의 후예인지도 모른다고 생각했다.

마침 잔돈이 없었다. 다행히 청년은 내가 주머니를 뒤지며 어쩔 줄을 모르는 데는 관심 없이 신문만 보고 있었다. 하필 천원짜리도 없이 만원짜리뿐이었다.

아무리 팔아주고 싶어도 좌판에 있는 것을 모조리 살 만한 고액권을 내놓고 거스름돈을 달래기가 돈이 없다는 것보다 더 미안하게 여겨져서 나는 열없게 웃으면서 일어섰다.

청년이 또 한번 흘긋 쳐다봤다.

"저어, 왜 자물쇠장수는 없죠?"

미안해서 뭔가 한마디 한다는 게 그만 이런 엉뚱한 소리를 하고 말았다. 청년은 대답하지 않았다.

그렇다고 내가 자물쇠가 필요했던 건 아니다. 내 집에도 내 사무실에도 필요할 때 잠글 수 있는 문은 수도 없이 많았다. 현관문을 비롯해 방문, 욕실문, 옷장서랍, 책상서랍, 문갑 문, 냉장고문에까지 열쇠구멍이 있어서 필요할 때 열고 잠글 수 있었지만따로 자물쇠가 필요한 구닥다리 문은 하나도 없었다.

빠리제과점은 그렇게 시끌시끌하면서도 어딘지 시난고난 쇠잔해가는 것 같은 거리 중간쯤에 있었다. 나는 약도를 다시 꺼내보았다. 제과점과 사격장 사이로 난 골목으로 들어가 여인숙이있는 삼거리에서 왼쪽으로 꼬부라져 오른쪽으로 셋째 집이었다. 제과점과 사격장은 나란히 있는 것처럼 보일 만큼 그 사이로 난 골목은 좁았다. 그러나 골목이 있는 이상 약도대로 찾아온 건 틀림이 없는데도 나는 잘못 찾은 것처럼 찜찜하고 낭패스러웠다.

노인네 문병이기 때문에 뭘 좀 사야 하는 건데 빠리제과점에서 케이크를 사면 된다는 생각으로 아직 빈손이었다. 빠리제과점 골목이라고 들었을 때부터 세련되고 정결한 고급 제과점을 연상한 게 잘못이었다. 시골의 구멍가게도 샌프란시스코니, 베니스니, 모나코니 하는 이름으로 행세하고 싶어하는 풍속도 모른대서야 간첩으로 오인받아 쌀 만큼 도처에 흔해빠진 게 그런 상호였다. 그런데도 그런 착각을 얼핏 한 것은 중동 출장길에 빠리를 거쳐온 지가 얼마 안 됐기 때문인지도 모른다.

잠깐 거쳤지만, 어쩌면 잠깐 거쳤기 때문에 더더욱, 세상에 사람이 이렇게 살 수도 있었구나! 하는 찬탄과 선망이 아직도 가슴에 멍이 되어 남아 있었다.

나는 유리가 부옇게 흐린 진열장 속에 원색적인 조화로 장식한 싸구려 케이크와 양회 바닥이 고르지 못한 침침한 내부를 일별하고는 필요 이상의 혐오감에 사로잡혔다. 그리고 돈으로 드려야지, 돈이 나을 거야, 라고 생각을 고쳐먹었다.

너우네 아저씨가 오랫동안 병석에 계시고 근래엔 사람도 못 알아볼 만큼 병세가 악화됐다는 걸 알기는 성표 형을 통해서였다.

십 년 넘어 서로 소식이 끊겼던 성표 형을 우연히 만난 건 며칠 전 거래처 사무실에서였는데 몸이 많이 붙고 경기도 좋아 보였다.

"형님, 운동 좀 하셔야겠수."

나는 수인사 끝에 할 말도 없고 해서 이렇게 그의 비만증을 건드렸었다.

"말도 말게. 집사람하고 나하고 합치면 자그만치 이백 킬로가 넘는다네. 게다가 막내딸년이 국민학교 오학년에 벌써 오십 킬로가 넘으니 오죽해야 차가 못 배겨나겠나. 자꾸만 뒤가 내려앉아서 이번엔 큰마음 먹고 육기통으로 바꾸었는데 견딜라나 모르겠어."

나는 속으로 무슨 화제든지 제 자랑, 제 자랑 중에도 재력 자랑으로 몰고 가는 성표 형 버릇은 여전하구나 싶어 아니꼬운 생각이 들었지만 또 만날 사람도 아니겠다 적당히 상대해주다 먼저 일어서면서 한번 찾아뵙겠다고 인사치레를 했다. 그때도 그는 요새 새로 이사했다는 아파트를 가르쳐주면서 그 아파트의 평수가 오십 평이 넘으며 평당 가격이 얼만데 요새도 매일매일 치솟는다는 묻지도 않는 얘기를 중언부언했다.

"참, 아저씨도 여전히 건강하시겠죠?"

나는 그의 돈 많은 척이 울컥 듣기 싫어서 중동을 자를 겸 뒤늦게 너우네 아저씨 안부를 물었다.

"으응? 삼촌 그 양반……"

성표 형은 뒤가 켕기는 것처럼 묘하게 끄는 소리로 이렇게 더듬대고 나서 건강치 못할뿐더러 얼마 못 사실 것 같단 얘기를 했다.

"형님도, 그 얘길 어쩌면 이제야 하세요. 하마터면 돌아가시기 전에 못 뵐 뻔했잖아요? 일간 꼭 찾아뵙겠어요."

이러면서 수첩을 꺼내 건성으로 들은 그의 아파트 동호수를 적어놓으려고 했다. 그제야 그는 아저씨하고 같이 살고 있지 않다고 했다.

"삼촌 딴살림 내드린 지가 벌써 언제부터라고. 자네 뭘 그렇게 놀라나? 친부모도 함께 살기가 힘든 세상인데 그만하면 오래 모셨지. 살림 나셨다고는 하지만 그 어른이 모아놓은 재산이 있나, 경제력이 있나, 생활비는 전적으로 내 책임이니 요즈음 세상에 삼촌한테 그만큼 하는 조카자식 없네, 없어."

처음엔 좀 기가 죽은 듯하던 성표 형이 점점 기고만장해지면서 언성을 높였다.

"그럼 혹시 그 동안에 아저씨가 새장가라도?"

"새장가?"

성표 형이 큰 소리로 반문하면서 한바탕 웃어제쳤다. 부자연스럽도록 호탕한 너털웃음에 거대한 배가 강진(強震)에 흔들리는 땅덩이처럼 경망을 떨었다.

"새장가는 아무나 드나? 돈이 있든지 사내 구실을 제대로 하든지……"

그는 미처 말을 마치기도 전에 또 껄껄대기 시작했다. 그가 그의 삼촌을 그렇게 말해도 되는 걸까. 딴 사람도 아닌 내 앞에서. 나는 성표 형하고도 너우네 아저씨하고도 촌수가 닿는 친척은 아니었지만 그들의 근본을 누구보다도 잘 알고 있다는 걸 그가 모르지 않으련만.

나는 성표 형이 너우네 아저씨를 그렇게 잔혹하게 깔아뭉개는 게 나에게 대한 간접적인 모욕까지 겸하고 있는 것처럼 불쾌했다.

"그럼 지금 위중하신 양반이 혼자 사신단 얘기예요, 뭐예요?"

나는 볼멘소리로 이렇게 물었다. 그러나 성표 형은 조금도 주눅들지 않고 피둥피둥했다.

"집사람들이 죽을 지경이라네. 다니면서 수발을 들다가, 뒤도 못 가리게 위중해지시고부터는 숫제 똥 치는 사람을 하나 따로 뒀지. 두면 뭘 하나, 똥 치는 것도 전문직이라고 똥 치고 빠는 것 외엔 생판 몰라라 하는걸. 숨넘어가는 낌새도 몰라라 할까봐 하루 걸러라도 안 들여다볼 수가 없지. 시부모 없는 데로 시집와서 마냥 편하다가 요새 된통 걸렸지. 그 분풀이가 다 어디로 가겠나. 허구한 날 바가지를 박박 긁어쌓는데, 그 눈치 보랴 비위 맞추랴 그것도 똥 치는 수고 못지않다네."

그가 똥 소리를 어찌나 걸직하고 실감나게 하는지 나는 코를 감싸쥐고 싶었고 될 수 있는 대로 빨리 그 자리를 피하고 싶었다. 그때 바쁜 일을 핑계로 먼저 자리를 뜨면서 물어본 너우네 아저씨의 현재 거처가 바로 P동의 빠리제과점과 사격장 사이로 난 골목으로 들어가 여인숙이 있는 삼거리에서 왼쪽으로 꼬부라져 오른쪽으로 셋째 집이었다.

나는 그가 일러준 대로 약도를 그리면서 그의 똥 소리를 들으면서 느낀 분노와 혐오감이 차츰 너우네 아저씨가 그래도 인간적인 대접을 받고 있으려니 싶은 안도감으로 바뀌는 걸 느꼈다. 성표 형의 태도가 그만큼 거침없이 떳떳한 때문이기도 했고, 내가 아는 P동이 예로부터 내려오는 도심의 품위 있는 주택가인 때문이기도 했다. 그러나 무엇보다도 빠리제과점 골목이란 소리가 나로 하여금 밝고 편안한 거처를 연상하게 했던 것이다.

나는 나의 착각이 쑥스러워, 애꿎은 빠리제과점한테 한껏 모멸의 시선을 던지고 나서 사격장 앞에서 잠시 망설였다. 사격장 안은 그 속에 사람이 있는지 없는지도 분간할 수 없을 만큼 껌껌했고, 한길로 튀어나온 나무시렁 위에는 대여섯 자루의 권총이 음산한 무쇠빛으로 나동그라져 있었다. 나는 사내답지 못하게 총부리만 보면 가슴이 철렁 내려앉는 버릇이 있었다.

집의 아들녀석이 한창 장난이 심할 때였다. 장난감총으로 내 가슴을 겨냥하고, 땅땅땅 총소리를 낼 적에 나는 죽는 시늉을 하면서 쓰러지는 대신 당장 아이한테서 총을 뺏어 집어던지고 나서 그런 못된 장난을 어디서 배웠는지 대라고 따귀를 때리면서 호령을 했었다. 그 일은 두고두고 아내로부터 비난을 받았고, 부부싸움을 할 때마다 나의 아비 자격을 트집 잡는 좋은 꼬투리가 되곤 했었다.

나는 총구를 조심하며 사격장의 권총을 잡아보았다. 음산한 무쇠빛과는 달리 플라스틱제였다. 가쁜한 권총 총구는 끈 달린 코르크 마개로 막혀 있었다. 그런 놀이를 본 적이 생판 없는 것도 아닌데도 나는 배신감 비슷한 불쾌감을 느꼈다. 문병을 그만 둘까 하는 생각도 들었다. 나의 목적이 문병 외에 딴 저의가 있을지도 모른다는 생각도 들었다.

너우네 아저씨는 어느 만큼 중태인 것일까, 뒤도 못 가린다니 사람도 못 알아볼지도 모르지. 목숨만 붙어 있다뿐 의식은 이미 죽은 환자를 문병한들 무슨 소용이 있을까. 더구나 생전에 한번 뵈었다는 걸로 가책이나 비난을 면할 만큼 의리를 지켜야 할 사이도 아니었다. 중태란 소식 대신 부음을 들었대도 문상을 해도 그만 안 해도 그만인 사이였다.

그러나 나는 되돌아서지 않았다. 나는 너우네 아저씨가 지금 처한 상황을 똑똑히 봐두고 싶었다. 내가 보길 원하는 게 그분의 행복한 말로인지 비참한 말로인지는 분명치 않았다. 만약 그분이 지금 비참한 처지에 놓여 있다면 성표 형을 용서할 수 없었다. 성표 형의 유들유들한 비만증까지도 치가 떨렸다. 그러나 그분의 임종의 자리가 정결하고 편안하고 유복해도 역시 내 마음이 편할 것 같지가 않았다.

도대체 네가 바라는 건 뭐냐? 나는 엉뚱한 음모를 꾸미고 있을지도 모를 자신에게 이렇게 따졌다. 그러나 확실한 건 너우네 아저씨가 어떻게 죽어가나를 보고 싶다는 것뿐이었다.

P동은 내 기억 속의 품위 있는 동네와는 얼토당토않았다. 옛날의 고래등 같은 기와집은 땅 속으로 반쯤 가라앉은 것처럼 쇠잔해 보였고, 아침마다 싸리비 자국이 정결하던 골목길엔 보도

블록이 고르지 못하게 깔려 더럽고 울퉁불퉁했다. 집집마다 다투어 간살을 추녀 끝까지 내밀어 집 꼴을 추악하게 만들고, 가뜩이나 좁은 골목을 더욱 좁게 만들어놓고 있었다. 나는 그런 누추한 골목길을 더듬어 여인숙이 있는 삼거리까지 오는 동안에 벌써 그런 동네에 사는 사람들을 싸잡아 오죽잖은 사람들로 얕보고 있었다.

여인숙이 있는 삼거리에서 왼쪽으로 꼬부라져 오른쪽으로 셋째 집 역시 기둥이 삐딱하게 기울고, 대문 문지방이 길보다 낮아 침몰해가는 폐선처럼 보이는 고옥이었다. 문패도 번지수도 없었다. 나는 앞집 대문 앞까지 물러나 그 집의 푹 꺼진 용마루와 기왓골 사이에서 자라는 풀을 바라보고 나서 대문 틈으로 안의 동정을 살폈다. 다 쓰러져가는 집이지만 간살은 넓어 보였고 가지각색의 쓰레기통이 여러 개 놓여 있고 하나같이 꾸역꾸역 넘치는 걸로 봐서 여러 가구가 살고 있는 것 같았다.

나는 큰기침을 하면서 대문을 밀었다. 문간방 연탄아궁이 앞에 쭈그리고 앉아 끓어넘는 빨래를 막대기로 뒤적이고 있던 여자가 흘긋 쳐다봤다. 열린 중문으로 꽤 넓은 안마당과 여러 가구의 세든 방들이 보였지만 나는 꼭 그 문간방에 너우네 아저씨가 누워 있을 것 같았다. 성표 형한테 들은 똥 소리를 단박 연상할 만한 퀴퀴한 냄새를 맡았기 때문이다.

빨래를 삶던 아주머니는 나를 다시는 쳐다보지 않고 빨래만 들여다보고 있었다. 여러 가구가 사니까 드나드는 사람도 많은

데 익숙해져 있는 눈치였다.

"저, 말씀 좀 여쭤보겠는데요."

그러나 나는 확신을 가지고 그 아주머니한테 말을 시키고 있었다.

"안에 들어가 물어봐요. 난 이 집에 눌러사는 사람이 아니니까 암것도 몰라요."

"너우네 아저씨가 여기 사신다고 들었는데요?"

"글쎄, 난 이 방에 출근해서 일하는 사람이라 이 집 일은 암것도 모른다니까요. 들어가서 물어봐요. 자그만치 여섯 가구나 사는 집이니 너우네 아저씨가 없으면 여우네 아저씨라도 안 있겠어요?"

아주머니는 농지거리까지 하면서도 쳐다보진 않았다. 나는 개의치 않고 그 아주머니한테 말을 시켰다.

"영감님이에요. 홍씨 성 가진. 노환으로 위중하시다고 듣고 문병을 왔는데요."

비로소 여자가 부스스 일어섰다.

"홍씨 성인지는 모르지만 죽을 날만 기다리는 노인이 있는 건 이 집에서 이 문간방밖에 없는데……"

"아주머니는 그 노인 시중을 들러 출근하시는 분이군요?"

"맞았어요. 근데 아들 손주도 들여다보지 않는 산송장을 문병 온 댁은 뉘시우?"

"한 고향 어른이에요. 진작 와 뵀어야 하는 건데 몰랐어요.

며느님은 자주 들르나요?"

"들르면 뭘 해요. 굶겨 죽였단 소린 안 들으려고 먹을 거 떨어질 만하면 들렀다간 노인을 들여다도 안 보고 가는걸."

"좀 뵐 수 있겠습니까?"

"벌써 사람 못 알아보는 지 오래예요. 그래도 뵙고 가는 게 도리지. 암, 도리구말구."

아주머니가 횡하니 삶은 빨래 대야를 마당 수돗가에 갖다놓고는 문간방 미닫이문을 열었다. 하마터면 게울 뻔하게 야릇한 냄새가 끼쳐왔다.

아주머니가 먼저 방으로 들어서면서 말했다.

"뒤를 보시는 족족 깨끗이 치워드리건만 욕창 때문에 그래요. 살 썩는 냄새가 똥오줌 냄새보다 훨씬 더 고약하거든요."

내가 도망치고 싶은 걸 가까스로 참을 수 있었던 것은 순전히 아주머니 때문이었다. 아주머니의 시선은 거의 매달리다시피 내가 문병을 완수하길 촉구하고 있었다. 나는 요령껏 호흡을 절제하며 구두를 벗고 올라섰다. 방문은 내 키보다 낮고 방 속은 침침했다. 아주머니의 얼굴엔 옳지, 옳지, 부추기면서 어린애에게 쓴 약을 먹이려는 어머니의 그것과 같은 부드러운 강요와 아부의 빛이 서려 있었다. 나도 마지못해 방 안에 들어서긴 했지만 낮은 반자를 머리에 인 채 뻣뻣이 서 있었다.

"자아, 문병을 왔으면 가까이서 뵈어야죠. 사람을 못 알아보신다고 했지만 말로 표현을 못 해 그렇지 속으론 다 아실 거예요.

며느님이 밖에서만 왁자지껄 떠들다 간 날은 영감님 얼굴에 섭섭하고 괘씸해하시는 티가 완연한걸요. 말을 못 해 그렇지 듣기도 다 들으실 테니 하고 싶은 말 있으면 다 해요, 어여."

아주머니가 등을 미는 바람에 나는 풀썩 주저앉았다. 저게 너우네 아저씨일까? 나는 멍청하게 눈을 치뜨고 누워 있는 노인을 가까이서 보면서 이렇게 생각했다. 나는 어쩌면 이분은 제가 찾는 너우네 아저씨가 아닙니다, 라고 외치면서 도망을 치고 싶은지도 몰랐다. 키는 작달막했지만 다부진 몸매가 살이 내리고 뼈와 가죽만 남으니까 어린애만했다. 그의 부피는 겨우 요 위에 비닐을 깔고 덮은 다후다 이불이 주름잡힐 만했다. 융으로 된 파자마의 목둘레가 맞지 않아 뼈만 남은 어깨까지 드러나 보이는 게 무참했다. 나는 뭐라고 말하는 대신 이불로 그것을 가려주려다 말고 목과 어깨뼈 사이가 앙상하다 못해 너무 깊이 파인 걸 보면서 가슴이 철렁 내려앉았다. 그리고 궁지에 몰린 것처럼 마지못해 이분은 너우네 아저씨임에 틀림이 없다고 생각했다.

사람은 누구나 살을 뺀 골격 모양이 그렇게 생겼으련만 그 무참히 파인 곳을 보자 나는 불현듯 앞뒤로 번쩍번쩍 빛나는 자물쇠를 주렁주렁 늘이고 다닐 때의 너우네 아저씨를 떠올렸다. 너우네 아저씨가 월남해서 처음 잡은 직업이 자물쇠장수였다. 그때만 해도 제대로 된 자물쇠 공장도 없을 때라 그의 상품도 신품이 아닌 중고품이었다. 특히 미군 부대를 통해 흘러나온 미제 자물쇠는 값도 비싸고 이윤도 많았다. 너우네 아저씨는 이런 중고

놋쇠 자물쇠를 특수한 약으로 반짝반짝 닦아서 끈이 달린 조끼 비슷한 방수천에다 앞뒤로 빈틈없이 달아매고 장사를 나섰다.

나의 어린 눈에 그런 너우네 아저씨는 마치 가슴에 훈장을 하나 가득 달고 백만 대군을 사열하러 나가는 장군처럼 위대해 보였다. 앞뒤로 놋쇠 자물쇠가 금빛으로 반짝거려서만은 아니었다. 너우네 아저씨의 하늘을 찌를 듯 기고만장한 몸짓과 어떤 긍지 때문이었다.

"내가 누구 땜에 이 고생을 하는데, 내 자식 뿌리치고 대신 데리고 나온 내 장조카, 우리 홍씨 문중의 종손, 성표놈 하나 공부 잘 시켜 성공하고, 손 퍼뜨리는 거 볼 욕심 하나야, 다른 거 없어. 시체 젊은이들은 내 마음 몰라줘도 지하에 계신 조상님네들은 다 아실 거구면."

그가 너무도 당당했기 때문에 과연 자기 아들을 뿌리치고 장조카만을 데리고 월남한 게 그렇게 잘한 일일까 하는 의문을 품는 것조차 그의 앞에선 나쁜 마음처럼 죄스러웠다.

그가 하찮은 자물쇠 행상을 하면서도 무훈이 혁혁한 장군처럼 당당하게 행세할 수 있었던 것은 순전히 도덕적인 만족감 내지는 도취감 때문이었다. 그는 그 도덕을 완수하기 위해 치러야 했던 그의 인간적인 갈등과 고뇌를 어쩌다 내비치는 적은 있었지만, 그 도덕 자체의 가치를 의심하거나 재고해본 적은 한 번도 없으리라. 그의 당당함이 흔들리는 걸 본 적이 없으니까.

그가 그의 장조카이자 홍씨 문중의 귀중한 종손인 성표 형을 데리고 나오기 위해 뿌리쳐야만 했던 친아들 은표는 나하고 동갑내기였다. 은표는 홍씨 문중의 씨족마을인 너우네에 살았고, 나는 너우네보다 개방적이고 마을도 큰 편인 범바위골에 살았었다. 우리 마을에서 작은 등성이만 하나 넘으면 너우네여서 동갑내기끼리 놀기도 잘하고 싸움도 잘했다. 은표는 나보다 힘이 좀 셌지만 나에겐 형이 있어서 팽이도 깎아주고 썰매나 연도 만들어주는 게 큰 빽이었다. 나는 빽을 믿고 그애를 약올렸고, 그애는 힘으로 나에게 앙갚음을 했다. 같이 읍내 국민학교에 들어감으로써 우리는 싸움을 거의 안 하고 줄창 붙어다니게 되었다. 주로 은표가 우리집으로 나를 부르러 왔고 학교가 끝나면 우리집에서 숙제를 하다가 늦으면 저녁까지 먹고 갔다. 나보다도 형이 잘해주는 데 은표가 더 끌렸던 것 같다. 가끔 나는 형이 우리 둘한테 똑같이 잘해주는 것도 마음에 안 들었고 은표가 나보다 더 형에게 알랑거리는 것도 샘이 나서 심술을 부릴 적도 있었다.

"너도 형 있잖아? 느네 형한테 해달래지 왜 남의 형만 못살게 구냐?"

이러면서 형이 깎아준 팽이나 접어준 딱지를 왈살스럽게 압수하면 은표는 기가 죽어서 성표 형은 친형이 아니잖아, 사촌형이란 말야, 하면서 변명을 했다.

그때도 성표 형은 그를 낳자마자 과부가 된 홀어머니와 함께 작은집인 은표네하고 같이 살면서 삼촌의 극진한 보살핌을 받고 있었다. 형이나 아우가 소생을 남기고 죽었을 때, 남은 형이나 아우가 조카자식을 친자식처럼 돌보고 책임지는 건 우리의 전통적인 미풍이라지만 너우네 아저씨는 그 정도가 좀 심했다. 입히는 거 먹이는 게 누가 보기에도 층하가 지게 키웠다. 이밥도 귀한 시절, 성표 형의 밥그릇엔 이밥을 퍼담고 은표 밥그릇엔 여름엔 시커먼 보리밥 겨울엔 샛노란 조밥인 걸 나도 몇 번이나 보았었다. 설빔도 성표 형만 해입혔고, 신발도 성표 형은 운동화, 은표는 검정 고무신을 사신겼다. 신발이나 설빔처럼 돈 드는 건 몰라도 부엌에서 밥 푸는 것쯤은 여자들 마음대로 할 수 있을 법한데 너우네 아저씨가 쥐고 있는 가도(家道)가 하도 엄해서 식구들은 그가 안 보는 데서도 감히 거역할 엄두를 못 내는 것 같았다. 동서끼리 아무리 의가 좋다 해도 은표 어머니 마음이 편할 리 없었고, 청상과부가 되어 시동생한테 얹혀사는 성표 어머니라고 속 편할 리가 없었다. 소풍 가는 날이나 운동회날 같은 때, 큰어머니 몰래 준 돈이라고 자랑하면서 은표가 군것질하는 것만 봐도 그 여자의 편치 않은 마음이 충분히 짐작됐다.

그러나 어떻게 된 게 너우네 아저씨의 이런 편애를 너우네 사람들은 한결같이 칭송해 마지않았다. 나 보기에 너우네 사람들은 참으로 이상한 사람들이었다. 일가 문중의 이런 칭송에 힘입어 너우네 아저씨는 그때부터 그렇게 당당했었다. 피난 내려와 자물쇠장수가 되기 전부터도 너우네 아저씨는 가슴에 훈장 단 것처럼 으스대며 다녔고, 남의 후레자식까지도 너우네 아저씨만 만났다 하면 일장의 설교를 들어야 했다. 그는 자기 자식은 막

기르고 조카자식을 어르고 떠는 걸로 아무도 감히 용훼(容喙)할 수 없는 도덕적인 완벽성을 획득하고 있었다.

삼팔선이 가까운 우리 마을은 6·25 때 제일 먼저 인민군이 들어왔고 패주할 때도 나중까지 머물러 있었다. 나의 어린 눈에 그들은 장난감총으로 장난을 하는 것처럼 사람들을 잘도 죽였다. 마을 앞을 흐르는 시냇가에 곧게 자란 미루나무에 사람들을 동여매놓고 난사하는 걸 은표와 나는 끈끈한 손을 맞잡고 구경했었다. 사람들은 죽어서도 눕지 못하고 고개만 떨구었다. 그때의 뙤약볕과, 무수한 은화(銀貨)를 매달아놓은 것처럼 뙤약볕에 반짝이던 미루나무 잎과, 죽음을 뿜던 음산한 총신은 오래도록 나의 기억에 악몽으로 남아 있었다.

나의 아버지는 이때 일찌거니 처가로 피신했기에 망정이지 그들이 달아나고 나서 헤아려보니 부역하지 않고 살아남은 청장년은 한 명도 없대도 과언이 아니었다. 너우네 아저씨가 피난도 안 가고 부역도 안 하고 마을 속에서 숨어 지낼 수 있었던 것은 순전히 그의 인덕이었다. 남에게 후하게 베풀고 착한 일을 쌓아서 얻은 인덕이라기보다는 순전히 제 자식보다 조카자식을 더 위해 길렀다는 데서 얻은 인덕을 나는 이해할 수 없었고, 마땅치가 않았다. 그때 나는 너우네 아저씨가 무사해서 은표가 그 억울한 신세를 못 면하게 된 게 은근히 속상했는지도 모른다.

그해 겨울, 나는 은표하고 놀 수가 없었다. 나는 너우네에 얼씬도 못 하게 식구들의 감시를 받았다. 너우네에 염병이 돈다는 거였다. 여자들이 싸울 적에 염병을 할 년, 또는 염병을 하다 땀도 못 낼 년, 하고 욕하는 소리를 들은 적은 있지만 도깨비나 귀신처럼 가상적인 공포였을 뿐 그걸 정말 앓는 사람이 생길 줄은 몰랐다. 딴 집도 아닌 은표네서 그걸 앓는다고 했다. 처음엔 은표가 앓는다고 했고, 다음엔 성표가 앓는다고 했고, 할머니도 걸렸다고 한다.

읍내 미군 부대에서 나와서 소독을 철저히 했기 때문에 아직 집 밖으로 번지지는 않았다고 했다. 소독뿐 아니라 좋은 약도 지어주는 모양이니 죽지는 않을 거라고 어머니는 나를 위로했다. 그렇지만 약이 아무리 좋아도 노인네가 살아나긴 힘들걸, 하면서 혀를 차는 걸로 봐서 그 병이 얼마나 고약한 병이라는 걸 알 수 있었다.

어른들은 또 너우네에서 부음이 왔을 때 조문을 갈 것인가 말 것인가를 심각하게 고민하기도 했다. 옛날엔 염병을 앓는 집은 몰살을 하게 마련이고, 아무도 시체를 쳐주는 사람이 없기 때문에 집 안에서 썩는 내를 정 참을 수 없으면 마을 사람들이 불을 질러 집과 함께 태운다는 끔찍스런 얘기들도 했다.

"쓸데없는 소리, 지금이 옛날이야? 남의 나라 병정도 겁 없이 드나들며 소독을 해준다 약을 지어준다 하는데 한 마을 사람들이 한다는 소리들이……"

아버지는 이렇게 못마땅해하셨지만 혼자서 문병을 갈 용기는 없는 것 같았다.

"하긴, 딴 집으로 옮지도 않고, 그 집에서도 연달아 앓는 사람이 안 생기는 걸 보면 미제 소독, 미제 약이 좋긴 좋은가봐."

사람들도 이 정도로 마음을 고쳐먹었지만 선뜻 은표네를 드나드는 사람은 안 생겼다. 살아나긴 세 식구가 다 살아났는데 머리칼이 몽땅 빠지고, 다리 살이 말라붙어 걷지도 못하고 엉금엉금 기어다니는 게 꼭 귀신 같더라는 소문도 돌았다. 너우네에 사는 가까운 친척들끼리는 더러 드나드는 모양이었지만 우리 범바위골 사람들은 아직 너우네를 지나다니는 것도 두려워했다.

은표네 염병을 고쳐놓은 미군 부대가 슬그머니 읍내 학교를 비우고 어디론지 떠나버렸다. 인민군도 끔찍한데 중공군까지 합세해서 다시 내려온다는 소문이 돌았다. 염병의 소문보다 훨씬 불길한 소문이었다.

어느 고약스럽게 추운 날, 우리는 마을을 비우고 피난을 떠나지 않으면 안 되었다. 여름 난리에 마을엔 소 한 마리 남아나지 않았기 때문에 이고 지고 떠날 수밖에 없었다. 가다 죽느니 집에 앉아서 죽겠다고 버티는 노인이 생기면 대개의 남자들은 노인네를 돌보라고 아내를 떼어놓고 떠났다. 자연히 젖먹이도 남게 되고, 막상 길에 나선 건 살아남은 청장년과 길을 걸을 만한 사내아이들이 대부분이었다.

우리 식구가 너우네를 지날 때 나는 아버지 바짓가랑이를 붙들고 거치적대면서 은표네 집에 들렀다 가자고 졸랐다. 아버지는 가타부타 말없이 앞만 보고 걸었다. 그때였다. 지게를 진 너우네 아저씨가 집을 나서고 있었다. 지게에 진 건 피난보따리가 아니라 성표 형이었다. 솜 두루마기를 입고 솜 포대기를 뒤집어 쓰고 눈만 내놓고 있어서 머리칼이 몽땅 빠졌는지는 알 수 없었지만 열 살이 넘는 소년이 지게에 탄 걸로 봐서 염병의 예후가 얼마나 무섭다는 걸 알 수 있을 것 같았다.

"성표만 데리고 가시게요?"

사람들이 물었다.

"어차피 하나밖에 못 데리고 떠날 바엔 조카자식을 구해야죠. 안 그렇습니까?"

"여부가 있나요."

그를 잘 아는 사람들이 건성으로 이렇게 맞장구를 쳤다. 병석에 있는 노모를 혼자 놔두고 떠날 그가 아니었고, 아내와 형수를 남겨두고 혼자 떠나려니 못 걷는 두 아이 중의 하나를 선택할 수밖에 없었을 것이다. 나는 그 선택을 함에 있어 고뇌나 갈등이 조금도 없었던 것처럼 자신만만하고 고집스러워 뵈는 그에게 맹렬한 적의를 느꼈다.

너우네 아저씨까지를 포함한 우리 일행이 동구 밖을 벗어나려고 할 때였다. 여자의 통곡 소리가 들렸다. 은표 아부지, 은표 아부지, 통곡에 간간이 이런 소리가 섞이는 걸로 봐서 은표 어머니가 통곡하는 소리였다.

그 억장이 무너지는 소리에 우리 일행은 발길을 멈추었다. 그러나 너우네 아저씨만은 지게를 지고 잘도 걸었다. 그후 나는 오래도록 그 억장이 무너지는 소리를 잊지 못했다.

피난 내려와서도 한동안은 너우네 아저씨와 이웃해 살았다. 밤새도록 반짝반짝 닦은 크고 작은 자물쇠를 앞뒤로 주렁주렁 달고 장군처럼 거만하고 당당하게 장사를 나가는 너우네 아저씨의 권위는 완벽했다. 내 자식을 사지에 뿌리치고 조카자식을 구해내서 공부시킨다는 게 그렇게 위대한 일일까? 나는 그의 당당함에 압도된 채, 속으론 언제고 그의 위대성이 터무니없는 가짜라는 걸 보고 말 테다, 라는 엉큼한 생각을 키우고 있었다.

휴전이 되었지만 우린 고향에 돌아갈 수 없었다. 삼팔 이남이었기 때문에 꼭 돌아갈 수 있을 것을 믿었던 우리는 하필 우리 고향 쪽에서 남으로 쳐진 휴전선이 억울하고 원망스러웠다.

너우네 아저씨인들 그때 이별이 영이별 될 줄만 알았으면 설마 지게에 은표 대신 성표를 올려놓지는 않았으련만…… 형과 나는 고향을 아주 잃은 비감 때문에 이렇게 너우네 아저씨의 처사를 인간적으로 해석하려 들었다.

그러나 그게 아니었다. 너우네 아저씨는 한술 더 떠서 이렇게 될 줄 미리 알고 장조카를 구했노라고 으스댔다. 장조카를 공부시킬 위대한 사명을 띤 그의 행상이 조그만 점포로 발전할 무렵 우리도 생활이 좀 나아져서 딴 동네로 이사를 가게 됐다. 그러나 자주 소식을 주고받았고, 만날 기회도 심심찮게 있었다.

일 년에 두 번 있는 동향인의 군민회도 우리 식구가 모두 기다리고 기다렸다가 참석하는 즐거운 모임이었지만 너우네 아저씨네도 꼭 숙질(叔姪)이 함께 참석했다. 또 실향민끼리의 의리라는 것도 각별해서 고향땅에선 서로 모르고 지냈던 사이끼리도 경조사를 서로 연락하고 적극 참석했다.

결혼식장 같은 데서 가끔 만나는 너우네 아저씨는 성표를 대동할 적도 있었고 혼자일 적도 있었다. 물론 앞뒤에 자물쇠를 주렁주렁 달고 다니던 왕년의 행상 티는 조금도 나지 않았다. 그러나 내 눈엔 언제나 그가 자물쇠를 훈장처럼 달고 다니는 것처럼 보였다.

제 자식을 모질게 뿌리치고 장조카를 데리고 나와 성공시키기 위해 온갖 고생 다 했다는 걸로 자신을 빛내려 들었기 때문이다. 나는 그가 자물쇠 행상일 적에 매일 밤 그것을 닦아 훈장처럼 빛냈듯이, 요새도 매일 밤 자신의 내력을 번쩍번쩍 빛나게 닦고 있다고 생각했다. 그는 그 특이한 내력으로 어디서나 빛났다. 동향 사람들 중에서도 특히 나잇살이나 먹은 이들은 그의 자랑을 끝까지 들어주고 아낌없이 그를 칭송하고 존경하는 걸로 자신의 도덕적인 결함까지 은폐하려 드는 것 같았다.

그러나 나는 은표 어머니의 억장이 무너지는 소리를 잊지 못하는 한 그의 위대성이 가짜라는 게 드러나 그가 웃음거리가 되는 걸 보고야 말겠다는 생각을 단념할 수 없었다.

동향인의 결혼식도 잦았지만 장례식도 잦아졌다. 동향인이 모이는 자리에도 세대교체 현상이 나타나 나잇살이나 먹은 이들이 점점 줄었다. 너우네 아저씨의 자랑을 들어주고 칭송할 사람도 그만큼 줄었다. 자신의 내력이 더이상 자신을 빛내줄 수 없다는 걸 알았는지 너우네 아저씨는 눈에 띄게 풀이 죽어갔다. 나는 그런 허점을 놓칠세라 젊은 사람들한테 그가 한 짓을 풍겼다. 젊은 이들의 반응은 노인들의 반응과 판이했다. 우린 이미 너우네 아저씨가 신봉하던 케케묵은 도덕과 상관없는 세대였다. 그건 한낱 웃음거리에 지나지 않았다. 그게 웃음거리라면 너우네 아저씨는 더 큰 웃음거리였다. 좀더 생각이 깊은 젊은이라면 너우네 아저씨가 자기 처자식에게 저지른 비인간적인 처사에 분개해 마지않았고, 그를 숫제 징그러운 괴물 취급을 하려 들었다.

그 무렵부터 성표 형이 삼촌과 동행해서 나타나는 일은 거의 없어졌고, 삼촌의 행색은 어딘지 자꾸만 초라해졌다. 성표 형이 돈 잘 번다는 소문 때문에 그의 초라함은 더욱 눈에 띄었고 악의에 찬 놀림감이 되기도 했다. 돈 잘 버는 조카한테 자가용 좀 내달랠 것이지 왜 걸어오셨느냐는 둥, 돈 잘 버는 조카 둔 삼촌치곤 너무 추비한데 돈 잘 버는 조카가 싸구려 양복을 해드렸을 리는 없고, 홀아비 티가 그렇게 추비한 모양이니, 돈 잘 버는 조카한테 새장가나 들여달래라는 둥, 버르장머리 없는 젊은이들이 맞대놓고 놀려먹었다.

그러다가 나의 아버지가 돌아가신 후 나도 동향인이 모이는 자리에 발을 끊게 됐다. 아버지의 등쌀에 못 이겨 동향인의 모임에 나갔다뿐 나의 고향은 이제 서울이었다. 내 자식의 고향이 서울이니까, 그사이에 나도 중년으로 접어들어 아버지에 속하기보다는 자식들에 속하는 게 자연스러웠다.

"아저씨, 저를 알아보시겠어요?"

나는 멍청하게 치뜬 아저씨의 눈에 내 눈을 맞추려고 애쓰면서 이렇게 악을 썼다.

"아무도 못 알아봐요."

아주머니가 옆에서 일러줬다.

"말은요?"

"말을 하면 사람을 알아보게요."

아주머니는 말은 못 해도 속으론 사람을 다 알아볼 거란 자신의 말을 이렇게 번복했다.

"언제부터 이 지경이 되셨습니까?"

"내가 돌봐드린 지가 석 달이 넘는데 그전부터 그랬나봐요. 나 같은 사람이 수없이 갈렸다니까……"

"가만히 좀 계셔보세요. 뭐라고 말씀을 하시려고 하는데요."

나는 노인이 입을 쫑긋대는 것 같아 이렇게 아주머니의 말을 가로막았다.

"글쎄, 알아듣지도 못하고 말도 못 한다니까요. 인기척이 나니까 먹을 걸 줄 줄 알고 그러는 거예요. 사람 목숨이 뭔지, 저 지경이 되고도 먹는 거라면 저렇게 상성이에요. 사람 그림자만 얼씬대도 입 먼저 내두르는 걸 보면 불쌍하기도 하고 징그럽기도 하고."

"그런 줄 아시면 얼른 잡술 걸 좀 해다드리세요."

나는 벌컥 화를 냈다.

"아니, 이 양반이 누구한테 함부로 역정을 내고 그래요. 창자가 말라 죽지 않을 만큼은 드리니까 걱정 말아요. 그래도 똥에서 헤어나질 못하는데 입 내두르는 대로 퍼넣었다간 누구 똥구뎅이에 빠져죽는 꼴 보려고 그래요?"

말은 그렇게 하면서도 아주머니는 밖으로 나가 냄비를 덜컥댔다.

"아저씨, 저 알아보시겠어요? 네, 아저씨?"

나는 아저씨의 입이 괴롭게 쭝긋대는 게 암만 해도 무슨 말을 하고 싶어서 그러는 것 같아 또다시 이렇게 악을 썼다. 입만 아니라 멍청하던 눈에도 초점과 빛이 생기는 것 같았다. 그러나 그 정도의 감정 표현도 힘에 겨운 듯 이불 밖으로 나온 앙상한 손이 꿈틀꿈틀 경련을 치고 있었다.

아주머니가 멀건 죽냄비를 갖고 들어와 노인의 쭝긋대는 입에 퍼넣으려고 했다. 그러나 뜻밖에 그는 이를 악물면서 도리질을 했다.

"에그머니, 이제 죽을 날이 정말 가까웠나봐. 곡기 끊으면 죽는다는데……"

아주머니가 경망스럽게 숟갈을 내던지며 놀랐다. 그러나 나는 그가 무슨 말을 하고 싶어서 그런다는 확신을 얻고, 그의 경련치는 손을 잡고 애타게 외쳤다.

"아저씨, 너우네 아저씨, 저를 알아보시겠어요? 네, 너우네 아저씨, 뭐라고 말씀 좀 해보세요."

이윽고 아저씨의 손에 힘이 쥐어지는 듯하더니 입놀림이 확실해졌다. 나는 그의 멍청하던 눈에 그윽한 환희가 어리는 걸 똑똑히 보았고 그의 입이 말하는 소리를 분명히 들었다.

"은표야, 아아, 은표야."

아저씨는 그렇게 말하고 있었다. 나는 아저씨가 그의 아들을 뿌리치고 대신 조카를 데리고 피난 내려온 뒤 한 번도 아들의 이름을 입에 올리는 걸 들은 적이 없었다. 은표의 단짝이었던 나를 보면 은표도 어느 하늘 밑에 죽지 않고 살았으면 저만할 텐데 하고 비감하는 눈치라도 보일 법한데 한 번도 그런 적조차 없었다. 그는 아들을 뿌리침과 동시에 아들의 이름까지 잊어버렸을뿐더러 아예 기억에서 지우고 사는 사람 같았다. 아들 대신 장조카 데리고 피난 나왔다고 자랑할 때의 아들도 보통명사로서의 아들이지 은표라는 고유명사로서의 아들이 아니었다.

그가 처음으로 입에 올린 은표 소리는 나만 겨우 알아들을 만큼 희미했다. 그러나 내 귀엔 억장이 무너지는 소리로 들렸다. 그는 사력을 다해 억장이 무너지는 소리를 내고 있었다. 아아, 삼십여 년 전 은표 어머니의 억장이 무너지는 소리는 이제서야 앙갚음을 완수한 것이다.

나는 그렇게 되길 오랫동안 바라고 기다려왔을 터인데도 쾌감보다는 허망감에 소스라쳤다.

다시 열쇠고리장수가 늘어선 거리로 나왔을 땐 해가 뉘엿뉘엿했다. 해가 뉘엿뉘엿할 무렵이면 가슴에 하나 가득 갖가지 자물쇠를 늘인 채 봉지쌀과 자반고등어를 사들고 뒤뚱뒤뚱 걸어오던 너우네 아저씨의 모습이 떠올랐다. 봉지쌀과 자반고등어 때문인지 자물쇠가 훈장으로 보이는 엉뚱한 착각은 일어나지 않았다. 그는 외롭고 초라한 자물쇠장수에 지나지 않았다.

내가 그를 직시할 수 있기까지 자그마치 서른두 해가 걸렸던 것이다.

무서운 아이들

그 여자는 작은 손으로 이마를 가리면서 눈을 떴다. 동으로 창이 난 그 여자의 방은 아침 햇살이 제일 먼저 그 여자의 침대 머리에 꽂혔다. 그 여자는 눈살을 찌푸리면서 빨리 창에 커튼을 해 달든지 침대를 돌려놓든지 해야겠다고 생각했다. 매일 아침 그렇게 벼르건만 그 여자는 곧 그 일을 잊어버렸다. 아침시간은 서둘러야 하고 저녁땐 지쳐서 돌아오기 때문이다.

아홉 평짜리 독신자 아파트는 방문을 열자마자 싱크대와 현관문이 정확하게 엎드러지면 코 닿을 거리에 나란히 있었다. 그 여자는 아침에 배달된 우유를 병째 들이켜면서 조간신문을 펴 들었다. 여섯 장을 골고루 펄럭였지만 특별히 관심 있는 면이 있는 것 같진 않았다. 그 여자는 다만 차고 비릿한 우유 맛과 함께 신문 냄새를 즐기고 있었다. 약간은 독한 듯한 조간 냄새가 신효한 각성제처럼 그 여자의 덜 깬 잠을 깨우고 기분을 상쾌하게 했다.

'여대생의 의식구조. 능력만 있다면 혼자 살겠다 62%' 문화면의 이런 머릿기사를 보면서 그 여자는 팽, 소리나게 코웃음을 쳤다. 으스대는 것 같기도 하고 자조하는 것 같기도 했다. 어느 쪽인지는 그 여자 자신도 잘 모르고 있었다. 그 여자는 열린 채인 방문을 통해 침대 머릿장에 몇 권의 책과 함께 놓인 가계부를 돌아다보았다. 그 여자는 중학교 선생님이란 떳떳한 직업을 가지고 봉급도 혼자 조촐하게 살기에 부족함이 없건만 가계부를 한 번도 쓴 적이 없다는 게 묘하게 그 여자의 자립감을 위협하고 있었다.

딸의 고집에 못 이겨 따로 사는 걸 허락한 그 여자의 어머니가 이것저것 갖춰준 살림살이 중 제일 먼저 준 게 그 가계부였다. 어머니가 미혼의 딸이 집 떠나 혼자 사는 걸 꺼린 가장 큰 이유는 여자고 남자고 혼자 살면 방종해진다는 거였는데 어머니의 방종은 행실보다는 계획성 없는 씀씀이를 뜻했다. 그러나 그 여자가 꿈꾼 탈출은 집으로부터라기보다는 바로 그 계획성이라는 것으로부터였다.

그 여자는 먹다 남은 우유를 넣어두기 위해 냉장고 문을 열었다. 시금치무침, 우엉볶음, 고기볶음, 당근볶음, 길게 썰어 식초에 담가놓은 단무지 등으로 작은 냉장고 속이 컬러풀했다. 아침에 김밥을 싸려고 어젯밤 늦도록 그런 것들을 장만할 적만 해도 소풍 간다는 게 그닥 싫은 줄 몰랐는데 막상 오늘이 소풍날이라고 생각하니 우울해졌다. 그 여자는 여름 겨울 두 차례의 긴 유급휴가가 있고 남녀의 봉급 차별이 없는 교원직을 매우 만족스럽게 여기고 있었다. 오죽해야 이 짓을 해먹겠느냐고 툭하면 자기를 비하시키는 교사도 있었지만 그 여자는 결혼을 단념하고 자립을 결심하고부터 자기가 얻을 수 있는 일자리를 다방면으로 조사 검토한 끝에 바로 이거다라고 점찍은 게 교사 자리였다. 이쪽에서 점을 찍었다고 해서 바로 그 자리를 얻을 수 있을 만큼 만만한 자리도 아니어서 대학 졸업장만 가지곤 어림없었다. 새삼스럽게 공부해서 순위고사를 보고 발령을 받기까지 자그마치 일 년 반이나 걸렸다. 이렇게 애써 얻고, 또 만족도도 높은 교사직이지만 학교 밖에서 직업 티 내는 건 질색이었다.

그 여자는 학교에서 선정릉까지의 아스팔트 길과 뙤약볕과 아파트 단지와 지하도와 네거리를 생각하고 점점 더 우울해졌다. 그 기나긴 길을 칠십 명의 아이들을 무사히 몰고 갈 일이 시골서 처음 상경한 노인이 염소를 끌고 도심의 번화가를 헤매는 일만큼이나 초라하고 막막하게 여겨졌다.

소풍에 신명이 안 나니까 기껏 준비해놓은 김밥을 싸는 일도 열없어졌다. 어젯밤 그것을 준비할 때만 해도 솜씨만 어머니의 솜씨를 흉내낸 게 아니라 마음씨까지 어머니의 마음을 흉내내 제법 흐뭇하고 정성스러웠다. 소풍날 담임선생님이 자기 몫의 점심을 따로 싸갈 필요가 있는 건 아니었다. 교사가 되고 나서 첫 소풍 때만 해도 멋모르고라기보다는 반장이나 누가 점심 준비를 해오려니 바라고 있는 일이 치사스러워서 도시락을 준비해

갔다가 동료 교사들의 빈축을 샀었다. 그후 한동안 동료들과 잘 어울리지 못하고 겉돈 게 그때 혼자서 잘난 척한 것처럼 보인 때문일지도 모른다고 생각하고 있느니만치 또 제 도시락을 싸려는 건 아니었다.

을희를 줄까 해서였다. 어제 을희를 위해 그것을 준비할 적만 해도 저금통을 털어 선행을 꿈꾸던 어린 날의 크리스마스 이브처럼 순수한 마음이었다. 그 여자의 어린 시절 가난한 이웃, 불쌍한 사람은 한낱 추상이었지만 지금 그 여자가 담임 맡고 있는 일학년 오반의 방을희의 가난은 구체적이었다. 어느 집단이고 있는 사람과 없는 사람이 섞여 있게 마련이고 동방중학이라고 해서 그 예외는 아니었지만 을희의 가난은 좀 유별났고 동방중학의 명물이었다.

교복이 자율화되고 나서 빈부의 차이가 노출될까봐 근심하는 사람도 많았지만 실제 교육의 현장에 있어보면 그렇지도 않았다. 특별히 뛰어난 안목이 아니면 비싸고 싼 옷이 쉽게 구별되지도 않았거니와 뭐니뭐니 해도 입성 하나는 흔한 세상이어서 다들 멀쩡하게 입고 다녔다. 그러나 을희는 살이 비어져나오게 터지고 해진 옷을 아무렇지도 않게 입고 다녔고 감지 않은 머리엔 서캐가 비듬처럼 허옇게 슬어 있었다. 아이큐는 일학년 전체에서 최하였고, 그 아이가 써온 가정환경조사서는 본인의 성명서부터 생년월일이나 가족사항까지 어느 하나고 배치받을 때의 학생조서와 일치되는 게 없었다. 을희도 한자란에 가선 '朴乙姬'

로 돼 있었고 그나마 어림짐작으로 그러려니 알아볼 수 있는 형편없는 필적이었다. 제대로 써오라고 몇 번이나 되돌려보낸 끝에 을희에게서 얻어낸 건 "엄마가 선생님 마음대로 하시래요" 하는 회답이었다. 그 아이는 어쩌면 박을희인지도 몰랐다. 그 여자는 자기 반에 그런 명물이 있다는 걸 참을 수가 없었다. 겉모양만이라도 보통 아이처럼 꾸며놓고 싶었다. 그 여자는 우선 자기가 입던 옷 중에서 유행이 지난 옷을 몇 가지 챙겼다. 요새 아이들은 중학교 일학년에 벌써 어른 옷이 대강 맞을 만큼 성장이 빨랐고, 을희도 그 방면엔 별로 뒤지지 않았다. 그 여자는 을희의 자존심을 존중해서 교무실이나 교실이 아닌 은밀한 장소를 택해 얼른 옷보따리를 건네주면서 내일부터 그 옷으로 갈아입고 오라고 타일렀지만 그후에도 을희의 남루는 달라지지 않았다.

"선생님이 준 옷은 어쩌고?"

그 여자는 옷을 줄 때처럼 은밀한 장소에서 물었다.

"엄마가 뺏고 안 줘요."

그 여자는 이크, 가난한 사람의 자존심이군, 하면서 긴장했다.

"왜?"

"엄마가 나들이 갈 때 입을 거래요."

을희가 누런 이를 드러내고 웃었다. 가난한 사람의 자존심은 그 여자의 가상에 불과했던 것이다.

"혹시 느이 어머니 의붓어머니 아니니?"

"아아녜요."

"그걸 네가 어떻게 알아?"

"엄마를 쏙 빼닮은걸요."

을희가 또 히죽히죽 웃었다. 이렇게 을희네의 삶의 모습은 그 여자의 생각 밖의 세계에 속했다. 을희는 또 점심을 싸오는 일이 없었다. 점심을 굶는 애가 있는 반엔 으레 미담(美談)이 꽃피게 마련이라는 걸 그 여자라고 모를 리가 없었다. 그 여자는 적어도 그 반의 담임선생이었다. 미담이 저절로 생겨나지 않으면 미담을 조작하고 부추길 책임이라도 느껴야 했다. 그 여자는 그렇게 하지 않았다. 간혹 자기 도시락을 싸다가 을희를 위해 하나쯤 더 싸고 싶은 기특한 생각이 드는 것조차 억제했다. 을희는 한글도 제대로 읽고 쓰지 못했다. 중학교 교과과정 중 을희가 할 수 있는 거나 흥미라도 느낄 만한 것은 하나도 없다고 해도 과언이 아니었다. 을희는 건성으로 중학생 노릇을 하고 있었다. 아마 한글도 못 깨친 상태로 중학교 졸업장을 받는 것도 무난할 것이다. 을희에게는 생활보호대상자이기 때문에 수업료는 자연히 면제되니까 주는 것도 받는 것도 없는 깨끗한 계산이 되는 셈이다.

그러나 그 여자는 을희에게 꼭 한 가지 가르쳐서 졸업시키고 싶은 게 있었다. 그것은 이 세상엔 결코 미담이 존재하지 않는다는 거였다. 섣불리 미담에 응석 부리지 않도록 철저히 길들여줘야 한다고 생각했다. 그것이 그 여자가 끼니를 굶는 제자를 보면서도 미담을 조작하려 들지 않는 이유였다. 을희에 대한 그 여자의 이런 생각은 차갑고 단호하고 떳떳했다.

역시 안 하는 게 좋을 거야. 그 여자는 일껏 준비해놓은 김밥을 싸지 않는 게 결코 귀찮아서가 아니라는 평소의 소신을 힘겹게 회복했다. 그러나 마음이 속속들이 편한 건 아니었다. 바깥 날씨는 화창하고 신록은 눈부시고, 오늘은 소풍날이었다. 그리고 아직도 그 여자에겐 어젯밤 색을 맞춰가며 야채와 고기를 볶던 부드럽고 들뜬 마음이 남아 있었다.

소풍날이라고 그애를 배불리 먹여야 한다고 생각하는 건 결국 그애를 거지 취급하는 것밖에 안 돼. 예전에 잔칫날이나 제삿날 동네 거지는 물론 이방의 각설이떼까지 배불리 먹여야 뒤탈을 걱정 안 할 수 있었던 것처럼.

넌 소풍날도 굶주림을 견뎌야 돼. 너의 굶주림을 축제의 손님들의 즉흥적인 자비의 미끼로 줘 버릇하면 곧 그게 거지 근성에 길들여지는 게 되니까.

그 여자는 자신의 흔들리는 마음을 이렇게 다잡았지만 굶주림이 뭔지에 대해 조금이라도 알고 있는 건 아니었다. 끼니를 못 잇는 빈민이 실제로 존재하고 있다는 걸 안 것도 뒤늦게 교사직을 얻고 나서였다. 그러나 그 여자는 이 새로운 발견에 철저하게 무관심하려 들었다. 관심이 미구에 사랑이나 미움, 동정, 실망, 분노 등 불필요한 정서를 유발하게 된다는 걸 알고 있기 때문이었다.

그 여자는 마음속에 갈등이 있을 때의 버릇으로 긴 머리채를 뒤에서 움켜잡아 뒤통수에다 다발을 만들면서 욕실로 들어갔다.

작고 야무지고 윤곽이 예쁜 얼굴이 거울 속에 떠올랐다. 서른 살의 오월이었다.

심심하면 안 돼. 그 여자도 자신이 심심해질까봐 이렇게 앙탈을 했다. 그러나 곧 젠장 또 심심한가봐, 하고 마음을 눙쳐먹었다.

그 여자는 형석을 더이상 생각하지 않기로 하고 있었다. 그러나 심심할 때면 그 여자는 형석이하고 있었던 일을 따라 그에게로 갔다가 되돌아오는 버릇이 있었다. 그건 그를 생각하는 것과는 달랐다. 그것은 마치 소녀 시절 까닭 모를 비애에 젖어 하릴없이 집을 나서 이웃동네의 추녀가 낮은 고가(古家)가 즐비한 쓸쓸한 골목길을 지나 구식 두레박 우물이 있는 언덕바지까지 갔다가 되돌아오는 것과 같았다. 철모르던 시절 마음이 쓸쓸할 때 발로 하던 산책을 젊음의 막바지에 이른 지금 마음으로 하고 있었다.

그러나 철모르던 시절 그 쓸쓸한 산책로를 척도 삼아 헤아린 이 세상은 미지의 아름답고 빛나는 것으로 충만해 있었지만, 지금 때때로 심심하여 형석이하고 있었던 일을 마음속으로 되풀이함으로써 그간의 경험에 비춰본 삶은 텅 비고 섬뜩하도록 황량한 것이었다.

형석은 그 여자의 부친이 차관급에 해당하는 경제부처의 고급관리였을 적에 중매로 알게 되어 약혼까지 했던 사이였다. 비록 중매로 알게 되었다고는 하나 형석의 밀어는 감미로웠고 그가 약속한 미래는 행복 그 자체였다. 그는 키 크고 잘생기고 학벌 좋고 집안 좋고 야심만만했다. 뭔가 더 보태고 싶은 게 하나도 없었다. 너무 완벽해서 그가 왜 여자를 원하는지 그게 다 의심스러울 지경이었다. 그 여자는 수많은 친구와 친척들에게 그를 자랑했다. 그 여자가 그를 자랑시키고 싶어할 때마다 그는 마치 여자의 허영심을 위해 만들어낸 마네킹처럼 그 역할을 완벽하게 수행했다.

어느 날 그 여자의 부친이 어떤 부정사건에 연루되어 신문에 사진이 나고 그 자리를 물러났다. 종당엔 혐의 없음이 밝혀졌지만 그 사실은 신문에 보도되지 않았고 회복될 수 없는 명예 때문에 상심하던 부친은 건강이 나빠지기 시작했다. 가파른 계단을 굴러떨어지듯이 걷잡을 수 없는 속도로 악화되는 가장의 건강을 지켜보며 가족들은 깊은 비탄에 빠지는 게 고작이었다. 그러나 홀로 그 여자의 비탄만은 절망스럽지 않았다. 자신의 앞날은 이미 내리막길로 접어든 집안의 운명과는 상관이 없다는 앙큼한 마음 때문에 그 여자의 비탄은 눈에 침칠하고 우는 울음처럼 가짜스러웠다. 결혼도 하기 전에 벌써 남의 식구가 돼 있는 속셈이 스스로 생각해도 가증스러웠지만 우선 혼자라도 잘살게 되면 차차 친정의 몰락을 구할 방도쯤 안 생길까 싶은 생각은 적이 위로가 됐다.

이렇게 그 여자의 집안 형편과 속마음이 다 같이 편안치 못할 때 아닌 밤중에 홍두깨처럼 불쑥 형석이 파혼을 통고해왔다.

"단도직입적으로 말하겠는데 결혼할 마음이 없어졌어요."

그는 그 말을 사무처리를 남보다 신속 정확하게 할 수 있는 유능한 사원처럼 자신 있게 그러나 정감을 철저히 배제한 목소리로 말했다. 망설임이나 변명이 조금도 섞이지 않은 그의 태도 때문에 오히려 그 여자는 그의 말을 믿지 못했다. 믿지 않으면서도 불쾌했다. 그 여자는 원래 농담을 진담과 진배없이 말해서 사람을 웃기거나 놀려주는 취미를 별로 좋아하지 않았다. 그 여자는 자기가 그런 악취미를 경멸한다는 걸 나타내기 위해 웃음기 없이 엄숙하게 말했다.

"형석씨, 우린 약혼한 사이예요."

"나도 우리가 아직 결혼한 사이는 아니란 걸 다행스럽게 생각합니다. 마음이 변한다는 건 약혼하고 나서뿐 아니라 결혼하고 나서도 얼마든지 있을 수 있는 일이지만 이렇게 망설임 없이 그것을 표시하고 뒤끝 없이 처리할 수 있는 건 역시 결혼 전이기 때문이니까요."

"마음이 변했다고요?"

"네, 그렇습니다."

"그런 농담 싫어요."

그 여자는 신경질을 부리면서 양손으로 귀를 틀어막는 시늉을 했다. 그가 그 여자의 손을 떼어내다가 탁자 위에 얌전하게 포개 놓았다. 그때 그 여자의 손가락에선 약혼반지에 물린 다이아몬드가 치열한 눈을 뜨고 있었다.

"농담으로 치면 곤란해요. 지금은 편한 대로 농담으로 치고 싶겠지. 그러나 집에 가서라도 진담인 걸 인정해야 돼요. 내가 마음이 변한 건 사실이니까."

"어쩜 그럴 수가……"

"배반당했다고 느끼는군요?"

"형석씨가 그런 사람인 줄은 몰랐어요."

비로소 그 여자의 목소리가 떨렸다.

"배반감이란 견디기 어려운 고약한 감정이죠. 그렇지만 그런 배반감이 그쪽만의 것이라고 생각하지 말아요. 실상 먼저 변한 건 그쪽이니까. 배반의 쓴 잔도 내가 먼저 마셨고……"

"그럼 내가 형석씨를 배반했단 소린가요? 그런 일 없어요. 절대로 없어요. 형석씨는 뭔가 오해하구 있어요."

그 여자는 익사 직전에 검부락지라도 잡듯이 필사적으로 그 돌발사가 오해로부터 비롯됐을지도 모를 가능성에 매달렸다. 처음으로 형석의 얼굴에 어떤 표정이 스쳤다. 그것은 조소였다.

"그쪽의 조건이 바뀐 게 내 오해라구? 내가 마음이 변한 건 그쪽의 조건이 바뀌었기 때문이에요. 제발 조건은 변해도 상관없고 마음은 절대로 변해선 안 된다고 생각하지 말아요. 마음이나 조건이나 다 가변성은 인정해야 되고 그 둘이 각각 사람의 전부는 아니더라도 무시할 수 없는 일부분인 건 사실 아녜요. 그쪽에선 내 변심을 듣고 어쩜 그럴 수가 있냐고 분해하고 오래도록 배반감에 치를 떨게 될 것과 조금도 다르거나 덜하지 않게 나 역시 그쪽의 조건이 변한 걸 보고 분해하고 배반감을 느꼈어요. 정말이에요. 그런 의미로 우리 서로 오해도 부채도 없기로 해요."

그러면서 형석은 약혼 예물을 고스란히 돌려주었다.

"우리 쪽에서 보낸 건 나중에 중매쟁이를 통해서 돌려줘도 돼요."

형석은 큰 자비라도 베풀 듯이 이렇게 말하고 일어섰다. 형석의 말은 그의 말짝으로 단도직입적으로 시작됐지만 그가 휘두른 칼이 그 여자의 심장에 꽂힌 것은 뒤늦게 되돌아온 예물을 눈앞에 보고 나서였다.

그러나 정말 죽어넘어간 건 그 여자가 아니라 그 여자의 부친이었다. 딸이 파혼당한 걸로 자신의 몰락이 무엇을 의미하는지를 똑똑히 본 부친은 계단을 굴러떨어지듯이 악화되던 병에서 곧장 죽음에 이르고 말았다.

그때 그 여자 나이는 겨우 스물다섯 살이었다. 그 여자는 그때의 자기 나이를 생각할 때마다 꼭 겨우라는 단서를 붙이는 버릇이 있었다. 그 여자의 '겨우'에는 그 여자만의 각별한 애정과 연민과 비애가 서려 있었다.

부친의 죽음으로 그 여자의 조건이 더욱 나빠졌다고 해서 그때부터 결혼을 단념한 건 아니었다. 그 여자는 행복하고 싶었고, 행복이란 평범하고 자연스럽게 사는 속에 있다는 지극히 교과서적인 생각을 갖고 있었다. 이성이 그립고 필요로 할 나이에 그것을 억제한다는 건 그 여자의 이런 소박한 행복관에 어긋났다. 그 여자는 파혼당한 충격과 부친을 잃은 슬픔을 딛고 열심히 맞선을 보기 시작했다. 그럭저럭 겨우 스물다섯 살을 넘긴 그 여자는 조건이 마음과 마찬가지로 사람의 무시할 수 없는 일부분이라는 형석의 말에 이의가 없어서 조건이 걸맞는 남자하고만 골라서 선을 봤음에도 불구하고 좀처럼 성사가 되지 않았다. 스물일곱 살을 꼴깍 넘길 무렵에 이르러서야 거의 성사가 될 뻔한 일이 한 건 있었을 뿐이었다. 학벌 외엔 남자 쪽이 기우는 게 속 편하다 는 게 그 여자가 지니고 있는 마지막 미덕이었기 때문에 별로 속 상하지 않았다. 그쪽도 홀어머니여서 양쪽 홀어머니의 승낙까지 떨어지고 나서 그 남자는 이런 소리를 했다.

"내 처음부터 궁금하던 거지만 체면상 이제야 묻겠는데, 아버 지가 뭣 좀 남겨놓고 죽었소?"

죽었소, 소리를 돌아가셨소, 라고만 했어도 좋았을 것을.

그 여자는 버르장머리 없는 말이 부관참시(剖棺斬屍)나 뭐 그 런 잔혹한 형벌이 되어 한번 죽은 사람의 목에 또다시 살의(殺 意)를 들이대는 것처럼 끔찍하게 느껴졌다. 그 여자는 마치 그런 짓에 이골이 난 탤런트처럼 거침없이 능숙하게 그 못생긴 남자 의 따귀를 때리고 헤어졌다. 그러고 그 여자는 다시는 맞선을 보 지 않았다.

그 마지막 맞선 이후 그 여자는 평범한 행복을 꿈꾸기를 단념 했다. 그게 별로 고통스럽지 않았다. 남들이 다 가진 행복을 자 기만 못 가졌다고 여겼을 적엔 그게 고통스러웠지만 지금은 그 렇지 않았다. 사람들마다 행복에 속고 있을 뿐 어쩌면 행복은 없 을지도 모른단 생각도 쓸쓸할지언정 고통스럽지는 않았다.

그 여자는 그후 행복 대신 자립을 꿈꾸었고 그건 이루어졌다. 그걸 이루고 자립해서 살면서 그 여자는 의식적으로 형석의 단아한 무표정을 닮아갔고, 주위에서 여봐란듯이 행복을 더럭더럭 처바르고 사는 친구나 이웃을 볼 때면 간혹 그 무표정이 흔들리기도 했지만 그것 역시 형석에게서 배운 조소에 지나지 않았다. 그 밖에도 형석과 그와의 사이에 있었던 일은 그 여자에게 쓸모가 많았다.

그 여자는 마음속으로 문득 형석이하고 있었던 일을 따라 그에게로 갔다가 되돌아올 때마다 젠장 또 심심한가, 라고 생각했지만 실은 그게 아니었다. 자기도 모르게 마음이 부드러워지면서 갈등이 생길 때마다 그 여자는 형석이에게 다녀왔고 다녀오고 나면 갈등은 감쪽같이 해소됐다. 또 그와의 사이에 있었던 일을 척도 삼아 삶을 재면 결코 손해보지도 배반당하지도 않으리라는 자신감도 혼자 사는 그 여자에게 큰 힘이 되었다.

그 여자는 을희의 점심을 쌀까 말까 하는 망설임은 물론 을희에 대한 관심으로부터까지 말짱하게 놓여나서 가벼운 마음으로 소풍 준비를 했다. 간단한 샤워를 하고 긴 머리를 묶고 살갗을 햇볕으로부터 보호해준다는 로션을, 얼굴은 물론 드러나는 살갗에 골고루 바르고 레이스가 달린 캉캉치마에 앵두색 티셔츠를 받쳐입고 넓은 모자를 썼다. 모자 그늘에서 작은 얼굴이 너무 죽는 것 같아 밝고 화려한 색 루즈로 입술을 뚜렷하게 그렸다. 그 여자는 자신이 아직 젊고 예쁘다는 데 짜릿한 기쁨을 느꼈다. 그 여자는 자신을 스치는 이런 순간적인 기쁨을 사랑했다.

밖에선 초하의 푸르름이 미묘하게 살랑이고 있었고 하늘엔 구름 한 점 없었고 기온은 쾌적했다. 아침의 미풍이 그 여자의 풍성한 캉캉치마 폭을 양산처럼 펴올릴 때마다 소녀의 그것처럼 건강하고 맵시 좋은 다리가 무릎까지 드러났다. 그럴 때마다 그 여자는 흐르는 시냇물에 정강이를 담근 것 같은 상쾌감을 맛보았고, 그 맛에 그 여자는 바지를 거의 입지 않았다.

학교는 그 여자가 사는 아파트 단지와 인접해 있어 걸어서도 십 분밖에 안 걸렸지만 그 동안에도 많은 아이들을 만났다. 이삼 학년 아이들 중엔 더러 못 본 척하거나 일부러 피해가는 아이도 있었지만 일학년 아이들은 대개 깍듯이 인사를 했고 멀리서 뛰어와서 앞을 가로막으며 머리를 숙이는 아이도 있었다. 좋은 날씨와 아이들에게 사랑받고 있다는 그 자신감으로 그 여자의 기분은 한층 좋아졌다.

운동장에서 아이들을 정렬시키고 출석을 부르다가 방을회 차례에서 그 여자는 무심히 목소리뿐 아니라 모습으로 그 아이를 확인하려고 눈을 들었다. 아이들이 일제히 기성을 지르며 웃기 시작했다. 중학교 일학년짜리다운 맑고 거침없는 웃음이었지만 어딘지 불순한 찌꺼기 같은 게 느껴져 그 여자는 눈살을 찌푸렸다. 그리고 을회를 빨리 찾아내기 위해 또 한번 이름을 불렀다. 이 두번째 호명엔 그 여자도 모르는 새에 노기가 섞였다. 을회의 두번째 대답은 잦아드는 것처럼 가냘펐다.

그 여자는 곧 을희와 눈이 마주쳤고 아이들의 웃음소리는 더욱 낭자해졌다. 을희는 처음으로 속살이 나오게 해지고 터진 옷이 아닌 새로 산 티셔츠를 입고 있었다. 한눈에 최하의 싸구려라는 걸 알 수 있게 색상과 바탕이 조악한 것까지는 참아주겠는데 마치 운동선수의 번호처럼 앞뒤로 달고 있는 알파벳이 문제였다. 노랑 바탕에 검은 글씨로 선명하게 'PLAY GIRL'이라고 쓴 티셔츠가 아이들을 그렇게 웃기고 있었다. 흐늘흐늘 살에 달라붙는 화학섬유의 질감이 을희의 제법 성숙한 가슴을 적나라하게 강조하면서 '플레이 걸'이란 말에 음탕한 암시를 던지고 있었다. 그 여자도 웃을 수밖에 없었다. 을희도 따라서 누런 이를 드러내고 웃었다.

그 여자는 자기가 영어선생이면서도 이 땅 도처에 범람하는 꼬부랑 글씨에 격렬한 혐오감을 느꼈다. 웃지 마, 아무도 이 아이를 비웃을 자격이 없어. 제발 웃지 마, 이렇게 악을 쓰고 싶은 걸 가까스로 참고 그 여자는 나머지 출석을 부르고 출석한 인원수의 점검을 마쳤다.

비록 새옷은 얻어입었을망정 도시락은 못 얻어가진 모양이다. 을희는 빈손이었다. 빈손이기 때문인지 앞뒤로 단 '플레이 걸' 때문인지 을희는 소풍행렬 가운데서 남들과 보조 맞춰 잘 걸어가고 있었음에도 불구하고 선정릉까지 내내 그 여자의 눈에 거슬렸다. 그 여자는 울고 싶도록 우울했다. 밝은 햇볕도, 살랑이는 신록도, 폭넓은 캉캉치마를 양산처럼 펴주는 싱그러운 바람도 그 여자의 기분을 돌이키지 못했다.

이게 무슨 꼴이람. 그 여자는 마치 한 떼의 을희를 이끌고 어디론지 한없이 허기진 나들이를 가고 있는 것처럼 느꼈고 이런 자신의 모습을 연변의 아파트 단지의 무수한 창으로 행복한 여자들이 내다보면서 깔깔대고 비웃고 있는 것 같아 속으로 억울하고 창피했다. 깔깔대는 행복한 여자들 중엔 이젠 아이가 둘쯤 되고 남편이 과장 아니면 조교수쯤 된, 그 여자의 고등학교 동창, 대학교 동창들의 모습도 보였다. 살짝 멋도 부리고 햇볕도 가리기 위해 쓴 차양 넓은 모자를 이젠 오로지 그 여자들의 시선으로부터 자신의 초라한 모습을 가리기 위해 깊이 눌러쓰고 그 여자는 땅만 보고 걸었다.

선정릉까지는 걸어서 한 시간도 안 걸리는 거리였다. 그러나 그 여자에겐 견디기 어려운 긴 여로였다. 타고만 다녀 버릇한 아이들의 원성도 자자했다. 다리가 아파 죽겠다는 둥, 발이 부르텄다는 둥, 딴 학교는 다 목적지 근처에서 모이는데 우리 학교 촌스러운 건 알아줘야 한다는 둥 불평도 가지가지였다. 그 여자는 목적지를 바라보는 지점에서 앞에서 반을 인솔하고 있는 반장 옆으로 가서 같이 걸으면서 말했다.

반장은 나무랄 데 없는 소녀였다. 유복하고 교양 있는 집안의 맏딸이었고 두뇌 명석하고 공부 잘하고 통솔력이 뛰어나고 용모와 품행이 단정했다. 그 여자는 그런 뛰어난 소녀가 자기 반 반장이라는 걸 매우 믿음직스럽게 생각했지만 반장을 마음으로부터 좋아하고 있는 건 아니었다. 어디 하나 꿀릴 데 없는 아이가 흔히 그렇듯이 반장도 선생을 우습게 알았다. 물론 총명한 아이니까 그런 티가 겉으로 나타나는 게 아니었는데도 그 여자는 과민할 정도로 반장에게서 그런 걸 느꼈다.

학기 초였을 것이다. 환경미화를 의논하려고 반장 부반장을 방과후에 남으라고 했더니 부반장은 아버지가 병원에 입원해 계시다고 난처해하길래 그냥 돌려보냈다. 결국 반장과 단둘이 남게 되어 흉허물 없이 이런 얘기 저런 얘기 하다가 무심히 반장의 책상에 걸터앉게 됐다. 그때 반장은 깜짝 놀라면서 "선생님, 그 책상은 제 밥상도 돼요" 하고 무안을 주는 거였다. 그때 그 여자는 아무리 선생이라도 잘못은 잘못으로 인정해야 된다고 생각했으므로 "미안, 미안" 가벼운 사과까지 하면서 일어났지만 속으론 선생을 감히 무안 준 건방진 반장이 몹시 괘씸스러웠다. 책상 밥상의 정결이 대단한 만큼은 선생의 존엄성도 대단한 거여야 하지 않을까. 그렇담 선생의 궁둥이를 선생의 존엄성에 포함시키지 않고 다만 궁둥이로 보는 반장의 당돌한 시선은 얼마나 모욕적인가. 그러나 그 여자는 그 자리에서 그런 감정을 풀지 못하고 그만큼 반장을 모욕 줄 수 있는 기회만 엿보고 있었기 때문에 피차 편안치 못한 긴장의 관계를 유지하고 있었다.

"을희 말인데……"

그 여자가 을희 얘기를 꺼내자 반장은 푹 하고 웃기부터 했다. 그 여자는 따라 웃지 않고 하던 말을 계속했다.

"보아하니 오늘도 도시락을 안 싸온 것 같더라. 오늘 같은 날은 네가 알아서 도시락을 하나 더 준비하지 않고."

"전 반장이니까 선생님 도시락도 싸야 하잖아요? 그것도 어머니한테 미안한데 어떻게 또 도시락을 싸달래요?"

반장이 그 여자를 빤히 쳐다보면서 이렇게 대들었다. 반장한테 도시락을 얻어먹어야 한다는 일이 이렇게까지 치사스러울 줄은 미처 몰랐다. 그 여자는 자기를 위해서건 을희를 위해서건 꼭 필요한 도시락을 준비까지 다 해놓고 귀찮아서 안 싼 게 후회스러워서 발이라도 구르고 싶었다. 반장이 그 여자보다 한결 총명하고 싹싹했다. 생긋 웃으면서 말했다.

"제가 따로 싸오진 않았지만 을희가 점심 굶을 걱정은 안 하셔도 돼요. 우리 그룹에 데려가면 어떻게 되겠죠 뭐."

"그래주련? 고맙다. 그럼, 그래야지. 공부 잘하는 애들이 끼워주면 걔도 아마 좋아할 거다."

그 여자는 우선 아쉬운 대로 이렇게 찬동했다. 반장 그룹은 극성맞고, 공부 잘하고, 공부 말고도 한가닥 하는 아이들을 망라하고 있었다. 도시락이나 하나 싸다주어 외딴 나무그늘에 숨어 혼자서 까먹게 하느니 그런 쟁쟁한 아이들과 어울리게 하는 게 얼마나 좋으냐 말이다. 그 여자는 조급하게도 이번 소풍이 을희가 외로운 명물 신세를 면하고 정상적인 교우관계를 가질 수 있는 계기가 될 것까지 기대하면서 울적하던 기분을 돌이켰다.

능을 한 바퀴 돌고 교장선생님이 능에 묻힌 왕이 어떤 분이었는가를 대강 설명하고 나서 점심시간으로 들어갔다.

교장선생님을 위시해서 층층시하 윗분을 모시고 앉은 교사들의 자리엔 속속 점심밥과 음료수, 과실, 케이크 등 먹을 것이 답지했다. 교사들은 제각기 자기 반에서 들어온 걸 제 앞에 쌓았다가 그중 먹음직스러운 도시락이나 외제 과자, 철 아닌 귀물스러운 과일 등은 윗분에게 상납하고 동료들과 나누어 먹으면서 자랑스러워했다. 그 여자네 반에선 반장이 유부초밥과 김초밥을 반반씩 담은 은박지 도시락을 하나 달랑 가져왔을 뿐 그 흔한 콜라 한 병 들어오는 게 없었다. 음식을 들고 다니며 상납하고 자랑시킬 필요가 없어서 되레 잘됐다 싶으면서도 그 여자는 반장한테 또 한번 당한 것 같아 불쾌했다. 평교사 중에서는 젊은 여선생끼리 들어온 음식을 모으니 통닭만 해도 한 사람 앞에 세 마리는 돌아갈 만큼 넉넉했다. 그 여자도 통닭 뜯고, 미제 주스에 미제 초콜릿만 골라서 먹으면서도 속으론 열등감을 주체할 수가 없었다. 반장이 선생님의 엉덩이라고 해서 보통 사람 엉덩이 이상으로 존엄성을 인정 안 해줬던 것처럼 선생님의 입의 존엄성 역시 저희들의 것 이상으로 여겨주지 않은 게 괘씸스러웠다. 그렇다고 먹을 걸 많이 받은 것을 마치 훌륭한 교사 노릇에 대한 응분의 대가인 양 의기양양해하는 게 부러운 것도 아니었다. 유별나게 구는 것 같아 동료 교사들이 권하는 대로 받아먹긴 했지만 그후의 만복감은 천격(賤格)에 오염된 것처럼 께적지근한 거였다.

점심시간이 끝나고 반별로 여흥이 시작됐다. 여흥시간에도 반장 그룹이 판을 잡았다. 당장 직업가수로 나가도 손색이 없을 만큼 풍부한 성량과 세련된 율동으로 유행가들을 뽑아댔고 즉흥극, 모노드라마도 재미와 천기에 섹스 무드까지 아슬아슬하게 가미된 프로급의 것이었다. 흥이 무르익어 기성가수 흉내내기에 디스코판까지 벌어지자 그곳으로 놀이 나왔던 일반 사람들까지 겹겹이 에워싸고 구경을 하기 시작했다. 그냥 놓아두었다간 구설수에 오를 만큼 난잡한 꼴을 보일지도 모를 일이었다. 담임으로서 약간 흥을 깨는 한이 있더라도 막 나가는 판을 학생답게 바로잡아줘야 할 것 같았다.

자아, 이번엔 내가 한 곡 뽑을까, 하면서 점잖게 우리 가곡을 부르면 분위기가 어느 만큼 경직되지 않을까도 싶었지만 겹겹이 둘러싼 사람들 앞에서 그런 역할을 해낼 자신이 없었다. 반장을 불러 의논하는 수밖에 없다고 생각했지만 반장은 멀리서 무슨 모의를 꾸미는지 얼굴을 괴상하게 분장한 단짝과 이마를 맞대고 소곤대고 있었다.

그 여자는 그때 문득 을희에게 노래를 시킬 생각이 났다. 딱한 번 을희의 노래를 들은 적이 있었다. 한 번도 준비물을 갖춰오지 않는 을희 때문에 노발대발한 가정선생이 그런 애는 벌로 화장실 청소라도 시켜야 한다고 주장했다. 늙고 고집불통의 선생이 하도 여러 번 그렇게 말하는 걸 번번이 못 들은 척하기가 안 되어 하루는 방과후에 을희를 불러 그 늙은 선생님 보는 앞에서 꾸짖고 나서 화장실 청소를 명령했다. 그러고 나서 이것저것 잡무 처리를 하고 그 학교의 특색인 길고긴 교원 종례까지 끝내고 교문을 나서다가 말고 문득 이상한 생각이 들어서 화장실까지 되돌아가 보니, 아니나 다를까 을희는 화장실 문턱에 오두마니 쪼그리고 앉아 노래를 부르고 있었다.

뜸북 뜸북 뜸북새 논에서 울고……

뻐꾹 뻐꾹 뻐꾹새 숲에서 울 때……

을희의 노래는 음정이 엉망이고 아무런 감정도 섞이지 않은 것이었음에도 불구하고 그 여자는 깊은 감동을 받았다. 지능이 좀 모자라는 소녀 특유의 투명한 목소리를 통해 아직 아무하고도 만난 적이 없는 순수한 영혼을 엿본 것처럼 느꼈다. 을희가 지금 이 자리에서 그 노래를 다시 부를 수만 있다면 자기 반이 학생답지 못하게 놀아나고 있다는 비난쯤 쉽게 모면할 수 있을 것 같았다. 뿐만 아니라 을희에겐 생전 처음 맛보는 참여의 기쁨이 될 것이다.

그 여자는 눈으로 을희를 찾았으나 보이지 않았다. 먼발치로 바라다만 보던 반장네 그룹이 모여앉은 데로 찾아갔다. 거기에도 을희는 보이지 않았다.

"을흰 어디 갔니?"

아직도 못다 발휘한 끼가 무궁무진하게 남아 있어 그걸 풀 준비에 여념이 없는 그애들은 선생님을 변변히 거들떠도 안 봤다.

"을희 점심은 먹인 거니?"

그 여자는 빽 하고 악을 쓰고 말았다.

"네."

그제서야 정신이 좀 난 아이들이 한꺼번에 대답을 했다. 한꺼번에 한 대답이 되레 믿음직스럽지 못해 그 여자는 누가 그애의 도시락을 싸왔느냐고 따졌다.

저요, 저요, 저요…… 이번에는 열 명도 넘는 애들이 한꺼번에 대답을 했다.

"너희들, 선생님을 놀리는 거니? 누가 그애의 도시락을 싸왔냐니까."

그 여자는 왠지 걷잡을 수 없이 화가 났다. 만약 아이들이 거짓말을 한 게 탄로가 나면 안 하던 체벌이라도 가할 것처럼 주먹이 떨렸다.

"선생님도 참, 십시일반이라는 소리도 못 들으셨나봐."

반장이 생글생글 웃으면서 여유 있게 말했다. 무슨 소린지 알 만했다. 아이들이 밥 한 숟갈이나 김밥 한두 개씩 내놓아 을희를 먹였을 것이다. 생각하기에 따라서는 아름답고 정겨운 광경이었다. 나무랄 까닭이 없었다.

"그래, 지금 을희는 어디 갔기에 안 보이니?"

"물 뜨러 보냈는데 아직 안 오네요."

그들이 모여 앉은 자리에서 멀지 않은 곳에 수도가 보였다. 그러나 을희는 보이지 않았다.

"목마르면 제가 떠다 먹지 왜 하필 그 길눈도 어두운 애를 시키니? 얘가 어디로 갔나?"

"선생님, 걱정 마세요. 거진 올 때 됐으니까요. 수돗물 뜨러 간
게 아니라 약숫물 뜨러 갔어요."

"약숫물? 여기 약숫물이 어디 있기에……"

"봉은사 약숫물이 좋대요. 그래서 떠오라고 시켰어요."

누군가가 그 여자 뒤에서 조그맣게 말하고 혀를 날름 내밀었다.

"뭐, 봉은사 약숫물을? 맙소사. 누구니? 누가 걔한테 그런 일
을 시켰어, 응?"

그러나 이번에도 아이들의 대답은 저요, 저요, 저요— 였다.
열 명도 넘는 아이들이 앳되고 겁 없는 입을 모아 제각기 자기라
고 나섰다.

"아니, 얘들이 선생님을 놀리기로 작정한 아이들 아냐?"

"아녜요, 정말 우리들이 다 시켰어요. 밥값을 하라고……"

그 여자가 오래 말문이 막혀할 새도 없이 저만치서 을희가 오
고 있었다. 열 개가 넘는 물병을 양 어깨와 목에 주렁주렁 매달
고도 모자라 양손에 든 을희는 연시처럼 농익은 얼굴에 땟국물
이 뚝뚝 떨어지고 있었고, 플레이 걸 티셔츠가 땀에 늘어붙어 젖
무덤과 젖꼭지가 있는 그대로 드러나 보였다. 얼키설키한 물병
들의 끈 때문에 셔츠 목둘레가 형편없이 늘어나고 가슴팍의 알
파벳이 한쪽으로 흘러내린 형상은 맡은 바 그 비극적 역할에도
불구하고 시침 딱 떼고 웃기려는 노련한 광대처럼 보였다. 여기
저기서 유쾌한 폭소가 터졌다.

그러거나 말거나 을희는 손에 든 물병을 내려놓고 어깨의 것을 벗어내기 시작했다. 어깨가 가벼워진 을희는 티셔츠 자락을 치켜올려 얼굴의 땀을 닦기 시작했다. 속에 입은 게 없어 배꼽과 허리가 드러났다. 아이들이 좀더 낭자하게 웃었다. 땀을 닦고 난 을희는 영문을 아는지 모르는지 빙긋빙긋 따라 웃었다.

그 여자는 이런 을희의 손목을 낚아채가지고 들입다 달리기 시작했다. 천방지축 사람들이 놀이판을 벌인 데를 지나 언덕을 넘어 으슥한 곳을 찾아 헤맸다. 아무도 보는 사람이 없을 것 같은 외딴 고목나무 밑까지 온 그 여자는 을희의 손목을 아프게 쥔 채 숨가쁘게 말했다.

"이 바보야, 왜 얻어먹니, 왜 얻어먹어? 차라리 빼앗아 먹지. 뺏어 먹을 기운이 없으면 훔쳐 먹든지 왜 얻어먹느냐 말야. 이 바보 같은 계집애야. 이제부터 정 배가 고프면 훔쳐 먹든지 빼앗아 먹어, 알았지?"

그 여자의 목소리는 실로 오랜만에 싱싱하고 건강했다. 을희는 대답하지 않았다. 밥값을 하기 위해 열 개도 넘는 물병을 메고 봉은사에서 선정릉까지 뙤약볕 속을 걸어오고 나서도 히죽히죽 웃을 여유가 남아 있는 을희는 선생님의 말을 전혀 이해하지 못하는 것 같았다. 태평스러운 얼굴을 하고 있었다. 그제서야 그 여자도 자신이 큰 실언을 했다는 걸 깨달았다. 을희가 못 알아듣기가 천만다행이었다. 그러나 알아듣고 못 알아듣고에 상관없이 실수는 실수였다. 선생님으로서 제자에게 할 소리는 아니었다.

그러나 그 여자는 실수를 뉘우치기보다는 사랑스럽게 생각했다. 자기가 뜻하지 않게 저지른 실수를 통해 그 여자는 뭔가 달라지기 시작한 스스로를 느끼고 있었다. 그것은 짜릿하고도 고통스러운 쾌감이었다.

앞으론 심심할 때 습관적으로 하던 짓 ― 형석이하고 있었던 일을 따라 그에게로 갔다가 되돌아오는 짓을 안 할 수 있을 것 같았다. 그 일을 척도 삼아 삶을 헤아리는 어리석은 짓도 다시는 안 할 것 같았다. 그 짓으로부터 해방되고 나면 뭔가 새로운 게 시작될 것 같은 예감은 얼마나 아름다운가.

형석과 헤어진 지 오 년 만에 그 여자는 비로소 그로부터 자유스러워진 자신과 그와는 상관없는 전혀 새로운 가능성이 자신 속에서 움트는 걸 느꼈다. 비록 처음 움튼 실수일지라도 불모(不毛)보다는 사랑스러웠다. 그 여자는 자신의 실수와 더불어 아무것도 모르는 을희를 부드럽게 보듬어안았다.

소묘(素描)

별채의 내 방 창에서 시선을 아래로 빗금으로 내리꽂으면 안채의 밝고 넓은 거실이 한눈에 들어왔다. 안채는 남향이었고 별채는 안채에서 기역자로 꺾인 서향이었다. 별채는 단층이고 안채는 이층이었지만 별채가 마당에 본디부터 있던 암반 위에 신축한 거여서 안채의 이층하고 높이가 같았다. 별채가 들어서기 전의 암반 위엔 운치 있게 자란 노송이 한 그루 독야청청, 신식 양옥의 이마에 드리워져 고풍스러운 기품을 더해줬다고 했다.

내가 이 집의 외며느리로 들어오기 전 시부모님은 아들 며느리를 이층을 쓰게 하느냐 별채를 지어서 뚝 떼어내느냐로 많이 고심한 모양이었다. '젊은것들 저희끼리 제멋대로 자유롭게' 살아보도록 별채를 지어 내보내자는 데는 두 분 다 이의가 없었지만 그러기 위해선 암반 위의 소나무를 베어야 한다는 게 차마 못할 노릇이었다고 했다. 결국 어떤 경험 많은 정원사가 선뜻 나서서 그 노송의 자태와 목숨을 조금도 다치지 않고 마당으로 옮겨 심어줄 것을 장담해서 별채의 신축은 이루어졌다.

지금도 이백 평 가까운 정원 한 귀퉁이에 그 노송이 서 있지만 옮겨심자마자 죽었는지 잎은 갈색으로 타들어가고 가장귀는 삭정이가 된 노송은 기품은커녕 괴기스러웠다. 아름다운 잔디와, 값비싼 정원수와, 기암과 괴석으로 운치 있게 꾸민 정원에 암만해도 안 어울리는 그 고사목(枯死木)을 시어머니는 베어 없앨 척도 안 했다. 시어머니는 오는 손님마다 붙들고 그 죽은 노송에 대해 이야기하길 즐겼다.

그것이 살아 있을 적엔 얼마나 정정하고 기품 있었던가를, 풍류를 알고 나무를 볼 줄 아는 부자들이 보통 사람의 상식으론 상상도 할 수 없는 비싼 값을 부르며 그 나무를 탐낸 적이 얼마나 여러 번 있었던가를. 또한 그 대지를 살 적에 남들은 흠을 잡고 외면한, 평지에 돌출한 암반과 그 위의 노송에 한눈에 반한 당신의 안목이 그런 유혹을 얼마나 가볍게 물리쳤던가를. 그 다음에 한바탕 장탄식을 뽑고 나서야 결론에 도달했다. 결론은 '젊은것들 저희끼리 제멋대로 자유롭게' 살게 하기 위해 당신이 얼마나 아끼고 사랑하던 걸 희생했나 하는 거였다. 그러니까 그 고사목은 그 생생한 희생물이 되어서 '젊은것들 저희끼리 제멋대로 자유롭게' 사는 생활을 증거하면서 오래오래 거기 서 있어야만 했다. 시어머니의 이런 고통스럽고도 자랑스러운 증언을 들은 사람들 중 아무도 이 넓으나 넓은 세상, 하고많은 집들 중에 '젊은 것들 저희끼리만 제멋대로 자유롭게' 살 수 있는 터전이 왜 하필 그렇게 값비싼 희생을 치러야 하는 암반 위의 여남은 평이어야 하나 하는 의문을 나타내지 않았다. 어쩌면 단 한 사람도 그것을 의심하지 않으니까 그것은 저절로 금지된 의문이 되어 나 홀로 의심하기가 두려웠다.

나는 수시로 안채 이층과 기역자를 이루면서 꼬부라진 별채의 '젊은것들 우리끼리만 제멋대로 자유롭게' 살라고 허락된 내 방 창에서 아래층 거실까지 시선의 빗금을 긋고 그 길이를 내 자유의 길이로 삼았다. 정원에는 고사목 외에도 많은 관상목과 기화요초가 어우러져 무성했지만 나의 방과 시부모님의 거실을 잇는 빗금 사이를 가로막는 것은 아무것도 없었다. 우회할 필요 없이 곧장 뻗은 직선은 두 점 사이를 가장 짧게 했고 나에게 허락된 자유의 길이도 그만큼 인색한 셈이었다. 나는 자주자주 결코 늘어날 리 없는 빗금의 길이를 재느라 헛되고 헛되이 시간을 보냈다.

정남향의 안채 거실은 밝고 넓고 유리창은 늘 티끌만한 얼룩 한 점 없이 반짝거렸다. 그 유리창가를 온통 아프리칸 바이올렛의 시렁이 차지하고 있었다. 모양도 빛깔도 가지각색의 바이올렛은 휴면기도 없이 사시장철 꽃을 피웠다. 나는 아직 어떤 애호가네 집에서건 화원에서건 심지어는 바이올렛 전시회에서조차 그렇게 화려하게 다발로 핀 꽃을 본 적이 없다. 신접살림 난 친구들이 창가에 놓고 한두 분(盆) 기르는 그 꽃은 대개 가련하다 못해 비실비실했지만 시어머니가 기르는 것은 전혀 딴 종류처럼 사치스럽고 극성맞았다. 가장자리에 프릴까지 달고, 철쭉꽃만한 크기로 무리져 피어난 진분홍 바이올렛 같은 건 요괴롭다 못해 독기까지 느껴졌다.

그런 화분이 거실 창가에서 안방 창가로 이어져 자그마치 오백 분이 넘었다. 시어머니는 칠백 분이라고 했지만 내 창가에서 내려다보면서 하는 나의 셈은 항상 오백을 고비로 헷갈리고 지쳤다.

당연한 얘기지만 내 방 창으로 보는 것보다 들어가서 직접 보면 더욱 장관이었다. 손님들마다 자지러진 탄성을 질렀다. 처음 오는 손님 아니라 두 번 세 번 보는 손님도 우선 탄성 먼저 지르게 돼 있었다. 그러고 나선 으레 그렇게 탐스러운 꽃을 사시장철 키울 수 있는 비결을 물어보았다. 시어머니는 그런 물음을 기다리고 있었다는 듯이 망설이지 않고 자못 자랑스럽게 대답했다.

사랑이라고.

사랑을 듬뿍 주면 그렇게 예쁜 꽃을 피운다는 시어머니의 대답에 손님들은 더욱 감동하는 것 같았다. 오오라, 고개를 크게 끄덕이기도 하고 자기의 사랑의 부피를 돌이켜보듯이 심각해지기도 하고 더러는 사랑에 자신이 없는지 부끄럼을 타기도 했다. 나라고 사랑으로 그런 꽃을 못 피울까보냐고 사랑에 자신이 만만한 사람은 화분을 한두 개 나누어주기를 간청하기도 했다. 시어머니는 당신이 만든 그런 사랑의 신도에게 매우 후하게 굴었다. 그 거대한 꽃시렁의 해가 덜 드는 아래쪽 단은, 뿌리를 내리기 위한 잎이나, 뿌리가 내려 새잎이 대여섯 장쯤 되는 어린 포기들의 투명한 인큐베이터 차지였다. 시어머니는 그 어린 포기중에서 그중 될 성부른 걸 골라 흰 플라스틱 화분에 정성스럽게옮겨심어주면서 '루비'니 '데라웨이'니 '자이언트 버터플라이'니 하는 그 꽃의 문벌을 일러주고 나서 또 한바탕 사랑 설교를했다. 그러나 대부분의 사랑의 평신도들은 그 어린 포기에서 꽃을 보기는커녕 살리지도 못했다. 이래저래 시어머니는 사랑의절대적인 교주였다. 그러나 나는 그 꽃이 그렇게 기를 쓰고 피어날 수밖에 없는 까닭을 알고 있었다. 화원에서 파는 엉성한 꽃시렁이 아니라 실내의 가구와 잘 조화되도록 설계해서 맞춘 튼튼한 목제 꽃시렁의 맨 밑의 닫은 문이 달린 수납장이었다. 그 수납장 속엔 바이올렛 재배를 위한 온갖 신기하고 세련된 도구와비료와 약품이 들어 있었다. 광도와 습도를 함께 측정할 수 있는광습도 측정계를 비롯해서 비실비실한 포기를 밑에 놓고 불을켜주면 상태가 회복되고 꽃을 빨리 피게 하는 촉진등, 각종 분무기, 물조리개, 번식용 케이스, 잎받침대, 흙삽, 그리고 어린 포기를 키우기 위한 인큐베이터까지 있었다. 그 밖에 용토를 배합하기 위한 '피이트 모니'니 '비너스 라이트'니 하는 어려운 서양이름을 딴 재료들이 베개만한 비닐봉지에 들어 있었다. 그것들은 마치 추수가 끝난 부농의 곳간의 쌀가마처럼 욕심스럽게 차곡차곡 쟁여져 있었다. 또한 그 많은 바이올렛이 한시도 쉬지 못하고 사시장철 꽃을 피우게 하는 비결엔 최신의 도구와 적절한 용토만이 다가 아니었다. 그 장 속엔 외국에서 수입한 갖가지 비료들이 구비되어 있었다. 싸라기 같은 입자로부터 막대기같이 생긴 거, 정제 분말, 액체, 유탁제 등 갖가지 신기한 영양제를 갖추어놓고 적절한 때 적절한 양을 주는 걸 보면 시비라기보다는 투약이었다. 사랑 이외의 비결을 한 번도 입 밖에 낸 일이 없기 때문일까, 시어머니가 투약하는 모습은 남의 눈을 꺼리듯이 비밀스럽고도 잔혹해 보였다. 나는 무심히 엿보다가도 또 독을 치는군, 하면서 전율할 적이 있었다. 잠시의 나태나 휴면도 허용하지 않고 만개(滿開)의 지속만을 강요하는 약이 독약이 아니고 무엇이랴. 나는 시어머니의 사랑의 효험은 믿지 않았지만 독의 효과는 믿었다. 아침마다 그 많은 바이올렛이 일제히 살아 있기와 꽃 피기를 그만두고 폭삭 썩어 문드러져 있기를 기대했지만 시어머니의 유리벽은 허구한 날 난만한 꽃밭이었다. 매번 기대에 어긋나자 나는 그까짓 허구한 날 만개한 꽃이라면 플라스틱 조화와 다를 게 없다고 무시해주기로 했다. 그러나 시어머니의 사랑의 설교만은 그렇게 둔감해지지가 않았다. 처음 들을 땐 그냥 가슴이 쓰렸지만 사랑이란 말이 마치 점액질의 고약한 오물이 되어 나의 고운 살갗에 묻어나는 것 같아 펄쩍펄쩍 뛰고 싶게 기분이 나빴다.

시어머니가 거실에서 하는 일은 바이올렛 사랑하는 것 말고도 전화받기가 있었다. 잘 닦아놓은 은촛대처럼 교만하게 생긴 전화기는 폭신한 안락의자 옆에 있는데도 시어머니는 전화를 받아

봐서 이야기가 길어질 상대 같으면 잠깐 기다리게 해놓고는 보조의자를 갖다놓았다. 그리고 안락의자에 편안히 파묻혀 보조의자 위로 발을 뻗고 나서 다시 전화를 받았다. 통화는 오래오래 계속됐다. 가끔 주먹으로 무릎이나 어깨를 치기도 했고, 가정부에게 마실 것을 갖다달라고 손짓을 하기도 했다. 통화 내용은 잘 들리지 않았다. 볼일이 있어 거실에 들러도 통화 내용을 짐작할 수 없긴 마찬가지였다. 시어머니의 목소리는 간지럽도록 낮았고, 남이 들어서 거북한 소리는 일본말로 했다. "아노꼬가 하잇다요." 시어머니가 우리말을 일본말로 바꿀 때 시작하는 말이었다. 그분의 통화 내용을 알아듣고 못 알아듣고의 상관없이 길고 긴 통화를 바라다보는 일은 고통스러웠다. 그 동안에 꼭 어디서 애타게 나를 찾는 이가 있어 계속되는 통화중 신호 때문에 쓸쓸한 좌절감을 맛볼지도 모른단 생각은 어쩌면 몽상일 수도 있었다. 그것보다 훨씬 생생한 현실감으로 느낄 수 있는 게 방 안에 충만하는 정보였다. 증권 시세, 사채시장 정보, 부동산 전망, 누구라면 다 알 만한 댁 자녀의 결혼 예물, 예단 소식, 그리고 며느리 다루는 법 등의 정보가 눈에 보이진 않지만 방 안에 가득 충만한 걸 나는 피부적으로 느낄 수가 있었다. 그분의 정보욕은 한이 없었다. 걸신들린 것처럼 탐해도 탐해도 충족을 모르고, 늘 아쉬워했다. 드물게 정보에 접할 수 없는 날은 불안해서 안절부절을 못했고, 그 좋은 살집이 다 초췌해졌다. 그런 날은 으레 외출을 해서 생기를 회복해서 돌아왔다. 그분에게 있어선 정보는 정신의 공기 같은 것인지도 몰랐다. 그래 그런지 그분의 정보에 대한 탐욕은 좀 도가 지나쳤다. 예의도 염치도 없었다. 이를테면 어쩌다 나한테 오는 전화도 엿들었다. 별채의 내 방으로 연결해 주고 나서도 수화기를 계속 귀에 대고 있는 그분의 긴장한 표정을 나는 전화를 받으면서도 빤히 바라볼 수가 있었다. 안채의 거실 유리창과 별채의 내 방 유리창을 잇는 빗금 사이를 가로막는 것은 아무것도 없었으니까. 그분의 예민한 청각에 의해 일단 걸러지고 나서 나에게 도달한 정보는 맹물보다도 못했다. 그러나 나는 그분처럼 정보에 걸신들리지 않았으므로 그건 그닥 고통스럽지 않았다. 정작 고통스러운 것은 외부를 향해 자신을 표현할 수 없는 거였다. 그분의 전화기가 외부와 나 사이를 둑처럼 차단하고 있는 걸 빤히 바라보는 위치에서 나는 거의 절망적인 거짓말쟁이가 되었다.

외부에서 가장 궁금해하는 것도 그랬지만, 내가 외부에 대해 표현하고 싶은 것도 내가 결혼해서 새롭게 맺은 관계에 대해서였다. 남편과, 시부모와, 시댁 식모와, 그리고 시댁 분위기와의 관계를 외부에서 궁금해하는 것만큼 나도 표현해보고 싶었다. 표현함으로써 그 관계 속에서의 나의 위치를 이해하고 확보하고 싶었다. 그러나 표현의 길은 완강하게 막혀 있었다. 이를테면 "시집살이가 어떠니?" 하고 단도직입적으로 묻는 가장 흉허물 없는 친구에게도 나는 있는 그대로의 나를 나타내지 못했다.

"얘는, 시집살이랄 것도 없어. 우리끼리 멋대로 살아. 시어른들이 워낙 이해성이 많은 신식 분들이시거든. 우리의 프라이버시는 물론 당신들의 프라이버시를 위해서도 우리를 당신들의 집에 들이시지도 않았다면 말 다 했잖아. 우린 완전 별채에서 살아. 별천지야. 그래그래, 꿀과 참기름이 뚝뚝 떨어지는 별천지란다, 요것아."

이렇게 나의 별채는 늘 닫힌 세계였다. 그래서 시어머니의 거실엔 늘 살아 있는 정보가 충만해 있다면 나의 방엔 돌파구 없는 정보가 고여서 썩어가고 있었다. 나는 내가 놓인 이런 상황에 대해 늘 누구에겐가 구원을 청해야 할 것처럼 느꼈지만 그러기 위해선 정직해져야 한다는 게 문제였다. 시어머니의 도청이 없을지라도, 설사 밖에서 직접 동기간이나 친구를 만날지라도, 나는 내가 자유스럽고 행복하다는 거짓에서 못 벗어났다. 나는 이미 누구보다도 자유스럽고 행복하게 사는 걸로 소문이 나 있었다. 그런 소문은 도저히 벗어날 수 없는 나의 틀이었다.

안채와 별채를 잇는 것은 언제나 궁금할 때 곧장 닿을 수 있는 서로의 눈길만이 아니었다. 그분은 그분이 손님을 맞을 때 앉는 소파 옆구리에 비상벨의 단추를 달아놓고 있었다. 손님이 있을 때마다 별채의 내 방으로 신호를 보냈다. 한 번 울리면 한복을 차려입고 잎차를 내올 것, 두 번 울리면 홈웨어를 입고 커피를 내올 것, 세 번 울리면 슬그머니 점심 준비를 할 것 등등, 그분이 정해놓은 암호는 예닐곱 가지나 됐다.

"내가 며느리를 얼마나 잘 보았나 친구들이나 일가친척한테 자랑하고 싶어서 그러는 게야. 그렇지만 줄창이야 그러겠니. 신혼 시절 한때지. 이런 일도 지나놓고 보면 그땐 참 호강했다 싶을 테니 너무 번거롭게 생각하지 말거라."

그분의 이런 말씀의 거짓 없음을 나도 잘 알고 있었다. 실제로 내가 한복으로 곱게 갈아입고, 소반에 백자로 된 우아한 잎차 도구를 받쳐들고 나가면 거기엔 교양과 품위가 넘치는 손님이 와 있게 마련이었고 시어머니는 순전히 나를 추켜세우기 위해 거짓말을 잘도 했다.

"아유, 글쎄 우리 며느리가 이렇게 엽엽하답니다. 못 하는 게 없는 가정부가 있건만도 나한테 오시는 손님 시중만은 꼭 제가 손수 들어야 할 줄 알거든요. 그뿐인가요. 이애가 또 어떻게 능통한지 누가 일러주지 않아도 어떻게 대접해야 할 손님인지 알아서 척척 하거든요. 보세요, 사장님하고 사모님이 커피 안 하시는 거 알고 잎차로 내오지 않습니까. 마음이 그러하거든 자태라도 좀 두루뭉실했으면 흉을 잡을 텐데 한복 입은 저 맵시 좀 보십시오. 눈에 넣어도 안 아프단 소리가 아마 며느리 본 내 마음을 두고 하는 소리가 아닌가 싶습니다."

손님들 앞에서 하는, 며느리한테 홀딱 반한 시어머니의 연기는 일품이었다. 내가 그분의 넘치는 자애로움을 연기로밖에 여길 수 없는 건 손님들이 가고 나서 돌변하는 그분의 태도 때문이었다.

"수고했다. 잠시 잠깐 얼굴 내비치는 것도 시집살이라고 그렇게 쌀쌀맞고 정 안 붙게 굴 게 뭐냐? 다 저한테 이로우라고 시키는 노릇이건만. 그나마의 시집살이도 싫다면 안 시키마. 다시는 안 시키면 될 게 아니냐."

이렇게 억울한 말씀을 했다. 나는 그분의 이런 특이한 며느리 다루는 법도 그분에게 수시로 흘러들어오는 정보에서 얻어진 거라는 걸 알고 있었기 때문에 더욱 몸 둘 바를 몰랐다. 내가 비위 맞춰야 할 대상은 그분의 성미가 아니라, 다양하고 변덕스럽기 짝이 없고 눈에 보이지 않는 최신의 정보였기 때문이다. 뉘 집에선 며느리 버릇을 어떻게 고쳐놓았다든가, 아무개는 콧대 높은 며느리 기를 어떻게 꺾었다든가 하는 새로운 정보는 즉각 그분을 긴장시켰고 나를 보는 눈빛을 바꾸었다.

안채와 별채를 기역자로 연결하는 지붕 달린 다리 밑은 골목이었다. 나는 안채에 손님이 계실 때가 아니라도 아침 저녁 식사 때는 그 다리를 건너 안채 이층을 지나서 아래층 식당으로 내려갔다. 점심은 별채의 냉장고에 있는 과일이나 우유 따위로 간단하게 때웠다. 다리 밑 골목은 좌우가 한쪽은 안채의 벽, 한쪽은 별채가 올라앉은 바위의 가파른 단애(斷崖)로 되어 있었다. 바위의 경사 때문에 평지에서의 폭은 더욱 좁아져서 그저 두 사람 정도가 엇갈릴 만했다. 그 좁은 골목은 안채의 뒤란으로 통했고, 뒤란엔 뒷집과의 경계인 회색 블록담이 둘러쳐져 있었다.

퇴직하고 집 안에서 안락한 노후를 보내는 시아버님의 어쩌다 하시는 외출은 각별히 화려했다. 줄이 선 감색 바지에 크림색 상

의라는 눈에 띄는 콤비 차림에다, 분홍이나 옥색 계통의 비단 와
이셔츠에, 훨씬 더 대담한 색상의 넥타이를 매고, 상의 윗주머니
엔 선글라스가 꽂혀 있지 않으면 넥타이와 세트로 된 손수건이
호랑나비처럼 현란하게 나풀대는 걸 보면 퇴직한 은행가라기보
다는 아직도 현역으로 사랑과 존경을 받는 늙은 배우나 가수를
연상시켰다.

그러나 그런 외출은 어쩌다나 있는 일이고 매일 한 번씩 하는
외출이 더욱 볼 만했다. 유명 상표가 붙은 흰 농구화에 같은 상
표의 흰 반스타킹을 신고, 흰 반바지에 역시 가슴에 상표가 붙은
티셔츠를 입고 정구채를 들고 현관을 나서서 마당의 우거진 푸
르름 사이를 지나가는 그분의 모습은 참으로 보기 좋았다. 우쭐
대는 어깨가 젊은이보다 더욱 발랄해 보였다. 그렇게 폼 잡고 나
가지만 번번이 동네 한 바퀴 돌 만큼의 시간만 지나면 되돌아왔
다. 처음에 나는 약속한 파트너가 무슨 일이 생겨 안 나와 그분
이 허탕을 쳤겠거니 했다. 그러나 번번이 그럴 수는 없는 일이었
다. 마치 어른이 때때옷을 입혀 내보내니까 나가서 한 바퀴 돌긴
돌았으되 아무도 거들떠봐주지 않아 허전해진 아이모양 풀이 죽
은 모습으로 돌아왔다. 그리곤 안채와 별채를 잇는 다리 밑의 골
목으로 들어가 뒤란을 향해 공을 가볍게 쳤다. 공이 뒷집의 블록
담을 맞고 되돌아오면 받아치기를 오래 계속했다. 무슨 까닭인
지는 몰라도 밖에서 정구를 치는 일이 허탕을 치게 되니까 집에
서 그런 방법으로 몸이라도 푸는 게 이상할 건 조금도 없었다.

골목 속이지만 라켓을 휘두르기에 불편함은 없어 보였고 되돌아온 공이 멀리 빗나갈 수 없다는 이점도 있었다. 그러나 마당 안에서도 가장 후미진 곳에서 공치기를 하기엔 아래위로 화려한 상표가 붙은 새하얀 운동복 차림이 아까워 보였다. 혼자 공을 치더라도 넓으나 넓은 잔디에서 쳤으면 얼마나 보기 좋을까 싶었다. 혼자 치는 공치기 놀음에 지쳤는지 다리 밑에 우두커니 서 있는 그분의 모습은 더욱 쓸쓸해 보였다. 집에 들어가 쉴 수도 있으련만 다리 밑에서 넋 나간 사람처럼 시간 가는 줄 모르고 서 있기를 잘했다. 그럴 땐 마치 막막한 들판에서 비를 만나, 사람 없는 원두막 밑에서 비를 긋는 올데갈데없는 노인네처럼 후줄근하고 청승맞아 보였다. 아무리 화창한 날이라도 다리 밑이 우중충해서 그런지, 그분의 어깨와 이마엔 두터운 구름 그림자와 눅눅한 습기가 서려 보였다.

그런 시아버지에게 나는 걷잡을 수 없는 친화감을 느꼈다. 그분의 화사한 운동복도 바람둥이 풍의 콤비도 그분의 의사와는 상관없는 시어머니의 농간일지도 모른다고 생각했다. 내가 시어머니의 한 번 벨에 한복을 입고, 두 번 벨에 홈웨어를 입듯이 말이다. 같은 꼭두각시 신세끼리 마음만 통하면 반란을 꾀할 수도 있으련만. 그러나 무슨 수로 마음을 통할 수가 있을까. 나는 시아버지와 한 번도 말을 해본 적이 없었다.

안녕히 주무셨어요 아버님, 진지 잡수셔요 아버님, 이런 내 말에 가볍게 고개를 끄덕이기도 하고 오냐 소리도 했지만 서로의 의사가 통하는 대화를 한 적은 없었다. 나타낼 수 없는 친화감이 나를 고통스럽게 했다. 그렇다고 시아버지가 나에게 특별히 데면데면하다는 유감이 있는 건 아니었다. 그분은 누구하고도 말이 없었다. 식탁에서 꼭 필요한 말은 시어머니가 대신했다. 아버님은 닭고기를 안 잡수신다든가, 이 국은 아버님한테는 짤 것 같다든가, 아버님은 젓갈 든 김치를 싫어한다든가, 이런 잔소리를 시어머니가 대신했지만 그것조차 믿을 만한 그분의 의사인지는 분명치 않았다. 시어머니가 부재중일 때, 그분의 식욕은 다만 왕성했다. 당뇨기가 있으니까 식사의 양을 조절해서 드려야 한다고 시어머니로부터 들어둔 사전 지식만 아니었다면 그분이 평소 배까지 주린다고 생각할 지경이었다.

집엔 손님이 잦은 편이었지만 거의 다 시어머니 손님이었고 시아버지가 함께 어울리는 적은 없었다. 손님들은 시아버지의 존재를 조금도 의식하지 않는 것 같았고 시아버지 역시 이층으로 재빨리 숨어버리는 게 잘 훈련된 것처럼 감쪽같았다. 손님이 온종일 있을 때는 그분도 온종일 이층에서 꼼짝도 안 했다. 나는 몰래 이층으로 식사를 나르면서 그분과 대화를 할 수 있을지도 모른단 기대로 가슴을 울렁거리곤 했다. 이층은 서재로 꾸며져 있었지만 그분이 책을 읽는 걸 본 적은 없었다. 아래층에 손님이 있을 때 그분은 이층에서 혼자서 소주를 마셨다. 소주를 마시다가 나를 보면 얼른 소주병을 책상 밑으로 감추면서 어색하게 웃었다. 독한 소주 냄새와 사하얀 의치는 그분과 말을 하고 싶은 나의 소망을 비웃는 것 같았다. 서재의 장식장에는 양주병이 즐비하게 장식돼 있었으나, 그분이 마시는 건 언제나 소주였다. 콤비로 차려입고 외출했다 돌아오는 그분은 으레 서너 종류의 일간신문을 돌돌 말아 옆구리에 끼고 있었는데 그 안에 소주병이 들어 있다는 걸 안 건 시집살이를 서너 달 하고 나서였다. 그렇게 숨겨서 들여온 소주병을 서재의 술 두꺼운 책뚜껑 속이나 책 뒤에 숨겨두고 수시로 조금씩 마신다는 것도 알게 됐다. 그분에게서 늘 풍기는 소주 냄새는 마치 역한 체취처럼 가까워지고 싶은 나의 마음을 밀어냈다.

그러나 손톱을 뾰족하게 길러 진줏빛으로 매니큐어한 도톰한 손으로 시어머니가 당신의 코 앞을 부채질하면서,

"아유 냄새, 또 어디서 홀짝 하셨구려. 아유 창피해, 아유 지겨워. 며느리 부끄러운 줄이라도 좀 아슈."

라고 하는 소리를 들으면 시아버지가 그런 방법으로나마 마나님으로부터 자신의 속마음을 지키려는 게 아닌가 하는 생각이 들기도 했다. 그러나 그분의 속마음을 이해할 수 있는 건 아니었다. 그분의 속마음은 텅 비어 있을 수도, 아예 있지도 않을 수도 있었다.

어렴풋이 때로는 역하게 소주 냄새를 풍기는 것과는 상관없이 그분은 거의 취한 티를 안 냈다. 말이 없으니까 주정도 없는 건지도 몰랐다. 그러나 취했다 하면 왕창 취했다. 물론 집 안에서가 아니고 밖으로부터 취해 들어오는데 골목 밖으로부터 떠드는

소리가 들렸다. 그 동안의 실어증을 한꺼번에 만회하기 위해 들입다 마신 것처럼 고래고래 소리를 지르고 웃고 떠들었다. 그러나 한마디도 알아들을 수는 없었다. 시어머니가 재빨리 그분을 안으로 끌어들이고 주정 부리는 소리보다 훨씬 더 크게 전축을 틀어놓기 때문이다. 집의 뿌리가 다 들썩들썩할 것처럼 웅장하게 울려퍼지는 오케스트라가 집어삼킨 그분의 주정은 성대를 제거당한 맹수의 울부짖음보다도 더 비참하고 헛돼 보였다. 시어머니는 그분의 벼르고 벼른 주정을 그렇게 간단히 무화시켜놓은 뒤, 그 어느 때보다도 화평스럽고 품위 있게 바이올렛 화분을 돌보는 것이었다.

시아버지의 주정을 통해 그분의 내면세계를 이해해보려던 나의 기대는 수포로 돌아갔지만 새롭게 짚이는 게 있었다. 어렴풋하지만 그분이 평소에 왜 말을 못 하는지 알 것 같았다. 나는 그분의 말을 한마디도 되돌려주지 않고 번번이 집어삼키기만 했을 시어머니에게 격렬한 적의를 느꼈다. 이래저래 마음 붙일 곳은 시아버지밖에 없었다. 말이 통하기는 단념했지만 마음을 붙인다는 건 일방적으로도 할 수 있는 편안한 기쁨이었다.

온종일 회색 블록담을 상대로 공을 치는 그분의 뒷모습을 보면서 느끼는 연민, 청천하늘에 비를 긋듯이 피해 어둑시근한 다리 밑에 마냥 서 있는 그분에게서 피어오르는 눅눅하고 막막한 느낌에 대한 공감, 그런 것들은 기쁨이라기보다는 비애에 가까운 거였지만 시집에서의 유일한 나의 살맛이었다. 나의 방 창에서 다리 밑까지는 소주 냄새를 안 맡고도 그분을 곰곰이 바라볼 수 있는 최적의 거리였다.

내 창을 통해 곧바로 바라볼 수 있는 가장 화사한 양지에서 시어머니는 항상 자신 있게 움직이고 말을 많이 했고, 정반대의 가장 음습한 음지에서 시아버지는 움직일 때도 가만히 있을 때도, 목적도 자신도 없어 보였고 말이 없었다.

나는 이런 시아버지의 모습을 곰곰이 바라보면서 늘 무언가 생각날 듯 말 듯하다가 말았다. 어디서 본 듯한 얼굴, 어디서 본 듯한 눈빛, 어디서 본 듯한 막막한 표정이었다. 언제 어디서 보았을까? 언제 어디서긴? 어제도 그제도, 그끄제도 바로 저 자리에서 보았을 뿐이야. 요즈음의 나에겐 새로운 경험이란 없고 반복이 있을 뿐이니까. 나는 십 년쯤 시집살이를 하고 난 것처럼 똑같은 일상의 반복을 이렇게 체념하면서 무언가 생각날 듯 날 듯한 느낌을 지우려고 했다. 그러나 생각나야 할 것을 아주 잠재우진 못했다. 어느 날, 아! 하고 가슴의 통증을 느낄 만큼 느닷없이 그게 생각이 나고야 말았다. 시아버지의 모습과 표정과 몸짓 속엔 지울 수 없이 극명하게 남편의 모습이 남아 있었다. 아무리 물려주어도 지워지거나 덜어지지 않고 남아 있는 핏줄의 특징을 통해 나는 남편의 모습뿐 아니라 앞으로 태어날 나의 아이의 모습까지를 내다보고 있었다. 실상 나는 아직 아이를 갖기 전이었다. 아이를 갖게 될까봐 다달이 전전긍긍하고 있는 중이었다. 왜 아이를 가질까봐 두려워하고 있는지도 아울러서 알 것 같았다.

내가 다만 연민과 비애로써간 바라볼 수 있는 특징들이 마냥 이어지고 퍼지는 게 싫었던 것이다.

안 돼, 나는 격렬하게 안 된다고 생각했다. 시아버지가 지금대로 살아도 안 되고 내가 그 핏줄의 특징을 잇고 퍼뜨리는 일을 해도 안 된다고 생각했다. 그 두 가지 일은 따로 떼어놓고 생각할 수 없이 뒤죽박죽이 되어 나를 혼란시켰다. 나는 마치 혁명을 꿈꾸듯이 비밀스러운 정열로 시아버지가 조금이라도 달라질 수 있는 방법을 모색했다. 그분은 비록 살아 움직이고 있었지만 시어머니가 오래 전에 죽어서 행복한 노인의 표본을 만들어놓은 것과 다를 바 없었다. 그분을 달라지게 한다는 것은 표본이 된지 십 년이 넘는 나비를 푸드덕대게 하는 거나 마찬가지로 불가능한 일인지도 몰랐다. 그러나 나는 혁명의 꿈을 버리지 않았다. 혁명을 믿을 수 있어야만 앞으로 올 내 아이를 두려움 없이 맞이할 수 있을 테니까.

우선 시아버지를 자발적으로 다리 밑에서 잔디밭으로 나오게 해야 했다. 청천하늘을 긋는 게 아니라 거침없이 우러르게 해야 했다. 마침 길에서 파는 혼자서 공치기 할 수 있는 도구를 발견했다. 빨간 비닐가방 속에 구거운 추가 들어 있고 밖에는 끈 달린 공이 달려 있어 적당한 거리에서 혼자서도 얼마든지 공치기를 즐길 수가 있게 되어 있었다. 도시의 한복판 아스팔트 길 위에서 그것을 하고 있는 건 근중 속의 고독을 연출하고 있는 것처럼 보기 흉했지만 햇볕이 찬란한 내 집 푸른 잔디 위에서 옷 잘

입은 노인이 그걸로 혼자서 공치기를 즐긴다면 얼마나 보기 좋을까. 나는 망설이지 않고 그걸 사다가 시아버지에게 선물하기 전에 먼저 잔디밭 한가운데서 시범을 보였다. 그러나 정작 그분은 한번 해보기도 전에 시어머니에게 들켰고 심한 꾸지람을 들었다. 첫째 잔디가 망가질 테고, 둘째는 한길에서 빤히 들여다뵈는 잔디밭에서 노인이 혼자서 온종일 공치기를 하면 남 보기에 얼마나 청승맞아 보이겠느냐는 거였다. 청승맞기야 굴다리 밑이 훨씬 더하겠지만 거기는 행인의 시선이 안 미쳤다.

"그럼 제가 아버님하고 놀아드리겠어요. 저도 정구를 잘 치지는 못하지만 아버님 상대는 충분히 할 수 있을 것 같아요."

나는 그 소리를 하면서 비로소 하고 싶은 소리를 해보는 쾌감을 느꼈다.

"아서라, 효부 노릇 할 생각 반갑지 않으니 네 남편 걱정이나 해, 이 한심한 것아. 참말로 큰일이다, 네 남편 일이. 돈을 처들여서 결혼까지 시켜줘도 달라지는 게 조금이라도 있어야지. 남편 잘되고 못되고는 계집 하기에 달렸다는데 너희들은 어쩌면 그렇게 똑같이 무심하냐. 남 다 하는 성공이 부럽지도 않아? 눈꼴사납지도 않아? 이 한심한 것아."

내가 자초한 시어머니의 화살은 내 허점을 정통으로 찔렀다. 모욕당한 자존심이 아프고 쓰렸다.

내가 가장 이해할 수 없는 건 시어머니보다도 시아버지보다도 남편이었다. 내가 그에 대해 알고 있는 건 결혼 전 중매쟁이를 통해 들은 거가 전부였고 중매쟁이의 말에 거짓은 없었다. 그는 명문 중고등학교와 명문 법대 출신이었고, 군대를 갔다 왔고, 고등고시에 삼 년을 내리 실패하자 법관보다는 학문에 뜻을 두고 대학원에 다니면서 유학 준비를 하고 있는 점잖은 집 외아들이고 집안 형편은 대대로 물려내려오는 재산에다 적지 않은 퇴직금을 주로 시어머니 될 분이 잘 굴려 알부자로 소문나 있고, 시아버지는 법 없이도 살 사람, 부처님 가운데토막 등으로 불릴 만큼 인자한 분이라고 했다. 시집 와보니 하나도 틀린 말이 아니었는데도 나는 때때로 남편한테 심한 배신감을 느꼈다. 그는 어디 내놓아도 조건만 버젓한 게 아니라 인물도 호남 축에 들었는데도 말이다.

그러나 그에겐 중대한 결함이 있었다. 자신의 의지라는 게 없었다. 학벌이 좋고, 대학원까지 다니니까 아는 것은 많을지 모르지만 자기가 뭘 원하는지는 모르고 있었다. 그것까지 중매쟁이가 알고 있어야 한다고는 생각하지 않았다. 그건 내가 알아내야 할 문제였지만 결혼 전에 나는 그가 유학을 가려 한다는 데 너무 솔깃했었다. 나는 이 땅에서 특별히 고통받거나, 원한 맺힌 일이 없건만 이 땅을 면해보는 게 소원이었다. 이 땅이 젊은이를 옴짝달싹 못 하게 하는 그 옹색한 사고의 틀을 일단 한번 면해보고 싶었다. 그걸 면하는 방편으로 그런 사고에 편승해도 상관없다고까지 생각했다. 가장 구역질나는 걸 면하기 위해 가장 구역질나는 걸 이용할 수도 있다는 논리에 의해 나는 이 땅에 팽배한 정략결혼 풍습을 이용해 이 땅을 면할 작정이었고, 일단 비행기만 떴다 하면 그 더러운 것에 제일 먼저 침을 뱉어줄 작정이었다. 그가 비행기 못 탈 이유는 전혀 없어 보였다. 그보다 훨씬 못한 대학 나오고도 장학금 타서 유학 가는데, 그 학벌에다 자비로라도 우선 보내놓고 볼 각오를 부모네들이 하고 있다니 유학은 떼어놓은 당상인 줄 알았다. 나는 그때 너무 이 땅을 일단 떠보는 일에 급급했었다. 그쪽에서 원하는 대로 자주 만날 겨를도 없이 결혼 먼저 하고 나서 그가 전혀 유학 갈 의사가 없다는 중대한 결함을 발견했다.

유학뿐 아니라 고시 볼 뜻도 전혀 없었다고 했다. 고시뿐 아니라 법대 갈 뜻도 없었다고 했다. 어머니가 뒷바라지를 잘해주니까 공부를 잘했고, 어머니가 원하니까 법대를 갔고, 어머니가 법대 다니는 걸 자랑스럽게 아니까 조금도 마음에 없는 공부를 그럭저럭 할 수가 있었고, 어머니가 고시 붙기를 소원하니까 삼 년간 고시공부 하는 척은 할 수 있었지만 그때부턴 이미 스스로의 의지 없이는 아무것도 될 수 없는 단계였다. 삼 년 내리 고시를 실패하자 자존심이 몹시 상한 어머니는 유학 가서 박사 따오는 걸로 새로운 희망을 삼기 시작했다. 그러나 그는 유학 갈 마음이 처음부터 없었다. 그는 미국이란 나라가 박사가 오렌지나무의 오렌지처럼 주렁주렁 달린 고장이 아니라는 것쯤은 알고 있을 만큼은 똑똑했다. 그는 거의 천진한 호기심으로 판검사 다음에 박사, 박사 다음엔 또 무슨 희망을 어머니가 그에게 걸까를 기다리는 눈치였다. 그가 바라는 건 어머니의 새로운 희망이 그에게도 희망이 될지도 모른다는 기대가 아니라, 우선 저절로 박사를 면할 수 있는 거였다. 박사 때문에 저절로 판검사를 면했듯이.

그는 자기가 원하는 게 뭔지 모르기 때문에 성취욕도 없는 게 당연했다. 한 번도 자기가 원하는 것을 가지려고 애써본 경험이 없는 그에게 나는 속수무책이었다. 그런 무력감은 내가 원하는 걸 위해 수단 방법 가리지 않았던 자신에 대한 혐오감과도 일맥상통해서 나의 나날을 헤어날 수 없이 침체케 했다. 그러나 시어머니한테 한심하단 소리까지 듣자 그 침체의 늪에서 꿈틀하는 안간힘이 생겼다. 한심하단 말보다 더 굴욕스러웠던 것은 불쌍해 마지않던 시어머니의 눈빛이었다. 좀처럼 남을 불쌍해할 줄 모르는 시어머니였다.

나는 간절하게 남편과 마음을 열어놓고 얘기를 하고 싶다고 생각했다. 양말이 어디 있냐든가, 배가 고프다든가, 커피 한잔 끓여달라든가 하는 용건이 있는 말 외의 말을 남편은 거의 안 했다. 남편의 마음을 모르겠으니까 일 년 가까이 살 대고 살았어도 얼굴이 잘 생각나지 않을 적이 있었다. 오죽해야 시아버지 얼굴에 남아 있는 낯익은 걸 남편의 모습이라고 깨닫기까지 며칠씩 걸렸겠는가. 심지어는 같이 있을 때도 자기 얼굴을 숨기고 있는 것처럼 보였다. 얼굴을 뭘로 가렸다든가, 밝은 데를 싫어한다든가 그런 얘기가 아니라, 마음을 안 나타내니까 표정을 종잡을 수가 없었고 흡사 일방적인 숨바꼭질을 하고 있는 것 같았다.

나는 서로가 그런 느낌을 극복하고 새롭게 만나지길 바랐다. 그는 늘 바빴다. 아직은 유학 준비중으로 돼 있고 연내로 석사 학위 논문도 써야 하니까 저녁 늦도록 도서관에 있다가 와야 명분이 서는 건 이해가 갔다. 그러나 저녁 먹고 나서의 오붓한 시간을 일부러 피하는 것처럼 그는 부리나케 또 외출을 했다.

"뽕뽕 한 판 하고 올게, 딱 한 판만."

그러고 나가면 자정이 넘었다. 시어머니에게 한심하단 소리를 들은 날 밤도 나는 그를 붙들지 못했다. 나라고 전자오락이라는 걸 전혀 모르는 건 아니었다. 그렇다고 서른 살 먹은 대학원생을 그렇게 지속적으로 열중케 하는 마력이 어디 있는지까지 안다고 할 순 없었다.

삼자대면을 하리라. 나는 그 전자오락 기구가 살아 있는 사람인 것처럼 이렇게 벼르며 그의 단골집으로 달려갔다. 그의 단골집은 아랫동네 상가 지하에 있었고 기계들의 차가운 울부짖음 같은 전자음향을 계단 위에서도 들을 수 있었다. 어둑시근한 실내였지만 나는 곧 그를 발견했다. 그는 갤러그 앞에 앉아 있었다.

"나 좀 봐요."

나는 숨을 죽이고 나직하게 불렀다. 왠지 큰 소리를 낼 수 없었다. 그나마 한 번밖에 못 불렀다. 그는 돌아보지 않았고, 암만 크게 불러보아도 그의 의식을 나에게로 돌이킬 수는 없을 것 같았다. 그는 깊이 열중해 있었다. 그가 무엇에 열중해 있는 걸 보긴 처음이었다. 푸르스름한 불빛 속에 드러난 그의 옆얼굴은 흡사 시퍼런 날을 세운 한 자루 칼날처럼 섬뜩하고 예리해 보였다. 그리고 그의 왼손은 단호하고 그의 오른손은 눈부셨다. 아아, 나는 그의 새로운 모습에 경탄했고 절망했다. 입 속이 깔깔하게 탔다. 그가 지혜와 힘과 경험과 감각을 다해 뭔가에 도달하고자 하는 모습은 일사불란하고 감동적이었지만 그가 도달하고자 하는 건 토플 점수가 아니라 십만, 이십만 하는 갤러그 점수였고, 그가 도전의 의지를 불태우고 있는 건 박사학위가 아니라 눈앞의 화면에 난무하는 파리떼 같은 우주 괴물이었다. 그의 무아의 경지를 깨뜨리려는 건, 그를 영원히 무아의 경지로 떠다미는 만용이 될지도 모른단 생각이 들었다.

나는 그 전자오락실을 둘러났다. 그러나 인조 맹수가 울부짖는 것처럼 기계적이면서도 야성적인 음향은 나의 뒤를 줄창 뒤쫓아오는 것 같았다. 헐레벌떡 별채로 쫓겨온 나는 이불을 뒤집어쓰고도 그 울부짖음에서 못 놓여났다. 인조 맹수가 도시의 골목을 횡행하고 있을지도 모른다고 생각했다. 그가 무사히 돌아올 수 있을까? 그 괴수가 횡행하는 거리에서. 그 인조 맹수들은 거리거리에서도 뿡뿡댔고, 내 머릿속에서도 뿡뿡댔다. 나는 처음으로 그에게 싱싱한 욕망을 느꼈다.

자정이 지났나보다. 그가 돌아오는 기척을 느꼈다. 안채의 문을 따주면서 이 한심한 것아, 하고 바라보았을 시어머니의 얼굴도 어렴풋이 떠올랐다. 그가 말없이 이불 속으로 파고들었다. 그런 굴욕적인 시선에 그를 다시는 내맡기지 말아야지 하는 생각은 제법 단호했다. 나는 그를 안았다. 그의 온몸이 끈적했다. 피투성이인 것처럼. 인조 짐승들이 일제히 야성의 짐승으로 돌변해서 그를 상처냈다고 생각했다.

　꿈과 현실이 행복하게 화합했다. 그는 피투성이였다. 그가 피투성이인 게 겁나지도 싫지도 않았다. 나는 그의 상처를 정성을 다해 애무하고 그의 피를 핥았다. 그의 싱싱한 상처와 더운 피가 나의 더운 피를 불러일으켰다. 그가 피투성이인 채 왕성하게 살아 있음이 고맙고 신기했다. 나는 그와 화합하면서 기적을 믿었다. 인조 짐승이 야성 짐승으로 살아나는 판에 무슨 일인들 못 일어날까 싶었다. 안채 사람과 별채 사람과의 관계도 문득 살아나 불화하고 아우성치면 얼마나 살맛날까 싶었다.

사람다운 삶에 대한 갈망

서영채(문학평론가)

1. 일상의 가벼움과 심연의 깊이

1970년에 시작한 박완서의 작가적 여정도 어느덧 삼십 년에 이르고 있다. 그 동안 그는 열세 편의 장편소설과 아홉 권 분량의 중·단편소설, 또 그만큼의 산문들을 써냈다. 그 세계를 전체적으로 조망해보면 어떤 모습일까.

그의 세계는 흡사, 능란한 숙수(熟手) 장인의 손에 의해 그려진 한 폭의 거대한 풍속도처럼 보이기도 하고, 한 가족의 삶을 구메구메 잘 갈무리해놓은 한 권의 사진첩 같은 느낌을 주기도 한다. 서로 만나 인연을 맺고, 일하고 돈 벌고, 아이들을 키워 세상에 내보내고, 그렇게 그렇게 늙어가는 사람들, 평범하고 일상적인 이야기가 그 세계의 표면에 펼쳐져 있다. 세태와 풍속, 시정의 살림살이의 모습에 관한 한, 이보다 더 다채롭고 섬세할 수 있기는 쉽지 않을 것이다. 박완서의 세계는 일차적으로, 이와 같이 일상과 세태에 대한 뛰어난 풍속도로 규정될 수 있을 것이다. 소설이라는 것 자체가 당대의 시세와 풍속을 떠나서는 존재할 수 없는 물건이다. 박완서의 작품세계가 보여주는 다채로운 일상의 세계는 작가가 지니고 있는 현실에 대한 탁발한 서사적 감수성과 포착력의 소산이다.

박완서의 소설을 그다운 것으로 만드는 또하나의 특징은, 그의 뛰어난 소설들이 보여주는 그 어떤 심연과도 같은 경험에 있다. 그의 이야기 솜씨가 얼마나 매끄럽고 능숙한 것인지는 이미 장안에 모르는 이가 없을 정도다. 그가 이끄는 대로 그 매끄러운 서사의 표면을 따라가다보면 우리는 어느덧 삶의 그 어떤 막다른 골목에 이르렀음을 깨닫곤 한다. 말 그대로 홀연, 마술처럼이다. 거기에는 표면으로 드러나지 않고 있던 삶의 어떤 긴절한 매듭이나, 인생이 한 번 크게 농울쳐 흐르는 순간의 절실함 같은 것들이 아무렇지도 않은 듯이 놓여 있다. 서사의 이면에서 서서히 모습을 드러내는, 그리하여 마침내 소설 전체를 감싸안아버리는 이러한 절절함 혹은 정서의 밀도야말로, 공감이나 경탄의 차원을 넘어 감동의 수준으로까지 육박해오는 것, 우리가 박완서적인 것이라 부를 수 있는 무엇보다 뚜렷한 특징일 것이다.

일상과 세태에 대한 다채로운 묘사와, 심연과 같은 경험에서 우러나오는 서사적 절실함의 표현, 일견 서로 상치되는 듯해 보이는 이러한 두 요소를 박완서는 하나의 텍스트로 직조해낸다.

풍속화가로서의 작가 박완서는 일상의 다양한 표정들을 포착해 내고, 심연의 경험을 간직하고 있는 작가 박완서는 그 소재들에 서사적 리듬과 지향성과 깊이를 부여한다. 그의 뛰어난 작품들을 상기해보자. 이를테면, 「그 가을의 사흘 동안」(1980)이나 「엄마의 말뚝 2」(1981) 「아저씨의 훈장」(1983) 「어느 이야기꾼의 수렁」(1984) 「해산바가지」(1985) 「나의 가장 나종 지니인 것」(1993) 「환각의 나비」(1995)와 같은 작품들. 이들이 발휘하는 심미적 효과는 물론 작품 각각에 따라 다양한 편차를 가지고 있다. 경우에 따라 드라마틱하거나 예각화된 느낌이 강조된 것도 있고, 또 좀더 묵직하고 벅찬 느낌에 가까운 것도 있다. 그러나 한결같은 것은, 평범하고 일상적인, 더러는 수다스러워 보이기도 하는 화소(話素)로부터 시작하여, 독자들로 하여금 아픔과 감동과 처절함이 배어나오는 매우 특별한 정서와 경험의 세계로 자연스럽게 이르게 하는 구성력의 탁월함이다.

한 예로 「나의 가장 나종 지니인 것」을 보자. 한 여자의 전화 수다로 소설은 시작된다. 그 수다에 귀를 기울이다보면 우리는 어느덧 목소리의 주인공이 칠 년 전 민주화 투쟁의 과정에서 대학생 아들을 잃은 여인임을 알게 된다. 그렇게 자랑스럽고 귀한 아들을 잃은 어머니의 심정이 어떤 것인지 우리는 알 수가 없다. 그 어머니도 우리에게 설명해줄 도리가 없다. 필설을 넘어서 있는 것이기 때문이다. 그러나 작가 박완서는 대뜸, 교통사고로 하반신 마비에 치매까지 된 아들과 그를 보살피고 있는 또 한 사람의 어머니를 등장시킨다. 그 어머니는, 자리보전하고 있는 기골이 장대한 청년을 요 위에 올려놓고, 아들의 몸무게와 자신의 팔자에 욕을 퍼부으며 무슨 신기한 묘기처럼 공 굴리듯 굴린다. 욕창이 나지 않게 하루에도 몇 번씩 그렇게 마사지를 해야 한다는 것이다. 옆에 있던 사람들이 도우려 들자 누워 있던 아들이 짐승 같은 괴성을 지른다. 다른 사람의 손길은 거부한다는 것이다. 그 장면을 보면서 여자는 마침내 그렇게 억눌러왔던 울음을 토해내고야 만다. 말할 것도 없이 그 모자에 대한 부러움 때문이다. 그 울음은 대성통곡으로, 방성대곡으로 이어진다. 죽은 아들에 대한 정을 표현함에 있어 이 이상일 수 있을까 싶을 정도이다. 우리는 단지 전화 수다를 듣고 있었을 뿐인데 어느새 모성의 저 바닥 모를 심연에 도달해 있는 것이다.

이런 방식으로 박완서는 일상의 가벼움과 심연의 깊이를 하나로 결합시킨다. 일상의 풍속과 접촉하는 순간 저 심연과도 같은 절실성은 절대적 주관성의 영역에서 빠져나와 객관적 형상화의 통로를 확보하게 되고, 또한 그럼으로써 동시에 단순한 일상의 풍속도 넓고 깊은 마음의 풍속도로, 혹은 역사적 의미를 압축하고 있는 내포가 풍부한 그림으로 변화한다. 이러한 변화을 가능케 하는 서사적 구성력이 곧 많은 독자들을 감탄케 한 박완서의 작가적 역량의 요체라 할 수 있을 것이다.

2. 박완서 소설의 감동의 원천

그러나 솜씨는 감탄이나 경탄의 대상일 뿐이다. 공감이나 감동은 또다른 차원에 존재한다. 감동이 가능할 수 있기 위해서는 작품을 매개로 하여 작가와 독자 사이에 형성되는 경험과 정서의 공동체가 있어야 한다. 특정한 역사적 사회적 시공간에 속해 있는 것일 수도, 아니면 아무런 제약 없이 인간성이나 운명을 매개로 하는 보편적인 것일 수도 있다. 박완서의 소설이 경탄을 넘어 감동으로까지 육박해온다고 했을 때 그 힘의 원천이나 정체를 묻는 것은 곧 작가 박완서가 독자와 함께 만들어내는, 혹은 독자들로부터 이끌어내는 공동의 경험과 정서의 공간이 무엇인지를 묻는 일이며, 더 나아가서는 박완서로 하여금 작가의 길을 걷게 한 힘의 원체험이 무엇인지를 묻는 일에 해당된다.

이러한 질문 앞에 가장 먼저 놓일 수 있는 작품은 중편 「엄마의 말뚝 2」이다. 잘 알려져 있는 바와 같이 이는 작가의 실제 체험을 바탕으로 한 것으로, 그 핵심에 놓여 있는 것은 6·25의 전란 속에서 느닷없이 벌어진 오빠의 죽음이라는 사건이다. 전쟁 속에서의 한 젊은이의 죽음은 그 자체로 비극임에는 분명하지만, 집합적인 의미에서의 전쟁이 지니고 있는 저 압도적인 비극성에 비추어보면 한 부분에 불과한 것이다. 그러나 박완서는 그 것을 자식을 앞세운 부모의 심정으로 포착해내고, 그것도 사건이 발생한 지 삼십 년이나 지난 시점에서 그 적지 않은 시간의 지층을 뚫고 생생하게 분출하는 것으로 그려내고 있다. 정신을 잃고 병상에 누워 있는 늙은 어미의 무의식을 통해 되살아나는, 삼십 년 전 아들이 죽던 순간에 대한 분노와 공포와 슬픔은 말 그대로 참척의 극에 달하여, 전쟁 자체가 지니고 있는 육중한 질량의 비극성을 오히려 상회해버릴 정도이다.

「엄마의 말뚝 2」에서 표현되고 있는 저 절실함은, 아마도 「나의 가장 나중 지니인 것」과 더불어 박완서의 세계 속에서도 가장 밀도 높은 것일 듯싶다. 그리고 그 절실함의 강도나 밀도가 저러한 한에 있어 그것은 독자 못지않게 작가에게도 마찬가지로 해당되리라는 것은 짐작하기 어렵지 않다. 더욱이 오빠의 죽음이라는 모티프는 이미 그의 등단작 『나목』(1970) 이래로 장편 『목마른 계절』(1972) 「부처님 근처」 등에서도 나타난 바 있으며, 그것이 그 자신의 소설세계와 어떤 연관을 맺고 있는지는 스스로 밝혀놓고 있기도 하다. 이에 대한 사정은 「부처님 근처」에서 매우 인상적으로 드러나 있다.

6·25의 와중에서 「부처님 근처」의 화자의 오빠와 아버지가 비참하게 죽었다. 『목마른 계절』과 「엄마의 말뚝 2」를 참조한다면, 중요한 것은 오빠의 죽음뿐이다. 여하튼, 살아남은 모녀는 두 사람의 죽음을 감쪽같이 처리해 행방불명으로 만들어버렸다. 모녀는 남자들의 죽음을 "꼴깍 삼켜버렸던 것이다". 후환이 두려웠기 때문이었다. 그로부터 이십여 년이 흘러 사회 전체가 그때의 상처에 대해 무뎌지게 되자 비로소 화자는 그 억울하고 원

통했던 죽음에 대해 말하기 시작한다. 마치 "오래 묵은 체증을 토하듯" 그 이야기를 털어놓는다. 그러나 이제는 누구도 큰 관심을 갖지 않는다. 사람들은 그저 잘사는 데만 정신이 팔려 있을 뿐이다. 이제야 비로소 곡을 하며 두 사람의 상을 치르는 것인데 문상해주는 사람이 아무도 없는 것이다. 그래서 화자는 재미있게 꾸며대기 시작한다.

나는 그 이야기가 하고 싶어 정말 미칠 것 같았다. 나는 아직도 그 이야길 쏟아놓길 단념 못 하고 있었다. 어떡하면 그들이 내 얘기를 끝까지 들어줄까, 어떡하면 그들을 재미나게 할까, 어떡하면 그들로부터 동정까지 받을 수 있을까. 나는 심심하면 속으로 내 얘기를 들어줄 사람의 비위까지 어림짐작으로 맞춰가며 요모조모 내 이야길 꾸며갔다.

나는 어느 틈에 내 이야기로 소설을 쓰고 있었던 것이다. 토악질하듯이 괴롭게 몸부림을 치며, 토악질하듯이 시원해하며.

—1권, 「부처님 근처」, 112~113쪽

그에게 있어 소설쓰기란 삼켜버린 죽음을 토해내는 일이며, 제대로 토해낼 수 있기 위해 재미있게 이야기를 꾸며대는 일이다. 그가 토해내고자 하는 죽음이 곧 억울함이고 원통함이라는 것은 두말할 나위가 없다. 그러므로 그에게 있어 소설쓰기란 곧 해원(解冤)이자 한풀이다. 억울함이 풀리기 위해서는 복수를 하거나 사죄를 받아야 한다. 그러나 어디에도 문죄(問罪)할 대상이 없다. 따라서 가능한 것이 있다면 그것은, 스스로의 상처를 드러내 그 존재를 인정받는 일, 그럼으로써 아픔과 절실함을 풀어헤쳐놓는 일, 풀어냄으로써 그 상처로부터, 원통함과 억울함으로부터 자유로워지는 일이다. 자유로워지면 가벼워지고 가벼워지면 상처 자체를 감싸안아버릴 수도 있을 것이다. 그런 의미에서 그의 소설쓰기는 어머니의 절에 다니기와 등가라 할 수도 있을 것이다. "내가 소설을 써서 그들을 내 내부로부터 토해내려고 몸부림을 치는 동안 어머니는 그들을 극락으로 천도하려고 열심히 절에 다니셨다."

망자들에 대한, 절에서 치르는 최초의 제사를 마친 후 어머니는 비로소 마음의 평화를 얻는다. 절에서 돌아오는 길, 화자는 택시에서 편안하게 잠든 어머니를 보면서 흡사 자신이 어머니의 어머니가 된 듯한 느낌을 받는다. "나는 마치 내가 내 어머니의 어머니가 된 듯, 내 깊은 곳에서 자비심 같은 게 솟구치는 것을 느끼며 가엾은 내 어머니를 안았다." 그러나 어머니의 어머니일 뿐이겠는가. 그는 이미, 죽은 아버지와 오빠의 어머니이기도 하다. 그만큼 높아지고 넓어져 있는 것이다. 어머니가 절에서 제사를 드리고 그럼으로써 마음의 평화를 얻는 동안 그가 한 것은 무엇인가. 그 장면 장면들을 지켜보고 기억하는 일, 곧 소설을 쓰는 일이었다. 상처를 풀어내는 일에 관한 한 어머니의 제사 지내기와 '나'의 소설쓰기란 정확하게 등가인 셈이다.

「부처님 근처」의 화자는 어머니의 "고운 죽음"을 회구한다. 그것은 곧 아버지와 오빠가 받아들여야 했던 처참한 죽음과 반대말이라는 것, 곧 사람다운 삶에 대한 희구에 다름아니라는 것은 말할 것도 없다. 그것이 어찌 어머니만의 것일 수 있겠는가. 그자신의 것이어야 하고, 그의 자식들의 것이어야 하고, 우리 모두의 것이어야 한다. 상처와 원통함과 억울함을 풀어내고 그럼으로써 '나'로 하여금 어머니의 어머니가 되게 하는 방법으로서의 소설쓰기란 곧 '고운 죽음'에 대한, 사람다운 삶에 대한 열망의 표현이자 실천이라 할 수 있을 것이다. 이러한 의미의 소설쓰기는 동시에 작가 박완서의 것이기도 하다. 그는 「나에게 소설은 무엇인가」라는 산문을 통해 위의 인용문이 포함된 「부처님 근처」의 한 부분을 인용하면서 그것이 "나의 한 시절의 진솔한 자전적인 부분"임을 밝힌 바 있다. 그러나 구태여 그의 말을 기다리지 않더라도 우리들은 충분히 그러한 사실을 짐작할 수 있다. 사십여 권에 달하는 그의 책 모두가 바로 그 증거이기 때문이다.

오빠의 죽음이라는 사건은, 이런 뜻에서 박완서에게 일종의 원체험으로 존재한다고 할 수 있다. 그것이 그로 하여금 작가의 길에 들어서게 했고, 소설쓰기의 의미와 소설가로서의 정체성을 규정하고 있다. 그것은 또한 6 · 25라는 저 참혹했던 기억과 맞물려 있으며, 그 이후로도 분단 상황과 냉전 질서라는 기형적으로 왜곡된 현대사로 연결되고 있다. 박완서의 원체험은 그렇게 한 공동체의 집합적인 기억 속에 내장되어 있는 가장 참혹하고 아픈 상처를 자극한다. 그 참혹한 현장을 떠나더라도, 사람다운 삶을 불가능하게 하는 억압적인 정치적 사회적 상황이 있고, 일상적인 삶에 속속들이 침투해 있는 위선과 가식의 구조가 있다. 전쟁의 참혹함과 억압적인 상황과 일상적 삶의 위선이 그렇게 하나의 선으로 연결되어 있다. 박완서는 그 선의 양극단을 자유롭게 왕래하며 세태와 시속의 풍경들을 포착해낸다. 흡사 세태라는 유장한 흐름을 타고 흐르며 능숙하게 고기를 건져올리는 낚시꾼처럼 보이기도 한다. 그의 작품이면 어디에나 오빠의 죽음에 대한 기억이, 사람다운 삶에 대한 갈망이, 그것을 가로막는 사람들에 대한 분노와 비판, 그들의 사회 속에서 무기력에 빠져 있는 사람들에 대한 연민이 놓여 있다. 이같이 다양한 형태로 나타나는, 매우 강렬하면서도 조심스럽고 우회적으로 표현되는, 좋은 세상과 인간다운 삶에 대한 희구와 갈망이야말로 박완서의 뛰어난 작품들이 불러일으키는 감동의 진정한 원천이라 할 수 있을 것이다.

3. 박완서 소설의 구체적 양상

사람다운 삶에 대한 갈망을 벼리로 삼아 박완서가 엮어내는 일상의 다양한 모습들의 바탕에는, 세계의 비인간성에 대한 비판적 시선이 놓여 있다. 일상적인 삶을 살아가는 비겁하고 교활하고 뻔뻔스런 속물들의 모습이 그 세계의 대표적인 이미지이며 허세와 위선과 가식은 그 세계에서 매우 유효한 생존 전략이다. 비겁하고 무기력한 남자들(「지렁이 울음소리」「서글픈 순방(巡訪)」「침묵과 실어(失語)」)과 일탈을 꿈꾸는 여자들(「닮은 방들」「포말(泡沫)의 집」), 영악한 젊은것들과, 너무나 어른들을 닮아 있어 무섭게까지 느껴지는 어린것들이 있다(「맏사위」「무서운 아이들」). 부자들은 뻔뻔스럽고(「재수굿」「도둑맞은 가난」), 오만방 자한 관료들은 협잡까지 부리고(「어떤 체험기」), 더욱이 냉전 상황에 편승한 매카시즘이 사람들의 숨통을 조인다(「집보기는 그렇게 끝났다」「꿈과 같이」「돌아온 땅」「꽃을 찾아서」). 이런 세계를 못 견디어하는 사람들은 이민을 떠나고 떠나지 못하는 사람들은 그들을 부러워하고(「세상에서 제일 무거운 틀니」), 미국으로 간 남편이나 유학 간 아들딸들은 돌아오지 않는다(「이별의 김포공항」「포말의 집」). 노인들은 아파트의 골방에 갇히고(「황혼」), 부동산 바람이 불어 어떤 이들은 졸부가 되고(「세모歲暮」「낙토(樂土)의 아이들」), 젊은 부부는 전세방을 구하기 위해 아이가 없는 척해야 하고(「서글픈 순방」), 김포공항은 중동 건설 현장으로 떠나는 사람들로 북적거린다(「여인들」「육복六福」). 박완서는 이런 세계를 비판적으로 응시한다. 이 속에서 사람들은 서로를 다치게 하고, 좌절하고 체념한다. 이런 모습들이 박완서 세계의 기본적인 밑그림이다.

또 한편에는, 이처럼 부정적인 세계와 대조됨으로써 더욱 두

드러지는 긍정적인 세계가 있다. 먼저, 우울한 세계의 풍경을 유쾌하게 가로지르는 인물들을 들 수 있다. 저 속물스런 세계의 논리에 물들지도 주눅 들지도 않은 채, 억척스럽고 당당하게 세상을 돌파해나가는 사람들이다. 「흑과부黑寡婦」(1977)「공항에서 만난 사람」(1978)「지 알고 내 알고 하늘이 알건만」(1984)「저물녘의 황홀」(1985) 등에서 등장하는 여자들이 대표적인 예이며, 일상 속의 미시 권력들과 맞서는, 「어느 시시한 사내 이야기」(1974)「배반(背叛)의 여름」(1976) 등의 남자들도 그러하다. 다음으로, 따뜻한 인간애와 상호 이해의 영역이 있다. 이 세계에서 중심을 차지하고 있는 것은 저 절절한 박완서적인 모성애의 영역, 무조건적인 애정과 절대적인 긍정의 세계이다. 그 세계가 얼마나 강력한 것인지는 「우황청심환」(1990)의 결말 부분이 상징적으로 보여준다. 연변 동포나 사회주의라는 문제까지도 모성애를 통해 접근하고 있는 것이다. 그 연장선상에 고부나 부녀, 부부 등의 사이에서 이루어지는 따뜻한 육친애의 세계가 있으며(「해산바가지」「너무도 쓸쓸한 당신」「길고 재미없는 영화가 끝나갈 때」), 더 나아가서는 노인이나 무당같이 주변적인 존재들 사이에서 형성되는 따뜻한 상호 이해의 영역이 있다(「천변풍경泉邊風景」「환각의 나비」). 모성애를 중심으로 한 이같은 인간애의 세계야말로 박완서의 소설 속에서도 가장 힘있는 묘사와 서사가 돋보이는 세계로, 그의 소설의 주류라고 해야 할 것이다. 그의 대표작이라 할 만한 대부분의 작품이 여기에 해당되며, 특히 「저물녘의 황홀」이나 「환각의 나비」(1995)에서와 같은 이채롭고 독특한 서사적 모티프도 이런 의식의 소산이라 할 것이다.

이와 같은 두 가지 양상은 작품에 따라 서로 뒤섞이고 비껴가면서 박완서의 세계를 만들어낸다. 그것은 이미 삼십 년이라는 자기 역사를 가지고 있다. 초기에는 비판적이거나 풍자적 시선으로 포착된 부정적 세계의 모습 쪽이 우세하고, 현재에 가까워올수록 포용적이고 넉넉하고 긍정적인 상호 이해의 모습이 우세하다. 또 표현에 있어서도 초기에는 예각적이고 드라마틱한 과장이 많았던 것이 현재에 가까워질수록 한결 부드럽고 자연스러워진다. 물론 달라지는 것은 양상일 뿐이다. 그 저변을 흐르고 있는 사람다운 삶에 대한 갈망은 시기와 상관없이 한결같다. 이 책에 실려 있는 작품들을 중심으로 하여, 그 세계의 모습을 좀더 자세히 들여다보자.

3-1. 속물성에 대한 비판과 인간애

이 책에 실려 있는 열일곱 편의 단편들은 1979년부터 1983년 사이에 발표된 작품들이다. 이때 박완서는 『살아 있는 날의 시작』과 『오만과 몽상』 『그해 겨울은 따뜻했네』 등 세 편의 장편소설을 연이어 일간신문에 연재하고 있었고, 「그 가을의 사흘 동안」이나 「엄마의 말뚝 2」 같은 뛰어난 중편들을 발표해 한국문학작가상과 이상문학상 등을 수상하기도 했다. 등단한 지 십 년이 넘어가는 시점이었고 이미 『목마른 계절』과 『휘청거리는 오후』등 다섯 편의 장편소설과 『부끄러움을 가르칩니다』와 『배반의 여름』등 두 권의 창작집을 가지고 있었다. 작가로서의 역량이 바야흐로 한 정점을 향해 치닫고 있을 때였던 셈이다.

그래서인지, 이 책에 수록된 작품들에서는 세태와 현실에 대한 비판의 예기가 무엇보다 두드러진다. 비판의 대상이 되는 것은 우선, 허세와 위선, 비겁, 속물성 등이다. 출세한 속물들의 허세와 위선을 풍자하고 있는 「내가 놓친 화합」(1979) 「그의 외롭고 쓸쓸한 밤」(1983)이나 부잣집 마나님의 위선을 고발하고 있는 「소묘」(1983), 맨션 아파트촌의 풍경을 풍자적으로 묘사한 「무중霧中」등이 그 예이다. 또한 토목일을 하는 남편의 중동생활에 대한 아내의 위선을 풍자하는 「육복」, 어른을 모실 줄 모르는 젊은것들에 대한 비판을 담은 「황혼」등도 있다. 대표적인 것으로 「내가 놓친 화합(和合)」을 들어보자.

주인공 창수는 대기업에 갓 입사한 서울대 출신의 신입사원으로 대학 시절 단골로 다녔던 포장마차에 들렀다. 그 시절 그렇게 맛있게 먹었던 것들이 졸지에 구질구질해 보인다. 사람들도 마찬가지다. 거기에서 창수는 우스꽝스러운 장면을 본다. 한 달 후면 중동으로 떠난다는 중년의 미장이와 삼류 대학생 청년 사이에서 벌어지는 일이다. 처음 만난 사인데도 소줏잔이 오가는 사이에 금세 친해져 미장이는 청년에게 자기 월급을 맡아달라고 부탁하기에 이른다. 식구가 없기 때문이기도 하지만, 한국에 있는 누군가에게 월급을 부치고 싶기 때문이라고 한다. 청년은 사양을 하다 끝내 수락한다. 그들은 구체적인 수속을 위해 명동에 있는 다방에서 만나기로 한다. 문제는 이 다방의 이름이다. 미장이가 '시뤈다방'이라는 이름을 대며 찾을 수 있겠냐고 묻자 청년이 대답한다. "시뤈이요? 가보진 않았지만, 찾겠죠 뭐, 시뤈, 시뤈⋯⋯" 이 장면을 창수는 한심하고 어이없는 눈으로 지켜본다. "저 늙은 무식쟁이가 시뤈이란 건 참아주겠지만, 너까지 시뤈이랄 건 또 뭐냐? 불어는 못 배웠어도 '시몽 너는 좋아하니? 낙엽 밟는 저 발자국 소리가' 쯤은 알 만한 처지에." 창수는 호기심에 그들의 약속 장소를 찾아가본다. 그러나 아무리 찾아도 시뤈다방은 없었다. 그후 한달 쯤 지나 무심히 그 길을 걸어가던 중 '深原다방'을 발견한다.

여기에서 돋보이는 것은 다방 이름을 포인트로 한 경쾌한 풍자적 감각이다. 그러나 상대적으로 서사적 설정이나 구성 자체는 극적으로 과장되어 있어 작위적으로까지 보인다. 결말 부분에 놓여 있는 극적 전환의 강렬함을 염두에 둔 탓일 것이다. 이런 모습은, 물론 작품마다 편차가 있긴 하지만 이 시기에 씌어진 소설들에서 자주 보인다. 특히 비판의 대상이 되는 사람들의 모습에 극적인 과장이나 단순화가 행해지는데, 이는 드러나 있는 속물성과 감추어진 진실이라는 구도 혹은 부정과 긍정의 대조를 선명하게 하기 위한 것으로 보인다. 새벽 약수터에 모이는 노인들을 다루고 있는 「천변풍경」(1981)의 예를 보자.

여기에서는 세 개의 포인트를 지적할 수 있다. 첫째는 버릇없는 젊은것들에 대한 비판, 둘째는 노인네들의 허세에 대한 묘사, 셋째는 노인들 사이에서 오고가는 따스한 인간애에 대한 포착이다. 이중 버릇없는 젊은이들에 대해 묘사하는 대목들에서는 극적인 과장이 엿보인다. 소설에 나오는 두 명의 며느리의 험악한 입초시라든지, 약수터에서 말참례하는 청년들의 행동거지에 대한 묘사 등이 그러하다. 이에 비하면 노인네들의 허세에 대한 묘사는 훨씬 사실적이다. 젊은 시절의 사회적 지위를 가지고 입회 여부를 결정하는 노인들의 모임인 백수회라든지, 미국의 맏아들네에 가기 위해 열심히 영어 공부를 하는 왕년의 명문 나라(奈良) 여고사(女高師) 출신의 노여사의 모습 등이 그러하다. 그러나 가장 볼 만한 대목은 소설의 초점인물, 육십 세의 홀아비인 해직 교수 배우성씨가 노여사의 틀니를 닦아주는 장면이다. 사연은 이렇다. 깔끔하고 자존심 센 노여사가 중풍으로 쓰러져 입원한다. 배우성씨도 다른 노인들과 함께 문병을 간다. 잠든 노여사는 파파늙은이로 변해 있다. 틀니를 안 끼었기 때문이다. 그것을 본 배우성씨의 심사에 대한 묘사는 이러하다. "의치는 하루만 안 닦아도 냄새가 지독한 법이라 깔끔한 노여사가 그걸 견딜 수 있을 리가 없었겠지. 그렇다고 그 냄새나고 꼴 흉악한 걸 며느리한테 닦아달랠 만큼 뻔뻔스럽지도 못해 빼서 어디다 숨겨놓았던지 움켜쥐고 있는 거겠지. 배우성씨는 속을 쥐어짜듯이 간절하게 노여사의 의치를 손수 닦아주고 싶다고 생각했다." 뒤이어, 배우성씨는 깨어난 노여사 곁으로 가 의치를 닦아주겠다고 말한다. 그 다음 대목이다.

노여사의 남은 한 손이 허둥지둥 시트 밑을 뒤지더니 휴지에 싼 묵직한 걸 꺼내서 꽉 움켜쥐었다. 벌거벗겨도 필사적으로 치부는 가리려는 소녀처럼 앳된 수치심과 공포감이 홍조가 되어 노여사의 쭈그러진 얼굴이 얼룩졌다. 배우성씨는 노여사의 단단한 주먹을 어루만지면서 말했다.

"괜찮아요, 괜찮아. 나한테 맡겨요. 창피할 거 없어요. 먼저 간 우리 집사람도 온통 틀니였거든요. 내가 아침저녁 닦아주었더랬죠. 아마 나만치 그 일 잘하는 사람도 없을걸요. 자아, 안심하고 한번 맡겨보세요."

배우성씨의 음성은 달콤하고도 진국스러웠다. 노여사의 단단한 주먹이 스르르 풀렸다. 그리고 이심전심처럼 편안하고 완벽하게 손안의 것을 넘겨주었다. 배우성씨는 틀니에 엉겨붙은 휴지를 벗겨내고 나서 세면대에다 물을 받았다. 음식 찌꺼기가 말라붙은 틀니를 물에 담가 불린 연후에 대강 씻고 나서 다시 치약 묻힌 칫솔로 박박 앞뒤를 닦아냈다. 그 칫솔의 임자인 듯싶은 며느리가 눈살을 찌푸렸지만 그는 아무 말도 하지 않았다. 농담 좋아하는 백수회 늙은이들도 그 동안은 조용히 숨들을 죽이고 있었다.

—「천변풍경泉邊風景」, 176~177쪽

이러한 묘사는 말 그대로 핍절하다는 표현에 잘 들어맞는 대목일 듯싶다. 사실적이면서도 건조하지 않고, 어떻게 보면 다소 극적으로 과장되어 있는 듯한데도 풍부한 공감의 영역과 설득력을 지니고 있다. 이처럼, 틀니 손질과 같이 일상적이면서도 이색적이고 혹은 사실적이면서도 강렬한 객관적 상관물을 통해 따스한 인간애의 교류를 표현하는 방식은 박완서의 다른 소설에서도 어렵지 않게 찾아볼 수 있다. 「해산바가지」에서의 시어머니 치매 수발하기와 해산바가지의 기억이라든지, 「환각의 나비」에서의 아욱 다듬기, 「가장 지루하고 재미없는 영화가 끝나갈 때」에서 늙은 아버지가 멋지게 노래를 불러젖히며 여자를 후리는 대목, 「어느 이야기꾼의 수렁」(1984)에서의 강물 속까지 촘촘하게 쳐져 있는 쇠창살, 「저물녘의 황홀」에서의 꾀병으로 중풍을 앓는 화초 할머니 이야기 등을 예로 들 수 있을 것이다.

3-2. 육친애와 분단 상황

이러한 모티프들을 통해 구현되는 핍절함이 정점에 도달하는 것은 앞에서도 지적한 바와 같이, 육친애나 분단 상황과 연관될 때이다. 이는 이 둘 각각이 가지고 있는 정서적 보편성 때문일 것이며, 둘이 결합되었을 때는 더욱 그러하다. 「아저씨의 훈장」(1983) 같은 작품이 그 적실한 예일 것이다. 이는 이 책에서 가장 돋보이는 작품일 뿐 아니라, 육친애를 통해 분단 상황의 고통스러움을 형상화해내는 박완서 소설의 한 근간을 이루고 있는 작품이기도 하다.

작가의 고향 개풍쯤으로 짐작되는 곳에 너우네 아저씨라는 사람이 있다. 형이 죽은 후 장조카를 거둬 키웠다. 아들과 명백하게 층하를 두어 키울 정도로 장조카에 대한 성의는 극진했고 그것이 그의 자랑이었다. 전쟁이 터지고, 1·4 후퇴 때 한 사람밖에 동반할 수 없는 상황에서 그는 당연하다는 듯 장조카를 택해 피난을 내려왔다. 예상 못 한 것이었지만 가족과는 그것으로 생이별이었다. 아들 대신 조카를 데려온 행위는 동향인들의 칭찬의 대상이었고 그 자신의 자랑이었다. 그러나 이제 그는, 부자로 잘살고 있는 장조카 부부의 외면 속에 홀로 자리보전을 한 채 죽음을 기다리고 있다. 그의 아들과 절친한 친구였던 소설의 화자는 그를 방문한다. 사람을 알아보지도 못하고 말도 못 하는 그에게 화자는 자기를 알아보겠느냐고 거듭 소리쳐 묻는다. 그리고 그 다음 장면이다.

이윽고 아저씨의 손에 힘이 쥐어지는 듯하더니 입놀림이 확실해졌다. 나는 그의 멍청하던 눈에 그윽한 환희가 어리는 걸 똑똑히 보았고 그의 입이 말하는 소리를 분명히 들었다.

"은표야, 아아, 은표야."

아저씨는 그렇게 말하고 있었다. 나는 아저씨가 그의 아들을 뿌리치고 대신 조카를 데리고 피난 내려온 뒤 한 번도 아들의 이름을 입에 올리는 걸 들은 적이 없었다. 은표의 단짝이었던 나를 보면 은표도 어느 하늘 밑에 죽지 않고 살았으면 저만할 텐데 하고 비감하는 눈치라도 보일 법한데 한 번도 그런 적조차 없었다. 그는 아들을 뿌리침과 동시에 아들의 이름까지 잊어버렸을뿐더러 아예 기억에서 지우고 사는 사람 같았다. 아들 대신 장조카 데리고 피난 나왔다고 자랑할 때의 아들도 보통명사로서의 아들이지 은표라는 고유명사로서의 아들이 아니었다.

그가 처음으로 입에 올린 은표 소리는 나만 겨우 알아들을 만큼 희미했다. 그러나 내 귀엔 억장이 무너지는 소리로 들렸다. 그는 사력을 다해 억장이 무너지는 소리를 내고 있었다. 아아, 삼십여 년 전 은표 어머니의 억장이 무너지는 소리는 이제서야 앙갚음을 완수한 것이다.

—「아저씨의 훈장」, 379쪽

소설의 화자는 피난 내려올 때 은표 아버지를 소리쳐 부르던 은표 엄마의 처절했던 울음소리를 들었었다. 그 소리를 기억하고 있었기 때문에, 늘 장조카를 앞세워 자랑거리로 삼는 너우네 아저씨의 저 철저한 언행이 허세에 지나지 않는다는 것, 가짜라는 것을 알고 있었고 반드시 진실이 드러나는 것을 보겠다고 다짐을 했었다. 이제 그것이 드러나고 있는 것이다.

여기에서 주목되는 것은 「아저씨의 훈장」이 드러내 보여주는, 그 어떤 허구적이거나 지적인 조작에 의해 만들어내기 어려운 사소설적인 절실함이다. 이는 한국전쟁과 분단 상황을 사적인 체험으로 절실하게 받아들인 세대만이 도달할 수 있는 한국소설의 한 진경이 아닐 수 없다. 죽음 직전의 상태에서, 박완서의 소설에서 왕왕 모습을 보이는, 의식과 무의식의 경계가 허물어져 있는 상태에서, 전쟁으로 헤어져버린 아들의 이름을 쥐어짜듯이 간절하게 부르고 있는 장면 그 자체의 절실함만이 홀로 우뚝하다. 이에 비하면, 너우네 아저씨가 조끼에 주렁주렁 달고 장사 다니던 자물쇠들이 예전엔 영락없이 대단한 훈장 같았는데 지금 보니 그냥 자물쇠일 뿐이더라 하는 식의, 허세에 대한 비판이랄지 진실 드러내기라 할 수 있는 구성이나, 너우네 아저씨를 외면하고 있는 장조카 부부에 대한 비판적인 시선 등도 현저히 부차적이다. 아들을 못 보고 눈을 감아야 하는 부모의 통한이 너무도 핍절하게 묘사되어 있는 것이다.

3-3. 주부의 바람기와 일하는 여자의 당당함

박완서의 소설이 보여주는 또하나의 뚜렷한 특징은 여성성에 대한 문제의식이다. 그가 여성 문제를 다루는 방식은 두 가지이다. 하나는 여성에 대한 사회적 문화적 불평등에 대한 비판이고, 다른 하나는 여성의 심리에 대한 묘사이다. 앞의 것은, 중년 여성의 이혼 문제를 다룬 장편 『살아 있는 날의 시작』(1980)이나 아들을 빼앗기지 않기 위해 외로운 싸움을 하는 여성의 모습을 그린 장편 『그대 아직 꿈꾸고 있는가』(1989) 등을 통해 널리 알려져 있으며, 이 책에서도 삼대에 걸친 여성 수난사를 간략하게 다룬 「아직 끝나지 않은 음모 1~3」(1979)에서 그 일단을 보이고 있다. 그리고 뒤의 것은 박완서의 득의의 영역이라 할 수 있는 것으로, 특히 여성의 비밀스런 성적 욕망이나 기혼 여성들이 느끼는 바람기와 같은 아슬아슬한 심리적 드라마 또는 늙은 여자들이 자신의 몸을 보면서 느끼는 심리에 대한 묘사 등이 압권이다. 박완서는 비밀의 정원이었던 여성의 성적 욕망과 환상을 시원시원하게 관통해버린다. 이 책에서는「무중霧中」「로열 박스」「꽃 지고 잎 피고」등에서 여성들의 성적 환상이 묘사되어 있는데, 그중에서도 남편을 정신병원에 보내고 홀로 지내는 부잣집 며느리의 심사가 드러나 있는「로열 박스」의 경우가 뛰어나 보인다.

소설의 초점인물 선희는 장발의 청년과 함께 탄 엘리베이터에서 순간적으로 스쳐가는 외설스런 생각에 민망해진다. 다음 순간 "외설스런 생각 때문에 그녀는 전체적으로 쌀쌀하고 품위 있어졌다. 그 일은 또 안 일어나고 말았어. 그녀는 자기 집 열쇠구멍에 열쇠를 밀어넣으며 중얼거렸다. 그녀는 남자와 단둘이 엘리베이터를 탈 때마다 정전이 되어 그 속에 단둘이 갇히게 되는 사고를 예상하는 고약한 버릇이 있었다. 같이 타는 남자에 따라 그것은 기대도 됐다가 두려움도 됐다가 했다". 이와 같은 방식의, 여성 심리의 이중성에 대한 묘사가 박완서의 소설에서 돋보이는 대목들이다. 남편의 정신과 치료를 위해 선희도 의사와 면담을 해야 했다. 그 면담중 그들 부부의 정서생활이나 성생활에 대한 문답이 오고가고, 그 와중에 남편과 함께 섹스를 하던 중

다른 남자 생각을 한 적이 없느냐는 질문에, 냉소적인 선희는 아무렇지도 않게 알랭 들롱이라고 말해버린다. 그 장면을 회고하는 대목이다.

하긴 남편에게 안겨서 외간 남자를 생각함으로써 쾌락을 한결 진하게 만든 적이 있었던 것도 같다. 그렇지만 그게 알랭 들롱이었을 리는 없다. 그녀는 평소 알랭 들롱을 좋아하지 않았다. 그렇다면 알랭 들롱의 이름을 빌려 은폐하고자 한 정작 그것은 무엇이었을까? 그것은 잘못 걸려온 전화 목소리의 감각적인 허스키, 정원 손질을 하다 말고 그녀가 내민 콜라를 받아 병째 벌컥벌컥 들이켜던 정원사의 건강하고 억센 손, 쓸쓸한 가을날 담배 냄새를 은은히 풍기며 그녀 옆을 스친 바바리 입은 남자의 우울한 실루엣, 온몸으로 젊음을 강한 체취처럼 풍기며 아침마다 달리기를 하던 이웃집 총각의 건각(健脚), 꽤 괜찮게 생겼다 싶어 지나치고 나서 되돌아보니 그 역시 되돌아보며 무심히 웃어준 신사의 따뜻한 인상, 몇 번 말을 물어도 못 알아듣고 제 일에 열중하고 있던 어떤 연구실 조교의 냉철하면서도 열정적인 눈빛…… 그녀의 무료한 일상을 순간적으로 빛내면서 지나간 이런 매혹들을 통틀은 것, 아니면 그 짜릿한 성적 감수성의 비밀 같은 거 아니었을까.

—「로열 박스」, 289~290쪽

이러한 방식으로 포착되는 여성의 성적 환상이 「꽃 지고 잎 피고」에서는 전형적인 중산층 가정주부의 심리를 통해 좀더 구체적으로 표현되고 있다. 「로열 박스」에서는 혼자 남겨진 여자의 추상적이고 맹목적인 형태의 성적 환상이 문제적이었던 데 비해, 여기에서는 사무적인 일로 만나야 하는 남편의 친구라는 구체적인 상대가 있고 그와의 접촉을 통해 생겨나는 미묘한 설렘과 비밀스런 감정의 동요나 기복 등이 문제적이다. 남편이 쓴 외간 남자라는 말에 "돌연하고 신선한 전율"을 느끼고, 그 짜릿한 느낌을 은밀하게 음미하기도 하며, 아주 구체적인 성적 상상에 빠지기도 하는, 유치원에 다니는 아들을 두고 있는 전업주부 형선의 저러한 설렘을 박완서는 별다른 가치판단 없이 사실적으로 묘사한다. 그리고 그 반대편에는 일하는 여성의 당당함을 맞세워놓는다.

형선이 외간 남자라는 느낌으로 설레며 만났던 남편의 친구 석철에게는 공예점을 하는 부인이 있다. 그와 함께 공예점에서 만난 그 부인은 이른바 '여자끼'를 풍기지 않는, 중성적이고 털털하고 수더분하여 남자의 손위 누이처럼 느껴지는 사람이다. 그들은 "서로 좋아하고 신뢰하는 사이의 두터운 우정 같은 게 느껴지는 부부"로 보여 부럽고 샘이 난다. 이러한 대조를 통해 박완서가 드러내고자 하는 바는 명백하다. 전업주부 형선은 그들에게 부끄럽고 민망한 마음을 가지게 되고, 그런 마음의 형선에게 석철은 일을 해보라고 권한다. 소설의 말미에 놓여 있는 그 권유의 말은 석철의 것이 아니라 흡사 작가 자신의 것처럼 들린

다. 일하는 여자의 당당함을 맞세움으로써 중산층 여성의 바람기를 부끄러운 것으로 만들고, 부끄러워 하는 여자에게 일을 가져보라고 작가 스스로가 따스한 어조로 권유하고 있는 형국인 셈이다.

그러나 이러한 결말에도, 여기에서 묘사되고 있는 중산층 주부가 느끼는 탈일상에의 충동은 그 자체로 강력한 호소력을 지니고 있다. 이런 점에서 우리는 작가 박완서가 지니고 있는 탁월한 풍속화가로서의 면모를 확인할 수 있게 된다. 그가 지니고 있는 사회적 모럴리스트의 면모가 그의 소설에서 뼈대와 정신의 역할을 한다면 풍속화가로서의 그것은 풍부하고 다양한 서사적 육체를 제공한다. 그의 소설이 강강한 정신성을 가지고 있으면서도 특정한 이념적 편향이나 정신을 앞세운 문학이 왕왕 초래하는 폐쇄성을 보여주지 않는 것은 순전히 그 풍부한 육체 때문이다. 그것이 그의 소설을 살아 있게 만드는 힘이다.

4. 맺음말

지금까지 박완서의 소설세계를 단편소설들을 중심으로 살펴보았다. 사람다운 삶에 대한 갈망이라고 했으나 그것은 유독 박완서만이 아니라 작가라면 누구에게나 해당되는 것일 터이다. 그럼에도 그의 소설세계에 대해 이런 표현을 쓴 것은 그의 세계가 밑그림으로 지니고 있는, 일상적 삶의 저 다양하고 풍부한 표정 때문이다. 저만큼 풍요롭게 일상적 삶을 묘사한 작가가 우리 소설사에서 누가 또 있을까. 아마도 염상섭 정도를 들 수 있지 않을까. 게다가 박완서는 아직도 현역이다.

마흔의 나이로 등단한 그는 흔히 늦깎이 작가의 대명사처럼 불려왔다. 고희를 코앞에 두고 있는 현재까지도 여전히 현역이다. 명색만 현역인 것이 아니라 왕성한 현역이다. 최근에 나온 그의 새로운 창작집은 점입가경이다. 한 인터뷰에서(『문학동네』 1999년 여름호) 그는 앞으로도 두 편의 장편소설을 염두에 두고 있다고 했다. 짐작건대 두 편이란 어느 정도 그림이 그려져 있는 것만을 지칭하는 것일 터이다. 집요한 장인정신이라는 점에서도 박완서는 저 초기문학의 거장을 닮았다. 박완서를 가지고 있다는 것은 한국소설사의 대단한 행운이 아닐 수 없다.

1931년 10월 20일 경기도 개풍군 청교면 묵송리 박적골에서 출생.
아버지 박영노朴泳魯, 어머니 홍기숙洪己宿. 열 살 위인 오빠
있음.

1934년 아버지 별세. 어머니는 오빠만 데리고 서울로 떠남. 조부모
와 숙부모 밑에서 어린 시절을 보냄.

1938년 서울로 와서 살게 됨. 매동국민학교 입학.

1944년 숙명여고 입학.

1945년 소개령疎開令이 내려져 개성으로 이사, 호수돈여고로 전학.
고향에서 해방을 맞음. 서울로 와 학교를 계속 다님. 여중
5학년 때 담임을 맡은 소설가 박노갑 선생에게서 많은 영
향을 받음.

1950년 서울대학교 문리대 국문과 입학. 6월 초순에 입학식이 있
어서 학교를 다닌 기간은 며칠 되지 않음. 전쟁으로 오빠와
숙부가 죽고 대가족의 생계를 책임지게 됨. 미군 부대에 취
직, 미8군 PX(동화백화점, 곧 지금의 신세계백화점 자리)의
초상화부에 근무. 거기서 박수근 화백을 알게 됨.

1953년 호영진扈榮鎭과 결혼, 이후 1남 4녀의 자녀를 둠(1954년 원
숙, 1955년 원순, 1958년 원경, 1960년 원균, 1963년 원태).

1970년 『나목』으로 『여성동아』 여류장편소설 공모에 당선.

1975년   『도시의 흉년』을 『문학사상』에 연재.

1976년   첫 소설집 『부끄러움을 가르칩니다』(일지사) 출간. 『휘청거리는 오후』를 동아일보에 연재.

1977년   『휘청거리는 오후』(창작과비평사, 전2권), 중편집 『창 밖은 봄』(열화당), 산문집 『꼴찌에게 보내는 갈채』(평민사), 『혼자 부르는 합창』(진문출판사) 출간.

1978년   소설집 『배반의 여름』(창작과비평사), 장편소설 『목마른 계절』(원제 『한발기』, 수문서관), 산문집 『여자와 남자가 있는 풍경』(한길사) 출간.

1979년   『도시의 흉년』(문학사상사, 전3권), 『욕망의 응달』(수문서관, 이 책은 1985년 같은 출판사에서 『인간의 꽃』으로, 1989년 원제대로 우리문학사에서 재출간), 창작동화 『달걀은 달걀로 갚으렴』(샘터, 『마지막 임금님』으로 재출간) 출간.

1980년   「그 가을의 사흘 동안」으로 한국문학작가상 수상. 전해부터 동아일보에 연재했던 『살아 있는 날의 시작』(전예원) 출간. 「오만과 몽상」을 『한국문학』에 연재.

1981년   「엄마의 말뚝 2」로 제5회 이상문학상 수상. 제5회 이상문학상 수상작품집 『엄마의 말뚝 2』, 소설집 『도둑맞은 가난』(민음사, 「나목」이 재수록되어 있음), 콩트집 『이민가는 맷돌』(심설당) 출간. 20년간 살던 보문동 한옥을 떠나 강남의 아파트로 이사.

1982년   10월, 11월 문공부 주최 문인해외연수에 참가하여 유럽과 인도를 다녀옴. 소설집 『엄마의 말뚝』(일월서각), 장편소설

『오만과 몽상』(한국문학사, 1985년 고려원에서 재출간), 산문집 『살아 있는 날의 소망』(학원사) 출간. 『그해 겨울은 따뜻했네』를 한국일보에 연재.

1984년   7월 1일 영세 받음. 풍자소설집 『서울 사람들』(글수레) 출간.

1985년   11월에 '일본 국제기금재단'의 초청으로 일본을 여행함. 장편소설 『서 있는 여자』(학원사, 『떠도는 결혼』과 동일 작품), 작품선집 『그 가을의 사흘 동안』(나남) 출간.

1986년   산문집 『서 있는 여자의 갈등』(나남), 소설집 『꽃을 찾아서』(창작사, 1982년에서 1986년 사이에 창작한 중·단편을 수록) 출간.

1988년   남편과 아들을 연이어 잃음. 서울을 떠나는 일이 많아짐. 미국 여행을 다녀옴. 『문학사상』에 연재하던 『미망』을 10월부터 다음해 6월까지 쉼.

1989년   『그대 아직도 꿈꾸고 있는가』를 여성신문에 연재. 장편소설 『그대 아직도 꿈꾸고 있는가』(삼진기획) 출간.

1990년   『미망』(문학사상사, 전3권) 출간. 이 작품으로 대한민국문학상 우수상을 수상. 산문집 『나는 왜 작은 일에만 분개하는가』(햇빛출판사) 출간. 『그대 아직도 꿈꾸고 있는가』의 성공으로 출판사 주최 성지순례 해외여행을 다녀옴.

1991년   회갑 기념 소설집 『저문 날의 삽화』(문학과지성사), 콩트집 『나의 아름다운 이웃』(작가정신) 출간. 장편 『미망』으로 제3회 이산문학상 수상.

1992년   『그 많던 싱아는 누가 다 먹었을까』『박완서 문학앨범』(웅진출판사) 출간.

1993년   「꿈꾸는 인큐베이터」(『현대문학』 1월호)로 제38회 현대문학상 수상. 제38회 현대문학상 수상작품집 『꿈꾸는 인큐베이터』(현대문학) 출간. 제19회 중앙문화대상(예술 부문) 수상. 장편소설 『휘청거리는 오후』를 제1권으로 『박완서 소설전집』(세계사) 출간 시작. 소설전집 제2·3·4·5권으로 장편소설 『도시의 흉년』(상·하), 『살아 있는 날의 시작』 『욕망의 응달』 출간.

1994년   「나의 가장 나종 지니인 것」(『상상』 창간호, 1993)으로 제25회 동인문학상 수상. 제25회 동인문학상 수상작품집 『나의 가장 나종 지니인 것』(조선일보사), 소설집 『한 말씀만 하소서』(솔), 창작동화 『부숭이의 땅힘』(한양출판사), 소설전집 제6·7·8·9권으로 장편소설 『목마른 계절』, 소설집 『엄마의 말뚝』, 장편소설 『오만과 몽상』 『그해 겨울은 따뜻했네』 출간.

1995년   장편소설 『그 산이 정말 거기 있었을까』(웅진출판사), 산문집 『한 길 사람 속』(작가정신) 출간. 「환각의 나비」(『문학동네』 봄호)로 제1회 한무숙문학상 수상. 소설전집 제10·11권으로 장편 『나목』 『서 있는 여자』 출간.

1996년   소설전집 제12·13권으로 장편 『미망』(상·하) 출간.

1997년   티베트, 네팔 여행기 『모독冒瀆』(학고재), 동화집 『속삭임』(샘터) 출간. 장편소설 『그 산이 정말 거기 있었을까』로 제5회 대산문학상 수상.

1998년   산문집『어른 노릇 사람 노릇』(작가정신) 출간. 보관문화훈장(문화관광부) 받음. 소설집『너무도 쓸쓸한 당신』(창작과비평사) 출간.

1999년   묵상집『님이여, 그 숲을 떠나지 마오』(여백) 출간.『너무도 쓸쓸한 당신』으로 제14회 만해문학상 수상.『박완서 단편소설 전집』(문학동네, 전5권) 출간.

2000년   장편소설『아주 오래된 농담』(실천문학사) 출간. 제14회 인촌상 수상.

2001년   단편소설「그리움을 위하여」(『현대문학』 2월호)로 제1회 황순원문학상 수상.

2005년   기행산문집『잃어버린 여행가방』(실천문학사) 출간.

2006년   『박완서 단편소설 전집』개정판(문학동네, 전6권) 출간. 서울대학교 명예문학박사학위 수여. 제16회 호암상 예술상 수상.

2007년   산문집『호미』(열림원), 소설집『친절한 복희씨』(문학과지성사) 출간.

2009년   동화집『세 가지 소원』(마음산책), 장편동화『이 세상에 태어나길 참 잘했다』(어린이작가정신) 출간.『문학동네』 가을호에 단편소설「빨갱이 바이러스」발표.

2010년   산문집『못 가본 길이 더 아름답다』(현대문학) 출간.

2011년   1월 22일, 담낭암 투병중 향년 81세를 일기로 별세. 1월 24일, 정부로부터 금관문화훈장을 추서받음.

2012년   산문집『세상에 예쁜 것』(마음산책), 마지막 소설집『기나

긴 하루』(문학동네) 출간.

2013년   『박완서 단편소설 전집』 개정판(문학동네, 전7권), 짧은 소
        설집 『노란집』(열림원) 출간.

2014년   티베트, 네팔 여행기 『모독』, 산문집 『호미』 개정판(열림원),
        그림동화 『엄마 아빠 기다리신다』(어린이작가정신) 출간.

2015년   『박완서 산문집』(문학동네, 1~7권), 그림동화 『이 세상에서
        제일 예쁜 못난이』 『7년 동안의 잠』(어린이작가정신) 출간.

2016년   대담집 『우리가 참 아끼던 사람』(달) 출간.

2017년   소설집 『꿈을 찍는 사진사』(문학판), 그림동화 『노인과 소
        년』(어린이작가정신) 출간.

2018년   『박완서 산문집』 제8·9권 『한 길 사람 속』 『나를 닮은 목소
        리로』(문학동네), 대담집 『박완서의 말』(마음산책) 출간.

2020년   『프롤로그 에필로그 박완서의 모든 책』(작가정신), 소설집
        『복원되지 못한 것들을 위하여』(문학과지성사), 산문집 『모
        래알만 한 진실이라도』(세계사) 출간.

2021년   소설집 『지렁이 울음소리』(민음사), 장편소설 『그 많던 싱
        아는 누가 다 먹었을까』 『그 산이 정말 거기 있었을까』 개
        정판(웅진지식하우스), 장편소설 『그 남자네 집』 개정판(현
        대문학) 출간.

2024년   산문집 『사랑을 무게로 안 느끼게』 『한 말씀만 하소서』(세
        계사), 장편소설 『미망』(민음사, 전3권) 개정판 출간.

2025년   『박완서 산문집』 제10권 『다만 여행자가 될 수 있다면』(문
        학동네) 출간.

박완서(1931~2011)

1931년 경기도 개풍 출생. 서울대 문리대 국문과 재학중 육이오전쟁을 겪고 학업을 중단했다. 1970년 불혹의 나이에 『나목(裸木)』으로 『여성동아』 장편소설 공모에 당선되어 작품활동을 시작한 이래 2011년 향년 81세를 일기로 영면에 들기까지 사십여 년간 수많은 걸작들을 선보였다.

『부끄러움을 가르칩니다』『배반의 여름』『엄마의 말뚝』『그해 겨울은 따뜻했네』『꽃을 찾아서』『미망』『친절한 복희씨』『기나긴 하루』 등 다수의 작품이 있고. 한국문학작가상(1980) 이상문학상(1981) 대한민국문학상(1990) 이산문학상(1991) 중앙문화대상(1993) 현대문학상(1993) 동인문학상(1994) 한무숙문학상(1995) 대산문학상(1997) 만해문학상(1999) 인촌상(2000) 황순원문학상(2001) 등을 수상했다. 2006년 호암상, 서울대 명예문학박사학위를 받았다. 타계 후 금관문화훈장을 추서받았다.

박완서 단편소설 전집 3
그의 외롭고 쓸쓸한 밤
ⓒ 박완서 2013

1판 1쇄 1999년 11월 20일
2판 1쇄 2006년 8월 25일
2판 3쇄 2012년 12월 21일
3판 1쇄 2013년 6월 4일
3판 10쇄 2025년 9월 19일

지은이 박완서

펴낸곳 (주)문학동네 | 펴낸이 김소영
출판등록 1993년 10월 22일 제2003-000045호
주소 10881 경기도 파주시 회동길 210
전자우편 editor@munhak.com | 대표전화 031) 955-8888 | 팩스 031) 955-8855
문학동네카페 http://cafe.naver.com/mhdn
인스타그램 @munhakdongne | 트위터 @munhakdongne
북클럽문학동네 http://bookclubmunhak.com

ISBN 89-546-0195-2 04810
       89-546-0192-8 04810 (세트)

www.munhak.com